曹征路 文集

曹征路文集

中短篇小说卷 3

深圳出版发行集团
海天出版社

图书在版编目（CIP）数据

曹征路文集. 中短篇小说卷. 3 / 曹征路著. —深圳：海天出版社，2014.1
ISBN 978-7-5507-0830-3

Ⅰ. ①曹… Ⅱ. ①曹… Ⅲ. ①中篇小说－小说集－中国－当代②短篇小说－小说集－中国－当代 Ⅳ. ①I247.7

中国版本图书馆CIP数据核字(2013)第196791号

曹征路文集. 中短篇小说卷. 3
Caozhenglu Wenji. Zhongduanpian Xiaoshuojuan. 3

出 品 人：尹昌龙
责任编辑：涂　俏
责任校对：万妮霞
责任技编：蔡梅琴　梁立新
排版制作：思成致远
装帧设计：李松璋书籍设计工作室

出版发行：海天出版社
地　　址：深圳市彩田南路海天综合大厦(518033)
网　　址：www.htph.com.cn
订购电话：0755-83460137(批发)　83460397(邮购)
排版制作：深圳市思成致远创意文化有限公司　Tel：0755-83537697
印　　刷：深圳市新联美术印刷有限公司
开　　本：787mm×1092mm　1/16
印　　张：30.75
字　　数：390千
版　　次：2014年1月第1版
印　　次：2014年1月第1次
定　　价：95.00元

海天版图书版权所有，侵权必究。
海天版图书凡有印刷质量问题，请随时向承印厂调换。

自 序

掐指一算，老汉今年64啦，步入人生黄昏，回头数数自己的脚印不为过。再掰脚指头一算，从1971年发表第一篇短篇小说算起，也有40多年了，发表了400多万字的作品，编一个200万字的文集也不为过。感谢海天出版社，满足了我这点虚荣心。

生活中我是个散漫的人，知足且快乐，喜欢打球打牌，没有太高的追求。别人站着我蹲着就行，别人坐着我趴着就行。但写小说就不一样了，比较认真，更不愿说违心的话。我不赞成玩文学的说法。忠实地把我经历的时代变迁记录下来是个基本态度，这套文集就是我对近30年的审美记忆。尽管今天的传播手段越来越多，越来越娱乐化，但小说作品就精神深度而言，依然是其他文艺形式不能替代的。所谓不怕不识货，就怕货比货。

认真地反省起来，我的所有的作品似乎只写了一个主题——找到自觉的人生。我的经历还算得上丰富，工农兵学商差不多都见识过。见得多了，想得也就复杂一些，故而也希望人们分享自己那些经过思考的生活。我真诚地希望这个世界美好起来。不管我这些脚印是何等的浮浅，思考是何等的幼稚，我还是希望能够成为您的朋友，为您服务；希望和您一起探讨人生，探讨时代，找到规律，走向自由；希望和您一起找到认识这个世界的新方法和新角度；希望和您一起领略人类无比丰富的精神世界，领略人类无比多样的美和力。

　　那么，请接受我由衷的谢意。您——爱护和帮助过我的编辑们，指导和鼓励过我的师长们，每一个读过我作品的朋友们，每一个善意指教过我的批评者，谢谢啦。

　　本雅明认为资本主义的基本经验就是"震惊"，那么转型时期的我们也应当有传达这种"震惊"的艺术品。从这个角度看，说批判精神也是对的。一个文人对现存价值提不出怀疑和批判是他的悲哀，更是时代的悲哀。

　　我的艺术主张是没有主义。一个写小说的，动不动标榜主义是不自信的表现。在我看来，最好的艺术不过是量体裁衣，为自己的表现对象找到最合适的角度和形式。因为形式本身没有高下，也无先进落后之分。中国文学史的经验是这样，西方文学史的经验同样是这样。说白了，艺术就是真情实感四个字。

　　我去泰国旅游，见众人围观一赤膊跣足者，只见他火中取物，上下翻飞，绕前捧后，有托儿跟着大声喝彩。伸头一瞧，原来是卖烤鱼干的。于是联想到近年我国的文坛种种，哑然失笑。

　　小说是最具思辨色彩的艺术，要经得起咀嚼才好。倘若没有当今人类最前沿的思想发现，不能用人类文明的成果照亮时代生活，那么所有绕前捧后的表演不过是"玩花活"，是卖烤鱼干。

　　上世纪80年代我在北京学习时，亲眼目睹过一批青年作家用各种主义爆破了文坛，新奇怪异成为先锋，所以那个时代被称为"方法论年代"。圈内的流行词叫"玩老头子"，也亲眼看到一批老头子生怕被时代抛弃而亦步亦趋，被玩晕了。中国文坛在经历了近20年的主义轮番轰炸以后，小说艺术的基本价值作为一个问题被一再提出来，绝不是偶然的。

　　生动而真实的故事细节、鲜活而独特的人物性格、蕴藉而深刻的情感寓意、多数人感同身受的时代呐喊，是小说艺术永远的生命力所在。作家首先是真理的追求者,是人类合理生存方式的叩问者,是世俗潮流的怀疑者。尽管对文学精神的遮蔽古已有之,各个时代表现不一,但文学精神从来未被杀死。它仍顽强地,一代一代地,在真文学的血脉中薪火相传不绝如缕,我是相信这一点的。历史还将继续证明这一点。

所谓精神到处文章老,沧桑阅尽意气平。是为序。

曹征路写于2013年2月24日元宵节

目·录

那儿 …………………………………… 1
霓虹 …………………………………… 55
测谎记 ………………………………… 113
有个圈套叫成功 ……………………… 163
麻雀东南飞 …………………………… 219
南方麻雀 ……………………………… 267
大学诗 ………………………………… 321
请好人举手 …………………………… 365
击缶 …………………………………… 409
最后一课 ……………………………… 445
虎皮鹦鹉 ……………………………… 465

那儿

一

开头很简单。

某天,半夜两点多了,霓虹灯下的哨兵杜月梅杜师傅顺着工人新村的小马路朝家走,走到公用自来水龙头拐弯的地方,冷丁蹿出一条狗来。杜月梅妈呀叫了一声,那狗回头看看,也汪汪狂吠两下,然后就往工人东村方向去了。可就是这两声,把杜月梅吓瘫了,站不起来了。开头她还想爬回家的,她不想叫别人看见。但水龙头那儿结冰了,加上害怕和委屈,她居然爬不上台阶。绝望之中她只好喊救命。深更半夜的,惊动了很多邻居,出来好多人看热闹。一看,杜月梅把裙子都尿湿了,就七嘴八舌埋怨,说天寒地冻的你穿什么裙子呀?你他妈的找死啊?

杜师傅是那样一种人,每天早晨六七点就推着一辆小车,上头装着几个暖瓶,几袋面包蛋糕,穿白大褂戴大口罩满大街吆喝:珍珠奶茶,热的!珍珠奶茶,热的!而到了夜里却换上一身时装,浓妆艳抹,十分青春地去霓虹灯下做哨兵。逮住一个可疑分子就笑:先生洗头不洗?不洗?敲敲背吧,舒服,小费才一百!当然这种情形也不常有,主要是缺钱花的时候。干这事瞒得了一时瞒不了永远,谁都知道,可谁也帮不了她。她太穷,太需要钱,也太要强了。

人们把杜月梅抬回家再一看,见一脸的脂粉已经千沟万壑被泪水冲得不成样子了。他们这才知道夹住臭嘴,男的摇头叹气离开了，只剩下些妇女，有几个老娘们还抹起了眼泪。杜月梅捶着床哇哇大哭，说我们家小改后天就开刀了！我要有一点法子我都不会去的呀，我没法子啊！

开头就是这样，小事一桩，可后来居然也弄出七荤八素来。谁都没有想到。

所谓的工人新村其实并不新，只是顺着睡女山搭建的工人宿舍，东边的叫东村，西边的叫西村，中间的叫新村，随便取个名字而已。平时也都三号妈四号妈地叫着，其实全都是矿机厂工人，谁还不了解谁呀。所以到天亮的时候，角角落落都已经传遍了，都在叹息杜月梅命苦，都在骂那只缺德带冒烟的恶狗。

在我们那个地方，邻里纠纷吵嘴打架的事天天都有，但在这样的问题上人们不会有第二种看法。原因很简单，生活越来越难了。生活越难人们对领导的怨气也就越大，这也是常识。这样到了中午，住东村的小舅已经知道了事情的全过程。尽管小舅只是个破工会主席，但大小也是个厂领导（别的领导早搬走了，他算是坚持到了最后），何况那条狗就是他们家的罗蒂。这样他就不得不作出反应。

小舅经过怎样的思考不得而知，反正到了晚上，他趁月月在里屋看电视剧，跟着韩国美女抹眼泪的时候，把罗蒂牵到外头拿一只塑料编织袋套住，然后扛到西村跑个体运输的丁师傅家里，让丁师傅连夜开车出发，拉到两百公里外的芜城才放了生。

此后那几天，小舅就跟傻了似的整日发呆，一天总有五六个小时站在家门口，望着厂区沉默不语，叫他吃就吃一口，不叫他他就那么站着。厂区还有什么可看的？荒草，斜阳，铁疙瘩？小舅妈那几天也在气头上，也不愿管他。那几天的气氛确实不太好。

那条狗叫罗蒂，是条真正的好狗。让它代人受过实在有点不公平。

为了好狗罗蒂，月月跟我哭过两回了。说，捏不住鼻子揪耳朵，算什么本事啊？你心里有气你就怨我们罗蒂啊？

月月是我表妹，在集贤街开鞋店的，别看她读书不行，做生意绝对一流，她要有机会准能当上大老板。她是我们家的先进生产力。可她毕竟是个女孩，犟不过小舅。犟不过就一直哭，一直哭。

罗蒂是在很小很小就跟上月月的。说来也是有缘，考不上大学的月月有一天正无聊着闲逛着，罗蒂就来咬她裤脚，月月到哪它就跟到哪，躲都躲不开。月月回到家，罗蒂就跟到家，趴在门槛上，眼睛直眨直眨。后来月月给它一点水喝，一点馒头吃，它吃了喝了就爬到一个鞋盒子里睡下了，比人都乖。再后来，月月受到罗蒂的启发就开始卖鞋了，而且越卖越多，成了老板。罗蒂也就跟着越长越大，越长越漂亮。罗蒂的名字是这样来的：这小东西别看它平时不吭不哈，可一旦叫起来嗓门特别洪亮饱满，比那些大狗都厉害。我那时候非常崇拜帕瓦罗蒂，我就主张叫帕瓦罗蒂。月月说，万一它长出一脸脏兮兮的大胡子怎么办？就简称罗蒂吧。罗蒂长到八个月的时候，有个宠物贩子找到月月，愿意出三千块买它，磨了好几天。那月月就能干了吗？月月说你问它自己答应不答应。罗蒂就冲宠物贩子吼了一嗓子，那小子一屁股就坐下地了。后来那小子才说出来，这是一条纯种德国黑背，说跟着你们可惜了。月月说放你妈的屁。而罗蒂自从明确了身份，就越发显得优雅高贵，它目光深沉，神态安详，轻易不作声，可一旦发起威来没有哪条狗敢靠近。特别是罗蒂那身毛皮，黑缎子一样，油乎乎的，闪闪发亮，谁见了都想摸一把，只是不敢。还有罗蒂的额头，在眼睛上方长着两个白点，像黑夜里的星星，显得特别机警。总之那是一种无法言说的世外高人游侠武士派头，无与伦比。罗蒂好像对什么都满不在乎，只在乎月月。在外面如果月月不发话，任何美味佳肴是休想引诱罗蒂的，它看都不会多看一眼。月月如果说那就吃一点吧，它才会慢腾腾地踱过去，用湿漉漉的鼻子嗅嗅，吃上一点，然后又很快回到月月身边。大多数时候它就蹲在月月身后，成了她的贴身保镖。月月长得不算太漂亮，可她个头高皮肤白，穿的又时髦，在集贤街那种地方自然也是少不了骚扰的。所以有了罗蒂，家里也都放心些。可罗蒂万万没有想到，是月月的老爸骗了它，把它骗进了麻袋。毕竟罗蒂是条狗，不像人那么狡猾。

也是该着罗蒂倒霉，那天月月的鞋铺关门才七点多钟，不知怎么就心血来潮想去看一个老同学，这样就到了湖边。那一带都是高尚住宅，自然养狗的人家就多。有一只花皮的母狗见了罗蒂，多老远就把屁股撅起来。开头罗蒂还不为所动，守在人家门口等着月月。后来月月回来时，那只花皮狗就一直跟着，而罗蒂也显得焦躁不安，跑几步就回头看看，又瞧着月月呜呜地叫。这样月月就笑了，说我早就知道你花心了，说你想去你就去吧，记着早点回家。于是罗蒂就领着花皮，不知到哪狂欢了几个小时。于是就发生了深夜吓着杜师傅的事。

其实真正吓着的是我小舅。

那天，刮了一夜的风，还夹着冰雹。晚黑还挺来劲，风硬硬的，冰尖尖的，电线嘘嘘的，要吃人的样子，可到早晨就化了。那天小舅只讲了一句话：终于下下来了。这话是什么意思？谁也猜不透。也许指的是暖冬，该下又不下。也许什么意思都没有。总之，那天小舅站门口看了半天，然后摔上门就走了。

另外在走之前，他和外婆还有几句对话：他说雪化了。外婆说雪化了好。他说外面不冷。外婆说不冷好。他说天暖和穷人就好过了。外婆说穷人好。他说妈，你好生躺着不要下床。外婆说好，好。

这些话是什么意思？雪早就化完了，哪儿哪儿都现了原形，坑坑洼洼，垃圾遍地，还有破鞋烂纸，一踩一腿泥。要是雪不化表面上还能好看一点，还能平整一点，心里也能素净一点？另外，人穷人富跟天气有什么关系？难道连一床被子都没有的人才能算上穷人？总之他是烦透了，糊涂了。

我妈来电话时我们报社正在传达文件，内容是关于正确掌握突发事件的宣传口径。有人进来说我们楼顶上有一个民工好像要表演跳楼秀，警察已经把这一带封锁了。就在这时我妈来电话说小舅离家出走了。

当时会场就如一幅潦草的铅笔画，主编那张脸比擦脏的橡皮还难看。我的注意力肯定也在跳楼秀上，没怎么在意这事。我看见楼下有人正在给民工加油：跳啊跳啊，想跳就快跳啊，昭仓都跳下来了，你狗日的怎么还不跳？可是警察很快就拿来了充气垫。接着电视转播车也来了，主持人扔掉大衣就开讲，一阵风把她的裙子掀翻过来，露出了里头的红毛线裤。结果那哥们错过了时机，又不跳了，楼上楼下全都白为他激动一回。后来我们分析，那小子不是真想死，想死他早就跳了，不用等警察。他不过是想讨回三个月工资，三个月也才七百块，想想也不值。于是我们十分悲愤，感到这年头实在没劲，连跳楼都学会造假了。

后来才记起我妈来过电话，说小舅失踪了。我小舅不是小孩子了，过年就五十的人了，这情况怎么说也有点严重。我妈责备我，出了这么大事你也不说一声？小舅从前对你那么好，你良心叫狗吃了？又问：他们也没怎么大吵，怎么说走就走了呢？怎么走了连电话都不打一个呢？这样的连珠炮显然多余，谁也无法回答。既然是真想离家出走他就不会通知你，既然不通知你他就是不希望你知道，小舅可不是个能造假的人。

我听见手机里小舅妈在那头哭喊：这回你们信了吧？这是他的灵魂大暴露！小舅妈不识几个字，可有一嘴电视剧词汇，一见电视里有第三者就联想丰富义愤填膺。小舅和杜月梅究竟有没有关系谁都说不清，他们那代人在爱情上多多少少都有一点奇怪。依我看他们是没有，否则杜月梅就不会去做那种事。如今下岗女工靠上一个拉边套的并不稀奇，毕竟活下去是第一位的，毕竟比当霓虹灯下的哨兵强。稀奇的是小舅竟然也玩起离家出走了，这倒是闹出了新意。

然后就是数日不归，也没有任何消息。

我妈天天晚上和小舅妈通电话，了解最新动态。但每次说到后来小舅妈就来气，总要强调指出：就是因为罗蒂！罗蒂咬了那个婊子，他心疼了！

然后我妈就骂她，说你昏头了你！这话也能随便说的吗？

在我们那个地方，如今看法已经变了。下岗工人越来越多，人人都有亲戚朋友，骂婊子，被视为不凭良心。你可以骂小姐，可不能骂婊子。小姐都是外来的，她们年轻，一般都在娱乐场所坐台等候顾客上门。而这样的岗位下岗女工是很难参与竞争的，她们只好在霓虹灯下晃来晃去，打一枪换一个地方。谁家没有老婆孩子啊，谁家没有七灾八难啊，谁还不是为了混口饭吃啊？谁又敢保证自己没有那一天呢？所以她们是被划入好人行列的，她们是没法子才去当哨兵。至于说小舅是因为心疼杜月梅才离家出走，这话就更加离谱了。所以我妈也每每坚决予以反击，我妈说：弟妹你这话就说岔了，朱卫国对你怎么样你自己心里还能没数吗？几十年夫妻了你这点良心都没有吗？现在人都失踪几天了，你不去找人你还说这种屁话！劈头盖脸一顿臭骂，舅妈才不敢吭了。其实小舅妈也是个老实人，她也是心里急，说话才不着四六的。

放下电话我妈就流泪了，说：你小舅是心里有事啊，他心里苦又不愿意说啊，他心事太重啊。父亲只好过来劝，说这年头谁没有心事，心事重又能解决什么问题？父亲及时提议把外婆接回来住，说这样小舅妈也用不着一心挂着两头，咱们也可以表现表现。于是我妈这才好过了一点点，商量着天一亮就去接外婆。而我心里想的是，小舅那样的人，怎么会为这点破事想不开呢？为一条狗？

我这样说当然是有为罗蒂抱不平的意思，可这毕竟是年轻人的看法。这点看法在父亲母亲、在小舅舅妈、在矿山机械厂几千名下岗职工看来简直太微不足道了。好人都快活不下去了，都在干那事了，你们还养狗？还放狗出来咬人？他们就是这么看的。所以小舅把罗蒂放生其实还是爱护它。要是留在家里迟早叫人砸死。所以小舅妈再有气也不敢到外头去说。所以月月要死要活要跟她爸拼命也不过是闹腾两天而已。大家冷静下来，都明白当务之急还得把小舅找回来。

可上哪去找呢？该汇报的汇报了，该报案的报过了，谁也不知他上哪了。最后只剩下领导说的那句话：再等等，再等等。

那天我们并没有把外婆接回来。外婆死活不愿下床，她说，躺着好，大头说躺着好。大头是小舅的小名，大头说过的话就是真理，她就听大头的。我妈把舌条都磨短了，气得眼睛水直喷，等于零。

外婆说好，好，就是不肯下床。你要来硬的，她就哇哇直叫，杀猪的样。

外婆的老年痴呆症其实并不严重。你要跟她聊天，她都能明白你的意思，只是她的反应是一律的好好。你说下雨了她就说下雨好，你说吃饭了她就说吃饭好，你说死人了她就说死人好，她是我们家的好好主义者。清醒的时候她还会唱歌：英——特——纳雄——那——儿就一定要实现……

我们说是英特那雄耐尔，不是那儿。她说就是那儿，那儿好！一点办法没有。

对于小舅的失踪，她也说好。好，大头是去那儿了，那儿好！

母亲流着泪说：你可不敢瞎说啊妈，不吉利啊。

外婆说，不吉利好，那儿好！

二

回到家我妈一直难过，心口疼。父亲就劝，说老太太是有心灵感应的，她是要在床上等儿子回来呢，还举例说明谁谁家出过的怪事，以证明心灵感应确实是存在的。其实父亲是学理工的，这时也不得不装神弄鬼让我妈睡一会儿。

其实我妈气的是外婆，她对外婆偏爱小儿子一直心存不满。我外公去世早，两个大姨嫁人也早，从前一个家庭的全部重担早早就落在了我妈身上。她作出了巨大牺牲，自认为是家庭的功臣，甚至直到小舅插队回来结婚以后她才松下一口气。可外婆就是和她不亲，就是愿意和小舅过，一点法子都没有。这让母亲觉得很委屈，小舅讲什么外婆都说好，小舅至今住平房也说好，没有厕所也说好，她觉得她把心操烂了外婆也不心疼。我知道她心里最气的是这个，对小舅的事她还没绝望。只是这些琐事在我们这一代人看来，简直太可笑了。

我曾经问过母亲：小舅小时候是不是特别可爱？外婆是不是一直沉浸在过去的快乐里？母亲说才不是呢，你小舅从前特别淘，在家老挨打，上学老挨罚，天天站墙根，是个出了名的逃学大王。你外婆是有病才那样的！

说起来也确实奇怪，小舅是个天才的技工，车钳锻铆焊没一样不精通，年年是厂里的技术能手，可小时候居然也不爱上学，看见书就头疼。小舅说，那时候老师负责任，要是一天不给我板栗子吃（敲脑壳），老师就会觉得那一天没干活，缺了点什么。他说，小时候我耳朵天天都是红的，是让你外婆揪的，还是你妈最疼我，经常给我揉揉。

那时，小舅最爱做的事就是看人家打铁，他看见人家风箱一拉炉口火头一蹿,就浑身发热,血往外直喷,魂都不在身上了。他十来岁就学会给刀口淬火,能做出像样的锻工活。他说他有了这个手艺下乡插队也没吃过苦,他打的镰刀锄头在那一个县都很有名气。

小舅十五岁下乡,十九岁回城,招工单位就是外公干了一辈子的矿山机械厂。谁也没料到,进厂的第二年小舅就出了大名。那年江南造船厂在维修一条外国客轮时遇到了麻烦:有一种推八的铁楔要求手工砸进榫槽里,但作业的场地是个半人高的圆筒,大锤抡不开,小榔头又力量不够,而且铁楔必须一次到位,否则就报废了。这下可难坏了造船厂,没法子就向我们矿机厂求援。矿机厂就找老师傅们开会,问谁会打"腰锤"?老师傅说,现在什么都靠机械靠设备,这种手艺早就失传多年了。二十四磅的大榔头抡起来不能超过头顶,而且砸下去要准确够劲,谁都没把握。厂长说,这么个小问题咱都解决不了呀?咱矿机厂的脸叫你们丢尽了。还八级工呢,狗屎!

其实这问题并不小,人猫着腰,还得使那么大的榔头抡圆了砸,今天谁有这本事?这时小舅跑进来说,他愿意试试,他说他在乡下打过"腰锤"。老师傅们全都不信,说你小狗日的老鼠舔猫×呀,你知道虾子从哪头放屁呀?小舅不服,嘴巴又讲不清,只能犟着脑袋小声嘀咕:试试呗,不信就试试呗,连试都不叫试呀?这样就答应叫他试试,不试不知道虾子从哪头放屁。

厂里模拟了一个半人高的现场,新领了一把二十四磅大锤,砸核桃。要求是,核桃扔到哪榔头砸到哪,一锤下去核桃拍死,只准流油不准见碎壳。玩过榔头的人都知道,榔头不过顶就意味着重力不垂直,而榔头围着腰甩出弧线又不能见碎壳就必须做到正面落下,既准又狠一锤到位。这不光要技巧,更要一把好力气。那天的结果一些老师傅至今不忘,说是眼珠子都掉下地了:十几颗核桃砸完,居然四周找不到一粒碎渣。

● 12

　　厂长大喜，连夜就拉小舅坐上吉普车，送到芜城。在芜城，小舅更是风光无限，那个大胡子德国佬一再搂着小舅要亲吻，拉小舅照相。他说小舅要是在德国一定能当上议员，他承认自己是成心为难江南厂的，因为他根本不相信中国有这样好的技术工人。报纸电台也来猛吹，说小舅心怀祖国放眼世界苦练硬功什么的。

　　那年也是凑巧，中央美术学院有一个老师带学生到江南来写生，听说了这件事，就要求小舅光膀子打铁给他们看，看过了个个都叫美。真美，美极了。有个女学生摸着小舅的后背激动得浑身发抖。然后他们集体创作了一幅油画，名字就叫《脊梁》，这幅画今天还在省博物馆收藏着。

　　八十年代的审美趣味我说不上来，反正那种画搁今天白送人还嫌占地方。我们市百货大楼门口天天表演内衣秀都没人看。不过小舅打铁的样子我是见过的。他个子高皮肤白身材匀称，身上布满三角形的小块肌肉，榔头在火光中舞动的时候那些肌肉全都会说话，好像全都欢快起来聒噪起来，像一只只跳舞的小老鼠浑身乱窜。那时的小舅也是最快活的，榔头像是敲在编钟上，每一个细胞都在唱歌，整个身心都飞升出去。根本不像现在，一副苦大仇深的样子，额头赛过皮带轮子。

　　那一年底，小舅评上了省劳模。

　　照说，那时的小舅稍微会来事一点就能走上另外一条道路。可实际上他并不是一个真正聪明的人，他所有的灵气都表现在手艺上。他不爱说话，也不会说话，嘴巴一张就伤人。所以他即使当了领导也是不讨好的。但是不提拔他好像也说不过去，因为同时期进厂的也都当了干部，何况他还是个劳动模范。

　　小舅不止一次对我说过：我要不当这个鸡巴干部就好了，我有手艺我上哪混不上饭吃啊？这个问题好像是个宿命，一直在折磨着他。我说，那你现在也可以走啊？听说上海那边就缺高级技工，一个月能挣好几千，你干吗不走？他把眼瞪圆了想半天说，我要是走了这边怎么办？说这话时他的眼睛洞穿出去，似乎看到很远想到很多，很深刻很全面，其实那里头很空洞，什么内容也没有。所以他的悲剧不是当不当干部，也不是有没有手艺，而是他心中有个疙瘩始终解不开。他太认死理了，只有一根筋。

小舅二十八岁才正式谈恋爱，这就足以说明问题。以他当时的条件，漂亮女工随手抓，可就是搞不成。这期间光我妈给他介绍的就不下四五个，没有哪个能处得下去。原因就一条，他不爱说话。不说行，也不说不行，问他什么都哼哼，哪个女的也受不了这个。

小舅到二十五六岁还爱找我来玩，一到星期天就来了。我妈总骂他：你就不能约个谁出去逛逛？跟个小屁孩玩个什么？没出息成这样！可他就愿意跟我玩，一点办法没有，钓鱼扳虾，上树掏蛋，逮什么玩什么。大头大头，下雨不愁，人家有伞，我有大头——这是我少年时代特有的骄傲。小时候我特别胆小，而且我对外界始终保持着足够的警觉，因为小舅没准儿就躲在哪个路口拐角，冷丁冲出来把我的裤衩往下一拽，让我捂着小鸡满街乱跳。我急了也会骂他：看老子不告外婆收拾你狗日的！他把大拇哥一翘：你告啊，老子要怕你告老子就认你做老子！一直到他结婚，月月出生，小舅和我的友谊才算告一段落。

那时能跟他聊天逗笑的女人就一个，就是他十七岁的徒弟杜月梅。原因是他根本没把杜月梅当女人看，该说的说，该骂的骂，有时候还在屁股上拍一巴掌。小舅有个习惯，就是嘴巴表达不清的时候，喜欢用手，捅你一下或者打你一巴掌。但那时的杜月梅对他实际上是有意思的，很愿意挨他打被他骂。有两件事情可以证明：一件是小舅不爱吃蔬菜，但特别爱吃杜月梅腌的咸菜。那时上班就有保健票，两毛钱的保健票能打一个荤素炒菜，但小舅就怕吃这个，筷子翻翻眉头就皱起来了，什么鸡巴菜！这时杜月梅就跟变魔术似的拿出一缸子咸菜，高梗白腌得黄黄的脆脆的，淋上香麻油，小舅立马咧嘴笑了。所以有一段基本上是杜月梅替他买饭，打一个红烧肉或者米粉肉，就她的咸菜。吃完了也是杜月梅去涮饭盒。还一件事是调工作。按规定干部是没有义务带徒弟的，但小舅坐不惯办公室，所以就带了一个钳工徒弟。可有一次厂长找他找不着，大光其火。后来发现小舅在帮杜月梅磨钩针（那时流行编织，钩针的精巧程度也是女孩的人气指标），就下死命令要杜月梅跟别的师傅做。小舅居然没敢反对，大概是觉得自己理亏。这件事杜月梅嘴上不说，可心里难受，据说眼睛都哭肿了。

那时候的杜月梅还是车间团支书，活泼，快乐，天天还唱着歌——年轻的朋友们，大家来相会，天也美，地也美，春风惹人醉……咱们二十年后再相会！

可惜这段日子并不长，如果长一点也许情况就会不同，两个人也许会认真考虑这个问题。可惜那时家里人太急，我妈还问过他，是不是对那个小徒弟有点意思，小舅张嘴就是：放屁！家里人只好算了。同时也认为杜月梅太小了，要等她能结婚小舅该三十多了，那是不可能的事。其实现在看来两个人心里不是没有，只是不敢承认。小舅对女人太紧张了，紧张到了无话可说，已经分不清喜欢和需要，以至于该正视的时候他也不敢面对。而那一年他已经二十八岁了。

那一年，出现一个戏剧性的转折，原因是工人开玩笑。

据我看凡有人群的地方都免不了男女关系方面的精神生活，谈不上谁高谁低，只不过工人更直接一点，更有创造性。矿机厂就发生过这样的事：一个平时嘴巴很油、爱占女人便宜的师傅中午睡觉，被女工解开裤带，裆下糊了一大捧黄油。当然他们全是结过婚的，玩了乐了也就忘了，并不当回事。那天也是这样，午休时小舅睡着了，这时来了个库工找他签字。有人就说，朱师傅啊？睡了，你能亲他一口立马就醒！又有人说，咱们朱师傅什么都行就是那玩意不行，就缺你这一口了！人们嘻嘻哈哈说着这些，库工并不恼，一个人拿着领料单往里去。可到了小舅身边她愣住了。工人睡觉简单，找一张晒图纸或者旧报纸随便一垫就能睡着。夏天，都穿着单衣，小舅那一身肌肉就显得特别动人，让她有点发呆。

这种表情很奇特，触了电抽了疯一样。这表情立刻被几个女工捕捉到了，几个人一嘀咕，一二三就把库工给拎起来放到小舅身上了。放上了还不能算完，还摁着胯子来回搓上下蹾。小舅就在这种哇哇大叫的集体快慰中坚挺起来。有人喊，硬了，他硬了，谁说他不行的？他硬了！工人们拍着巴掌笑啊跳啊，肚筋都笑断了，认为这是最富创意最过瘾的一次恶作剧。

但事后，库工哭了，骂了流氓。小舅傻了，觉得抬不起头来。再后来，他就决定跟这个库工谈恋爱，再再后来他们就结婚了。这个库工就是我的小舅妈。

当时我妈是不同意的（也没有其他理由，主要是觉得她不太好看），一再跟小舅说，现在改主意还来得及。小舅说，我都那样了，还怎么改？我妈说，哪样了？不就是开个玩笑吗？可小舅坚持说：我都那样了，我都那样了！

那个时代确实很奇特。在小舅看来，他都那样了就等于作出了承诺，他就不能不负责任，否则他就真是流氓了。

这件事我跟月月交流过看法，我认为人的命运确实不可捉摸。人这个东西，我说，真的很偶然，很虚无，很结构，很符号。如果不是那次恶作剧，可能你就不是现在的样子，假定小舅和杜月梅好上了，也许你就是个大美人，一切的一切都要重新改写。

但月月不以为然，她说，你是烧糊涂了吧？即使那样又能怎么样？如果我比现在漂亮，也许我就不开鞋店了，而是直接去当破鞋。那个来钱多快啊。

有一天深夜，十二点多了，小舅突然来了电话，说：我回来了。

我妈抓着电话，一个激灵就坐起来，憋了半天才哭出声，骂：你个死大头啊你死到哪去了啊？

小舅说：我去了趟省城。

我妈说：那怎么不招呼一声啊？你要把人急死啊？

小舅解释，主要是跟月月妈干仗，他懒得啰嗦。原来他是找老领导告状去了。一家人这才把心放回去。

三

小舅把一条烟放在我面前，又让月月给我沏了一杯好茶，然后一挥手就把月月撵出去，郑重其事地说：请你帮我搞一个材料。我搓着手说这么高的接待规格我不好意思啊真的不好意思！小舅说：应该的，应该的。月月在他身后一劲地撇嘴，我也装看不见。

搞材料就是写稿子的意思，工厂里把一切文字的东西统统称为材料。小舅知道我喜欢写小说而不是搞材料，但小说都能写了材料还不能写吗？我算是个还有点品位的人，也经常参加一些文学沙龙，只是暂时成就还不明显而已。但我们报社有个笔名叫西门庆的哥们，是专门写苦难的，已经很火了，他有一次到前街邮政所拿稿费，把柜台的现金都拿空了。这事在我们那个圈子里已经成为标志性美谈，我在家也吹过。我一直深信，有一天我也能这么爽一把。虽然我明白小舅这是因为看重这个材料，但小舅的庄重本身就说明了对我的承认。这也让我带上一点神秘激动的想象。

他首先申明：你放心，出了问题一切由我承担。

小舅说，你是我们家的知识分子！

其实事情很简单，他就是要把矿机厂这几年的衰落给领导汇报汇报，把工人现在的处境跟领导反映反映，把造成这种情况的原因给领导分析分析。其实照我看，这些破烂事你不说领导也未必不知道。现在我们那个地方哪家国营企业不是这样？哪个工人日子好过？男的蹬板爷女的搞破鞋领导不知道？那些早年离职下海的反倒好了，有了位置也有了积累。而那些听领导话要以厂为家的，现在满大街都是。分工越来越细，连掏耳朵挠痒痒的都有了。现在谁要能想出一个挣钱的点子，立马就有成百上千学样的，可谁来消费呢？领导不知道？

但小舅不这么看，他坚决要我给他写。他说，不是你想的那样，我们厂落到这个地步是有原因的。别的厂我不了解情况，不好说，可我们厂我是一本清账，我是眼看着他们一步一步把厂子整垮的。他说，这是一场严肃的斗争！我要和他们斗争到底！他目光如炬气势如虹，很正义。

他都这样讲了，我也就无话可说，只当陪小舅玩上一把。

小舅告诉我，这一趟去省城他把矿机厂的第一任厂长给找着了。他说这老头是延安时期搞兵工厂的，现在住在干休所。他费吃屎的劲才把他给找出来。然后这老头又领着他去见了国资办和总工会的人，现在这些人全都答应帮他告状。他说要是省里告不赢，他就去中央告，非把他们告下来。

说着小舅又拉我到厂里去，他说：眼睛看着我们厂，我才能说清楚。就这样，又陪他在厂区转了大半夜。

其实这个厂我从小玩到大，龙门吊，大行车，车铣刨镗，全都是我熟悉的。这里有我一半的童年欢乐。而今却人去厂空，无比荒凉。小舅就在这荒芜中讲述了他认为不该如此荒芜的历史。冬夜，风很冷，可小舅却讲得一头是汗，把毛衣解开，胸口呼呼冒着热气。这很让我怀疑自己的观察能力。他高大的身影像鬼一样在墙壁上扭动，使他的动机显得宏大而且飘渺。

简单归纳一下就是这样：矿机厂的前身是东北某军工企业，五十年代由国家投资，转战千里来到江南，属于当时国家大型骨干企业中的配套项目，是为周围几家矿山服务的特大机械设备厂。到了七十年代末已经发展成设备总吨位号称江南第一的大厂，拥有三千多工人和五百多工程技术干部。按小舅的说法，除了飞机不能造，他什么都能干。到了八十年代实行价格双轨制的时候，厂里要求分出一部分生产能力开发电冰箱（那时海尔小鸭美菱那些牌子连影子都还没有呢），可上级就是不批准，说是要坚持为矿山服务的方向。好，就为矿山服务。那时厂里每年都有电解铜计划（当时市场上电解铜八千多一吨，而计划价才四千多一吨，谁能批到条子谁就能发财，当时倒腾铜的人比苍蝇都多），厂里根据这种情况决定自己拉铜杆拉铜线，这样每吨可以卖到两三万，可上级一看又不干了，愣下文件把厂里的拉线车间给砍掉，眼睁睁看着那些倒爷在厂门口倒卖调拨单。拿到调拨单还不提货，转手又卖给别人。就是活抢啊！小舅说。可领导还要我们维护大局。好，就维护大局。到了九十年代，等人家把市场瓜分完了，原始积累差不多了，领导说你们该下海了，要自己在市场经济中学会游泳了。也行，就自己学游泳。谁怕谁啊？一直到九十年代末，我们厂其实还是能生存的。虽然工人多一点效益差一点，可我们生产的收割机拖拉机还是不错的，农用机械还是有市场的，还是垮不了。好，他看你还不垮，他就给你换领导班子。非把你搞垮不可。他给你换上一帮贪污犯来当领导，看你垮不垮！

我笑起来，我说这也太邪乎了，领导还能是天生的坏蛋？非把你搞垮不可？小舅说：我看就是故意的。原来我也不明白，以为真是什么产业结构调整，什么阵痛，现在想想，就是故意的！我说，那领导图个什么呢？犯罪也要有个动机啊？小舅沉默了半天，说：捞钱呗。你想想，工厂是死的，设备是死的，怎么才能变成现钱？

我没有文化啊，是个猪脑子啊，我现在都后悔死了。小舅说。

我承认想不出这里的道道。但是我认为，这年头捞着了算你走运，捞不着也不用心里痒痒，对老实人而言吃亏是福乃绝对真理。现在出事的贪污犯没有一个是真正狡猾的，我在报社干我还能不精通这个吗？

小舅摇摇头：我说的捞钱没有那么简单，要拐很多道弯呢。他说：我会给你一些资料，那都是有数据的，不是瞎说的。

小舅承认，他犯过两次错误，都是不可饶恕的。第一件是让工人集资买岗位，一个人三千块，不掏钱就下岗。他说这是上一届贪污犯来干的事。他们哄他，你是工会主席，老工人，有威信，让他去动员。结果集资款全叫那帮人拿去投资，打了水漂。这帮人调走的调走了坐牢的坐牢了，只有他成了名副其实的猪主席。

第二件事更愚蠢，这一届新班子来了以后，政府牵头引进了一个港商，让厂里跟港商签订协议，由港商整体收购，全员安置，改成私营公司。但干这样的事要开职代会，表决通过才行，结果领导又来哄他，让他做工作。当时他想，工人已经吃了大亏了，港商又愿意拿出几千万建立收购发展基金，逐步偿还工人的集资款，就同意了。但职代会开完了通过了，到实际过户的时候才发现，原来自称资产十几亿的香港公司不见了，却变成了我们本省的一家港龙公司。注册资本金只有三千万，而且公司副总经理居然就是我们厂从前上级主管局的财务处长（清算时还挂着市中级人民法院破产清算组副组长）！更滑稽的是，他们所谓的注册资金就是以收购矿机厂以后的实有资本来充抵的。空手套白狼啊。

小舅说：我着急的还不是这个，这些都已经过去了。我现在最着急的是眼下，眼下我们一定要想办法保住厂子。所以你一定要帮我把这个材料写好，要有说服力，要能打动人，让人一看就明白，还不能太长！其实小舅已经讲得很清楚了，他是心里一遍一遍想，想过一百遍了，可一写到纸上就不是那么回事。

小舅说：我太笨了，没文化真的不行。

我说，我保证给你好好写。不过小舅你也别太认真了。你写了又能怎么样？现在有谁还关心这种事？你们厂工人关心吗？反正你也不少拿一分钱。人家爱怎么整就叫他整去，他能把喜马拉雅山搬回家当盆景，咱没意见呀。小舅发愣：说你怎么会这么想？你帮了忙，矿机厂全体工人都会感谢你。他说：现在我已经搞清楚了，这家公司的所有承诺都是放屁，不但拿不出一分钱来实现转产，而且还要职工掏钱集资。当然工人也掏不出钱，有也不可能再掏给他。这样他们就有理由卖厂房卖设备，他们真正的目的是要这片地，他们是搞房地产的！

小舅就是这样的人，他认准的道理是不可拐弯的。可是他在那儿一惊一乍地喊，十分痛苦十分正义，在我看来就二十分可笑。就算他是世界上最后一个把工厂当成自己家的人，又有谁信？就算你把这个事搞成了，又有谁来感谢你？这话我没有讲，我要讲出来他能把我拍死。

我问，他们现在进行到了哪一步了？小舅说：眼下还僵着。我没签字。我不签字就等于少了职代会这一道。我说，那不就结了吗？不签字他就不合法，不合法他还能把你吃了？小舅又摇头：你到底还年轻啊，法算个什么鸟呀？法院就是他们家开的。现在他还对你客气，又要送别墅又要送小姐。你等着吧，不答应好果子还在后头呢。

我阴笑，我琢磨着这才是问题的实质。我问，他真给你送过小姐？他点头，是啊。你没要？是啊。你真的没有一点点私心？他愣住了。

　　我说：我的意思是，让你下这么大的决心，让你激动成这样，就没有一点点个人的理由？小舅想想，说你是什么意思啊？我说，你太崇高太伟大了，所以让我不太相信。他说：你的意思是我想当厂长？我说一个破厂长能让你这样大动干戈吗？这还不够本质。你就说说为什么非要把罗蒂送走吧，罗蒂妨碍你什么了？你肯定还有别的原因。小舅咂着嘴想想，说你个小兔崽子，你究竟想知道什么？想让我说杜月梅呀，我就给你说了又能怎么样？

　　小舅证实了我的一个猜想：他确实去过杜月梅家。是杜月梅的处境让他受了刺激，让他决心去上访告状的。小舅妈说的没错，他确实是心疼杜月梅了。

　　小舅承认，他确实喜欢杜月梅，不过这种喜欢是结婚以后自己才发现的，那时已经有了月月，太迟了。但是他们并没有来往，只是在心里憋着。在厂里碰上了，就多看上两眼，看过了心里就酸酸的。有时候碰不上，他还特意去精工车间转转，转过了心里就好受一点。这种心情持续了好几年，后来岁数大了才渐渐淡了。杜月梅到了二十七岁才结婚（是什么原因他也不清楚），嫁的是厂里的一个司机，当时小舅舅妈还包了钱去喝过喜酒。但后来杜月梅的命一直不太好，生过女儿以后丈夫也出了车祸，死了。前年，她女儿小改查出有骨髓炎，这以后日子就一天比一天凄惶。下岗以后她卖过血坐过台，但岁数大了连这种生意也不常有。这样小舅就时常会有一些愧疚和感慨，但并不像舅妈说的那样。小舅向我保证绝没有干过那种事。我想这也是一个男人非常正常的心态，算不上什么。

　　那天，杜月梅被狗吓着以后，小舅揣了点钱去看她（工会救济是不可能了，只能从家里偷点出来）。但没想到的是，杜月梅一见他就破口大骂，能捞着什么就砸什么。说朱卫国你妈了个×，你骗我们集资你喝我们血，你害得我们还不够惨啊？小舅本想说点好听话就走的，可遇见她这样就一句话也讲不出来，舌头被台虎钳夹住一样。杜月梅说，你是不是也想嫖啊？这些钱你够嫖几次的，你来啊！小舅吓得掉头就走，可杜月梅把那个钱阎成一团又扔出来。小舅拣起那些钱，可能比他一辈子锻出的铁器分量还要重，那时日头还没下去，空气里弥漫着尘埃，可他眼睛里灰蒙蒙的，什么也看不清。只听见大锤咣咣地在耳朵边上砸。他一犟头又回来了，说，我早想和你好了，我都想二十年了，钱你先收下吧。他的意思是只要你收下钱就行，别的以后再说。谁知这下坏了，杜月梅身子一挺就扑到砧板上，菜刀也抓起来了，说我早知道你就是这么个人，说我就是跟狗睡我也不能叫你污辱我！……

现在我能体会到，小舅为什么要坚决要把罗蒂送走了，其实他也喜欢罗蒂的，但现在罗蒂的每一声叫唤都让他心里滴血。他不杀死罗蒂，他就要去杀人。

现在我也能猜到，一连几天站在家门口的小舅其实并没有想什么，他脑袋里是一片混沌。破败的厂房，昏黄的流云，还有凛冽的北风，都不能让他清醒。在他眼前晃动的只有一个人，那个他从前喜欢过的女人。这个女人从前是那样的快乐那样的单纯，跟在他后面师傅师傅地叫着，咯咯咯咯地笑着，如今为了三十块五十块就能随便跟人睡一下！她没有法子，因为她还是个母亲，她还有一个住在医院里的孩子。可她心里还有尊严还有向往，她不能让小舅看不起她。这些都让小舅很受伤害，他不能不对这个女人，还有跟这个女人一样的工人负起责任。

他都那样了，他就不能不这样！

小舅站在龙门吊上，瞧着墓群一样的车间，眼睛里全是泪。说咱工人不贱啊，咱要求不高啊，咱工人卖的是力气靠的是手艺啊，只要有活儿干咱就能把日子打发得快快活活，咱怕谁个啊？

四

　　敬爱的××同志,您好。尊敬××首长,您好。此致工人阶级的崇高敬礼。××市矿机厂工会主席朱卫国。这样的信件我打印了十来份,每份两页纸,可以说有理有据,有情有义,把我自己都感动了。然后我又给了小舅一个软盘,告诉他不够了就找一家文具店再打,两块钱。这样小舅就揣着它去了省城。

　　接下来的日子就像转个不停的陀螺,每天都一样。我发现我也染上了某种宏大的毛病,我的额头也开始像皮带轮子一样深刻起来。我居然相信小舅能带回一点好消息回来,居然。

　　这期间,我还给报社写过几篇小通讯,都是反映下岗工人看病难和孩子上学难的。当然,都给毙了。不过我本来就不抱指望,我知道这不符合主编的导向。我们主编操心的都是后现代问题,比如我市有多少人买了第二套房第二辆车,为什么野菜比蔬菜贵,吃骨头比吃肉还养人,死在家里比死在医院更符合人道精神,看谁能勇敢地面对乞丐,等等。但我还是写了这样的东西,惹得主编龙颜不爽要重新考虑我的续聘问题。直到有一天西门庆来拍我肩膀,说要请我去鸿运楼洗澡,说那儿新来的小辣椒特别有味道。他说,你呀你呀,你怎么会犯这样的低级错误?瞧你脖子僵的,快让小辣椒给你暖和暖和。

　　小舅是半个月以后叫人给领回来的。确切地说,是叫人给押回来的。被领回来的小舅蓬头垢面,满身黑泥,一笑一嘴白牙。不过看上去精神状态还不错,搞成这样是因为他又去了一趟北京。

　　这趟去省城开头还挺顺利,该见的人都见上了,该递的信都递上去了,总工会还给他介绍了一家便宜的小旅馆。但过了两天就不对劲了,来一个处长找他谈话,自称是美国回来的博士。博士开口就叫他先回去，然后又说一通工人阶级最拥护改革最通情达理最有组织纪律性之类的话。他觉着口风不对，就问，那我们厂的事怎么办呢？博士就笑了，说你是省劳模，又是领导干部，你怕什么呀？省里都有政策的。小舅说不是我怕，我怕谁个？我们厂还有三千多工人啊？三千工人都要吃饭呀。那人脸就沉下来了，说你这个同志怎么这么不开窍呢？有个人要求你就谈个人要求，不要动不动拿三千人说话，你能代表三千人吗？组织上怕你吓唬吗？小舅说，我没有个人要求，我不想吓唬谁，我就是担心国有资产流失。博士说：很好，既然你提到国有资产，你知道国有资产谁有处置权？是你吗？你连企业法人都不是，你来谈什么国有资产？你不是瞎掰吗？

小舅傻了，心想他上次来各级领导都很客气，还让他写材料，怎么几天工夫就变卦了呢？这个博士他上次没见到，说话果然有水平，一口咬定他是带着个人目的来的，弄得他浑身是嘴都说不清。小舅就要求见领导，可所有的领导都说没时间不愿见，都传话让他先回去，让他相信组织相信党。小舅心想我要不相信我干吗写材料告状，干吗来找你们呢？小舅觉得委屈死了，跳楼的心都有了。

还是干休所的老头有头脑，说：风向变了小朱啊，他们这是背叛啊。

老头给小舅指了两条路。一、向后转回家去，捏着鼻子不吱声，看他们怎么搞。二、去北京，去国资委，去财政部，去中纪委，去……老头问：你怕不怕死？

小舅当然不怕死。他又不是为自己，他相信组织相信党，他怕谁个？这样小舅就揣着老头写的几封信，上了去北京的火车。

这期间，还发生了一个小插曲，市委办公室的副主任领着矿机厂的两个领导也到了省城。他们是专程来接小舅回家的，在稻香宾馆摆了一桌，上了鱼翅和鲍鱼，还有乱七八糟叫不出名的海鲜。他们知道小舅酒量大，专门备了一箱五粮液。他们说，朱卫国你狗日的今天不喝够，我们回去不好交差。然后就喝酒，一人拿一瓶，亲不亲，一口闷。小舅心想你知道我去上访，还非要来给我送行？上访是我的权利，党纪国法上都写着，你还把老子鸟咬掉了吗？喝！看哪个狗日的先趴下。然后，那几个狗日的就滑桌肚里了。然后，小舅就摇摇晃晃上了火车。

小舅没钱，也不敢乱花钱，买的是夜间的硬座车。他盘算着上车就睡觉，眼一睁就到北京了，在哪睡不是睡？结果这一觉就睡出问题来了。车过德州的时候，他闻到了扒鸡香。车过天津的时候，他闻到了肉包子香。睡梦中他还记得扒鸡和肉包子都很好吃，只不过这种香甜的感觉很快过去了。等他睁开眼，天已大亮，这才发现除了手上还捏着一张火车票，他已一无所有。他翻遍了所有的口袋，发现连裤兜里的手纸都没给他剩下。

这样，他头脑就开始盘旋。他相信，这绝不是一般的小偷。于是小舅坚定地认为：这一趟是来对了。不然他们为什么害怕自己上访呢？连一张纸片都不给他留下呢？这说明他们心里有鬼。于是这个小偷反而帮助了他，让他重新评估了此行的意义，让他觉着自己正在做着一件了不起的大事。而他们，并不像嘴巴上说得那么理直气壮。他想，老子一无所有就不能告状了吗？老子偏告给你们看。

这样他走出北京火车站的时候，心里一点都不沮丧不胆怯，而是瞄准了有塔吊的地方，直奔了建筑工地。兄弟，有活干吗？兄弟，我是来北京上访的，没钱了，帮个忙吧？这样问到第三家，他找到一个拌浆的活。可是北京的包工头也坏得很，只管饭不给现钱。现在眼看到年底了，更不愿给现钱。小舅对自己说，管他妈的，先吃两顿饱再说，就干上了。有了这样的心态，以后什么也没难住他。小舅觉着，这正是一种考验，他要是连这点考验都经受不住，他还跟那帮人斗什么斗？这样想想他的这些磨难就非常合理了，甚至有了点精神提升的意思，再苦再累，再饿再冻，都是应该的。

　　北京的冬天我知道，我在那上过四年学。那是个屋里屋外两重天的世界，屋里能让你鼻子热得流血，屋外能让你觉得胸膛是个开放的空洞，冷风能从前胸直穿后背。而小舅没有这种感觉，只穿一件毛线衣整天站在寒风里，小舅觉得快活得很。在北京的这几天，他拌过砂浆，扛过麻包，在路边修过自行车。他给自己做了个纸牌子：高级技工，只收现金。还真管用，有一家汽车修理厂还想长期聘用他。最走运的一次是，某工地的罐笼卡在钢槽里，他爬几十米高给人修好了，一次就赚到三百元。开头经理还想赖账，小舅一把抓住那人的胳膊，还没开口，那小子身子就矮下来。后来他俩还成了朋友，经理还介绍他到郊区的一个上访村去住，五块钱一晚，还管一顿早餐。

　　有了这样的经历，小舅信心倍增。他一边给自己找活干找饭吃，一边满世界打听那些大机关。上访村的村友也都是各地来的，他们也教给他一些上访的诀窍，比如怎么排队拿号，怎么给关键的人物递材料等等。这样到了第十天，他给自己买了一套干净外衣，又去理发店修了边幅。

　　然而最严峻的问题出现了，他没有证件。一个不能证明自己身份的人凭什么走进那些大机关呢？怎么可以让人相信你的上访申诉是可靠的呢？甚至可以进一步推论：一个没有身份证的人是不是一个真实的人？小舅显然没有去作这样的思考，他很容易就接受了别人的建议：花一百元给自己买了一个身份证一个工作证。他想，朱卫国还能是假的吗？他认为这个人是谁并不重要，关键是这些材料真实不真实，严重不严重。他相信组织上一定会来调查的，一查什么都清楚了。

　　果然，在各个大机关，人家都很客气地接待了他。都对国有资产流失很关注，都表示这个问题很严重，都说要认真对待。在总工会，人家还查了大本子，核对了朱卫国的省劳模称号，还对他的到访表示了感谢。可是有一天晚上拉网，小舅还是被拉进去了。警察眼睛毒得很，一眼就看出了他伪造证件的本质。

在一个大黑屋子里，小舅睡了两天。他太累了，一倒下就睡着了。这个表现让警察都有点疑惑，别人进来都是赶紧打电话托人求情，让人送钱来，六百块放人。可这个人不吭不哈，倒头就睡，连饭也不吃。他们反而担心起来，万一这个人有什么病，死在里头不是麻烦大了吗？于是就找他谈话，交代政策，提供方便，要他和家里联系。小舅说我不联系要联系你们联系，我把嘴磨破了你们都不相信。警察说不联系你就在这儿凉快吧。小舅说凉快就凉快，反正我的事也办完了。说话的时候市政府正派了人满北京城找他，最后交了罚款才把他领回来。

我不知道在身无分文的情况下我能不能坦然面对，也许被逼到绝境里人都会求生存，但小舅显然不是这种情况，只要他愿意，打一个电话就能解决问题。但他没有这样做。有意思的是，这趟北京历险让小舅开朗了很多，两眼贼亮，话也多起来。好像是去国外旅游了一趟，开阔了眼界，丰富了思想，整个人都长高了一截。他说，你瞧着吧，中央马上就要抓了，上头不会不管的。让他们这样搞下去，还得了？在他看来，咱们这儿的情况还不算最严重的，别处比这还厉害，这就是非抓不可的理由。我问过小舅，你怎么这么有把握呢？中央就听你的？他说：这不明摆着吗？他们让国家吃亏，让工人吃亏，这就是活拉拉抢银行啊。另外他听说，全国总工会正在起新大楼，盖一百多米高的新大楼，这说明什么？他说：这说明咱工人阶级还是有地位呀，工人还是国家的主人公不是？

有一件事我没搞懂，小舅连手纸都让人给偷走了，他拿什么材料向中央机关告状呢？小舅夹着眼笑，说你那个材料我早就背下来了,他就是把我衣服扒了,我光屁股也能进北京,不就是花两个钱找人打印吗?我不信,他就背给我听。我发现三四千字的文稿,几十个数据,只弄错了两个标点符号。

小舅得意地说,咱笨人自有笨办法,老天爷安排好的。

五

工友们,老少爷们们,兄弟姐妹们,请你们有空回厂里来看一看,想一想,大家商量商量!小舅提了个电声喇叭,从东村喊到西村,从西村喊到新村。他的意思是,最好能开一个全厂职工大会,把当前的形势说一说。当前的形势是什么?就是有人要出卖咱工人阶级,侵吞咱国家财产,咱眼看就无家可归了。

小舅在厂门口支了张大桌子,上面放了一份倡议书,留了一摞子空白纸给人签名。倡议书是他口述我起草的,本来还有一千个不答应一万个不答应之类的话,我认为这也太文化大革命了,就删掉了一些。可小舅认为,就是这样的大白话才来劲,工人一听就懂,一看就明白,大家才能团结起来。现在谁怕咱工人团结?谁是工贼谁害怕!总之他是横下一条心了,要发动工人抵制卖厂。在他想来,只要三千个名字往上一写,吓都把他们吓死。

这期间还发生过一件事,市领导把他找去谈过一次话。小舅回来后脸青过两天,脸青过之后就让我帮他打倡议书。小舅说:他们也说不出什么道道来!你有理说理嘛,你敢说这不是侵吞?你敢说这不叫贪污?你敢公开包庇他们吗?你们也不敢。你们也说不出道道来!就说我不该上访不该去北京,我不去北京我找你管用吗?我找你找得还少吗?

小舅这一趟出去,明显能说会道了。一个人对着墙壁也能嘀嘀咕咕说个不停,好像一直在跟谁在苦辩,好像他一辈子该说的话都积攒在心里,此时阀门大开。我听不懂他在说什么,却知道他的短发已经白了一片,看上去比我妈都苍老。而在他的脸上,刀刻斧凿的脸上却有一种神性的光辉——目光专注,印堂发亮——我这样说不是赞美,而是实实在在是有点害怕。我真怕他支撑不住,走向崩溃。用小舅妈的话说,他这是想上电视了,想当名人了,过瘾!

那天回来我把小舅的情况一说,我妈就愣了。白菜刚撂下锅她也不管了,扔了锅铲就走。见了小舅又拉又推又喊又叫:大头啊,你想哭你就哭一场,啊?你别想不开啊,别吓我们啊!

小舅当然不是想哭,他正亢奋着。问:我干吗要哭?放什么屁呀?

可他的亢奋我妈十万分地感冒。在她看来,小舅完全是疯了。企业改制,国家转型,是你一个工会主席管得了的事吗?你工资不少拿一分,饭不少吃一碗,别人能过你就不能过了?再说你还是个省劳模副县级干部,怎么改也不能把你改掉了。你操心什么?退一万步说,你就是心疼杜月梅也没啥,悄悄帮她几个不就完了吗?我妈大气磅礴地指出:谁爱贪就叫他们贪去,他能把长江水都喝干吗?咱们安安分分过咱的日子。可惜小舅的回答是不理睬,他认为这比放屁还不如。

我妈说那么多人不出头你为什么要出头?枪打出头鸟你懂不懂?你这是造反啊你知道不知道?古今中外有几个造反派得善终的?文化大革命的时候你还小啊,你根本就没见过事啊。你越来越不懂事了!我妈是当小学老师的,革命历史她知道得不少,可她就是不能说服小舅,而且从来没有说服过小舅。说服不了她就觉得很伤心,一伤心眼睛水就一泻千里。

后来我父亲也赶过来了,僵局这才打破一点。我父亲是个工程师,是搞机电一体化的,对矿机厂也算了解,小舅不敢不尊敬他。按我父亲的看法,写个倡议书还够不上造反,和文化大革命挨不上,只是他怀疑这种做法有没有价值。在他看来,当今世界五轴连动的机床都有了,咱们这个矿机厂也确实落后了,能改改不是更好?再说现在是市场经济,资源要向优势企业倾斜,你们硬顶着不是逆市场而动吗?

小舅叫道,它哪是什么优势企业啊?他们一分钱也没有,是空手套白狼啊。而且他们搞的是房地产,连名字都想好了。靠山的这一片叫睡女花园,靠厂区那一片叫雄风广场。我父亲这才傻了,说不对吧?我昨天才看的报纸,怎么会这样呢?怎么可能这样呢?小舅说:报纸上要有一句真话我何必去上访呢?他要真能改造矿机厂,别说五轴连动,八轴连动我都想要啊。我父亲经过严肃的思考,还是认为这一切太不可思议,便指着我骂:这就是你办的报纸?

这天晚上,一家人在一起吃了一顿饭。快过年了,有点最后晚餐的意思,虽说气氛沉重,可人总算是聚齐了。我妈也不劝小舅了,倒是一改往常劝他多喝酒,说:多喝点,喝醉了你就清醒了。

小舅站起来说:姐,那我就谢谢你!又说:我们家往上数几辈都是本本分分的工人,咱本分可咱不是孬种。你们猜我这几天看见谁了?我总能看见咱姥爷,我总能想起他说的那些话。他对外婆大声说,妈,我看见我姥爷了!

外婆答道,好,好,你姥爷好!

我看见母亲脸色一惨,热泪喷了一脸。

他们说的姥爷,就是我外婆的父亲。他老人家死的时候还不到三十岁。他没留下照片,谁也不知他长得什么样,可小舅居然说看见了他。我想小舅看见的应该是一幅素描画,这幅画至今还挂在大连市一座著名的监狱博物馆里。我读大三的时候，我妈和小舅回东北探亲，领着我去参观过。画上的那个人是个工人领袖，他正在驳斥法官的指控。他说：我们从来不隐瞒自己的观点，我们就是反对资本家剥削和欺骗，就是要为工人争福利，争权力，改善工人生活。那个人后来死于一次著名的监狱暴动，身上中了十几枪，肩上居然还扛着一副铁栅栏。……我说小舅脸上的神性，指的就是这种表情。我明白，小舅真的是走火入魔了。

但是事情并不像小舅想象那样，他振臂一呼，然后应者云集，然后大家同仇敌忾就把厂子保住了。小舅的错误在于，他根本就忘记了这是一个什么样的时代，也忘记了自己的身份。这事我在报社里也谈过，他们都认为这种事早就不稀奇了，连新闻价值都没有。他们说矿机厂要是以一块钱转让那才叫新闻。当然，这种话小舅是听不进去的。

几天过去了，回厂来看热闹的不少，真上来签名的并不多。小舅见人就讲形势严峻，见人就宣传保住工厂就是保护自己，他眼睛充血嗓子喊哑，可人家就是不愿签名。人家说对呀对呀，是这么个理儿呀，朱主席你真是个好人。这年头像你这样的恐龙已经不多了，可就是不签名。就这样他还不死心，他还要挨家挨户去做思想工作，上门去促膝谈心，掂着电声喇叭一片一片地宣讲形势。小舅说：我以前是犯过错误，大家上过我的当，所以大家不相信我，这我能理解。可我没有贪污过一分钱是真的，我为咱们厂着想为大家着想是真的，这点总可以信吧？请你们相信我，只要工厂还在，只要大家团结起来，厂子还有救……

到了后来，他身后只剩下一帮小孩，他走到哪都有小孩跟在后头喊：厂子还有救，厂子还有救，厂子还有救！

原先跟着签名的都是职代会的代表，还有跟小舅关系特别好的一些老工人。现在看见人气不旺，那些代表又后悔了，还偷偷摸摸把名字擦掉几个。小舅气得眼珠子都要飞溅出来，说你们怎么孬成这样？滚，怕死的都滚！

这样的结果是小舅完全没有料到的，他不能接受这样的事实。在他看来，他两次出去上访，经历千辛万苦，完全彻底为了维护工人的合法权益，到头来却是热脸蹭了冷屁股，这怎么可能？他想不通，工人阶级怎么能这么冷漠？这么自私？这么怕死？这还是从前那些老少爷们兄弟姐妹吗？

然而真正让小舅伤心的还不是这些。真正令小舅感受到人世间冰寒彻骨的悲哀是一个晚上。那天，他一口气喝掉一瓶大曲酒，正要摔瓶子，家里来了两个老头。老头是他从前的师傅，老头对他说：你随它去吧，孩死娘嫁人，折腾也是瞎折腾。我们是看你可怜，才来跟你说这个话。

小舅哭了，说师傅啊，师傅我真是为大家好啊，我没有半点私心啊。

可老头们说，现在的话都好听很了，听了也都好过很了，可谁知道哪句话是真的呢？搞不清啊，真搞不清啊。老头告诉他：你说你为大家好没有用，你算老几呀？就算厂子不卖了，你就能保证搞好吗？到时候不还是人家说了算？

小舅说，那他们也不能这样对我！

老头眼一瞪，说这样对你还是客气的，你坑了咱厂多少人啊？你摸良心想想，工人都拿128，你拿多少钱？你早就不是工人啦！

小舅这才一屁股坐下地了。在小舅看来，到这时才算真相大白，自以为代表工人说话的他，其实只能代表自己。而那个美国博士说得一点也不错，不要动不动拿三千人说话，你能代表三千人吗？组织上怕你吓唬吗？

就是这天晚上，小舅喝得大醉，瓶子摔了一地。小舅妈气不过，说：过完瘾了？过完瘾就爬到床上去，别在地下耍赖。一会儿你女儿回来还说我怎么着你了！然后嘀嘀咕咕又说了些守活寡之类的话，小舅叫她夹住屁股嘴她也不夹。这样小舅积郁了一冬的怒火终于点燃了，他抄起一把竹笤帚劈面就打。

小舅并不是一个喜欢家庭暴力的人，作为工会主席他还调解过不少暴力纠纷。他和舅妈的感情虽说不大好，舅妈那张嘴巴虽说也有点臭，时常疑神疑鬼说些难听话，但真打这还是第一次。小舅真的是气疯了。

当时的情况是这样：小舅妈夺门而逃，嘴巴里大喊杀人了，朱卫国杀人了，朱卫国不要脸，搞不到婊子就打老婆。小舅在后面追，她就在前头喊，从工人东村一直喊到西村。当时晚上九点还不到，几乎全体工人和家属都看到了这一幕。在工人区吵嘴打架并不稀奇，当时也没有人出来拉架，人们只是觉得很惊讶，甚至还有点小快活，觉得很过瘾：朱卫国怎么也是这样的人？也许他们觉得，这才是本色的朱卫国。

正好月月收工回家，愣在小马路上，人都傻掉了。后来她就跪在路中间，抱住小舅的腿哭得撕心裂肺：爸呀，爸呀我求求你呀！你别再闹了啊！

小舅这才站住，然后直挺挺地倒了下去。

六

这是入冬以来少见的一个夜晚，皓月当空，纹风没有，暖得出奇。工人东村背后的睡女山在月色下显出了少有的凄清柔媚冷艳逼人，有点像冰心在乡愁想象里出现的月下青山。当时是十点来钟，一家人都还没睡。小舅被弄到床上呼呼吐着粗气，月月母女俩在堂屋里坐着没话可说，该吵的吵过了该骂的骂过了，相对无言而已。就是这时，她们听见大门上有指甲划动的声响。

月月打个激灵就跳起来，说，是罗蒂！

真的是罗蒂。好汉罗蒂流浪一个多月居然自己找回家来了。它一见月月就呜的一声扑进怀里，两个前爪搭在月月肩上不肯放下来。然后月月也哭了，嘴里喊着罗蒂罗蒂，她们就倒在地上不停打滚。罗蒂没有放声吼叫，而是把声音憋在喉咙里，发出一种奇怪的哭声，好像生怕别人听见，好像生怕再次惹祸，好像它对人世间的一切都已经看透，只是发出那种小心翼翼的呜呜的低嚎。它一边哭还一边不停地抽搐，让人感受到它从心灵到肉体都经历了怎样的痛苦。

我相信人是无法体验这种痛苦的。芜城离我们那个地方有二百多公里，中间隔着好几条河流和大片的丘陵山地，我想象不出罗蒂是怎么找回来的。这一个多月，罗蒂肯定每一分钟都在寻找，它不会放弃任何一点熟悉的气息。但狡猾的人类把房子和公路都建得差不多，把每一辆汽车都造成轱辘和钢铁的联合体，而且到处是可疑的灯光和讨厌的石油废气。它肯定走过不止一座城市，走过不下几千里，从一点点细微的差别中辨别方向，一个地方一个地方地区别真伪。它还必须忍耐饥饿和疲劳，躲避人类的追捕，因为像它那样的体格和皮毛是无法不让人生出贪婪歹毒之心的。它不敢停下来休息，不敢放松警惕，因为稍有松懈就可能遭到毒手。还有，就是它内心的煎熬，它想月月呀，这种思念每一分钟都在折磨着它呀。它不懂贫穷和富有，也不懂高贵和低贱，更不懂文化和禁忌，它只相信一条，它只有一个家，只有那一种气味才是它需要的，只有那一个人才是它的朋友。也许它还想到了月月的痛苦，也许它认为月月也像自己一样在四处流浪，它不愿意月月也受着同样的煎熬。所以它只有不懈地顽强地寻找，现在它回来了，它怎么能不呜呜地失声痛哭！

后来小舅妈从震惊中清醒过来，说月月你先给它洗洗吧，你看罗蒂都成啥样了？月月这才发现罗蒂形容枯槁，满身污垢，毛发黏合，后胯上还带着一片血迹。月月说罗蒂你先吃饭吧，吃了饭我再给你洗。可是，罗蒂已经瘫在那儿起不来了，嘴角流着白沫，一条腿不住地抽搐。再一细看，有一根小腿骨露在了皮毛外边，已经发黑了。

月月一边流着泪一边给罗蒂擦洗，一边擦洗还一边让罗蒂喝牛奶，一边喝牛奶还一边给它上药、包扎、捆夹板。月月说，罗蒂呀罗蒂呀我对不起你呀，以后我俩再也不分开了好不好？我明天就带你去看腿好不好？罗蒂吃了喝了来精神了，爬起来打个激灵，然后又汪地叫一声表示同意。

月月说，罗蒂你好好睡一觉，明天我带你去买好吃的。罗蒂不动。月月拍它的头说，罗蒂乖罗蒂听话罗蒂你去先去睡吧。可罗蒂就是不动。在以前，月月只要发出指令，罗蒂就回它的小窝，她不让罗蒂进她的房间。月月奇怪，四下里看看，院子里也没有别人。月月问，你是不是想到我屋里去？罗蒂不吭，但喘息分明粗重起来，目光变得警觉而且凶狠。

月月不知道，罗蒂一声叫唤，把小舅叫醒了。小舅看见了罗蒂。于是小舅这些日子所有的委屈和怒火都有了发泄口，而且全部集中在罗蒂身上。于是小舅发了疯一样满屋乱窜，后来他抓到了一把榔头。舅妈本来想拦他的，可见到小舅两眼血红一副要吃人的架势也吓呆了，一个字也喊不出来。等月月明白这一切，小舅已经冲到了院子里，罗蒂在月月身后狂吠不已。

小舅骂个不停：你妈了个×，看我不砸死你！骂着就撵着罗蒂要砸。

罗蒂开头是要躲闪的,它在月月身后钻来钻去地躲。后来月月喊,爸呀爸呀,你干什么呀?我求求你呀!

但突然地罗蒂就不躲了,嗷地吼叫一声就站住了,吐出了血红的舌头和尖牙,喉咙里呼噜呼噜喷出热气。小舅被这个动作弄得一愣。

月月知道不好,她扑通一下跪在了地上。她想抱住罗蒂,可罗蒂闪开了。她想抱住小舅的腿,小舅也跳开了。她只好对着地面一下一下撞脑袋。她说爸呀爸呀你千万不要砸呀,又说罗蒂罗蒂他是我爸呀你不能咬他呀。

这时小舅妈也冲出来了,对着小舅就一头撞过去,说妈个×朱卫国,你把我们娘俩都砸死吧,我们都死了你就省心了。小舅这才清醒了一点。

当时夜已深了,这一家人的喊杀喊打和罗蒂的大嗓门惊动了不少人。也有邻居过来劝架的,劝小舅息怒,犯不着为一点小事动肝火。也有说月月的,说月月不懂事,说这条狗的确不能再留了,留在家迟早是个祸害。

后来有人把丁师傅也叫来了,丁师傅答应这次一定把罗蒂送到江北,他保证是放生,绝不把它卖给任何人。而可怜的罗蒂并不清楚这些,不清楚人们和颜悦色的表面,不过是掩盖谋杀。它只是缩在月月怀里一下一下舔着月月的手。

最后的时刻到来了,人们把塑料编织袋交给了月月。月月想留罗蒂到天亮他们都不能答应。在父亲和罗蒂之间她最终选择了父亲。

然而最不可思议的事情也出现在这一刻:罗蒂一看见那个编织袋就警醒起来,它狂叫不已,后退着躲闪着。月月拢不住它,就流着泪说,罗蒂乖罗蒂听话,罗蒂我给你找一个好人家。可是罗蒂再一次看见编织袋要罩过来的时候,它一口就咬住月月的袖子,月月一抖,被它挣脱了口袋,跑了。月月撵出去喊,罗蒂罗蒂,你听我说!罗蒂就停下来听她说,它腿瘸着跑得也不快。可是月月一追上，它就看见那只可恶的口袋，然后它就再跑。这样她们从东村一路喊着追着，罗蒂一路听着停着，一直跑到了厂区。在她身后跟着好几十人，看着这样的奇观，听着这样凄厉的呼喊，他们谁也不觉悟。后来月月再喊它也不听了，它一瘸一瘸地爬上了龙门吊。后来月月实在跑不动了，就趴在铁梯上哭，说罗蒂罗蒂我错了，我跟你走行不行？我不要咱爸了行不行？可是月月忘记了，她手里始终抓着那只编织袋，这种形象她说什么罗蒂都不信。这样，罗蒂最后回过头看了月月一眼，放开嗓门长长地吼了一声，一头栽了下去。

罗蒂是自杀身亡的，这点确凿无疑。当时在场的有好几十人，他们都看得清清楚楚，罗蒂跳下来时是屈着腿，伸着头，而且准确无误，一头扎进道岔铁轨的结合部。当时人们费好大劲才把它的脑袋从道岔里完整地扒出来。它把自己的天灵盖撞得粉碎。

当时虽是深夜，可月正圆，光正亮，在场的人都看见罗蒂划出了一条几十米长的高空弧线，发出了沉闷的钝响。虽是冬夜，清冷，可那条黑色弧线就像一把刀子，劈空一下就把人的胸膛豁开了，热辣辣地喊疼。虽是人多势众，热闹无比，可那一刻竟都齐齐铆在地下动弹不得，接着就是坟墓一样的长时间的荒寒寂静。

我是第二天中午才得到消息的。月月打电话说，你来看罗蒂一眼吧。我赶到时，月月嗓子已经哭哑了，里外都透着冷漠。后山上聚集了很多人，都是来送罗蒂的。罗蒂躺在月月的五斗柜里。坑已经挖好了，旁边有一块木牌子，写着：义狗罗蒂。我看见月月的毛毯盖在罗蒂身上，它闭着眼，只有额头的两撮白毛还支棱着，像鲜亮的眼睛，像黑夜里的星星，冷峻，高傲，威风不减。

山上风挺大，也冷。人们都是来看这条义狗的，并没有什么话要说。看过了，心事了了，就有人用铁锨铲土。然后那些土就一点一点把罗蒂固定在睡女山上，然后就三三两两地下山。有人轻轻叹息，说人不如狗啊，人真的不如狗啊。然后这句话就跟着寒风在山沟里翻滚。

后来又有人抬杠,说人怎么能跟狗比呢?人活得本来就不如狗嘛。

而好汉罗蒂已经听不见这些了。它奔跑不止几千几百里,在荒原,在山岭,在冰冷的城市间四处寻觅,不知经历了多少痛苦,不知忍耐了多少残害和阴谋,它遍体鳞伤,还被打断一条腿。它终于回到了家,可是家里人不但不收留它,不可怜它,反而二话没有又要把它撵走。还用一条花里胡哨的编织袋!这些人说尽了好听话最后还是要抛弃它。任何一条有志气有感情有尊严的狗都受不了,何况是罗蒂?它怎么能忍受这样的侮辱?怎么能接受这样的安排?与其再度被冷酷的人类抛弃,它还不如自寻了断,在这个世界里寻求彻底解脱。

那天小舅没有来。他发起了高烧,一个人在家躺着。我猜他心里也不会好受,他的暴行直接伤害了罗蒂,他不会没有一点震动。如果说当时是发酒疯,还有情可原,可现在罗蒂都死了,你还有什么可怨的?小舅是一头犟驴,这是外婆和母亲的一致评价,我小时候常听她们这么骂他。但小舅的悲剧很难用一个犟字来说明。小舅不小了,出事的这一年整五十了。五十岁不是五十斤,怎一个犟字了得?写到这里我已经很难表达我对小舅的看法,我说过他那一代人的情感我理解不了。

下山时我们碰见了杜月梅。她拿着一束梅花,看样子也是去祭罗蒂的。可迎面碰上了,总还是有点尴尬。杜月梅轻轻喊了一声月月,说我对不起你。小舅妈哼一声就走过去,但月月却很大方,叫了声杜姨。后来这两个人凝视了一会儿,就慢慢走近,还搂在了一起。我觉得月月这一点就很不简单,比老一代强。

七

月月从家里搬出去了，搬到集贤街她那个小鞋铺里住去了。她说她受不了了，在家她眼一闭就能看见罗蒂的目光，那种最后回头看她时的目光。她说那就像烧红的烙铁直插进脑袋里一样，眼一闭就痛。

舅妈也受不了家里的冷淡凄清，也回娘家去了，说要过了年才能回来。这样就苦了我们，我妈不能不去照顾外婆，还有躺在床上的小舅，我和父亲只好两头蹭饭吃。

元旦之后，市里突然下文要求所有的国有企业限期改制，先是3号文件，后来又是5号9号文件。我们报纸也公布了国有企业产权制度改革实施细则，好像是突然之间，领导都睡醒了。我们主编说，这次是休克疗法铁腕推进！而且靓女先嫁，把靓女都嫁完了，看你那些丑女还动不动？

三九天，人人都热得不行。先是几家股份有限公司相继宣告成立，走到哪都能闻到鞭炮的硝烟味。广播电视里也都是喜庆气氛，歌词是：看成败，人生豪迈，只不过从头再来。它们从原来的国有独资，一下就变成了国有资本不控股或相对控股。这是几家效益好的企业，通常被认为是市里旱涝保收的铁杆庄稼。此举的引人注目之处还在于通过一次性补偿，置换掉职工的身份。而且来势凶猛动作干脆：要求在十天内走完全部关键程序：员工购股、身份置换、召开首届股东会、员工重新招聘、把企业资产一次性量化分配到人。给人的感觉是，在产权明晰、国退民进的大气候下，无论怎样化公为私都可以，可以，也可以。鬼子就要进村了，能捞一点就捞一点，赶紧把家给分了。

那天小舅是出来晒太阳的。他对外面的事情已经完全麻木，也不再感兴趣了。众叛亲离和我妈的强大思想攻势，使他彻底投降认输。他现在唯一的想头就是让月月赶紧回来家叫他一声爸。可月月就是绷着不理他，连我妈也说不动。月月对我解释，这个伤痛是她的永远，看来三五天是不可能修复的。小舅没法子只有求外婆，但外婆是个彻底的好好主义者，拿着电话说了半天好，好。那头月月早挂线了。

几天的高烧让小舅有点飘，明晃晃的日头也让他有点飘，后来他找到一只小板凳，才顺着墙壁慢慢坐下来。坐下来才发现，竹篱笆外头围了一圈人，而且人越来越多。这些全都是厂里的老师傅、他的老兄弟，还有职代会的代表，他们居然不敢进家来，只是隔着篱笆墙跟他笑，想讨他的好：好点啦老朱？你起来啦朱师傅？厂里宣布啦，出大事啦，朱……朱主席？

小舅把眼翻翻，不吭。

那帮人就七嘴八舌说，港龙公司已经进来啦，布告都贴出来啦！

小舅把眼翻翻，还是不吭。

他们问：你不管了？

小舅说：我不管。

他们说：你真不管？

小舅说：我真不管。

他们说：你真不管我们就走了。

小舅说：走吧，走远远的。我要再管我就是你孙子。

后来他们急了，说那总得有人领个头啊？我们该怎么办？

小舅说，爱怎么办就怎么办。反正你们能过我也能过。

后来又有人骂，说日你妈朱卫国，你把大家都骗了又甩手不管了？

小舅就把眼翻白了，再也不吭声。这样人来人往，僵持到天黑，人们又把他师傅搬出来。两老头来了也劝不出个道道，只是干叹气，完了，这个厂真的完了！小舅说，不是我不愿管，可我管有什么用？我算老几呀？反正大家能拿128我也能拿128，我不信别人能过我不能过。

我妈对小舅的表现一百二十个满意，在她看来只要小舅能顶住十天半个月，厂里旗号一换，人们再怎么闹腾都没用了。到时候小舅这个省劳模、副县级干部市里不会不考虑的。再说闹有什么用？厂里那么多干部，人家不出头凭什么我们要出头？这年头没有是非只有利益，谁出头谁倒霉。这个信念使她十分兴奋，她决定要把这半个月当做一场战役来打，住在小舅家不走了。她要看住小舅，她要保护小舅，她要为这个家庭在她退休前做一次辉煌的贡献。尽管这个念头在我，和我父亲看来是可笑的，可她干得十分认真。当然，在工作方法上她也有所改进，现在以表扬为主。她说：大头哎，你这就对了，听领导的没有错，错了你也没有责任，天塌了有大个儿顶着。

可小舅的回答却是，放屁。然后回屋蒙头大睡。

我妈愣了一会儿，笑了，说，放屁就放屁。然后把围裙拍拍去做饭。

我猜想，我妈那几天是幸福的。如果在自己家里有人胆敢说她放屁，她不大闹几天决不罢休。可她是在小舅家里，小舅骂她放屁她不但不生气，她还笑了。她在小舅家里高声大气：大头你要吃干饭还是稀饭？要不你还是吃疙瘩汤吧，疙瘩汤好消化！我认为这就叫使命感，在这个社会转折的关键时期，她要像老母鸡护小鸡那样把小舅塞在翅膀底下。一个在为最高历史使命奋斗的人，无论有怎样的委屈，怎样的辛苦，她都会很幸福。

由此我推论，小舅那几天是痛苦的，因为小舅也有使命感。尽管我不清楚他脑子里具体想些什么（我的一言一行都受到我妈的监控，甚至我都不能和他通电话），可我能想象他那两天的沉默并非心甘情愿。这种沉默实际是在扇自己的脸。不是他不想站出来，而是他毫无办法。

本来他的想法是，通过全厂职工签名，来向上级表明态度，甚至走进法院。因为三千人的声音谁都不能装听不见，因为这样一来谁也不敢再说他不能代表三千人了，他也就不是吓唬谁了。可是来签名的不过一二百人，那他还能有什么话说？还能有什么办法？这个冬天并不冷，可他觉着骨头都冻酥了。

然而事情在起变化。谁都没有料到，轰动一时的"矿机厂员工购股事件"就是在绝望中发生的。这个点子是由一个女人想出来的，这个女人叫杜月梅。

这是一个早晨，好像还下着小雨，很冷，杜月梅穿着白大褂撑着一把伞，从小路上慢慢走过来，她走到篱笆外头喊：朱卫国，朱卫国！

我妈开头一见是杜月梅，还挺高兴，说进来吧，快进来，瞧外头多冷。我妈为什么欢迎杜月梅？这心理很奇特很复杂，也许她觉得这时候小舅特别需要杜月梅，只有杜月梅才能安慰小舅。也许她还有点阴暗心理，觉得反正小舅妈不在家，正好给他们一个机会。总之她非常热情地欢迎了杜月梅。

可是杜月梅没有进来，这个家她是不可能进来的。她说谢谢你大姑，我说几句话就走。这样小舅就隔着窗子和她说了几句话。就是这几句话，让小舅突然站立起来，自此再也没有人能阻拦他。几句话是这样的：

杜月梅：你真的就这么算了？

小舅：不算了又能怎么样？

杜月梅：孬种，朱卫国你真孬！

小舅：不是我孬，是咱厂的工人太孬。

杜月梅：你放屁，咱厂搞成这样是工人造成的吗？

小舅：那是另一回事。

杜月梅：厂门口的公告你看了没有？

小舅：我没看，不看我也知道是怎么回事。

杜月梅：你真该好好看看。员工购股是什么意思？

小舅：还想让工人掏钱呗，现在谁还愿意掏啊，上当还没上够啊？

杜月梅：你说工人成了股东，工人自己说了能算，他们还愿意不愿意掏？

小舅：就是愿意也没用，现在谁还掏得出钱来？

杜月梅：不见得。说着她从怀里摸出一个红本子来，说：你忘了，咱厂是搞过房改的，谁家没有这个东西？有这个东西，就能上银行，抵押贷款！

小舅呆掉了，接着是浑身簌簌地抖。他说：你是说，拼了？

杜月梅眼睛亮着：拼了。

小舅：可是，可是……

杜月梅：可是什么？

小舅：可是你愿意拼，我愿意拼，大家都愿意拼吗？

杜月梅没有回答。她定定地瞧着小舅，瞧了好大一会儿，然后掉头就走。她越走越快，越走越快，然后再也没有回头。她举着一把小花伞，碎碎的那种小花，在灰蒙蒙的烟雨中越走越远。我相信，那一刻在小舅眼中，这是一团火，而且突然就燃烧起来。

后来我想，这种点子也只有杜月梅才能想得出来。这用信任解释不了，用爱情也解释不了（爱情没有那么伟大）。根本的原因是，这是一种在绝境中求生存的本能。只有一个濒临绝境的人，才会去认真思考、反复盘点自己手中究竟还剩下一些什么样的资源。也许在她心里不止一次想到过要拿房产证去换钱，她不止一次抚摸过那个红本子，在她女儿要做手术的时候，在她一次次去霓虹灯下游荡的时候。可最终她没有那样做，可能这就叫天意。

　　我小舅那一代人从前的工资是非常低的，一个月只有几十元。他们在那个时代被告知这叫低工资高福利，是由国家负责他的医疗、住房和子女教育的。我想这是为了平等，因为集中起来的财富办起了食堂、幼儿园、公费医疗、免费住房。这是低工资换来的，虽然不是很灵活的选择，但毕竟是不花钱的。据说这能最大限度地利用宝贵的资源。但接下来的事就很难解释，有人来说，为了更好的生活出现，我们必须改革，房子要卖给个人，医疗要自己交保险，幼儿园和食堂要交给专门的公司管理。一个工人，忍受了几十年的低收入，他创造的大部分价值已经变成了他的住房、公费医疗和幼儿园，这些东西本来就属于他的。凭什么要他们用嘴巴里一点点抠出来的钱去买回原本就属于自己的东西？又有人来说，已经考虑到你们的贡献，所以一间住房只要一两万块就可以买下来，你们已经占了大便宜了。可是按照当年的承诺，他们本该一分钱不花的啊。但他们还是把钱掏出来了，他们相信这叫阵痛，是必须为将来的好日子付出的代价。而现在，他们期盼的好日子并没有出现，甚至连住房也要舍去了，他们要付出双倍的价钱，买回更加属于自己的工厂，买回属于自己的劳动权力。

　　我认为小舅当时可能想到了这些，也可能想得不太清楚，他只能用两个字来表达：拼了。我相信小舅当时两眼是冒着火的，它们被一把小花伞点燃了，放出了异样的光彩。小舅就是带着这样的光彩，拉开门冲了出去。

　　我妈一把没有拉住，然后腿一软就跌坐在地。

　　她捶着水泥地，喊到了嗓音破碎。大头啊，你是找死啊——

八

我不清楚小舅这一次是怎么发动成功的。几乎是在一夜之间，全厂工人都活过来了，各家各户都在翻箱倒柜找那个小红本子。起码他们都在思考，要不要购买厂里的股权。也许这一次，大家都意识到了个人的危机。也许这一次，大家都觉着比上一次实在。也许股权二字，让人们看到了自己的利益。也许，在限定时间内，允许员工购股是政府的号召。也许是小舅拿着自己家的红本子作出了表率，也许大家觉得连杜月梅都舍得一搏，咱们还不敢搏？总之人人都莫名其妙地兴奋起来，行动起来。

其实在工人心目中，真正的疑虑不是舍不得一搏，而是看不到前途。他们都算准了，上级领导是不会让小舅这样的人当厂长的。他说了不算，所以说什么也等于放屁。谁愿意冒着风险跟着说话放屁的人干呢？他们上当上得还少吗？而现在就不同了，股权二字就意味着权力，意味着他们自己也能说了算，他们想让谁当厂长就让谁当，他们看着谁不顺眼就把他撸下来。所以开大会的那天晚上，要不要以房产为抵押购买工厂的股权已经不成为问题，大部分人已开始有了信心，愿意跟着小舅搏一把。他们更关心的是，你朱卫国究竟有什么点子能让工厂起死回生？头一个问题就是这个。

那天我们报社去了十几个人，毕竟这是本市最震撼的新闻。在这样的时刻有人逆潮流而动，这比人咬狗还来劲。大会是在矿机厂的金砂库开的，密密麻麻站了好几千人。小舅他们几个站在行车上，在探照灯下，人看上去渺小得很。

小舅说，我没有什么点子，点子靠大家出。但是我知道咱们厂是怎么一天一天落到这一步的，知道了原因就不难想出办法。另外我还知道咱是工人，咱工人卖的是力气靠的是技术，只要有活干咱就能把日子打发得快快活活。

小舅说，上哪找活干？到市场上去找。我就不相信，咱们厂有这么好的设备，这么好的技术工人，在市场上找不到一口饭吃？搞不过一个街道工厂？搞不过一个乡镇企业？说到天边我都不相信。

小舅说，胡七你们知道吧？他是我徒弟，是个没出息的人。可就是这个没出息的人，开了一个小厂，生产铁葫芦，卖到美国去了。现在他还要生产家用割草机，成了一家大公司。这些破玩意儿咱们生产不出来？

小舅说，我还知道一个窍门：随便找一家外国公司，挂上外企的牌子，不要它真出钱，咱就可以免好多税。如果产品能出口，咱还能退税，缴多少退多少。你们知道为什么外企的员工工资高？那都是咱们缴税给他们开工资啊。他们拿了钱还不感谢咱，还笑咱没有竞争力，不会经营！这他妈×还讲理不讲？

我的小舅，从来不是个能言善辩之士，我也从来没听他说过一段囫囵意思。可这会儿他的清晰准确，他的生动犀利，有如神助。他足足讲了半个钟头，一个磕巴都不打。从公司的组织到生产经营，从股东的权力到办事的章程，他似乎早就想好了，他早就在等着这一天，等着这一刻。我甚至有点怀疑，本省又一颗企业家明星就这么升起来了？这样的结果绝对超出想象。

这是个真正激动人心的不眠之夜。几乎没有多少异议，就通过了拿房产证抵押贷款的办法。唯一的疑惑是，这一切好像太容易了。根据以往的经验，太容易的事，往往都隐含着危险。所以有人提出来，大家最好绑在一起共进退，如果出现意外不能控股的话谁都不要出一分钱。小舅说，那怎么可能呢？还给大家解释，这次改制是市政府下的文件，对矿机厂资产评估是财政局下的文件，要求员工在有效期内自愿购股是厂里贴出的公告，而且时间这么紧，不可能说变就变的。接下来就是登记造册，回家去拿红本本，连夜干。

　　当然也有不同意见，那就是厂领导和准备入主的港龙公司，但在那样的气氛下他们的声音是微弱的。白纸黑字，覆水难收，他们说了也是白说。他们原先也没有估计到会出现这样的局面。他们认为工人再也拿不出钱了，即使有钱也不敢往外拿了。他们不相信兔子急了也会咬人。

　　实事求是地说，这么大一个矿机厂估价三千万，确实等于白送。但从市政府的角度看，由于国有资本存量太大难以卖掉，就干脆采用"界定"的方式，把企业创建时的初始投资算作国有，而以后的投资和积累都被"界定"为法人资产。他们的想法是能捞回一个是一个。这种改革堪称界定式改革。只是这么一界定，庞大的企业资产便从国家账面上消失并转入内部人手中，再经优惠赎买，余下的国有资产又缩水成了三千万。原来人们心目中的几代人积累起来的国有资产被大笔一挥就这么界定掉了。

　　这是一个显而易见的漏洞。以矿机厂三千多职工计算，一个人只要拿出几千元就已经取得了绝对控股地位。这样的好事小舅他们也觉得不踏实，所以又连夜派人请律师，后来是委托了省里一家著名的律师事务所来代理所有的公证、贷款事项。这样到了第九天，差不多已经板上钉钉了，连贷款银行都已经来厂实地调查过了，矿机厂职工集体购股却成了一个事件！

　　原来的头条新闻变成了绝对机密。

　　就在这天夜里，市里下发了29号文件。文件提出了本市正在进行的企业改制进程中实行"经营者持大股"的原则，并且强调要确保核心经营者能持大股。文件对股权结构作出了规定：在股本设置时，要向经营层倾斜，鼓励企业经营层多持股、持大股，避免平均持股；鼓励企业法人代表多渠道筹资买断企业法人股，资金不足者，允许他们在三到五年内分期付清，亦可以以未来的红利冲抵；

在以个人股本作抵押的前提下，也可将企业的银行短期贷款优先划转到企业经营层个人的名下，实行贷款转股本，引导贷款扩股向企业经营层集中。显然，这就是针对矿机厂来的。他们就是要把矿机厂界定为内部人所有，在内部人中又界定老板拿大头，看你能怎么样？

市里来传达文件的那个人，把文件念完后，还笑着对小舅说，朱卫国同志，根据文件精神，你最少能拿3％啊，你以后就是大老板啦。

小舅跳起来抓过那文件，抖抖地问：那以前说的都是放屁？

那人吓得身子往后一仰，说你这个同志，怎么能这样说话呢？

小舅嗷地大叫了一声，然后人就一点一点矮了下去。他想抓住那人的胳膊没有抓住，然后就跪在了地上。然后他咚咚地给他们磕头，说我求求你们了，无论如何请你们发发慈悲，把工人的房产证退给他们，还给他们，那是他们最后一点东西了。说我求求你们，求求你们了！

那人说，你是个省劳模，还是个领导干部，你看看你现在像个什么样子？你不能文明一点吗？没吃过猪肉还没见过猪跑吗？他后来掸掸袖口放缓了语气：

你还是不是共产党员？唆？

小舅号啕大哭。

写到这里，我浑身颤抖，无法打字。我只能用"一指禅"在键盘上乱敲。我不能停下来，停下来我要发疯。我也写不下去，再写下去我也要发疯。

矿机厂事件和29号文件在报社内部传达以后，我们报社也疯了。他们说，这是有屎以来最臭的一泡屎，当今世界上哪去找这么好的投资环境？他们说，工人也太无知了，这帮人也太无耻了，究竟有没有长过牙（齿）啊？他们说，早知道这样，大家都应该到国营企业混,一觉睡过来就是个百万富翁。西门庆说得更绝,他说这就叫君要臣富,臣不得不富;父要子贫,子不得不贫。他托着腮噘着嘴,拇指恶狠狠地扣进下巴里庄严宣告:宁赠友邦,不予家奴!

我瞧着西门庆那颗硕大的脑袋,发觉那里面真的装满了智慧,就忽然像见到了救苦救难的菩萨。我说,求求你了西门大官人,你写了那么多苦难也给工人写一点吧,为什么不写写我小舅?我小舅真够你写的!西门庆怔着说,你真认为我应该写?我说当然,你是写苦难的高手啊。他说不对吧?我说怎么不对?他说写了你给我发表?我说你都成大作家了,我不就想借你的名气用一下吗?可是他身子一扭就进了厕所。我又跟进去求他,我说我给你磕个头行不行?

他甩着他的家伙笑起来,说你呀你呀你呀,你小子太现实主义了,太当下了。现在说的苦难都是没有历史内容的苦难,是抽象的人类苦难。你怎么连这个都不懂?那还搞什么纯文学?再说你小舅都那么大岁数了,他还有性能力吗?没有精彩的性狂欢,苦难怎么能被超越呢?不能超越的苦难还能叫苦难吗?

后来我说我听明白了,没事找抽,是挺苦也挺难的。你也能当主编了。

九

我离开报社半年以后的一个早晨,我正坐在工地的一堆钢筋上吸烟,冷丁看见一个穿白大褂戴大口罩的妇女在路口卖早点。她喊着:珍珠奶茶,热的,珍珠奶茶,热的!

我心里一动,就走过去。杜月梅见是我,也把口罩摘了下来。我说杜姨你还干这个呀,说完了又有些尴尬。她说,不干这个我能干什么?不过她很快告诉我:那个事我不干了。于是我知道她们家小改已经出院了,失去了一条右腿。我们简单聊了几句就分开了,我还得去干活,也不能耽误她做生意。分手时她突然说:我信教了,现在心里平静得很。

我心里又一动,有点好奇,就问:能不能带我也去看看?她说行。这样就约好晚上见。这样,我又见到了另外一种生活。

杜月梅领着我去了一个居民点,那是教友聚会的一个点。杜月梅告诉我,矿机厂有不少人参加了教会。那天是大家为一个困难教友捐款,领头的一个老太太说,某某姊妹家里出了点事,大家想一想要不要帮她一把?大家说好的呀,要帮的呀。于是就有人把方桌抬到屋子中间,一个人把电灯关了,说,开始吧。然后就听见有人在掏钱。又有人问,好了没有?好了。然后灯又亮了,我看见桌上堆了一些钱。有十块的有五块的,也有二十的五十的。

忽然就有些感动,我说我也捐一点吧。杜月梅赶紧把我拦住,说这样不好,在这儿帮人是用心帮,你这样做反而亵渎了主。然后就把桌子抬开,大家再也不提这件事。然后就唱歌:

> 为了我们的罪恶,他受伤
> 为了我们的正义,他挨打
> 因他受责罚,我们得健康
> 因他受鞭打,我们得医治
> 我们是一群迷途的羔羊
> 各走自己的路
> 但我们一切的罪过
> 上主都使他替我们承当

哈里路亚，哈里路亚！

我不知道杜月梅心里除了主以外还有没有小舅，而我听见这样的歌只能想起小舅。我的眼睛模糊了，眼前飘起了漫天雪花。我不知杜月梅怎么想，只知道自己并没有平静。

从我的住处望出去，巷口就有霓虹灯，灯下有一些女人在游击。我知道杜月梅是退出去了，可又有千百个杜月梅站出来。我记起耶稣在山上的一个故事：众人抓住了一个行淫的妇人，就把她抓去见耶稣，众人都喊着：砸死她，砸死她！耶稣低着头在地上写字，好半天终于抬起头来，说：你们中间谁认为自己是无罪的，谁就可以用石头砸这妇人。众人你看看我，我看看你，最后都走了。

有时我也会思考，比如良知，比如正义，比如救赎什么的。当然更多的时候我什么也不想，只是为当天的工钱操心。其实我也想不了什么，比如我都不知道为什么自己还留在这座城市里。

月月说，你不就是想看看人间吗？这就是人间。月月说，富人的快乐都是相似的，穷人的痛苦各有各的不同，而且痛得稀奇古怪。月月不读托尔斯泰，却能说出这么经典的话来，让我很惭愧。

月月有时候也会来看我，来了就带一包卤菜，把我灌得烂醉。有一天她突然小声说，回家吧，我姑眼睛都快哭瞎了。说完就偷偷观察我的脸色。当时心里是刺了一下，可很快就没有了那种感觉。我是下过决心要独立生活的，我顶多有时间回去看看他们。我不可能再回到过去了。

我租的这间小阁楼很好，视野很开阔，只是有点漏，一到下雨就滴答，滴答，好像总在提醒我点什么。提醒我什么呢？

九月的一天，我给老板押车，车过矿机厂的时候，心跳忽然加速，颤个不停，我就跳下来了。我看见矿机厂的大铁门是关着的，门下长满了蒿草，只有港龙股份有限公司的铜牌牌还挂在门外。铜牌上不知让谁屙了一泡屎，是用那种小学生作业纸包着的，于是我就笑了。笑着笑着，泪就下来了。我突然明白，我之所以不走，其实就是在等待，我想等着最后一个结果。可是这个结果始终不来。

现在这个港龙公司的牌子虽然还挂着，可他们毕竟退出去了。那几个领导虽然还是领导，可卖厂毕竟不那么容易。因为据说现在上边已经有了明确说法，禁止这种自己定价自己买的内部人交易。也因为小舅虽然不在了，但他的幽灵还在厂里游荡，矿机厂还有三千多双眼睛。也许那些人并没有死心，他们也在等待，等着下一个机会。本市的企业改制依然成绩很大很大，问题很小很小。29号文件再也没有人提起，就像从来没有发生过一样。事情就是这样僵着。我也这样等着。我相信矿机厂三千多职工也是这样等着。

实际上小舅在那个29号文件宣布的第三天就死了。死得很突然。但他没有白死，他的灵魂一直守在矿机厂里。他死的时候，矿机厂改制领导小组公布的方案刚刚贴出来，还没有干透。在这个方案里，朱卫国的名下写着3%的股权。

我想正是这3%的股权，让小舅彻底孤立了，崩溃了。在他看来，他做的一切不过是彻头彻尾的表演。他唯一想做的事，就是赶紧把房产证还给大家。可是就这一点，他都没有办法做到。他们回答，你不是说员工自愿购股的吗？

他没有办法解释，也没有人再相信任何解释。这是他第三次欺骗了他的老少爷们、兄弟姐妹。除了死，他没有办法证明自己。除了死，他也没有办法让他们良心发现。事不过三啊。

他都已经那样了，他就不能不这样！

小舅自己砸死了自己，他为自己选择了一种最好的方式。躺在空气锤下，怀里抱着脚踏开关，那一刻我猜他没有犹豫。另外，此前他也过了一把瘾：那台空气锤周围，扔了一地的酒瓶子，还有一堆新打的镰刀和斧头。镰刀有长的短的，带齿的带钩的。斧头有宽的窄的，带改锥带撬爪的。我猜他站在火光里，抿上一口酒，然后叮叮当当敲打这些东西的时候，是快乐的。因为那才是他真正热爱的一种生活，那才是他身心舒畅灵魂飞升的舞台。

临死前他有没有想到过罗蒂？也许他至死都不曾想过。其实他的方式正是罗蒂的方式，他的绝望正是罗蒂的绝望，他的命运罗蒂早就暗示给他了。

在最后一刻，他有没有想到过他的姥爷，我的外爷爷？我猜他是想过的。因为那个素描画上的人一直是他心目中的英雄。他就像那个卖火柴的小女孩，在火光中看到了那个英雄。他向往那种生活。那个人肩上扛着铁栅栏，身上中了十几枪，可还喊叫着，让他的狱友往外冲。

冲啊，冲啊，为了明天，为了下一代，为了……冲啊，冲啊！

我们得到消息已经是早晨九点多了。几乎全厂人都到齐了，密密麻麻站了一地，全都挤在车间外面，当时正是大雪飞扬。

当时焦炭炉还没有熄灭，小舅平躺在工作台上，穿着工作服和大围裙，可是他的脑袋已经没了。没有了头颅的身躯并不可怕，只是有点怪。

我妈扑上去喊：大头啊，你怎么这么傻啊？不值啊真的不值啊！

月月抓着小舅的手猛扇自己耳光：爸呀爸呀，我对不起你呀！

那一刻哭声震天，他的徒弟们一个一个扑通扑通跪在雪地里，杜月梅也在他们中间，他们哭着叫着，师傅啊，师傅啊。

只有外婆一个人没有哭。我们告诉她，小舅已经走了，小舅这回真的走了。外婆拉拉小舅的手说：好，走了好。我们跟她解释不清，又不敢给她看小舅没有头颅的躯体。外婆就固执地认为大头是去那儿了，说：走了好，那儿好啊！

那天的雪花出奇的大，一片一片都跟小孩手掌似的。雪花直直地泼下来，不一会儿就把大地给抹平了。那是憋了一冬的雪，所以才格外地激烈和肃穆，格外地庄严和洁白。

　　两天以后，矿机厂把职工的房产证退还给了大家。五天以后，港龙公司宣布撤出矿机厂。这年年底，也是这么个下雪天，市里忽然放起了炮仗，离过年还好些日子呢，居然噼里啪啦炸了一夜。后来才听说，市头头被抓进去好几个。

　　矿机厂也来了一个调查组。据说调查组讲了两个"没想到"：一是没想到一个停产几年的工厂能保养得这么好（不知是什么人，居然还去保养设备）；二是没想到矿机厂这支队伍还是这么整齐。

　　有这么光明的一个结局，我想，小舅也该瞑目了吧。

原载于《当代》2004年第5期

霓虹

现场勘查报告

　　正式勘查开始于当日早8时40分，12时结束，当时天晴。

　　现场位于沿河街旧写字楼一出租屋小偏房内，为坐西朝东砖瓦结构三层住宅，房东侧是胜利大道，北面正对富临大酒店，南侧为王朝大厦后门，写字楼南北两侧院内为与之相连的临时住宅。该房东侧是一间大卧室，西侧是厨房和洗手间。现场的南侧靠墙边的地面上有一个矮柜，堆放着日用杂物，靠西墙边地面上有一张旧写字台，室内无任何贵重物品。地面宽220cm，地面中间靠西侧有少量的滴状血迹和三个沾血的卫生纸团。地面北侧为一单人床，床上有一套被褥，褥子上有一具女尸，呈仰卧位，头朝南脚朝北，身上盖着毛巾毯，只露头部，女尸头下的枕头上有少量碎头发。颈部有掐痕，但未见打斗挣扎痕迹。死者衣着完整，死前没有性行为，初步意见是颈部受重压窒息身亡。

　　该房北墙和西墙上各有一个窗户，窗帘破旧。窗户的南侧上面的玻璃被卸下一半放在地上，距厨房出入门向西120cm处有一个塑料盆，内有沙土和草本植物残留，盆北侧有一个空盆和一个肥皂盒。写字台抽屉内放有几本杂志、两个笔记本和一只手机充电器，其他未发现异常。

参加人员，本队二组全体。

侦察日志1

二组作了分工，张、王负责检验现场可疑物品，刘、李负责死者身份调查。其实身份很清楚，是那种街头拉客的暗娼无疑。引起我们好奇的是，这间出租屋里竟然连基本的生活用品都不齐备。

刘、李分析：她要么是新来的，要么另有居所，当然也存在第三种可能：这里不是第一现场。但似与常规不符，从着装看也不像。这一带出租屋地处繁华街道的背面，是挂上号的准红灯区。决定：先分头研究这两本笔记。

×月×日

晴，微风。真是好笑，我还跟小学生似的，晴不晴和我还有关系吗？不论刮风下雨，还是下雪下刀子，对我都一样。白天黑夜也都一样，我不需要知道这些，我只要能看清楚钱就行。我是头黑夜动物，没有黑色的眼睛，更不用寻找光明，两只大眼睛只能看见钱。我连灯泡都没去买，这间屋不需要灯。我看阿红她们是用那种粉红的插座灯，大概是客人不喜欢摸黑干活吧。他们还要看。看着你一点一点脱下来，脱得一丝不挂原形毕露了他们才会高兴。光线太强了也不行，太强了他们也不自在，他们也不愿被别人观赏。他们购买的是那种能满足自己又让别人原形毕露的快乐。所以那种小瓦数的插座灯最合适，粉红代表了温暖，昏暗体现了暧昧，他们花了钱，他们有权力享受温暖和暧昧。这间屋满足了这两个条件，一北一西两个窗户都对着霓虹灯电子屏，两个墙壁都是大屏幕，五彩斑斓闪闪烁烁而且变化无穷。这座城市有多少欲望墙上就有多少美女，有多少超一流的想象墙上就有多少榜样，一下子全都被我搬到屋里来了，情调一下子就上去了。他们花五十块就享受大干部待遇呢。

我能下这个决心，就应该能承受这一切。对我来说，死是最简单的解决。可我没有那个权力，我必须对那些好心借钱给我的人负责，还有对艾艾和奶奶负责。从现在起，我要做个务实的人。脚踏实地，丢掉幻想，认认真真，对每一个过路的男人抛去媚眼，他们需要快乐，我需要钱，我是个娼妓。

×月×日

大风，有点冷。估计今天不会有客人了。

我现在已经不会写了。有一个成语，本来就在嘴边，愣是写不出来，很多词忘了。快两个月才写一篇。可是我真想写啊。当我决定租下这间屋的时候，我心里有多少话想说啊。在家整东西的时候，其实脑子全是乱的，空了，越整越乱，只记着要带上一个本儿。本儿带来了，可是我又不会写字了。其实从前我是会写的，上小学，上中学，屁大个事我都能写得天花乱坠，回回作文都是A。记得有次得了一个B，回家哭了半夜，端着一碗饭愣是扒拉不进去。那时候爸还在，乐得满屋乱转，说这丫头出息了，将来能给老倪家挣面子。那时我还有过虚荣心，还想给老倪家挣面子。就是后来在厂里，我也是给老倪家挣面子的，办黑板报，组织合唱队，还得过奖。有一首歌我现在还会唱："年轻的朋友们今天来相会，荡起小船儿暖风轻轻吹，花儿香，鸟儿鸣，春光惹人醉，欢歌笑语绕着彩云飞。啊，亲爱的朋友们，美妙的春光属于谁？属于我，属于你，属于我们八十年代的新一辈！再过二十年我们重相会，伟大的祖国该有多么美！天也新，地也新，春光更明媚，城市乡村处处增光辉。"

从前人真傻，歌唱得甜心里想得也美，怎么知道二十年后我能成了婊子？

爸爸要是还活着，见到我这样，该有多伤心啊。当然也不一定，绢纺厂现在有几家日子好过？连里子都翻出来了，还挣面子呢。人都到什么时候说什么话，爸爸活着也顶多生生闷气骂骂娘，还能怎么样？他顶多上酒楼去掀领导的桌子，从前他就这么干过。可他能干多少回？三回五回，十回八回？他掀得过来吗？

爸爸在我心里现在还很清晰，热情快活，高声大气，说话没遮没拦，开心时四处乱窜，见到谁都想拍一巴掌。为这，他没少和继母，还有他的顶头上司干仗。他永远是一副天不怕地不怕的样子，他属于那个时代。爸临死的模样很惨，圆睁着眼，浑身缠满绷带，他已经不能说话了，可还嗷嗷吼着，还要冲锋陷阵的样子。他抢出了一百多包生丝，给厂里挽回不少损失，当时所有的人都把他当成英雄。他真是爱厂胜过爱家的人呀，可那又能怎么样？我们当工人的，把命搭进去了，把家庭幸福搭进去了，把子孙后代搭进去了，就能挽救工厂吗？那些人把厂子搞败了，拍拍屁股走人了，所有的苦果还不全是工人自己吞？我自己不也是这样？当年常虎被行车砸死，百分之百是厂里责任，他们也都认账，可厂里有困难，我就信了他们的话。共渡难关，共渡难关，最后他们是渡过去了，却把我扔在了深渊里。我们不过是一块垫脚石，垫过了人家也就忘记了。

阿红过来了，她最近好像有心事。这孩子比我还苦，连垫脚石也没当过。我不管怎么说还有过几天快乐日子。跟她比，我的地狱还在十七层，她早就到十八层了。

×月×日

今天打了艾艾。一路上心里那个疼，说是刀割火燎还是轻的，那种难受我写不出来。就像是心被掏出来，搁脚底下踩，又像是有一只手从喉咙口插进去，把五脏六腑一点一点往外掏，掏出来又塞回去，掏出来又塞回去。可是在巷口碰见姓梁的我还是得笑，只是笑得比较难看吧。我估计是难看的。这个老梁说他等我好半天了，我能不笑吗？他说他不愿找别人，只愿意和我，也许是真的，管他呢。可是完事以后我心里还是疼。

艾艾说她不想上学了，她不愿见到我这样。我说你早干吗去了，你生病的时候喊疼的时候花钱的时候干吗去了？你妈都成这样了，你才嫌你妈丢人了吗？你就是嫌你妈丢人，就是。艾艾哭着往我怀里钻，说不是不是。我越打她越钻，这孩子现在已经懂事了。我从来就没打算瞒她，可是我心里真疼啊。我也知道这不是个长事，干这个的谁能想得长远？艾艾还得吃药，还得上学，我的债务比三座大山还沉重。我必须干下去，挣一个是一个。

可是奶奶还是知道了。有天我上房捡漏，听见奶奶在里头骂，说我不吃，这个不要脸的拿什么山珍海味我都不吃，我嫌脏！艾艾说，奶奶你别听人瞎说，我妈怎么得罪你了？我妈天天拣白菜帮子萝卜缨子你就吃了吗？奶奶说我宁愿吃白菜帮子萝卜缨子！艾艾就哭了，说那你是说我吃药花钱多了是吗？你拿这个抽我几下出出气，你别骂我妈了行吗？奶奶也哭了，说我怎么舍得抽你啊，我是骂那个不要脸的货啊，她这么出去卖，老常家的脸往哪搁啊，我怎么死不了啊，我怎么办啊，她嚎得一板一眼。我眼一黑就从屋顶上滚下来。

  后来就是邻居们工友们七嘴八舌地劝，叹气的骂娘的抹泪的，什么都有，奶奶才好歹吃了几口。我什么都没说，收拾收拾又上沿河街来。我能说什么呢？我说我无能，我不要脸，我不是东西，那能顶钱花吗？有一阵子，奶奶故意把屎啊尿啊弄在床单上，骂我整天出去浪，对她不管不顾。其实邻居都看得清楚，我要真是不管她，别说一个瘫子，就是伤筋动骨的也都留下褥疮了。就这，我还得忍着泪，给她一遍一遍擦，一遍一遍洗，她还故意犟着不配合。后来前头郭奶奶说了她，才好一些。郭奶奶说，你也不想想，红梅不出去做，你家艾艾还有命吗？你是猪脑子啊？嚎，就知道干嚎！

  这些老邻居也算够意思了，当初艾艾住院，大家把老底子都翻出来救命。可人家也是穷人，谁都不富余。现在偶尔有点风言风语又算得了什么？你什么都卖了，还怕人家说？前头老安家把所有的存款都借给了我，现在丫头考上大学了，我不干这个，不是逼人家老安上吊吗？那天，他们家琪琪把我堵在门口，嘴没张开眼就红了，然后跟着就要下跪，然后老安又过来要扇她，然后他一大家子都冲出来又拉又扯。这种撕心裂肺的场面，这种敲骨剔肉的疼痛，不是亲身经历是想不出那种苦的。当时我说，安琪你放心，等到开学我肯定把钱给你凑齐，凑不齐我就是把房卖了也不敢耽误你上大学啊。其实那时我也不知怎么才能凑齐。

  艾艾，你要真的懂事，就听妈的话，不管人家说什么，你都要咬着牙把书读出来。你要有骨气就念高中，上大学，妈为你把骨髓榨干了都乐意。你妈既然走上这条道，就不可能再回头。

×月×日

我想起老舍的小说《月牙儿》，和里头母女两代妓女。记得那是小学六年级看的，看得我跟泪人似的，好几天做噩梦。小时候我就爱瞎想，把那个苦命人想成自己。当时就是不明白，她为什么总在看月亮，不去看看别的呢？"是的，我又看见月牙儿了，带着点寒气的一钩儿浅金。"这些句子我现在还记得，太惨了。爸爸说，那是旧社会！他的意思是，这丫头看书看迷了，尽瞎想那些没用的。

可是现在我终于明白，那样一个女人，在那样一个时代，孤苦又无奈，只剩下凄冷荒寒，她冷啊，她饿啊，除了在月光里找出点精神寄托，她还能干点什么？这个老舍写得太美："它一次一次的在我记忆的碧云上斜挂着，它唤醒了我的记忆，像一阵晚风吹破一朵欲睡的花。"这其实就是在写我啊。当然，时代不同了，现在我不用为粮食发愁，也不用去看月亮，而是换了看霓虹灯电子屏。看着它一点一点变过来变过去，就像翻着一本记忆的大书，一部过了气的旧电影，想着自己怎么一步一步走到现在，也是一种念想啊。这东西是好看，有一个是卖内衣的，那女的把外衣一件一件脱掉，脱到内裤的时候把屁股撅起来问，想要吗？那简直就是在为我们做广告，只不过地点是沿河街出租楼。

不过我觉得，老舍是个男人，他还不能写尽女人心中的委屈，那种冰寒彻骨的无法摆脱的，那种连死都没有权力的，连明天都不知在哪儿的委屈。还是那个陈白露说得透彻——太阳出来了，可太阳不是我们的，我们要睡了。

×月×日

我现在已经习惯于凝视霓虹灯了。看着它一点一点变红，变绿，变蓝，变紫，变成各种图案各种造型各种姿态的美女。这些美女线条夸张风情万种，向人们许诺着各式各样的幸福，从内衣到唇膏，从轿车到豪宅，从户外到室内，从床头到厕所，从嘴巴到屁眼，它全包了。这些美女在不停地诉说，不停地催促，让那些人，当然是男人，掏钱掏钱掏钱，大把地掏钱。她们说，看啊，人家都那样了，我们还这样，我们已经落伍了，跟不上潮流了。

看懂了这些，我好像又进了一步。这样的课程，任何大学里都学不到，而我只要躺在床上就学完了全部。在我的墙壁上，她们每天都在上演，每天都在变幻。我可以清楚地知道，下一节是什么，她们将怎样动作，调动哪一个器官，刺激哪一部分神经，拉出一段什么样的屁。这的确很有收获，以前我只知道霓虹灯好看，五光十色，是现代化的标志。现在我认识到，它不仅是最现代化的享受，而且还是我们这座城市的经济晴雨表，我可以准确地判断出哪家企业财大气粗，哪家公司日子难过，哪家工厂即将倒闭。甚至我还可以推算出他们的科研实力，下一个新产品的推广力度，有可能向哪个方向发展，以及它们的轮换周期。这比来月经还准确。

现在我躺在床上就能享受这座城市的全部现代化成果，这是完全免费的，就像空气和时间。它代表着这座城市的豪华水平，和全部夜生活。只是它们不属于我，也不属于大多数人，它们属于上等人，那些天生代表别人的人。他们代表我们享受了人类的最新发明最新创造，和全部聪明才智。我得感谢他们。当然，我早就不是我自己，我被代表了。

×月×日

明天是艾艾十二岁生日，我要给她买一盒蛋糕。我是这样想，趁现在还有能力，就尽量让她过上正常的生活，人家有的快乐，她也应该有。她应该多一些美好记忆，少一些生活的阴影。尽管我心里很明白，这样的日子已经过一天少一天了。我要趁着现在还能做，多给她留下一些美好。说不定哪天我说走就走了，那她就要凭着这点底气生活下去。当然，我也不知道她的希望究竟在哪里。所以钱一定要省着花，尽量留些积蓄。这一点，奶奶也是同意的。

奶奶在我决定改嫁的时候寻过死，可是她挺过来了。我不知她从哪弄来那么多安眠药，也许是攒下来的。以前给她开过安眠药，她瘫得太久，睡不着。奶奶并没有阻拦我，她心里明白得很，只是觉得自己活着多余，死了就少一个拖累。改嫁是当时厂里单身女工共同的出路，每个家庭都需要有个男人来支撑。绢纺厂改制意味着大家都失去了饭碗，从前还硬撑着不向男人低头的女强人们，全都比霜打的还蔫，乖乖地低下了骄傲的脑袋。找新男人，找旧男人，反正你得找个男人啊。有的干脆说，他把那骚货天天带回家我都不管，我还给她腾床挪位置呢，只要他答应养家。奶奶对这些都明白得很，她只是不想拖累我。但我怎么可能撇下她不管呢？抢救过来她答应不死了，我跟她说，你吃的是你自己的低保金，你不在了，这个钱也就没有了，她就答应了。所以她现在一发火就拿这话来杵我，说我吃我自己的，我死不了也不拖累你。

养奶奶，是我跟那个小混混提的唯一条件，连结婚都没让他花一分钱。怨只能怨我命不好，摊上一个嫖客。当时也是被那一股风吹昏了头，我瞎了眼。他看中的是我的姿色，脑袋里根本不知家是什么东西，他把我家当成了妓院。既然是这样，我又何必跟你结婚呢？要你有什么用？睡一下留下五十块钱？然后多少天都不见影子？与其这样还不如了断。让他一个人在家嫖一百次，和跟一百个人在外各嫖一次有什么区别？我的脸面没那么重要，名声不能当饭吃，更不能变成艾艾的住院费，和能救命的药片！

×月×日

艾艾真的长大了，懂事了。我绝对想不到，她是以这样的方式迎接自己十二岁。她是天使，是我活下去的理由。

中午，我买回了蛋糕，原本是想让她找些邻居家小孩来家吃蛋糕的，我想象这情景也该像电视里一样，小孩们围成一圈，唱祝你生日快乐，然后艾艾闭上眼默默许愿，然后吹蜡烛……然后我们家也有了笑声，我就很满足了。我的期望不高，我们家艾艾能像正常家庭一样过上生日，看见她开心地笑上一回，我真的已经心满意足得很了。

可是艾艾，领上她班里的五六个同学一起来家，她是班上的小干部，这我知道。艾艾说，她有一篇作文，老师表扬了，然后就集体朗诵了这篇作文。题目叫《伟大的母亲》，内容没有什么，无非是母亲怎么样为她作出牺牲，怎么样在她住院的时候熬红了眼睛累弯了腰。可是我听出来了，她没有说出来的内容远远多于这些，远远大于这些。她说，从母亲身上，她理解了生命和生命的延续，理解了爱和爱的传递。更重要的是，母亲为她做的一切都是伟大的牺牲，就像美丽的小人鱼一样，宁愿为爱把自己变成一个水泡。她说，这样的爱，比什么样的流行歌曲都动人，比什么样的营养品都滋补，都能让她更快长大……

艾艾了解家里的一切，当然也知道我在干什么，穷人的孩子早当家啊。为这她发过脾气摔过药瓶，我也打过她，可现在统统烟消云散了。她是用这样的方式告诉我，她原谅了妈妈。我应该难过还是应该高兴？

下午，我做好饭就出门了，我还得"上班"。可是走到我们厂西门那一片建筑工地，看到秋风落叶荒草萋萋，看到那些新砖旧铁，还有恶魔长腿一样踩过来的塔吊，一点一点逼近我们的肉体，踏碎我们的生活，踩烂我们的梦想，我再也忍不住放声大哭。那种哭，不是难受，不是绝望，而是一种悲凉，一种冰寒彻骨万劫不复的悲凉。也不光是为自己哭，还有我们的父兄，我们的工厂，还有我们那两千多姐妹。

艾艾，你真是长大了。你能明白妈妈的委屈，比说什么都管用。我就是现在就死，也没什么放心不下的，更没有什么遗憾。真的，该做的努力我都努力去做过，该吃的苦我都去吃过，我问心无愧。我卖过早点，当过保洁，端过盘子做过按摩，我什么都试过，可那点钱换不回你的小命啊。你妈不傻，更不是个懒女人，你妈这双手从前也是绢纺厂的技术能手，创造过精纺车间的单产最高纪录。当然今天说这个已经没意思了，就好像白切鸡说自己从前也长着美丽的羽毛。

谈话笔录4

谈话者：徐娟红；年龄：22岁；×县人；暂住本市×街×号出租屋302室；职业：暗娼。

问：不说话可不行，你是不是想换个地方说？我们没时间等你。说。

答：好好，我说。我是难过，不是隐瞒。

问：你认识她？

答：是。我们都管她叫梅姐姐，她是好人，谁也没想到会这样。怎么说走就走了呢？想不到啊我真的想不到，我好难过好难过。

问：说具体点。

答：她就是此地人，原来是在纺织厂，下岗的，去年夏天来租的屋。

问：你最后见她是什么时间？

答：昨天晚上九点多，我们还在外头聊天。后来我有生意，就走了。后来就不知道了。

问：没见到她和什么人接触过吗？

答：没有。

问：平常她与谁来往多？都叫什么名字？

答：干这一行的，不问客人名字。她就跟我们接触多一点。

问：她家住哪里？她经常提到谁？

答：她有个女儿，好像身体不很好，不然她也不会走这一步。家住哪里不知道。她回去都是半夜了，没生意了才走。

问：她女儿叫什么？

答：叫艾艾。姓什么不知道。上初中了。

问：她是不是手头有点钱？

答：你看她那个屋，能有钱吗？一天就吃一个盒饭。

问：你们干这个，不就是挣钱容易吗？

答：容易？

问：那你说说怎么不容易。

答：说了你也不信。就是挣了钱也不敢存，都寄回家，怕抢……

问：她都这么大岁数了，能有生意吗？

答：有。她是城里人，跟我们不一样。

问：你是说，她很风骚？会勾搭人？

答：不是。她是个好人，真是好人。骗你我都不是人。

问：那怎么个好法？

答：我说不上来。反正她是好人。现在人都不在了……

问：今天就到这里。想起什么你再跟我们联系。

侦察日志2

地点：建设新村70栋3号房；该房为一进两小间，南北向老式平房，厨房为一连体披厦。住户为祖母、孙女两人,祖母瘫痪在床,孙女名常艾艾,现在市54中初中204班上学。搜查时天阴,光线中等。初步了解:祖孙二人都清楚死者倪红梅的卖淫事实。但她们还是感到突然,无法接受死亡的事实,谈话无法进行下去。

倪红梅,1966年生,高中肄业,原市绢纺厂工人,1983年顶替进厂,在精纱车间任过小组长、质检员、团支书,得过两次厂先进,一次市先进生产者荣誉。据反映,该女性情温和,与邻居关系良好,群众对其卖淫事实也不反感。主要因为家庭经济状况太差,婆婆瘫痪多年,女儿亦住院多次。

在检查遗物时发现一本旧书内夹着两张百元新钞,疑为假钞,带回检验。其他无异常。

当晚刘、李再次勘查了案发现场。在没有照明的条件下,室内光线充足,而且闪烁不定,给人一种奇特的感觉。现已查明,室内遗留的纸团血迹与死者无关,可以认定是犯罪嫌疑人留下的,有可能是鼻血。问题是罪犯为什么故意留下这些线索?决定继续研究死者的笔记本。

×月×日

阿红又过来哭了一下午,弄得我们只好陪着她哭,没心思做生意。说来说去还是为钱,钱是个王八蛋。阿红的父亲又来逼她,这回是亲自来的,说要是不够数就把她儿子卖了。其实我们这一拨人里就数阿红年轻,也是她挣得最多,可还是远远不够。她大弟弟读研究生，现在小弟弟也考上大学了。这孩子十五岁就出来洗头，没多久就跟一个小老板生了儿子，本来一心想当人家填房的，结果儿子却成了父母的人质，没完没了为全家人填窟窿。她们那个村子已经形成了风气，家家都把女孩子送出来打工挣钱，他们认为女孩比男孩挣钱容易。还互相攀比，谁家寄钱多谁家又盖新房了。家家都这样，所以父母也不觉得心亏。

肥肥出主意说，不如把儿子偷出来，然后远走高飞。这话不过说说而已，亲情岂是轻易能割断的？如果这么简单，谁都不会走上这条路。就是肥肥自己，夫妻俩出来打工，什么负担没有，现在还不是自己做鸡养活老公？我们这些人，谁都是谁的影子，谁也都是谁的镜子，我们永远走不出自己。

当初，我如果听那个小混混的，撇下家跟他一走了之，我能落到这个地步吗？再当初，我如果坚持把常虎的惨死作为工伤事故处理，到劳动局备了案，我能落到走投无路吗？再再当初，我能稍微无耻一点，混个干部当当，我也许早就不是我了。说到底，我们还是太轻信，太理想，太善良。我们这些人，哪个不是善良的人？因为善良，我们才千人骑，万人踏，永远见不得阳光。

倒是阿红的身体让人担心，她们天天后半夜都能听见她的惨叫。开头我不相信，以为是外头野猫叫春，她们听错了。有天回去迟了，阿月拉我到她门口听，才知道不假。那声音尖尖的，断断续续的，像是被人掐着脖子喘不出气来，又像是忍受着什么酷刑——啊，啊，瘆人得很。她这屋原来还有一个叫阿敏的四川人，就是因为受不了这惨叫，搬走了。但阿红自己却不知道，问她，一脸的茫然。说没有啊，就是有时候做梦。问梦见什么了，是不是梦见被人强奸了？她也摇头。说有时候老梦见回家，有一条小溪，不宽，可怎么都过不去。还有就是发山洪，她在大水里头什么都抓不住。而且这些梦回回都差不多。

阿月说，我们这种人，怕人强奸吗？就怕强奸完了不给钱。我想也是。我问阿红身上是不是有伤，或者有病，如果有就要去看，不能耽误。阿红也说没有，就是觉得后背疼，有时在背上有时在脖子，我看了看，也看不出什么。后来她们说，这幢楼上从前有好几个上吊的，可能是鬼在找替身呢。

也许是吧。我们这些人，鬼也是不怕的，就怕房租涨。

×月×日

我为什么总要写那些阴暗的事情？我不想这样，这不是我的初衷。从今天起，我要把从前的每一点快乐，每一分一秒的美好时光都从脑袋里挤出来，写下来，留给我的艾艾。让她知道，即便是地狱里也会有歌声，妈妈即使在最灰暗的日子里，内心也是向着光明的。

其实艾艾比我做得好。从她12岁生日以后，她就变了一个人，身体没有发育，可人已经成了大姑娘了，她甚至比我还要懂得体贴。我相信这是苦难的赐予，可是我又有点担心，毕竟她还只有12岁啊，她不该承受这些。而她做到了。

每天，她都早起，倒痰盂，搞卫生，洗漱，然后做早饭，安排奶奶吃过后，才去上学。中午饭，有时是我留下的，有时还要自己做。晚上更要自己动手料理一切。她不大看电视，电视机已经被她弄到了奶奶床头，她说电视不好看，其实哪个孩子不爱看电视啊，起码看看动画片也好。可她不看。她做作业，自己找点书看，我不知她从哪借来的书。她变得老成，是一种超出年龄一大截的老成，目光里有一种让人捉摸不透的沉静。她脸拉长了，眼睛显得更大了，人家都说越长越像我，这更令人担心。我真怕出现《月牙儿》里的场面，男孩子追着她问，咳，你卖不卖？

奶奶还是在怨恨我，但已经不像从前那么凶了。从前连碗都不让我碰，嫌我脏，所以都是艾艾伺候她。但擦洗艾艾就帮不上，她搬不动她。那我就不能不咬紧牙关，怎么恨怎么骂我都听不见，我要是不给她翻身不给她擦洗，那一身肉还不早烂完了？艾艾见我这样，慢慢地就主动过来打岔，我明白这孩子是心疼我了。

只要我在家，她就会找出各种各样的话题，没完没了缠着说，好像一停下来，这个家就没了活气，而她就是全家的发动机。学校啊同学啊，外面听来的小道消息啊，还有数不清的笑话故事。她不要我插话，好像我一开口就会说出什么不吉利的事情，她对这一切都负有重大责任。我知道她是操心我，怕失去我，可她的神经绷得太紧了，她才只有12岁呀，而且身体还没有完全恢复。由于先天性的心肌功能不全，动过大手术，别的女孩已经抽条了，有的都初潮了，可她还一点动静都没有。她不让我说，也不许我问，她说所有的知识她都懂，自己只是慢一点罢了。她甚至对自己的病也了如指掌，她查过所有的医书，知道所有的新名词和新药，她说她知道该怎么做。她呱拉呱拉地说，没完没了地说，为一个并不可笑的笑话哈哈大笑。我能怎么办？我只能静静地听，跟上她一起笑。我也不想破坏家里难得的气氛。

有时她也跟我报报账，说她买了什么东西，然后告诉我哪个超市的东西实惠，让我以后少买那些没用的东西。家里的钱现在都是她管着，一家三口的低保金，还有我的每一笔收入都是她管着。这是我安排的，我给她存了一张卡，有一点就往里存一点，只有她自己能取。我身上一般不留钱，当初的想法就是害怕，做这一行的，随时都有可能被抢被抓。我必须给她留下所有的钱，生活费医药费学费，这样我的屈辱才是有效的。但我无意间培养了一个理财高手，她告诉我，她把大部分都转成了七天自动转存的储蓄，她的卡上也不留多少钱，万一被抢了怎么办？她还计算过，半年期一年期和三年期怎么倒换着存才能利息最高。这孩子聪明。

其实我也能看出来，她在计算我的每一笔收入时，心里有多难受。有一次我看见她记账时有一行泪挂在小脸上，像一条透明的蚯蚓在腮上爬，隔着玻璃窗在灯光下悄悄爬。我当然不提这个事，装没看见。以她的聪明，她完全能够推算出我接客的次数和每一笔的单价，我看到了那个账本角上用铅笔写的几个"正"字。可是她一发现我动过账本，这些字立刻又消失了。

她还是笑，尽可能让我也笑。我也必须笑。在家笑，在外更要笑。听说市领导在提倡微笑，说微笑是我们这座城市的表情。如果评比，我能得表情冠军。

×月×日

那个姓梁的又来了。来了就呆呆地坐着，我碰他，也没什么反应。后来我就替他脱，我不能为他一个人耽误时间，我也得讲效率。完了他长长地叹了一口气，说他真的很喜欢我，他真的没找过别人，就和我一个人好。我说那是你照顾我，谢谢你了。他说今天主要是和儿子吵架，心情不好。我以为他是没尽兴，就问是不是想再来一次。他摇头，说儿子老想来逼他的钱，这回是要买车。他说他一辈子就这么点积蓄，如果全部给儿子买车了将来怎么办，所以很烦。然后他就一直这样嘀嘀咕咕说着，倒是把我也说烦了。让我觉得他是在暗示我，他很有钱。他有钱是他的，和我有什么关系？

这个世界人和人真的不一样。但我也无法安慰他，他的烦恼不是我能安慰得了的。最后他说，今天出来匆忙，身上没带钱，问下次再补可不可以？

做这行的，从来不相信下一次，也不相信爱呀喜欢呀这类话，我们只相信现金。比较而言，倒是那些农民工更干脆，问清价钱就干，有的还先付钱，干完了就走人，一句废话没有。可是这个姓梁的确实来过很多次，也不像个无赖的样子，我只好说下次就下次吧。可是他临出门又把钱掏出来了，而且一下就给了三百。大家都说我要交好运了，让我请客。我立马去搬来一个大西瓜，今天确实好运气。

肥肥说，这个姓梁的说不定是想娶你，他是在考验你呢。我当然不会这样傻，我已经不是从前的倪红梅了。姓梁的叫梁什么我都没记住，他是和我说过的，我忘了。而且即使他有那个心，我也不能同意。我是没有资格结婚的人，我还不至于轻狂到这种程度。结婚和做爱是两回事，这我还能不懂吗？他现在无论怎样喜欢，都不可能忘记我的身份，何况他还有儿子、亲戚、朋友。可是大家还是说个不停，好像真有那么回事似的。肥肥、阿月她们很能想象，已经想到怎么样才把他的钱抓在手里，在她们看来抓住了钱就抓住了根本，这叫以经济为中心，至于亲戚朋友怎么想，有那么重要吗？只有阿红一个人呆呆地，说要是有人想娶她，哪怕是想包她，哪怕是说着好玩，她也会心软的，让他随便亲，亲个够。做这行的不跟客人接吻，这是行规，她突然提起这些，大家立刻就像被狗血淋了头，动弹不得，谁也无话可说。可见天下女人都一样，谁不想找个真正的依靠？哪怕是被包。

但不管怎么说，今天是快活的。

×月×日

　　艾艾一直捣鼓我去买个手机，我一直在犹豫，我舍不得。其实做这一行的，倒是真需要手机，年纪大了，有手机就能拉住回头客。《月牙儿》里那个老妓女就说过，我们是拿十年当一年活着。对我，十年已经太长，我要把一年当十年来活。艾艾是怕有事找我找不着，她害怕。我就去买了个二手手机，150块。也给艾艾买了一张电话卡，她说有这就不害怕了。

　　另外艾艾说我最近夜里老哭，哭得她也有点害怕。我说不会吧，我都累得跟死猪一样，睡着了哪还有劲哭啊？可艾艾说是真的，说奶奶也听到了，说要是太难就别撑着了。我说你们有这个心就好，我以后注意点就是了。

　　没想到头一天手机就派上用途，艾艾打电话说，那个畜生又来了，还拎了一堆东西，全让我扔了。我问是哪个畜生，她说还有哪个？我问他来干什么，艾艾就冷笑，说回头是岸呗。这样我就必须回去，老让这个人来捣乱也不是个事。艾艾恨死这个人了，说他动手动脚，还偷看她洗澡。我想这也不至于。这人是个小混混不假，还不至于下作到这种程度吧？

　　可也难说，当初认识他，不就是在天兴酒楼被他掐了屁股吗？他是个生意人，浙江来的，想起来又是一段让人伤心的事，还是不想了。怪只怪自己才出来，见识少，几句好听话一扇头就晕了。现在回头想，这种人就属于有点钱但又不是太多的那种，想包女人又舍不得钱，想玩妓女又怕不安全，真结婚了他又觉着吃了亏，整个儿是把结婚当生意来做的。他说他爱我是真的，笑话，这种人有什么资格说爱？

　　还是回去看看。

× 月 × 日

　　果然是想回来。这两年大概亏了不少，灰头土脸的。他说他看透了，不想再折腾了，想回来踏踏实实过日子。他说他很怀念跟我的那一段，这两年总也忘不了我。当然，他的衣服还是很体面，衣领上还是有股子香水味。

　　我承认，自己是喜欢那种体面周正的男人。自己没上过大学，就特别崇拜有知识的。他在这方面确实迷惑过我，还有那些温存的高雅的很难让女人不动心的言谈举止。还有他的生意经，还有他的俏皮话，还有他的黄段子，还有那些时而活泼时而忧郁的眼神。可如今一个妓女，经历了这么多的男人的女人，已经一眼就看穿了这些外表。一个人的品性，宽厚与自私，高尚与卑劣，纯洁与肮脏，和这些外表没有关系。他衣服脱光还不如那些农民工，农民工起码还有淳朴的一面，知道公平交易，讲价讲在明处，起码他们不想欺负人，只是要解决自己的问题。可是他的逻辑只有一条：赚了，还是亏了。

　　我们是在雅丽咖啡屋见的面，选在这里是我要求的。他第一次约我就是在这儿，替我挂上外套，替我拉开椅子，轻声细语，彬彬有礼。而我，只不过是天兴酒楼端盘子的女招待。被人这样尊重着，我能不头晕吗？我根本忘记了就是这个人刚才还在桌子底下偷偷摸我屁股。

　　他还是那一套，甜言蜜语，细声细语，吹他还有多少实力，认识多少大人物，将来要对我怎么好，然后来电话故意不接，然后就伸出了咸猪手。我说你这个人怎么还不长记性？选在这儿不是让你重新表演。我是要告诉你，我现在是个名副其实的妓女。你是不是想睡我？想就直说，我可以给你优惠价，200块一次，怎么样？想白占便宜可不行。我认识很多警察，一个电话就能罚你5000块，你自己掂量掂量。然后他的手就悬在空中，眼角飞快地朝两边睐，挨了枪子似的颤悠悠地仰到后面去，还是慢镜头。

其实我也可以采取另外的方法，让他先拿出钱来，然后慢慢修理他。可好像那样做并不解气，反而瞎耽误几天工夫。对我来说，时间就是金钱，效率就是生命。更重要的是，他还会去家里骚扰。而且这个人的钱永远在支票上，他只会支出一文不值的甜言蜜语，还有永远看不见的美好未来。从前他就是这么干的，他的好听词儿可真是不少。你喜欢什么车？你喜欢海吗？在海边买一套房怎么样？要不就到深山里去？城市哪是人待的地方啊，粉尘，噪音，一点都不环保。可是领了结婚证他立马就把户口从农村老家迁来了。他比我小两岁，头发自来卷，一笑一口白牙，当初我就是被这些迷上的。我天生长着一副爱照顾人爱听好词儿的贱骨头。

从雅丽出来我吐出了一口长气，好像卸下一个大包袱，轻松了不少。现在不是他甩了我，而是我实实在在甩掉了他。华灯初上，秋风送爽，出一口恶气感觉真不错。现在整座城市热烘烘地向上拔起，所有的人都匆匆忙忙，都在争先恐后。只有我，脚底板是踩在地面上的，感觉踏实得很。我已经在地面上了，你还能把我挤到地底下去？

霓虹灯又开始眨眼睛了，我要开工了。

×月×日

其实让我走上这条道的还不是他。我得承认，他还给我带来过一丝幻觉，让我以为自己还有价值，还可以通过勤俭，通过劳动，最不济也可以通过婚姻改变命运。他还让我萌生过一丝爱意，一点期待，尽管那只是一场梦。真正让我清醒的还不是这个人。

那是我当按摩小姐的时候，在大海浪洗浴城。不知什么时候开始这座城市兴洗澡了，澡堂子忽然都变得比宾馆还富丽堂皇。当按摩女挣得多，起码比酒楼、美容店挣得多。阿红阿月她们原先也在那儿干，我就是在那儿认识她们的。

那天，我一眼就认出他来了。他高大，健壮，被一群客人拥着很突出。他好像是想着什么事，眉头锁着，也不太搭理别人。我没上去叫他，怕他难堪，可又希望他能认出自己，心跳得很急，可能脸色也变了。不知他是不是注意到了这些，也许他并不在意，他扫了一眼就指着我说，就是她吧，你来给我按。

现在我懒得写出这个人的名字，我恶心。因为他曾经是爸爸的朋友，一个我当做父亲一样尊敬过的人。从前，他经常来家找爸爸下象棋，来了还带西瓜，还带花生米。有一次他送给我一个玻璃球，一摇晃就能下雪的那种，看着那里面的大雪，想象自己成了白雪公主，在大森林里遇上七个小矮人。爸爸说他是臭棋篓子，是来吃马屎的，是来交学费的。可是我喜欢他，每回来他都要抱我，把我扔到天上，让我高高地飞起来，然后拿胡子扎我的脸，说这丫头真漂亮，说真叫人妒忌。我上初中时还能经常见到他，经常拿手在我头上按按。

其实当时也没发生什么。他叫的是普通按摩，一个钟。在大海浪，进包间的叫这个，会被认为没"料"，是来蹭油的。他还是没认出我，只是闲聊时问了些情况。我当然也不便说我是谁，只是说到绢纺厂，泪水就再也止不住。我跟祥林嫂似的说了很多"我真傻"，见了他我真想哭啊。他也叹了气，但又说了不少要正确对待的话，他说，从前以厂为家是对的，现在下岗回家也是对的，顾全大局是对的，不找领导麻烦也是对的，领导从前那么答复是对的，现在这么处理还是对的，总之全对。我不知这是在夸我，还是在教育我。

一个钟很快就过去了，他又加了一个钟，后来又加一个。那天我是说痛快了，我一直说一直说，他也一直听一直听。尽管我知道说的都是没用的，不过是说说而已，谁也解决不了谁的问题，谁也帮不了谁。最后他给了我一张名片，让我去找他。他说，来吧，看看吧，看看能不能帮你一把。他让我去之前一定要给他先打电话。这样我才知道，他已经是个大人物了。

如果是个陌生的人物也许我还会警惕，可是这样一个人物我心里只有期待了。究竟期待什么？我也说不清。我前前后后回忆过这件事，我找他是想请他帮忙安排工作吗？以我的条件能安排什么工作比当按摩女挣得多？显然不可能。是想让他支援一笔钱帮我把债还清吗？显然也不可能，我还不至于这么不要脸。那还期待什么？也许我心里总想找一个支撑，找一个慈祥的、有力的、可信的理由，能让我坚持下去的勇气……我真的不知道。我是一个站在水边的人，也许心里总想抓住点什么。总之我打了电话，而且去了。也许这就是命，他不过是命运的开关。也许我本来就是一条河，他不过是在我拐弯的地方立下了一座碑。

在大海浪那样的地方，这样的客人见得多了，我们有一整套拒绝客人的办法。当然也不是真的拒绝，否则它就不叫洗浴城了。阿红阿月她们就是在那儿被训练出来的，只是在那儿还要被妈咪剥一层皮，所以才出来单干的。我那时刚和小混混离婚不久，打这份工也不容易，有时躲不开，被人摸就摸一下掐就掐一下，一般都不吱声。但一个刚经过离婚的女人，对男女之事正厌倦着，身心还疲惫着，怎么会有那种要求？可是，可是，可是我竟然连一点拒绝的意思都没有。

我整个儿软了，瘫了，一点力气都没有。眼前是一片白雾，什么也看不见，好像掉进一个温泉，被热气蒸裹着，越挣扎陷得越深。我喘不出气来，眼看着自己胸口裂开了，能听见自己的心跳，和血管里哗哗的流淌声。我闻到了烟草还有一股羊膻气味，我想呼救，发出的却是嗤嗤的笑声。我不停地喊爸爸救命，可嗓子里只有啊啊的哑音，好像另外有一个自己躲在一旁操纵着，令我不能不一沉到底。后来我就浮起来了，飘起来了，轻得像一粒灰尘，在一线光柱里飘浮。我看见自己像一朵蒲公英在风中飘零，美丽的羽毛转眼间就被一根一根拔光，我终于看清了自己的原形毕露。我听见他咕噜一句，身材挺好。

　　趁他进洗手间的时候，我赶紧穿上衣服，抓上包就跑。可他在里头说，茶几上有个信封，拿上吧。我去拿了那个信封。他又说，需要什么就打电话。我还答应了一声。我相信他自始至终都没认出我来，但他是个真正的老手。从把我带出来起就把我握在掌心里，掌控着每一个环节。他是那么有把握，那么的从容，那么的慈祥，清楚地知道我不但不会反抗，还要配合他，还要感谢他！我数了那信封里的钱，不多不少，整整五百大元，够我挣半个月呢。于是我就笑了，那笑声像出膛的浓烟，一团一团地冲出喉咙，呛着了似的，干呕似的，怎么也止不住，后来才发现泪流满面。我是一遍一遍数着那五张纸走出那栋大楼的。我回头看看，记住了那个地方，那地方有一个巨大的电子显示屏，清晰地向我展示着美好未来，而过去的一切都在崩塌。

× 月 × 日

　　冷静地想，我也不能埋怨别人，那天其实还有一个原因。我脑子已经迟钝了，很多事已经理不出头绪。

　　那天打了电话，那个人是让我到人民路路口等他的，可我从大海浪出来碰见了我们厂的刘师傅，给耽误了。如果不是碰见刘师傅，事情也许不会变得失去控制。我是说如果。

　　刘师傅是我们厂的保全工，以前常到我们车间来，特爱开玩笑发牢骚。他有点油，鬼点子也多，还爱占女工的嘴巴便宜。但他不害人，顶多算个口头流氓。所以大伙并不觉着他讨厌，有时候还挺欢迎他来的。可现在他竟成了这样！

　　那天我听见有人喊倪红梅倪红梅，可在四周看不见一个熟人，等他到了跟前，才看清楚是个瘫子一点一点挪过来。他坐在皮垫子上，腿已经没了，拿两只手走路。这个世界变化太快，跟着眨眼都来不及，才几年时间，他怎么就落到这个地步了？我问他出什么事了，怎么闹成这样了，真吓人。他还笑，说你怎么还这么漂亮呀，真让人羡慕死了。他说你别瞧不起人，现在我比你们谁都有保障。他说我注意你好几天了，你不就是在大海浪当按摩小姐吗？这话让人有点气急败坏，我说当小姐就当小姐，总比你要饭强。他说你看见我要饭了吗？我就有点发懵，又不好意思问了。我一句话没有，瞧着他冬瓜样的腿，两只熊掌样的胶皮手套，都不知该怎么跟他说。真的很难想象，从前那么活泛的一个人，现在拿两只手走路，他一大家子可怎么过呀。

　　可是他一脸的坏笑，说我还是招了吧，你要是活不下去，也可以用我的专利。他说这年头什么人好混？我算是琢磨出来了。第一是动物，你要是条狗，你比谁都滋润，你没看见狗都进按摩房了吗？第二是残疾人，你要是残疾了，国家就优待你，你又是女的，又这么漂亮，没准儿都成电视明星了，还到处作报告！他说他现在虽说手跟脚一样，但按月拿钱，拿的比原来工资还高，快活得很。他咧嘴大笑，两排白牙在撑在那些褶子里特别刺眼。原来他是上访时出了交通事故。他说，两眼一闭两腿一伸，疼了几个月，快活一辈子。人家给他装假肢，他还不要，宁愿拿两只手走路，没钱花了就往机关门口一坐。

我说你这不是讹人家吗？他说讹人？我还没杀人呢。

我赶紧就逃走了，头晕得厉害，胃里直翻苦水。他还在后头喊，有难处就说话，我给你出点子！我相信他的点子比我多得多，可他的点子我真受不了。

然后我就找到了那个人，那个让我像父亲一样尊敬的人，坐上了他的车，上了他的床。我浑身发冷，簌簌乱颤，脑子里翻江倒海。我好像经历了那个血糊拉稀的场面，好像自己已经被碾成好几段。那样是能活下去，可我不想活成他那样。再难，我也不能把自己弄成那样。就是死，我也希望自己是完整的。我害怕。

把这些事记下来，并不想埋怨谁。没有他们，也许我照样会走这条道。对我这样的女人，最后的本钱就是身体。当一个破败的房子到了风雨也挡不住的时候，你留着那些本钱又有什么用？在这个劳动等同于下贱的时代，女人的肉体其实一直在升值，就看你敢不敢。阿月说得好，又不偷又不抢，自己挣自己花，我卖的都是我自己的。而且，还有安全套！

侦察日志3

初步意见：自杀，否定。情杀，否定。抢劫杀人，基本否定。

张、王有重大发现。从带回的假钞检验看，这两张假钞与去年10·18假钞案中的纸张、版型完全一致。因此怀疑该案与假钞案有某种联系，这使二组全体摆脱了沉闷乏味的情绪。

经汇报，局领导批准与10·18案并案侦查。振奋。

10·18案情：去年10月，本市发现少量百元假钞的未完成品边角料，经检验，系新近的印刷品，故确定为本市特大案件，专案调查，后又转为省厅挂牌督办案件。但此后，类似假钞印刷品再未出现，相关信息亦消失，案情无进展。

此次并案，不仅力量加强，且有正面价值。

谈话笔录9

谈话人：管××；年龄：55岁；原市绢纺厂厂长，现任市贸发局副局长。

问：因为绢纺厂已经不存在了，所以找到了您。

答：是啊，两千多人呢，说散就散了。干部也都各奔东西了。

问：倪红梅您还有印象吗？请谈谈情况。

答：有印象。她父亲叫倪大民，是厂里的老工人。1983年仓库大火时表现很英勇，牺牲了。她就是顶替进的厂。当时高中好像还没毕业，还不太情愿，可家庭生活困难。这孩子挺老实，是厂里的文艺活动积极分子，工作也不错，挺好的。

问：她死时是在做暗娼，您知道吗？

答：不知道。怎么能干这个呢？再困难也不能干这个。

问：对不起，我们是例行公事，厂里不少人都说您能提供点线索。

答：我知道他们是什么意思。是我把工厂搞破产了，卖了，贪污了，拍屁股走人了。我不怕。卖厂是市里的决定，我有什么办法？改革嘛，总是有成本的。

问：倪红梅后来找过您吗？

答：找过我的人多了。可我有什么办法？我就是个副局长，能安排多少人？再说她能干这个，不能说没有一点点主观原因吧？

问：您了解她家的情况吗？

答：具体不了解。不过也都差不多。困难啦生病啦孩子上学啦。我就是不吃不喝也解决不了几个人。

问：您最后见她是什么时候？

答：有半年多吧。说句心里话死了人我也很难过，可把责任往我这儿推，公平吗？你顶多说我思想工作做不到家。我有那么多思想吗？我是谁呀？

×月×日

看来老梁头是真的想包我。每回来了就不想走，收工了也不走，撵他也不走。就是走了也是站在巷口看人打麻将，要不就是跟人聊天，弄得我没心思再招呼别人。可又不能把话说绝，毕竟他是我为数不多的固定客户，很烦。

　　老梁头人不坏，没架子，也知道疼人。他是太孤单了才到我们这里找安慰的，他儿子媳妇一年到头也跟他说不上几句话。但他也是个人，不想做一架提款机。他儿子现在还没撵他走，原因就是房子还没过户。他活成这样，也够难为的。

　　他说他真的喜欢我，我也相信。在他看来像我这样的，能体贴的能说说话的，不多。他说他见我这个样子心里真难受，这话我就不信了，我要不是这个样子他能认识我吗？我对谁都不隐瞒自己下岗女工的身份，而且就是本地人。他说他原来是当老师的，而且还是个教授。也许就是因为这个吧，他难过。他说，你跟了我吧，我给你租个房子，我能养活你。他的要求只有一条，别再跟别人来往。这个要求不算高，是个低得不能再低的门槛，甚至也可以理解成是一种感情专一的表示，他只爱我一个。可一个有过两次家庭经验的人明白，开头谁的要求都是不高的，谈恋爱的时候一般只要求上床。何况他只是包我，还不说娶我。

　　我并不在意名分，像我这样的人是没有资格谈名分的。我只是不相信，一个人可以忘记过去。过去就像胎记，永远洗不干净，再疯狂的爱情都不可能让它消失。一旦热乎劲退了，过去就会像鬼魂一样附体，到那时打个哈欠都能溅出火星子来。杜十娘的悲剧不是因为钱，也不是因为李公子特别坏，而是因为她想要的人根本就不存在。爱情这个东西就像毒品，海洛因，吗啡，摇头丸，越吃越上瘾，越上瘾就越悲惨。

　　不是我心冷了，而是我看透了，经历过这么多男人还看不透？就是那种没有过去的人，像我和常虎当初那样，碰上今天这个形势又会怎么样？也难说不变化。经过这些年这些事，我确实是明白了不少道理。人要有自知之明。何况大家都还有各自的负担和责任。

他说他现在可以不理儿子媳妇，将来呢？

我还是这个态度，不说行，也不说不行，否则他就不来了。他来也就一周一次，挣他50块钱。我要是拒绝了，他不是连这点爱也得不到？这样想想也就心安理得，有点像等鱼上钩的姜太公。

我养的虎皮海棠开花了，长出一串艳红的花瓣，羞羞地垂着头，每朵都是两片，像少女的唇，真招人疼。这是我在外面住宅楼下捡的，不知是谁家分叉后扔掉的，被我插活了，居然能开得这么好，这让我记起自己的从前。从前我是多爱养花啊，见什么花都爱，屋前屋后，到处是我栽的。从前厂里姐妹们还有互相送花的风气，哪家有什么品种，还带到厂里来，当然也有炫耀攀比的意思。白兰花栀子花是别在胸口上的，玫瑰和茉莉是包在手绢里的，还有大理花牡丹花干脆就插在头上，真疯啊。

那时大家都说我是花痴第一名，其实我是花命，开得快，败得也快。如果比作花，我更像蒲公英，柔柔弱弱，纤纤细细，随风飘散，无影无踪，我能给人留下的印象也就是一瞬间。

×月×日

阿红和肥肥又在外头打起来了，两个人互相扯着头发，谁也不肯撒手，像两只斗红眼的公鸡。她们也骂对方是鸡，是烂尾眼的鸡，秃尾巴的鸡，没人要的鸡，遭雷劈的鸡。这样的场面我见过很多次了，麻木了，懒得去拉。这次是为打麻将，阿红输急眼了，就埋怨肥肥硬拉她充数，成心骗她的钱。阿红胆小，不敢赌钱，每一分钱都要为家里存着，结果自然是越怕越输，越输越怕。其实肥肥也不是那种喜欢欺负人的人，一般来说肥肥还比较好相处的，只是她们不打架又能干什么？打架也是一种发泄。打完了，骂过了，呼呼喘着粗气瞪着对方，然后该干啥还干啥，第二天还能站在一起拉客。

有时她们也来找我评理，呱拉呱拉喊上一通。我跟她们说，大家都是姐妹，都是苦命人，有什么可吵的？今天能站在一条街上做生意，明天还不知谁怎么样了呢。我说的都是真话，女人心眼小，从前在厂里也是张家长李家短的吵，后来怎么样？谁见到谁不哭鼻子抹眼泪，跟亲人一样？

我的话她们也能听进去，想想就明白了。谁也不傻，这还看不透？

×月×日

我们沿河街也有竞争，我刚来的时候还受过排斥。那时肥肥常来搅和，我跟客人说什么她都插嘴，好像这就是她的地盘，只有她说话的份儿，我是抢了她的食。我当然不和她争，她一来我就让。老梁头就是在那种情况下认识我的，他说我这个女人不寻常，跟她们不一样。我说那你不成刁德一了？他就笑了。

但沿河街的竞争不像后街那样凶。听说后街那边不是拉扯就是压价，结果大家都不落好。矛盾大了自然就要烧香引鬼，结果就被一个叫蜡烛头的人控制了。听说这个蜡烛头是个二尾子，从前人见人欺，现在被她们养得脑满肠肥。

也可能我年龄大一些又是本地人，我的话她们愿意听。我们这边的做法是，按自然秩序来，大家心中有数。客人指着谁自然是听客人的，客人不指名，就按顺序一个一个地来。这样不伤和气，也能多挣点。我们不像电影里放的那样，抹口红穿花衣整天嗑着瓜子见了人就浪笑，我们不那样。我们也不像洗头屋按摩房那样，见人就问洗头不按摩不松骨不敲背不，我们没那么傻。现在做这一行已经用不着遮遮掩掩了，我们也有自己的标志，一般是手里拿着毛线活或者绣花活，眼睛盯着巷口。见来人有点意思，才上去问话。问得也直截了当：来玩玩？那人若点头，便是常客。那人若犹豫，便是生客。那人若问价钱，便是外地的。那人若讨价还价，便是农民工。一般愿意答话的，就是十有八九了。我们没有租门面房的压力，也没有妈咪管着，所以我们用不着争抢，一个一个来，大家都有一口饭吃。

　　我们这样做，还是得罪了人。有一天房东把我喊去，说有人找我问话。到了那儿，看不见人，只有房东站在我旁边，里边人问一句，我就答一句。问的也就是一般情况，但那气势很吓人。后来问我是不是真的下岗工人，真的本地人，真在绢纺厂干过，我说我要不是逼急了能干这一行吗？你要不信你就去调查！那里头安静了好半天，后来就让我回来了。我听见房东牙花格格格地响，发电报一样，可见那人来头不小。

　　我们这一带现在还没有黑社会，估计以后会有。现在有事都是房东顶着，房东后面还有更大的。这个世界早就被瓜分完了，也许真有人拿着地图整天琢磨还剩下多少处女地，用不着我们瞎操心。就是有黑社会也不可怕，顶多交点保护费。听说有黑社会的地方，做这一行的反而没危险，因为黑社会也有行规。我们本来就够黑了，还怕再加个黑罩子吗？

　　经过这件事，我们沿河街就按自己的规则做事了。慢慢地，也有了一点繁华，开小店的多了，行人也多了。房东们整天支个桌子在巷口打麻将，我们就在里头做生意，谁也不扰谁。阿红说，梅姐姐可以当妈咪了，要不就当大姐大。我说我可不干那个，我靠自己挣钱养活自己，我也不想管别人的事。可她们私下里还是开玩笑，管我叫主席，婊子协会主席。阿月在大酒店见过世面，说婊子太难听，难听死了。她说人家外国有红灯区，早就不管妓女叫婊子了，叫性工作者。她说政府应该成立一个性工作者协会，还定期检查身体发营业执照呢。另外人家嫖客也不叫嫖客，叫"炮友"，现在广大炮友同志对我们沿河街反映挺好的，开始注意我们沿河街了。我们都笑，看来什么都是外国的好，连干的这个也有先进性——性工作者。

×月×日

今天肥肥突然和丈夫闹起离婚来，哭天抹泪的，跟真的一样。我从家回来迟了，没赶上打架场面，她们说是真打，两个人都头破血流。可我不相信，这两口子要离早就该离了，不用等到今天。他们能撑到今天，肯定有拆不散的理由。

她男人叫强子，出来打工好几年了，高不成低不就，一心想进入黑社会也进不去，现在就在家吃软饭。一个男人混到这个地步本来就够窝囊了，可昨天夜里喝醉酒了，居然把阿月叫出来，说他喜欢阿月，阿月洋乎肥肥老土，还掏出50块钱。阿月当然不能答应，就把肥肥喊醒了。这样两口子就黑夜闹到天明，早晨闹到傍晚。

两个人本来已经没劲了，肥肥嗓子已经哑了，可是见到我肥肥又扑上来。肥肥说她不想活了，真不想活了，说要是离不成她一定去死。我看强子已经瘟了，脑袋耷拉着坐在地上，大气不敢吐一口，就明白了七八分。可肥肥还是不放过他，说他俩从小青梅竹马上小学就在一起了，临到结婚头一天她爹妈还不同意，为了他能出人头地自己什么苦都吃过了,现在当婊子养活他他还不满足,还想着到外头去嫖!说人活到这个份上已经一点意思都没有了,说着就去抓锅铲子去砍他。那强子见她抓锅铲也不跑,就是把脑袋一缩身子一蜷装死猪。我赶紧扑上去拦,但见肥肥拿了锅铲子并不直接砍,还在锅沿上磕了几下,把饭磕干净了才去砍,又觉着动作有点怪。果然轻轻一拉扯她就蹲到地下了,然后号啕大哭。

这动作让我心里直颤,跟着眼泪也酸酸下来了。锅铲,粮食,女人,这就是女人啊。这就是女人的心思啊,不管是贵是贱,是贫是富,是苦是乐,心里始终围着一道坝。她们永远走不出这道坝,她们怎么能不悲惨?

其实要说活着有什么意思,我们这些人早就没有意思了。还不就是心还没有死吗?还有一道坝吗?只要心不死,家还在,我们就死不了。再苦,再难,再屈,也要挺着。我就是她们的影子,她们也是我的镜子。

×月×日

老梁头又来提那件事,气鼓鼓地,说好歹要给一句明白话。他还说了些狠话,说如今花钱找女人睡觉比找狗都容易,别以为自己是个人物。说他是同情我可怜我,并不是来求我。我知道再敷衍下去已经没有可能了。就答应让他明天来,我说我要想一想。我承认,他说的都对。我对他讨好地笑着,求他再给我一点时间。

其实有什么好想的?答案早就明摆着。他能包我一个人,包不了我全家。他能包我一年两年,包不了我一辈子。真正需要想清楚的是，他这次给的是不是最后50块钱。如果他真像他宣布的那样，今后绝对不再来了，能不能再多给一点？我知道我已经很无耻了，真的很无耻，但这也没办法。听说现在外头男人喝酒划拳都改了酒令：谁无耻啊，你无耻啊，谁流氓啊，你流氓啊，他无耻啊，大家都流氓啊。

屋里很静，外面的喧嚣已经远去，这种镀了光的安静很适合想象。他不再说话，眼睛闭着，呼呼吐着粗气。似乎刚才只是耍了一通小孩子脾气，一切都过去了。我抚摸着他的脸，尽可能多给他一点温存，尽可能让自己也喜欢上他。毕竟，他是这个世界最后一个说喜欢我的人，而且三番五次地说。五彩灯光在他干瘪的脸上跳跃，使他松弛的皮肉也有了弹性，那些褶皱被推开来，好像日头推着白云的影子在草地上爬行。我闻到了阳光的气息，听到了生命的脚步，一切都在幻觉之中。我幻想自己还是少年，一切都还来得及重新选择。那样的话，我会选择他吗？他干净体面，不吸烟不喝酒，对女人也仔细，可那就是我想要的吗？好像也不是。也许我对男人已经麻木了，已经分不清好歹了？尽管他让我相信全世界男人就他对我最好。

我问，你究竟喜欢我什么呢？他说你跟那些农村人不一样，那些女人太粗，别看她们年轻，她们屁都不懂。你安静，不烦人，你还有点文化有点头脑，一个成熟的女人怎么能没有头脑呢？然后他就谈到了头脑和思想，谈到正在研究的什么学，还有一套理论，还有不少新名词，全是我听不懂的。

他也产生了幻觉，再一次把我紧紧箍住，说是真的喜欢我，要我答应别再干这个了，他能养活我，他身体好，保证能满足我。我忽然冒出一个刻毒的念头：他就是要一百次，我也得给，这我不能拒绝，可这方面他比得上一个农民工吗？那些小伙子个个身强体壮，龙精虎猛，他能比吗？

我是活颠倒了，黑白不分了，对这个世界已经不想看懂，连我自己我也看不懂了。我不知道。

我相信他是真的。但是我不能。

× 月 × 日

我把老梁头的事跟大家说了，然后问，我该怎么办？

我的本意是，我要怎么做才能把他留住。没想到这个性工作者协会第一次大会却作出了这样一个决定：大家轮流去勾引老梁头。如果老梁头能够两周不上钩，她们说，那包就包啰，只当赌一把，大不了赌输。在她们看来，男人都一样，那些好听话是枕头边上说说的，当不得真。她们是不相信，而我却想到了将来。这就是年龄的差别。

但我还是接受了这个决定。我相信人多主意多，肯定比我自己想得周全。我现在好像已经成了那些光彩霓虹里的人物，好吃好喝，好穿好戴。豪宅靓车，风光无限，享尽荣华富贵，好日子请随便挑。

× 月 × 日

一连三天，老梁头都来了。可他找不着我，又不好意思问，就站在巷口看人家打麻将。麻将散场了，他把眼睛四处扫扫，然后翻起衣领回家。三天都是这样。我有点忍不住了，有几次想算了，想出去招呼他，都被她们拦回来。她们认为，这才刚开始，既然想考验他，就不能半途而废。

这是共同的乐子，我不能扫大家的兴。我也在想，妓女究竟是种什么人？自己这样不幸，怎么还有兴趣捉弄别人？我这样说，并没有把自己排除在外，其实我心里也有按捺不住的好奇。我也想知道，那些来嫖的男人，是不是没有一个正经的？后来我也想通了，其实大家最想知道的还不是老梁头，而是自己的命运。我们都想知道，那个冥冥之中左右着我们的家伙，是不是真的不长眼睛。她们嘴上说男人都一样，其实心里总盼着自己能遇上一个不一样的。

×月×日

现在真相大白了，命运果然无情。上个星期没事，他没出现。但总共才过去一个多星期，按照我们的计划才刚刚轮流上场，老梁头就顶不住了。在这之前，阿月去过，阿红去过，老梁头都没点头。可今天，肥肥刚出门老梁头就迎了上去。

阿月飞一样跑来报告：干了干了，那老头跟肥肥干上了！然后大家就放声大笑，笑啊笑啊，把眼泪花都笑出来了。起初我也跟着笑的，可突然间，就觉得心里一紧，被门板夹住了一样，整个身子都痉挛起来。这种感觉是难受？是愤怒？是失望？我说不上来，反正就像在大街上被强奸，被当众剥光了我还在笑。

我跳起来，想过去拍肥肥的门，被阿红拽住了。阿红叫了声梅姐姐梅姐姐，然后我就愣了，软了。毕竟这是大家商量过的，我不能坏了规矩，阿红是怕我吃亏。再说这也不能解决我的问题，老梁头算是我的什么人？后来又想，那也不能让老梁头白白耍一回，尽管从一开始我就没当真，可也得出了这口气。

我拿了个小板凳，坐在路口等他。他出来时脸还是红的，见到我刷一下就白了，然后他想跟我笑，嘴呲着却没有声。我瞧着他，也不出声。就这么僵了好一会儿他才转身走了。他好像在哪儿被绊了一下，脚踮着，霓虹灯光在他后背上一闪一闪，使他像个卡通片里的人。我忽然想起"炮友"一词，我想他也不过就是乱放一炮，说到底他还是广大炮友同志中的一员。

×月×日

下了第一场雪，雪花不大，却是密密匝匝，天下黑了，地却下白了。一切都昏暗着，只有霓虹广告仍在闪烁，似乎天地间只有它能永葆色色的笑靥。房间里很冷，没有客人。墙上的舞蹈还在进行，但这光电更加倍放大了清冷，好像冷气跟妖精一样都从墙缝里钻出来，舞着扭着，令我瑟瑟发抖。还好肥肥拿来一条被子，她说你要这样下去非冻死不可。可是今天一笔生意也没做。

我们究竟是些什么人？是用身体来交换衣食的人？那么谁又不是这样的人？我们有没有灵魂？有的。我们也会承受心灵的煎熬。从这个意思上说，我们也是有自尊心的。比如受了欺骗会委屈，受了欺压会报复。我们只是在有限的时间出卖肉体，而不是一辈子，更不是全部时间。我们多为生活所迫，自己不骗人也不想被别人骗。我们凭信用赢得顾客，交易时明码标价，我们不立牌坊为自己做广告。我们有竞争，但绝不排斥其他姐妹。我们没有文化没有理论，我们不想领导谁。我们不需要你的爱，只要你按劳付酬，我们就对你笑脸相迎。我们不分等级没有核心，我们不敢代表别人。我们也有羞耻感，不敢告诉家人，我们明知生命有限还要拼命工作。我们不用遮羞布，我们让顾客随意挑选。我们要养活家庭，但只勾引男人，不去祸害儿童。我们允许别人轻视，却并不小瞧自己，我们渴望从良，但永远不会勉强别人。我们出卖的是肉体，不是灵魂，从这个意思上说，有些上等人还不如我们，别看他们又有思想又有理论。

元旦过后老梁头又来过一次，他给了我100元，我找给他50元。临走时他嘴唇动动，想说什么，我装没看见。我不想见也不想听。我相信那件事他再也不会提了，他是要面子的。也许他以后还会来，来了我还接待他。我要让他明白，"炮友"和"性工作者"就是这样一种关系，别太贪心。

我听见他踩着干雪咯吱咯吱地走了，心里有了一点报复的快慰。他想得到的，终于没有得到。我想逃避的，却成功逃避了。我想他走在雪地里的样子一定很滑稽，想快又想稳，想抓住点什么又什么也抓不住。他们这样的人就是贪心，让我们付出身体还不够，还要我们付出情感。好像我们真的爱他，起码要装作很爱。

×月×日

头天艾艾就告诉我，上头来通知了，让家家都留人，说今天市领导要来慰问下岗职工。这才想起，快过年了。等到九十点钟，果然敲锣打鼓的，拖电线的扛摄像机的都来了。然后就是领导挨家挨户送慰问粮、慰问金，拍电视。每家50斤米50块钱，和去年一样。不同的是今年领导来得多，今年都改穿西装了，不像去年都是一律的夹克衫。他们都有好身体，不怕冷。

结束以后，我以为没事了，收拾收拾就准备走，谁知来了个女记者。她问我愿不愿意接受采访，那我就能愿意了吗？就让她去找别人。她说她问过别人了，知道我有文化，家里也困难，肯定感想特别多。我说我感想再多也不能跟你谈。她就脸红了，吭哧吭哧说，接受采访是有报酬的。我问多少钱，她说50。我想我接一回客衣服扒光了身子冻青了才挣50，跟她说几句话也能挣这么多，为什么不干？就答应了。

第一次面对电视镜头还真有点紧张，她问什么我也听不见，我究竟说什么也搞不清楚，反正浑身发抖就是了。看热闹的也多，嘻嘻哈哈弄得我更紧张。我说算了算了，我还有事，找别人吧。谁知那记者早有准备，她让人展开一张大纸，举在摄像机旁，然后她问一句，让我照着念一句。

我就照念了，大意是感谢市领导的亲切关怀，感谢他们在百忙之中看望我们，给我们送来了温暖。现在我们人虽然下岗了，但思想没有下岗，我们还在关心改革发展。今天是个好日子，日子越过越好，好日子还在后头呢。说到这一句，我都忍不住笑了。后来那女记者说，我笑起来很好看。

我好看吗？这话应该"炮友"来说。这丫头还年轻，不懂笑也分专业的和业余的。反正我现在是这样一种人了，邻居们都知道我缺钱，他们也不会怪我。他们也觉着好看，强奸确实好看。一个连强奸都不在乎的人，被人多看几次有什么要紧？如果广大炮友同志在电视里看见我，会不会多给两个？

谈话笔录15

问：我们知道你是好孩子，还是三好生。妈妈走了你很难过。

答：我不会说什么的。

问：我们也是女的，谈话是咱们女人之间谈。

答：女的才倒霉呢。

问：你很爱妈妈，是吗？

答：妈妈是好人。我当然爱她。

问：你能说说她怎么好吗？不要哭，跟阿姨说。

答：你们出门问问就知道了，随便问问谁。

问：你生的病，要花很多钱是吗？

答：妈妈早就想死了。要不是为了我，她活不到今天。

问：你的继父，来不来看你？

答：你少提他。畜生。

问：你知道那本书里的钱是假的吗？

答：知道。

问：留着假钱是干什么用的？

答：那是我们家的纪念币。

问：纪念什么？你还记得当时的情形吗？

答：记得。她说今天倒霉了，这两张是假钱。

问：还说什么没有？

答：还说不要用这个钱，留下它当个纪念。

问：妈妈为什么这么说？

答：妈妈说，咱们不能拿出去用。妈妈说，咱们不能做害人的事。妈妈说，咱们再穷也不去害别人。妈妈还说……

问：今天就到这儿。你是好孩子。

×月×日

今天在路上碰见刘师傅，他坐在一架平板车上，撑得飞快。这种车从前我们用来拉煤球，几块木板钉四个大轴承那种小车。现在他改装了，轴承换上小胶皮轮，拿手摇，还带刹车。这家伙干什么都能干好，只要他想干。

他说，他们组织了一个互助会，都是几家老厂的下岗工人，大家互相帮助，问我愿不愿参加。他说他现在想通了，要干点正事，发牢骚、蛮干、破罐子破摔都不是办法。看来他对从前的莽撞有点后悔。我问，是不是想让我捐点钱？他就笑了，说你想哪去了，以后如果谁有困难，需要捐再捐，现在主要是建立联系，通通信息。这我就犹豫了，答应想想。

其实让我捐钱我反而愿意，经历了那些伤痛，我现在特别理解那些需要帮助的人。开口求人难，人不到逼急眼了谁愿意开口求人啊？可是手一伸你腰就弯了，而且再也直不起来，永远直不起来。但让我参加互助会就不行了，我哪有时间跟他们互通信息呀，再说我的身份对他们也不好。我没把手机号留给他。

刘师傅是个好人，敢作敢为，人也聪明，这我知道，可这人有点轻浮，不太稳当。从前厂里没一个干部他能看得惯，动不动就说外国好，人家国外企业是这样搞的吗？好像他刚出国考察回来。在他看来从厂长到科长没一个好东西，经常编出点故事来恶心他们。

但刘师傅技术好，人家也拿他没办法。厂里女工多，他一来车间里就会热闹，来点新闻来点笑话有时还来点恶作剧什么的。那时大伙儿也爱逗他玩，说刘师傅刘师傅，又从哪国考察回来啦？资本主义那么好你还回来干吗？他还一本正经，说那么艰巨的任务能轮上我吗？资本主义早都让领导消灭完啦。说急眼了他还跟人抬杠，脸涨得比脖子还粗，好像他真的见识过资本主义，他还举着双手喊——万恶的资本家，快来剥削我们吧！结果万恶的资本家来了，他把两条腿也搭进去了。他就像那个烧香引鬼的黄道士，鬼没来他天天盼，鬼来了他又嫌这个鬼太丑，不是他想要的鬼。

现在我说他其实也在说我自己，自己当初何尝不是这样？总觉着在厂里干没什么劲，干多干少一个样，大锅饭不好。可是一旦离开，才明白人和人其实没多大差别。鱼离开了水，能力大点小点都是一个死，有什么差别？从前以为这叫阵痛，痛一阵子就过去了，好日子还在后头。现在总算明白了，我们不过是一块抹布，用过了就该扔。谁也不会把抹布当作人。

我还是自己单干，自己对自己负责，我也不拖累任何人。我现在还不老，还能卖钱。我能做一天是一天，能余一点是一点，债虽然还清了，可艾艾还有将来。等有一天不能做了，我会痛痛快快死，绝不拖累艾艾。我已经活够了。

这个世界，还有什么能激动人心？

×月×日

头天阿月过来说，有个从前在酒店里认识的炮友来找她，说有个大单,要两个人,陪一晚给500,问我去不去?我问去哪,她说是一个大机关,而且是过夜的。我想艾艾明天开学,我答应去见她老师的,犹豫半天还是让给阿红去了。谁也没想到,她们一去就出了事。

肥肥过来说,快去看看吧,阿红一身肉都烫烂完了!

原来阿月认识的炮友是大机关的一个小头头,为了给一个什么人物祝寿,就叫几个小姐去陪。谁知那人物对上床不感兴趣,只想作践人,先是让她们脱光了陪酒,然后让她们举着蜡烛围着酒席转,再后来就是动手掐,拿香烟烫。阿月聪明,还知道往那个大人物怀里拱,阿红哪见过这个?躲不开逃不走就骂,越骂越遭罪,乳头、肚皮、还有下身,全都烫伤了。

阿红这孩子没什么头脑,别看她儿子都六岁了。有次她拿手机给我看,上面有条短信说,找小姐太贵,找情人太累,还是找下岗女工最实惠。她笑得嘎嘎的,说梅姐姐你不就是下岗女工吗?现在广大炮友同志就喜欢你这样的。我脸都气青了,她还看不出来,还笑。其实我们这几个,最单纯的就是她。去了医院也不会遮掩,三问两问就说出了实情。这样那些女医生自然也没什么好脸色,随便处理一下就叫她们滚蛋。

阿月也烫伤了,但轻得多。她哭着说,不知道啊,我哪知道啊?那孙子从前也人模狗样的,不像这么孙子。开头我还以为那老头真的有料呢,连他们都给他摆两大桌,谁知是这么个老妖怪。

女人的身体并不金贵,也不像歌里唱的是什么仙境,什么生命源头,说这话的一般比较有钱,还想有更多的钱。她们也许是高级娼妓,我们只是下贱娼妓。可下贱娼妓也是人,她的身体跟任何人的没有两样,凭什么受到这样的虐待?这些人就不是人养的?他们没有母亲,没有姐妹?我浑身发冷,嗓子里像塞进一团纱布,我说不出话来。那些流浆大泡跟过电一样在我身上流淌,爬满了角角落落。

是的，我们是抹布，是下贱，为了多挣一点什么罪都得受。可我们天生是做抹布的吗？我们愿意当抹布吗？我们也曾经主人过。

× 月 × 日

阿红身上化脓了，发起高烧。我们轮流去陪她，生意也没心思做了。阿月哭着说，她真的不知道会这样，她不是故意的。她的意思是只能认倒霉了，可我却突然想到，难道就这样算了？难道我们就不能讨个公道？妓女有没有地方说理？尽管我明白，这个时代最困难的事情就是没地方说理，也没人听你说理。

× 月 × 日

不能就这么算了。我越想越咽不下这口气。

我问阿月，敢不敢再去那个地方，找那个人赔偿？阿月支吾半天不吭声，她只知道哭。阿红突然说，梅姐姐，你陪我们去吗？阿月也说，你去我们就敢去。

事情就是这样，总得有人先站出来，何况我们是这样一群人。从前，见别人被欺负，我们沉默，结果自己也受到同样的欺负。从前，明知不合理我们也忍了，我们不好意思说，结果人家好意思把你推进火坑。今天我们落难了，于是别人也沉默了。事不关己谁都不愿伸头，结果就是大家都进火坑。

我说，我陪你们去，话也由我出头说，但你们要挺得住，坚决不让步。你们要想好，如果到时候你们害怕了松口了后退了，我就只有一死。

阿红说，我不怕死，梅姐姐你要去死我就陪着。阿月见我们这么说，也突然跳起来，说你们这么讲话，不就是说我怕死吗？告诉你们，我都自杀过两回了，没死成，现在这个身子就是我赚的。我要后退半步都不是人养的！连肥肥也说，我也陪你们去，我要怕死我就是猪！

我们说着这些狠话，都跟什么似的。我们眼睛里放着光，胸口里滚着热浪，好像很久很久都没有过这种感觉，很久很久都没这么有劲过了。后来，我们就抱在了一起。我们谈到了死，没想到这个话题是这样热烈。原来我们这些人，个个都不怕死，每个人都想到过死。

我自己曾经设想过多种多样的死法，从高楼上跳，往汽车下钻，拿刀子割手腕。可是那样把自己弄得血糊拉稀的，不好看，我得让自己有个完整的交待。这个看法她们居然也和我一样，大概女人天性爱美，连死也不想弄得太难看。但她们说城里连口水井都找不到，不然跳井倒是个好办法。说农村很多女人都把井当成好去处，井，本来就是为女人准备的。在她们看来，死在井里就好比回到母亲的肚子里去，那是一种最温暖最安全的方法。这我倒没想过，我说城里的办法是吃安眠药。我就准备了一大瓶，把奶奶剩下的药都积攒在一起。我把它放在一个秘密的地方，一旦时候到了它就是我理想的助手。我可以把自己当成那个飞升的嫦娥，偷偷吃药。我不迷恋人间。即便没有那么浪漫，至少我还有做梦的权利。我玩不过你们我就不和你们玩了，我做梦总可以吧，梦总是我自己的吧。死了，我也不想留下什么遗言，艾艾知道该怎么做。

明天，我们就去会会那个"孙子"。

×月×日

这件事我必须记下来，记清楚。

我们找到了那个"孙子"，小伙子长着一张娃娃脸，白白净净的，看上去还挺善。听我把来意一说，他脸就更白了。他对阿月说，上这儿来横的？你不是找死吗？以后还想不想做生意了？阿月也不含糊，告诉他我们也是人，生意要做，赔偿也要。

然后我们就在大门外一直坐下去。其实还是挺吓人的，铁门，高墙，还有铁丝网，还听见里头有狼狗叫。这样僵持到中午，围观的人越来越多了，出来一个年纪大点的。他说，你们谁受伤了？是来卖淫受的伤吗？阿月阿红就把经过说给他听，可那家伙突然就翻脸了，说卖淫犯法你们不知道吗？我这才有点反应过来。我说，没有嫖娼的就没有卖淫的，要犯法也是在你这儿犯的法。后来他看看我，指着她们俩说，你们两个，跟我进来，我们有医生给你检查。阿月阿红就跟他进去了，那人又阴阴地扫了我一眼。

过了几分钟，那"孙子"出来说，阿红阿月因为涉嫌卖淫被拘留了，让我们回去，说小心别把自己也折进去。说着还故意在腰上撩了一把，我看见那儿是有手铐叮当一闪。我的心一下就提起来，我知道我们这时候退缩已经来不及了，我说你把我也铐进去吧，我们是一起来的就要一起走。肥肥也说，凭什么抓人？干脆把我们都抓进去。肥肥嗓门大，她一叫唤围观的人都上来了，那"孙子"又赶紧退回去说，抓谁了？你们看见抓谁了？这时那年纪大点的又出来，问我是干什么的，跟阿红阿月什么关系。我告诉他，我也是干这个的，我是下岗女工，市绢纺厂的，你要抓就连我一块儿抓。他盯着我半天，说一句你等着。然后那铁门轰隆一声就关上了。

然后我们就等着，一直等。等到天快黑了，阿月阿红才被放出来。我问怎么说，她俩也稀里糊涂，说她俩进去根本没人理，就那么一直坐在屋里，叫谁谁也不答应。刚才来个人叫她们先回来，说门口有人等你们回去吃饭，她们就出来了。

之所以要把这过程记下来，是因为事情没完。而且那家伙阴阴的眼神让人生疑，他说你等着，绝不是让我等在门外，而是让我等待报复。我记得那眼神，冰冷，尖锐，刺人。也记得那声音，低低的，压在嗓子眼里。我等着他。

我们说好了明天还去。猴子不上树，多敲几遍锣。不能算完。

×月×日

连夜去找了刘师傅。我想来想去，还是找了他。

我说我以前对不起他，但我确有我的难言之隐。我说了我在当妓女。他笑，说他早就看出来了。他说但凡还有一点办法，你是不会走上那条路的。然后他就给我介绍，说在场的都是下岗工人，大家没事就在一起研究研究法律，让我放心大胆说。我把经过说了以后，他问另一个师傅：国外有没有妓女维权的事？那个师傅答，人身权利谁都有，只是咱们中国妓女是地下的，还不能拿到桌面上谈，想打官司都打不成。开头我还有点放不开，可发现在场几位都严肃得很，谁也没有瞧不起我的意思，我也就坦然了。维权，我们也要维权。

他们分析说，这事简单得很，第一，他们无权抓人，要办拘留也要派出所来办。西关派出所就在旁边，几步路的事，为什么不让派出所处理？说明他们不愿意让派出所知道。第二，为犯罪嫌疑人祝寿摆酒还请小姐，不仅违反规定，而且本身就够上组织卖淫嫖娼罪。第三，这个道理他们自己明白得很，所以才不敢声张，也不敢对你们怎么样，想把你们吓唬回去了事。

我说这我就放心了，明天我们还去。刘师傅说你放心大胆去，现在维权就要靠自己，你自己不争取，别人怎么帮？到时候我们也去助阵，看他能怎么样。

人到势单力薄时才感觉到抱团的重要。以前我还觉得刘师傅是个破罐子破摔的人，我还不太瞧得起他，但现在看来他比我强大得多。如果他还是单个人，他就还是那副邋遢相，可是他现在有互助会，他就腰杆笔直，中气十足，真是不一样了。出门时我说了些感谢的话，他爱人突然插进来说，红梅你千万别这么想，从前我们就是把自己看低了才被人家扔来扔去，让人卖了还帮着他数钱。其实大家都是一样的人，谁也不比谁高贵！刘师傅开玩笑说，红梅从前还是我们厂的厂花呢，谁比谁差啊？

×月×日

激动人心的一天。

早晨7点，她们几个就来了，说是睡不着，然后一边打哈欠一边瞧着别人傻笑。我说咱们吃饱了再走。肥肥就说她已经熬了一大锅稀饭，阿月就赶紧去买油条大饼，我们似乎都想表现表现。出了巷口，阿月叫起来，为什么走着去？我们打的！

我们去要求赔偿，它跟钱有关系，跟伤痛有关系，跟精神损失有关系，但好像跟这些又没有太大关系，钱不钱的已经无所谓了。我们好像是去干一件大事，一件了不起的大事。

那地方大门紧闭，连边门都关了。那"孙子"也好像知道我们要去，早早就等在那里。他说领导们已经知道了，正在开会研究，让我们先回去。他不再摸腰了，态度也不那么横了，又回到了小男孩模样。我们当然不能回去，我们说我们愿意等。那个阴阴的家伙没露脸，倒是听见里头有人喊，维权，维权，连他妈的婊子都要维权了！可是一直等到中午，还是没给答复。我去交涉，说是领导还在开会。我说行，领导开一天会我们就等一天，开两天会我们就等两天。他还嬉皮笑脸说，那领导要一直开会呢？我说，那我们就一直等，我们什么都没有，就是时间富余。

这时外头已经明显热闹起来，马路对面陆陆续续来了不少人。骑车的，拄拐的，蹬三轮拖板车的，还有一些老头老太。他们来了也不说什么，就是站在马路对面看。只是有一点很特别，他们都穿着工作服，是从前那种老式的印着厂标的工作服，有焦化厂的，钢铁厂的，也有绢纺厂的，棉纺厂的。刘师傅特意在工作服里面打着一条红领带，红领巾似的特神气。他把那架自制的小车摇来摇去，特意对我挥了挥手。

见到这情形那"孙子"脸色陡然就青了，一张娃娃脸转眼就裂开好几道口子，说你们想干什么？你们还想闹事啊？也不等我回答，身子一扭就不见了。我听见小铁门咣当一响。我冷笑，他们想糊弄过去已经不可能。

这一刻，一种久违了的感觉突然回到身上。一股热烘烘的东西从心涌到了头，又从头传到了四肢。我好像又回到了从前的某一个早晨，上老白班的和下大夜班的全都在工业大道上相遇，人们疲惫地粗鲁地招呼着吆喝着，自行车铃铛声饭盒茶缸碰撞声还有不着调的歌声响成一片，那些年轻小伙比赛着车技，他们故意在女工堆里钻来钻去，引起一阵又一阵笑骂，这是我们最熟悉最亲切也最心酸的一幕。我想，从前我们也有过不顺心不如意，但顶多发发牢骚骂骂娘，我们很少为将来发过愁。一切都有领导在考虑在安排，我们就把自己忘记了，不知道自己还有权力，好像我们只能为保健票为病假条为评先进操心。从前，在他们中间我不觉着什么，离开了也没觉着什么，好像只是日子艰难了才觉着孤单。可是这一刻，我突然明白了自己。热泪就像被憋得太久，是那么突然地往外一喷！这就像猛然走进一部老电影里，我们迎着高压水龙，迎着让人窒息的无可诉说的悲痛，还有像鞭子一样抽下来的暴风雨，劳苦人拉起了手，唱起了歌。这是孤雁追上了队伍，是溺水者看见了海岸线。我不知这话该怎么说。

我给对面鞠了一躬，深深的一躬。然后她们几个见了也都给对面鞠了一躬。那一刻，谁都没有出声，可是又觉得说了很多很多，在心里说的。那一刻的泪水是汹涌的，痛快的。那一刻的时间是静止的，凝重的。因为那一刻，用阿红的话说，猛然觉得自己活了这么大，到现在才知道啥叫个人。

以至于结出了果实，我们都不觉着重要了。赔礼道歉，经济补偿，要严肃处理等等，听上去好像都很遥远，跟我们关系不大的样子。最重要的是，我们做了一回人，有尊严的那种人。

×月×日

做人的感觉确实很好。走路轻快，吃饭香甜，睡觉踏实，时不时地还哼两句。

肥肥要回家了。她过来道别，说得眼圈红红的，可我看得出来，她心里特高兴。夫妻俩为这事已经争吵了很久，现在老公总算想明白了，城里再好也是别人的，看得见摸不着，等于零。她老公发誓赌咒要对她好，还说回去就打算怀孩子。说到这些，我心里也有点酸。他们家其实并不很差，只是强子这些年被发财搞懵了，总以为城里能挣大钱，弄得家不家业不业。肥肥是多好的女人啊，为丈夫做出了这么大牺牲。现在老公总算回心转意了，她也算熬出头了，怎么着也该庆贺一番。

阿月说，她要为肥肥全家饯行。阿红也说应该由她来请。后来我们商量，大家姐妹一场，还是集体为肥肥送行比较好。阿月兴奋极了，一个劲嚷嚷要去大酒楼，富豪，王朝，要开包房，让那帮孙子也来伺候我们娱乐我们，还要卡拉OK！

我忽然想到，自己呢？今后该怎么办？真的卖笑卖到死？

×月×日

今天又有一件高兴事：艾艾悄悄把我拉到外面说，奶奶已经有变化了，让我跟奶奶好好聊聊。我问奶奶怎么变化的，她说跟她叨咕了好几遍：你爸爸没福气呀，这样的好女人上哪去找啊。艾艾说，这还不叫变化？奶奶高兴了大家都高兴，我求求你了妈！我搂住艾艾什么话也没说，可我心里真是高兴！我体会到了什么叫幸福，一个猪狗不如的人其实也有幸福，它就在我们心里藏着，一点不比别人的少。

这种变化从哪一天开始的我不知道，但我已经隐隐约约感觉到了。以前给奶奶擦洗的时候，让她怎么配合她都不答话，只是照着做，可那天她突然说了句：你放心吧。我去看她，她又把眼睛闭上了。我猜想，可能是因为那天说到了厂里一个工友跳楼自杀值不值的事。我说了句，死还不容易？真正难的是活。也许这句话刺疼了她。

这是真心话，我早就不把死当回事了，而且我随时都准备去死，我把每天都当最后一天过，我身上不留一分钱。我猜奶奶已经明白了我的心思，她也想通了。只是我们大家都必须默默地等待那一天。那一天并不残酷，那一天对大家都是一种解脱，我相信奶奶的话也是真心的，这是一种心灵的默契，是两个苦命女人谁都不愿说破的秘密。最好，她能笑着，面对面地说一声——你放心！

中午，我给她换衣服的时候，我们的脸碰在一起了，她对着我的眼睛看了一气，然后什么也没说，她还是没有说出来。我抱住她，听到了她钟摆一样的心跳，她的手在用力，让我感觉到了支撑，和她发自内心的理解和温暖。于是我也像触了电一样。我们在心里把什么都说完了。作为媳妇，有她这句话，我知足。

×月×日

我听见自己的哭泣了。艾艾借来的录音机，把我的哭声录了下来。这哭声是倒吸着的,呜呜地,沙沙地,像是台漏气的抽水机。我不知道为什么会这样哭,这样难听。如果知道,我会放开喉咙,美美地痛哭一场。我最近已经感觉到从下腰到后背有点不对劲,又酸又疼,有时还往脖子上蹿,像阿红讲的那样。能听到自己的哭声,才明白其实自己并不像嘴上说的那么坚强。我无言以对。

艾艾瞧着我的眼睛,严肃地说,妈妈我求你了,求求你了!隔壁奶奶的哭声也断断续续传过来,她们好像商量过了一样。我只好答应她,我要想一想,想一想总可以吧。

我看见霓虹灯又开始眨眼,电子广告又换了一批。这些彩色的光束在我身边旋转,我也加入进去旋转,我已成了它们的一部分。我们被消费了,我们被娱乐了,我们是为繁荣做出贡献的人。我们就在这彩色的光柱上,攀援,上升,飞腾。只是最后,谁来关电门呢?

谈话笔录19

谈话人:犯罪嫌疑人丁××;年龄,26;无业。

问:是这间屋吗?

答:是。

问:知道为什么带你来这吗?

答:知道。

问:因为什么?再说一遍。

答:因为杀人。

问:为什么要杀人?

答:因为假钞。

问:你想要回假钞?

答：是。老板为这个发火了，砍了一个弟兄的手。不拿回来他还砍。

问：所以你想把它要回来？

答：是。

问：说说具体过程。

答：没什么过程。我要，她不给。我就掐她，没想到她这么不经掐。

问：她没有反抗吗？

答：没有。我也想不通。她还说谢谢。

问：说什么？谢谢？

答：是。她是说谢谢。她倒在床上，一动不动，说谢谢。

问：再确认一下，是这间屋吗？

答：是。这间屋挺怪。

问：怎么怪？

答：满屋都是光，一闪一闪，让人头晕。

侦察日志9

结案。

结案。

结案！

原载于《当代》2006年第5期

测谎记

一

　　开头是杨柳扔过来的一句话，这句话说得既别扭又狠毒，噎得他半天没反应过来。这句话是："你这张脸究竟是怎么炼出来的？"

　　说这话时杨柳正在拍黄瓜，没回头也没发火，菜刀拍下去还挺温柔的，嘴角上还挂着一丝微笑，甚至左颊上的小酒窝比平日还多了些许味道，杨柳是那种端庄多于艳丽的女孩，不太活泼，但笑起来很阳光，能让人怦然心动的那种。特别是那两只酒窝，生动，调皮，内容丰富，瞬间就能让你膨胀。所以开头他也没仔细琢磨。

　　准确地说当时老狼还挺乐意，拍拍自己的脸，还笑了一声。意思是这张脸确实是张好脸，为此他很自豪，他必须永远感谢爹妈的恩赐。然而只是一瞬，他就发觉此刻有些不对劲，此刻她声音是嘶哑的，有点被掩盖的破碎感。那酒窝也有点怪异，颤颤地悠悠地，特阴险的样子。以至于他伸出去搂抱她后腰的双臂就僵在那儿，像是叉车突然死机，缩都缩不回来。这才意识到，自己这张脸并不值得赞美，或者说这张脸炼成这样才值得赞美。这种刻毒的赞美其实比吼叫可怕，这赞美意味着新一轮审讯和侦察的开始，带有很强的职业特征，是那种胜券在握欲擒故纵的姿态。然后他就明白，今天又没跑了。

　　老狼心里颤了一下，他想不出是哪个环节出了岔子，嘴上没动，汗已下来了。他觉着那汗就像一条蛇，顺着后脊、股沟、大腿，一点一点地蠕动，冰凉。其实早该清楚，你再有魅力的脸对一个天天见面的人来说，也不会有什么特别的优势，而且表情也不可能永远丰富。杨柳这么说，当然是反复思考才提炼得这么经典。可是天理良心，这段日子他还真是挺老实的。

当时杨柳并没急于进攻，只是说：还愣着干吗？剥蒜。

老狼说，行，你搁那儿吧，我来。说话就伸手去抓菜刀。

但是这个动作过于夸张。他是侧过身从杨柳肩头上去抓菜刀的，这个动作把杨柳的镇定和矜持彻底打乱了。杨柳几乎是本能地做出了反应：在老狼的肘下托了一下，一个翻腕拿就把他胳膊拧过来。然后跟着又是一个大背摔，老狼就像一片刚刚摘去下水的生猪，趴在地下肥肉乱颤。叫没叫唤，他不记得了。

然后，空手夺了刀的杨柳也愣住了，等明白过来就开始发抖，那把菜刀被她高举了半天才扔进水池。然后她捂着脸冲进卧房，然后哇哇大哭。

实际上杨柳并不是一个性格外向张扬激烈的时尚女孩，她的缜密和沉稳远在一般女孩之上，不然也进不了缉毒处。以前他俩也吵过，但多半是说几句软话，床上再下点功夫就过去了。有一回杨柳发现他裤兜里有一团沾了口红的餐巾纸，闹腾了几天。后来他故意让杨柳看见，他和同事们是怎样热烈地行拥抱礼的（为此他损失了十几份香格里拉的自助餐），杨柳才不吱声了。杨柳只是提醒他说，你可别让人家老公撞见，再大度的男人也不想看见这个，好像她的胸怀无比宽广，眼睛里能揉进沙子。那以后他确实谨慎了很多，谨慎加小心，小心加谨慎，不到万不得已绝不出轨。但这回，看来真是被她逮住什么了，不然怎么反应这么激烈？老狼这么想想，脑子有点木，也就顾不上疼痛了，他揉着胳膊一瘸一拐地跟进来，靠在门上说：你又是怎么回事啊？你提个醒。就是审犯人你也得提个醒吧？不然我想老实交代也没地方表现去啊？

可杨柳捶着枕头越哭越凶。

其实这意思他昨晚也表达过的，当时杨柳只是冷笑一声，一口咬定他撒谎，是骗子。既然骗都骗过了，还用得着别人来提醒吗？

头天是他生日，老狼早就表示过，他不想过什么生日，混成这样狗屁不是还生日啊蛋糕啊，扯淡。可杨柳不干。她年终评比闹了个二等功，得了一笔奖金，没地方烧了，非得上梦巴黎浪漫一回。偏偏那天顾萌萌突然决定飞过来，他能不陪吗？人家如今是大腕了，能把她请过来，台里是出了大血的，再说人家也是冲着他老狼来的。经过就是这样，小事一桩，看不出有什么可隐瞒的价值。

凭良心，他本来是想把顾萌萌伺候好了再回家跟杨柳说明的，谁知杨柳在电话里就有点不对劲，陪客人？陪吧，爱怎么陪就怎么陪。这样他不得不提前撤退，酒宴没结束就回来了。可到家杨柳还是哄不好，一口咬定他撒谎了。

这样僵持到后半夜，腿麻了脑袋却开窍了：杨柳其实是清楚他在广播学院的那一段的，谈恋爱时他交代过那一段，当时杨柳还笑得前仰后合，说你傻呀你。而现在，也不知她怎么就打听到了客人正是顾萌萌。如果他一开始就说明白呢？也许就没事了。其实那都有什么呀，他们分手都十来年了。

没法解释。人生就是这样，一旦需要解释，信任也就透支完毕。其实顾萌萌那点事圈内人无人不知无人不晓，连杨柳都很清楚，跟谁谁掰了又靠上了谁谁，只是在家里都不愿提起这个名字罢了。以人家今天的身价，别说老狼现在这副德行，就是圈内她又能看得上谁？可事情就是这么怪，女人偏偏不这么看问题，她们往往高看了自己的男人。其实也不是高看男人，而是高估了自己的感觉，在这方面她们从来都是自信的。她们的一切行为都出于自恋——因自恋而自扰，因自扰而自虐，因自虐而迁怒于一切可疑的女人和自己的男人——你说谎了没有？是说谎了。他只说要去接一个客人，没说是接顾萌萌。可是说了又能怎么样？说了实话就能解开她的困扰吗？老狼实在想不明白。

这一晚，杨柳哭了很久，他也靠着门框站了很久。

而时间是把尖刀，心底里原有的那一点歉疚，那一点因为伤害而产生的懊悔，那一点因为爱怜而产生的软弱，也在这把尖刀的切割下一点一点被剔除了。他觉着自己的内心正在坚硬起来，粗糙起来，仇恨起来，甚至有点百炼成钢的意思。

这样，到了下半夜，当杨柳挪动身子给他腾出一点睡觉的地方时，他哼都没哼一声。他相信那时自己的目光是凶狠的，邪恶的，能杀得死人。"你这张脸究竟是怎么炼出来的？"就是这么炼出来的。

然而天快亮的时候，杨柳还是把他叫醒了，说是要谈一谈。

杨柳说，郎京生你打算怎么着吧？

他答，你爱怎么着就怎么着。

杨柳说，你还不承认是不是？

他问，你让我承认什么？

杨柳冷笑，说你干了什么自己还不清楚吗？除非你干得太多，已经习以为常分不清好歹了。你已经无耻到麻木了。

他就答，那你还跟我谈什么？我劝你对无耻者少浪费口舌。对不起，我还想睡一会儿，我今天还有一堆事儿。

杨柳被噎住了，恨恨地道：我知道你现在挺着急的，恨不能马上就到宾馆去，可人家稀罕你吗？所以你急也白急，去了也是在门外站着。

他想了一想，说我真是奇了怪了，你既然明白顾萌萌不稀罕我，干吗生那么大的气？再说我也没那个心啊？好马还不吃回头草呢。

杨柳说，热脸蹭冷屁股呗，不靠女人帮忙你郎京生还有出头之日吗？再说你也不是什么好马。

他又想了一会儿，说你既然明白这么个理，还有什么醋可吃的？请顾萌萌来是台里的计划，我出面接待是公务安排。我之所以没提顾萌萌三个字，是因为我不想让你受刺激，我知道你有这个爱好。还因为，那天是我生日，你总想浪漫一回，我被感动了，我不想破坏你的好心情。如果你能现实一点也许屁事没有。

杨柳哼哼说，总算点到正题了。

他问，什么正题？

杨柳说，接着往下说呀？然后怎么了？发生什么激动人心的事了？

他说，什么激动人心？扯淡。

杨柳说，扯啊，扯淡也要接着扯。

他说，我不扯。

杨柳说，你必须扯。

他心想，你不想过就拉鸡巴倒，等我忙过这一阵就跟你去离婚。可毕竟不敢这么说，一张口已经变成了：我求求你，让我睡一会儿行不行？

杨柳说，不行。

他只好拿被子蒙住头，再也不吭声。然而杨柳并不罢休，她跳起来，一脚挑开被子：你不说是不是？你信不信我今天揍你一顿？

他睁开眼，说你还敢动私刑啊？

杨柳说，动私刑？我就是废了你你又能怎么样？你今天不说就是不行。说！

这样他就只有投降，每回都是他投降。他要不投降，女人就叫他灭亡。他只好把那天的全过程再招供一遍：接了顾萌萌，献了鲜花，一起去梦巴黎喝咖啡，送她到台里见领导，然后晚宴，然后没等结束他就回家了。他不敢不招，不招杨柳真能拿他当沙袋练。他不敢面对杨柳这副德行。当初那个腼腆的忸怩的嗓音沙哑的说话还不敢正眼瞧人的杨柳不见了,那个姓名柔弱的女孩永远消失了。当初还真不知道杨柳得过全省擒拿格斗第二名,早知道他也绝不会娶她。当然,他也实在搞不懂,杨柳怎么能气成这样。

杨柳问,在梦巴黎你们干什么了?

老狼说,没干什么呀?就是谈了谈各自的情况。

冷了半天杨柳才说,看来你还是不肯说实话。其实你干的那些事本来我也没兴趣,你现在就是和她上床我也无所谓了。反正你就是那么个人。我是没办法拉回你的。杨柳说,可是你竟敢公开出我的丑!

他张开嘴,半天没反应。心想怎么出你丑了?

杨柳说,那天,好多人都知道我想在梦巴黎和你吃一顿饭。你不愿意也就算了,还偏偏选那个地方会旧情人。会了也罢了,还当众表演接吻!你还是人吗你?

他叫道:等等,等等!你是说,我和顾萌萌当众接吻?烧糊涂了吧小姐?整个儿一狂想型。就是我愿意,人家干不干?神经病。

杨柳说,别不好意思啊,你又不是第一次。我跟你交个底吧,那天我们有人在梦巴黎蹲坑,是为一个案子,不是为你。可碰巧让人撞见了,人家躲都躲不开。你是不是还想让人家出示证据呀?

老狼这才有点发懵。说他对杨柳不怎么样,说他曾经有过杂念,说他心里想和顾萌萌怎么怎么,甚至说他想甩了杨柳另找,他都认账。他也承认那天去梦巴黎是有点欠妥,当时主要因为那儿离电视台近,图个方便,没想别的。可说他和顾萌萌接吻,这可真是邪了门了。而且居然还有人看见!

杨柳说,没词儿了吧?你也甭解释,我不爱听。你只要承认就行。

他无力地说:如果我确实想要证据呢?

杨柳冷笑：看来你不仅无耻，而且还是个无赖。

他说，杨柳，你骂什么我都认了，你要想分手我也没二话。可你不能冤枉我。这件事我真的没干，我没撒谎。

杨柳说，那么是我撒谎了？

他答：我也没那么说。这里面可能有什么误会。

杨柳说，看来你这个人不上测谎仪都不会认账的。

他突然站起来，一激动，泪都下来了。

他憋了半天，说：如果有测谎仪，我还真愿意测一下，不然你就没完没了。

说这话时，天已大亮，楼下已经有晨练的人群在活动，是个晴天。可空气却出奇的憋闷，有点爆炸的意思。他发觉杨柳的圆脸在抽搐，五官奇怪地交换位置，两只酒窝也像眼睛一样瞪了起来。后来她拿上警服就去了洗手间，再后来他听见大门轰然一响。他也跟着身子一抖，尿都出来了。

没有爆炸。却分明是一种被粉碎的感觉，鲜血淋漓肢体四溅，意识像尘埃一样飘散开去。于是在这个早晨，老狼亲眼看见了自己在迷人的晨曦中悬浮，让他觉得婚姻就是一台破碎机，填进去的是完整，吐出来的是碎片，妈的粉粉碎！而那张被杨柳诅咒的脸也从脑袋上分离出来，浮在半空，像科幻片里的特技镜头，在屋子里飘来飘去，变幻出各种恐怖的造型。

二

杨柳本不想把郎京生往绝路上逼的。她的想法是，郎京生必须认识到自己的行为是一种伤害，一种滥情，一种无聊，对谁都不负责任。他自以为很派，很酷，很时尚很有女人缘，其实人家都把他当笑料，当猴儿看，得意个屁。

特别可气的是，他的轻浮已经影响到自己的工作。在处里，有好几回，她提出的思路别人都当一个乐子，活跃气氛还行，谁也没拿她的话当正经建议。他们说，你以为这是你帅哥哥哪，跟你扮纯情哪？可事后证明，罪犯就是这么回家的。然而谁也不认为这是她的判断正确，顶多说一句，瞧瞧，还真让杨柳给说着了，那孩子还真跟老狼似的！

当然这也都无所谓，她也不是想和谁争功。她没把立功受奖看得那么重要。她承认自己是个女人，当今流行的看法是，女人需要的奖赏不是这个。

那天本来也没当回事。开头是郭燕打电话，让她别去梦巴黎了，神神秘秘的，她也没当回事。但后来那感觉就怪怪的，丢了魂似的。郭燕是她铁哥们，俩人在处里，在整个公安系统，玩得最好。好朋友当然无话不谈，她们什么话都谈过，包括交流过床上的感受。去梦巴黎点蜡烛就是郭燕的主意，她当然知道她的计划。可是老狼临时有任务取消计划了郭燕却不知道，所以才会来电话。那种感觉真是怪怪的，郭燕说取消了吗取消了就算了。这话是什么意思？郭燕这次蹲坑主要是监视一个毒贩的接头，并没有捕人计划，当然也就不会发生暴力事件，不会影响任何人的约会。她顶多能看见自己和老狼的浪漫，还多了一项谈笑素材，犯得着打电话来阻止吗？后来那感觉就开始恐怖起来，变成了冰冷的推定。

这样晚上郭燕下来以后，她就没完没了地逼问，不说就不让她回家。这样郭燕就顶不住了，说了亲眼看见老狼亲吻那个女明星的经过——就是这样隔着桌子把头伸过去的——郭燕还表演了那个动作。当时她还笑了，说要是蜡烛把领带烧着了才好玩儿呢。郭燕没吭声，脸色比哭还难看。

然后，不费什么事她就打听到了电视台的尊贵客人是谁。

当然，这一切他郎京生是不会承认的。他永远不变的手法就是继续撒谎，把谎说圆，说得滴水不漏，说得温情脉脉，让你没法不相信他就是一个大众情人，他是没有办法才去应付那些无聊女人的。

梦巴黎是一家新开的咖啡屋，老板是个法国留学生，在中国混几年就开窍了，知道中国盛产布尔乔亚和波希米亚，小资得一塌糊涂，喜欢玩情调的主儿特多。所以梦巴黎一开张就烛光幽幽的，壁画旧旧的，萨克斯音调碎碎的，比上海的红房子风格还要老派，如梦如幻，如痴如醉，特怀旧的那种，在这座追逐国际化的城市一下子就推广开来。

杨柳问郭燕：当时你在什么位置？

郭燕哭丧着脸，指指拐角上的一个车厢座。

杨柳就坐到了那个地方，是这样吗？郭燕点头。杨柳说，你到他那个位置去，再模仿一遍。郭燕稍一迟疑，杨柳就叫起来：我求求你还不行吗？

这样郭燕只好又把身子探到桌子对面，再次表演了那个动作。

然而杨柳看见的却是一个完整的后背。从这个角度看过去，基本看不见对方的脸。也就是说，存在着另外一种可能：郎京生当时确实伸头了，但也有百分之一的机会是耳语，而不是接吻。这个推论让杨柳有点发懵，半天回不过神来。

郭燕差不多都要哭出来了：我早说过的，我真有可能看错的。

杨柳说，我们走。

侦破学上有一派理论，非常重视现场复原，很多疑难案件都是通过现场复制找出了蛛丝马迹，最后破案的。因为从理论上说，世界上没有破不了的案子，只有勘察不到位的现场。可是杨柳在现场得到的，却是个不确定。她想不透，难道你郎京生还真是个百分之一？你有什么理由把头伸过去呢？在公共场所？

郭燕追上来搂住她：算了吧杨柳，别把男人逼急了。

杨柳反问：你觉得我是那种人吗？胡搅蛮缠？

郭燕说：你当然不是！谁不知道你是女中豪杰？

杨柳说，那不就结了？我不想我的儿子或者女儿没有爸爸，这过分吗？

郭燕问，你是说，你已经……

杨柳点点头：就这几天。本来我是想给他过生日时再告诉他的。我想让他第一个知道，可是他不给我机会！这话说出来，跟着就是热泪一喷，腿都软了。

她们在湖边坐了下来。哭痛快了，杨柳才觉得好受一些。人生就是这样啊，美好本来就很缥缈，而我们又总是与它擦肩而过。等你意识到了，想抓住也迟了。我们能抓住的，其实只是美好的尾巴。而且这尾巴稀松脆弱，一使劲儿就碎了。

其实她跟郎京生能走到一起也挺不容易的。杨柳的老爸见郎京生第一面印象就特别不好，眉距一下就缩短了。后来她再三追问老爸究竟是什么地方不好，老爸也说不出来。只是说，他总想讨我的好。杨柳问，想讨你好还有错吗？老爸又说不是那个意思。直到快去登记了，老爸还在尽量回避这件事。有一天吃着早饭，老爸突然自言自语道，女人都喜欢奶油。她这才明白了老爸的心思。

杨柳的亲妈走得早，老爸有过一次再婚，可是不成功。原因是那个女人对杨柳很刻薄，老爸不能容忍。从杨柳开始记事，父女俩就是一直相依为命的，所以老爸的看法使杨柳很为难。她能明白老爸害怕失去女儿的心情，目光挑剔一点，想法古怪一点，都能理解。可是凭良心，她喜欢郎京生的，恰恰是他身上那股子奶油味儿。郎京生是那样一种人，白面书生，目光柔和，说话好听，有点装腔作势，特爱表现的那种。而今女孩子们都喜欢这种类型的，温柔体贴，会来事儿，哪怕偶尔说点假话也不要紧，能逗人开心就行。男人不坏女人不爱。何况杨柳是个警察，成天把脸绷着，下了班谁不想轻松一点？更何况郎京生是电视台的节目主持人，金牌王老五，这种爱情是挡不住的。所以他们连婚礼都没办，趁老爸出差，她就搬了出去。等老爸回来，她陪老爸狠狠哭了一个通宵，哭得老爸昏天黑地，才把这事给糊弄过去了。然后老爸说，你走吧我没事，你觉着快乐我还担心什么呢？

是啊，担心什么呢？当时她无论如何是想不出来的。当时她能想到的，就是和郎京生约法三章，说你什么时候不爱我了你就明说，我不会赖着你。但第一不许你撒谎，第二不许你欺骗我，第三如果你骗我我就杀了你！当时郎京生乐得猴似的，在沙发上乱滚，问，第一百条呢？你能想出一百条来我就服你！可杨柳说一条就够了。她郑重其事地在落地灯上挂了一个本儿，说这叫家庭诚信档案，咱俩不论谁撒了谎都要记录在案，以示郑重。

开头还真记过几回。×月×日，老狼彻夜未归，谎称加班，其实是跟朋友打牌，罪过罪过。×月×日，老狼约会女作者，却说是小学同学，认打认罚。×月×日……罪该万死罪该万死。×月×日，老狼声明，善意谎言是工作需要，咱们谁没撒过谎？争论不休。此事存疑。等等等等。

……后来次数多了，就再也没记过，那个小本儿也就不知扔哪儿去了。这原本不过就是两口子热乎头上的把戏，真有了事，谁还愿意往那上头记？这就好像一扇防盗门，不管怎么设计，都不是对付真小偷的。

郭燕说，这事都怨我，我当时不该那么急着给你打电话的。

杨柳摇头，和你没关系。该发生的迟早都会发生。你知道我早就不信任他了，这个人鬼话太多，我真不知该信他哪一句。不然我干吗不想要孩子?

郭燕问,那你现在怎么办?做掉?

杨柳又摇头,憋了半天才说:郭燕,我求你帮个忙。让你们家博士替他做个测试。

郭燕嘴都撑大了,你疯啦?

她明白郭燕的意思,这念头确实有点疯狂。夜里她说要上测谎仪只是脱口而出,但现在她是当真了,她实在想不出个挽救的法子。她是愿意相信郎京生的,万一他真是那百分之一呢?可是她心里真的很不踏实啊。所以最坏的办法就是上测谎仪。她说:如果他这次真的没撒谎,我就死心塌地把这孩子生下来。

郭燕说,这样……好吗?

杨柳说,没什么好不好的,我要的是结果。

郭燕说,可是做了这东西,总是会有阴影的。

杨柳咬着牙才没放声大哭:我都三十一了,我真想要这个孩子呀!不然我怎么跟老爸交待呀!

三

规定情景是这样:在晚会进行过程中,台下一位坚守岗位不回家过年的打工妹接受了主持人的采访。你叫什么名字?在哪儿工作?老家在哪儿?家里还有什么人?从前过年都在哪儿?离开过妈妈吗?想不想妈妈?等把小姑娘调理到快哭的时候,作为主持人的顾萌萌才突然宣布:你回头瞧瞧?谁来了?于是小姑娘回头一看,呆了,高叫着,妈——于是,钢琴声起,远在偏远山区的贫困母亲终于在美丽的南国见到了幸福的女儿。然后她就代表全国人民感谢千千万万个坚守岗位的打工妹。

顾萌萌扶着一把高背椅子，憋了半天才进入状态。她眼圈红着，终于哽噎出来：今天我真的好感动好感动哦，我特别特别，真的真的……从来过年都没有这样的感觉，好像又回到老家，回到了姥姥的怀抱里。在这全国人民都阖家团圆欢乐祥和过大年的日子里，在这新年钟声即将敲响的时刻，这对打工母女终于在我们的演播室里团聚了！此情此景……这样行吗？顾萌萌收住就要掉下来的泪珠，回头吐了一下舌头。

老狼摘下耳机，举手。OK了。

李台翘着大拇哥冲进来，太棒了，绝对感动！

顾萌萌吐了一口气，颓然倒在沙发上。

老狼过来说，这就对了，感觉是你自己找出来的。要不怎么请你这位大牌明星来主持呢，不可能每一滴眼泪都让别人帮你设计。这一天老狼都把脸阴着，说话冲头冲脑的，让人不着四六。

顾萌萌说：你们这帮人也忒缺德了吧？设计这种场面。

怎么啦怎么啦，他说，咱们不就是干这一行的吗？

顾萌萌说，把人家老妈接来关在屋里不让见面，还非得敲钟才放出来，待会儿再急出心脏病来看你们怎么办吧。

老狼倒抽一口凉气，瞥了李台一眼，这个问题他确实没考虑到。他说要不这么着，咱们准备一个急救药箱，另外安排老太太看中央台的晚会，这就万无一失了。他挥着手拧着眉，一副坚毅果敢的模样，而头上的网球帽此刻就像一顶钢盔。

李台说，顾小姐，我认为这个问题应该这样看，全国人民需要感动，需要亲情，需要一种在家过年的气氛。而咱们为了观众的根本利益创造了这种感动，即使有点瑕疵也是善意的，是非主流的。再说我们把打工妹的母亲接来，这本身也是帮助她们团圆，这也是一件好事。至于技术上的处理，是枝节问题，枝节问题。李台是个保养得极好的男人，皮肤白净，谈吐高雅，似乎很有理论水平。当然，他似乎也很在意顾萌萌的评价。

老狼不耐烦地挥挥手，她就那样，别理她。我向您担保，李台，这个案子绝对是本台近年的最佳策划，您就请好吧。

李台这才松了一口气。那就好，那就好。各位，我请你们去宵夜。

顾萌萌瞧着老狼不吭声。

他恶狠狠地，走哇，还没回来呐？

顾萌萌这才笑了，说，我眼泪还没憋回去呢。又说，我这个人吧，可能泪腺特别发达，所以才红了。

吃夜宵时李台借机又把顾萌萌吹捧一番，说顾小姐的眼泪是一滴千金，说她一哭全国人民都感动，古有倾城一笑，今有倾国一哭。然后大伙都乐了。可老狼还是笑不出来。

直到坐进车里，他才悄悄告诫顾萌萌：李台那人你少搭理他，那人特阴险，特不是东西。你以后少瞎议论啊，就为接那老太太，你知道我们台花了多少钱？两万多！你以为啊？

顾萌萌说，怎么啦？我也没说什么啊。你们本来就够缺德的。

他叫起来：这怎么叫缺德？这恰恰是咱们的职业道德！咱们是干吗的？就是制造快乐的，生产感动的，收购贩卖眼泪的！

瞧着他一副恶狠狠的凶样儿，顾萌萌吃吃发笑：说你今天是怎么啦？吃错药啦？早晨一进来就不对劲儿，瞧你脖子上那根筋，啧啧。

其实顾萌萌也就是那么随便一说，并不当真。她主要是怕折腾，没完没了地让她来回哭，她受不了这个。现在既然OK了，她也就不当回事儿。其实这种策划她见得多了去了，至于那么义愤填膺吗？只有老狼自以为大手笔，地方台的机会不多，想表现，只能求助于她。老狼是顾萌萌的同班同学,在学校就是他们这一届公认的佼佼者,落到这一步也是谁都没料到的。所以老狼说了个求字,顾萌萌就一口答应下来。顾萌萌要不帮他,谁还能帮他呢?

见老狼还是不吭声,顾萌萌又说:你今天肯定有心事,我敢肯定。这样老狼嘎一声就把车踩死了。然后一下一下捶着方向盘,他的喇叭一响,后边的喇叭也响,然后整条大街都跟着他一起哀号起来。

后来他们把车停在一个巷口,老狼还是伏在方向盘上不愿下来。顾萌萌瞧他那样儿,也就不勉强了。她掏出一支香烟,点着了,又塞给老狼说,说说吧,说出来就好了。

老狼捶着喇叭吼道:我决定离婚。

顾萌萌一愣,乐了:老套,忒老套。离婚有什么劲啊?

老狼说,你是不知道啊,你都想象不出来我受着什么样的虐待。

顾萌萌笑到岔气,她捶着胸口:挺高大威猛一汉子,受虐待?

老狼想想,这事儿是很难说出口。这算什么?家庭暴力?刑讯逼供?还是自己无能?被一个矮他一大截的女人武力征服,毕竟有损形象。所以他把这一段的不光彩的屈辱史给删除了。其他的基本都是事实,比如怎么猜忌,怎么盯梢,怎么不兼容,等等。当然,他也不隐瞒杨柳的优点,比如她比一般女孩儿爽快,没那么多的琐碎麻烦,也从不缠着自己逛商店。当然,杨柳在经济上也不怎么计较,他们的工资从来都是扔在抽屉里的,谁用谁拿。他总结说:我一点都不怀疑她是真诚的,可她总是要怀疑我的真诚,这也太不公平了。

顾萌萌说,我听不出故事有什么新意,都差不多。人这个东西啊,最难相处的就是这个东西。可是人还偏偏爱找不自在。你说咱俩当初如果好下去,结果能怎么样?可能比这还惨。全都一个鸟样。

老狼瞥她一眼,那可不一定。

顾萌萌说,肯定一样!

老狼说,肯定不一样。你怎么能跟她比呢?你比她强多了。

顾萌萌瞪着他:那结果不是更糟?

老狼的意思是,不是体能上的强,也不是性格上的强,而是精神上的强。不像杨柳,四肢发达头脑简单,报上说什么她就信什么。她要是搁从前,肯定就是一红卫兵。现在流行小资了,她就比小资还资,把老公当口红往嘴巴上抹。这种缠绕看上去挺美,小蜜蜂似的,其实稍不留神就被蜇一口,没完没了,没日没夜,谁受得了这个?而顾萌萌就不同了,顾萌萌特独立,特有主意,特会来事儿,特善解人意。你若是嫌烦,懒得搭理她,她还巴不得你走得远远的。两个人的档次就在这儿。

这样顾萌萌就有点飘:这么说我还是挺不错的?她来了个飞的姿势。

正是年底,所有的商场都想最后捞一把,所有的人都把钱不当钱,大街上人潮汹涌站都站不住。他俩站在巷口也谈不安稳,说不上几句就被行人隔开,弄得他心里更烦。有一个卖花的小女孩干脆插在他俩中间,不掏钱就不走,还说给小姐一点面子吧,这点面子都不给呀?他大吼一声:滚!吓得那女孩浑身一抖。

这天晚上本来也没事的。能有什么事呢?情绪那么差。可到了宾馆门口顾萌萌说,瞧瞧,眼睛都泛绿了。行了,你回吧,我也困了。老狼忽然就有点眼神闪烁起来:你真不请我上去坐坐?逗得顾萌萌哈哈大笑,说这种把戏你还玩呐?

老狼说,我哪儿还有心思玩儿呀,我都快上测谎仪了。

也许就是这一句把顾萌萌给煽起来,跟上了发条似的,没完没了地追问,测谎仪真有那么灵吗?就是把好多电线插在脑袋上吗?那你不跟刺猬似的?然后你就竹筒倒豆子了?把你那些罪恶史全都交待出来？有意思哎，真有意思！

然后，他们就站到了顾萌萌房间门口。然后，顾萌萌雪白的长胳臂就像八爪鱼的长须吸在了他的脖子上。女人的好奇心真是很奇妙。不过，那一刻他觉得自己心里也长出一只手来，毛茸茸的，和她白嫩的长臂交缠在一起，像正在交尾的两条长蛇上下翻飞。不，应该是两根长须，两根长须上都布满了海绵状的恶狠狠的吸盘，死死吸住了两个女人，一个叫顾萌萌，是现实的，还一个叫杨柳，是想象中的。他用吸盘把自己的身体一下子拉出了苦海，然后在苦海之上翱翔飞升。他发现这时的每一个动作每一段节奏都非常合于目的，非常规范，像喊口号那样短促有力：叫你摔我！叫你练我！叫你废了我！他发现，这家宾馆的地毯很糟糕，不是纯羊毛的，把他的膝盖皮都磨破了，还说是五星级呢，妈的骗人。

四

本来测试是安排在初三下午进行的。郭燕两口子都是本地人，家里有数不清的亲戚要团聚，初一初二肯定不行。杨柳这边当然是希望越快越好，但双方的父母也不能怠慢，不管怎么装佯，大面子上总要能说得过去。所以就安排在初三下午大家都能脱身的两个小时。谁知吃着午饭，吴处的车就到了。

案情是这样的：去年夏天缉毒处因为连续两年没完成指标受到了上级批评，吴处压力特别大，于是就让大家发动特勤找线索。杨柳联系的这个特勤叫贾喜喜，是郊区的一个菜农，以前有过前科，后来协助破案立过功。但这次贾喜喜特别积极，他提出奖金要兑现的要求时，吴处也很痛快，当场就表态同意了。贾喜喜第一次提供的线索是个开出租的，在后备箱里查出海洛因1100克。奖金兑现后，跟着贾喜喜又打出了第二次第三次电话，按照他提供的时间地点缉毒处连破三起大案，共起出海洛因20000多克。贾喜喜立了大功，前后共得奖金20余万，连判刑四年的儿子也沾光提前释放了。吴处成了缉毒英雄，缉毒处立集体二等功，杨柳也立了二等功，她要请郎京生去梦巴黎庆祝就是为这个事。可谁也没想到，被判了死刑的三个案犯并没有等死，不知通过什么渠道告到了北京，现在上面追查下来，基本上认定他们是被栽赃的，换句话说，这是个假案。吴处捧着发回重审的卷宗浑身发抖，连声说，杨柳啊杨柳啊杨柳啊。他都快哭出来了。

杨柳说，不可能吧？就算那三个人有冤情，就算贾喜喜栽赃他们，海洛因难道也是假的？难道贾喜喜为了儿子还有二十万奖金，花几百万去买海洛因？他有病啊？就算他真有病，他哪来的那么多钱？

处长黑着脸不吭声，把卷宗扔在桌上。杨柳她们几个一看，这才傻了。有一份北京某所的鉴定报告说，这批截获的毒品除表皮和外角部分有0.1%—0.19%的海洛因含量外，绝大部分是扑热息止痛药片碾成的粉末。处长说，杨柳啊杨柳啊，你可把我给害惨了！

杨柳懵了，脑袋里有一万只蚂蚁在爬。当初他们像挖到金矿一样，那种欣喜若狂那种趾高气扬到哪去了？缉毒处二十多名精兵强将居然被人耍猴一样耍了半年？而且耍他们的居然是一个菜农！尽管案子后半段不是自己经手，但事情总是不光彩，毕竟是她联系的特勤啊。后来还是郭燕提醒她：你少听他发飙，现在装孙子了？当初贾喜喜来情报他怎么不让你插手？他凭什么垄断资源？你搞来的线索怎么成了他的功劳？现在想推给你了，没门儿！她这才踏实清醒了一点点。然后又是追捕又是蹲坑，又是调查取证，等把贾喜喜抓到,元宵节过去了。

出外勤回来的那天,一推车门闻到一股汽油味,然后整个身子就麻花一样拧起来,然后五脏六腑就像被铁门挤了一下似的,狂喷不止,最后把黄疸都给吐出来。其实她很怕来情况,那天她蹲坑一天一夜,都没怎么敢吃东西。这样才记起来,她最迫切需要搞清楚的不是什么贾喜喜,而是郎京生。这样只好又重新商量测试的时间。

郎京生说,行啊,我随时恭候。现在他倒是等得不耐烦,成老油条了。她说京生,我知道你不爱听这个,可这样做对咱俩都有好处,对这个家有好处。郎京生说,谁说我不爱听?我非常乐于配合。不是说对咱家有好处吗?说实话我也等着洗刷自己呢。完了还吹了一声口哨。电话里见不着他的脸,可她那张脸分明就在眼前,那是一张百炼成钢刀枪不入的脸。另外,和着电流声,那声口哨也特别刺耳,她能感受到那种冰寒刺骨的冷漠。

她对自己说,都走到这一步了,就坚决别回头。

可是老天爷要跟她作对。定的是一个星期日的上午,郭燕两口子已经进大院了,郎京生也靠在实验室的门上了,手机响起来。一听,是老爸他们单位的,说老爸头天夜里突然发病,现在正在抢救,还挺危险的。然后她就有点犹豫有点慌乱,慌乱中她还瞥了郎京生一眼。也许这说明自己还是挺依赖他的。她发现郎京生眼角跳了一下,没吱声。可是郭燕已经过来推她去医院了,说测试着什么急呀,不测就不测呗。说着还拉郎京生一起去。这样只好再次放弃。不过从郎京生的表情看,他也有点着急,二话没说就上了车,起码他没有表现出那种逃脱一劫的庆幸来。或许他真的是被冤枉的,是自己无事生非。当然,她也希望郎京生是冤枉的。那样一切都还来得及,可以从头再来,她会加倍对他好的。

老爸是中风。幸亏当时是在办公室,他伸手去捡一份掉下地的文件,然后就扑倒在地。他们守了两个多小时,老爸还没醒来,杨柳就让郭燕他们先回去了。郎京生没走,本来她的意思是让他也走,可他没吱声,身子也不动。这样杨柳心里就有点软,她当然希望他能在这儿,在老爸醒来的第一时间。然后她就没再催他,他不走,就说明他还有点良心。这样两个人就不咸不淡地说些毫无意思的话,谁也不提测试的事,好像从来没有存在过。其实她很想知道这些日子他在外面是怎么过的,晚上在哪儿睡觉在哪儿洗澡,她知道他回来拿过衣服,还在家做过饭。可想想还是没问。因为她觉得这挺虚伪的,挺无聊的,既然走到这一步,就不能半途而废,她必须把心肠硬起来。既然大家共同制造了这个悬念,那就让它悬在那儿吧,一切都等到测试结果出来以后再说。当然,怀孕的事就更不用提了。这期间她去洗手间吐过一回,吐过之后更加坚定了这个想法。这样,老爸醒来时第一眼就见到了郎京生,他点了点头,笑了。那一刻,她甚至有些感动。

他们出来时,在电梯里,她说,谢谢。

郎京生说:别那么说,不管怎么着,我也是当女婿的。

她点点头没吱声,当时电梯里只有他们俩,她突然自己觉得差不多就要垮了。她闻到了一股熟悉的气味,一股混合着酒精汗酸的男人的体香。如果郎京生此刻能够把手伸出来,或者给她一个眼神,她也许就会扑在他怀里哇哇大哭,把什么都说出来。可是电梯门很快就开了,一架病床把他们隔到了两端。

于是,分手时他们只是互相摁了喇叭。

没有想到的是,这些天让郭燕联系老公安排时间,倒像是为贾喜喜安排的。厅领导突然决定吴处退出这个案子,让杨柳负责调查,显然是领导怀疑上吴处了。领导说,这么简单的骗局他都看不出来?

可是贾喜喜这次却不怎么配合,一口咬定是自己鬼迷心窍,只想着得奖金，没想到栽赃也是犯法。但他无法解释最初几十克海洛因的来源，一会儿说买的，一会儿又说是朋友送的。这样就想到了测谎。

郭燕的老公是一个挺面的人，郭燕让他干什么就干什么。其实人家是刚从美国回来的博士，厅里专门为他成立了心理研究所，特重视。杨柳跟他开玩笑说：大博士，你先在这个人身上练练手，等熟悉了就在我们家郎京生身上测，非把他那些牛黄狗宝给我掏出来。可博士发了半天愣，说：你也别太迷信这个东西。

郭燕说，瞧他那死性样儿。

果然，贾喜喜一上来挺紧张，浑身直哆嗦，话都说不全。可是结果却显示，此人虽有说谎经历，但很难确认他这次说了谎，更不能断定他隐瞒过什么。送杨柳出来时，博士一脸的沮丧，说最近做的几例只有一半是成功的，现在连我自己都吃不准了。杨柳只好安慰他几句，要不然郭燕还不知给他什么脸色呢。

博士解释说，西方人性格开朗，一般心理防线只有一条，这一条突破了，犯罪嫌疑人会稀里哗啦把什么都讲出来。所以美国教材上讲，对嫌疑人只出十九套测谎题，意思是不到二十题就足够了。可咱们中国人不一样啊，一般比较内向，责任感强，出了事考虑得多，想老人想孩子，对事实能赖就赖，层层设防。所以我一般要准备四十到五十个问题，时间大大延长，而且需要连续作战，不给对方喘息的机会。就这样效果也不理想，有时候我也想不太明白，反正不如国外顺。

一辆洒水车拐弯过来，他们闪到了路边，可裤脚还是溅湿了。洒水车司机慌忙关了水，跳下车向他们道歉，又哈腰又作揖的。博士说，看看，这就是中国人，我们责备他了吗？没有。可是他的想法特别多，就因为我们穿着警服。

而这时，杨柳却忽然产生一个念头，对郎京生要用多少道题？

八十？九十？连续作战？不让他喘息？他有责任感吗？他有责任感还用测谎吗？这个问题，以及由此引起的猜测和后果全都纷至沓来，密密麻麻，就像洒水车喷出的水花扇面，一下子就把她脑袋覆盖了，淹没了。

她突然说，给郎京生测的时候，你可千万别说这些！

她脸色大概很难看，吓得郭燕赶紧拉上博士告辞了。

五

省公安厅的犯罪心理研究所坐落在一个幽静的山谷里，从前是一个看守所，依山傍水，翠竹松柏，院子里还有几棵长着胡须的大榕树。现在改作宿舍了，研究所就占领了前面的一排旧办公室。屋子是旧点儿，可设备却是世界一流。

老狼老远就看见郭燕夫妇和杨柳已经站在大院门口，三个人倒着脚好像在争论什么，车开过来平静地接受了他们的注目礼。杨柳说，来了？老狼答，来了。从气氛上讲，倒是郭燕显得比他俩还紧张。

老狼现在是铁了心打算离婚的，所以用不着紧张。但离婚这个话不能由自己说出来，得让杨柳说。他是被动接受，不得已而为之。这样双方父母也就无难可责，我是不愿意啊，可我不愿意成吗？算了算了，我现在不想解释，将来也不会解释，你们都认定我撒谎，我还解释什么？就这么着吧。就是一泡屎，我现在吞下去了，还想怎么样？这就好比一心从良的杜十娘，不是没钱赎身，而是在等待一个替他赎身的人，这样才能保持住至关重要的体面。当然，他也就不必再为撒没撒谎费神。所以，在心理上他有足够的准备，他不紧张，紧张才叫傻B呢，不就一张底牌吗，揭开就完了。至于测谎能测出什么结果来反倒不重要，真的不重要。这用死猪不怕开水烫来形容都不准确，这叫明知山有虎偏向虎山行，心里定得很。大不了你测出来撒谎，很好，那就离呗。

当然，离婚之后会怎么样，他还没来得及考虑。和顾萌萌肯定成不了，这一点确凿无疑。顾萌萌不适合家庭，再说她也不那么干净。他这个人对卫生条件还是要求挺高的。他不是个随随便便的人。

事实上他和顾萌萌的那一次并不美妙，匆匆忙忙，急急慌慌，动作夸张而且粗暴，找点儿刺激而已，大家心里都明白。所以第二天顾萌萌一点表示没有，该说就说该笑还笑，快乐如初，他心里也就没什么负担了。再说这一次出轨也是被逼出来的，顶多算是一种补偿，是对你家庭暴力的一种补偿，是你安排的测谎仪式中的一部分。是，这就是你喜欢的仪式，不承认也不行。宝相庄严，气氛神秘，以为这样就能把人吓死。天下女人大约都这个德行，希望男人匍匐在地，把自己像神一样供起来。她们永远不会明白，这种爱情是虚拟的，这种莲花宝座是泥巴糊的，她们永远被自己的创造物束缚着，她们早就异化了。

但进测试室时发生了一个插曲：博士突然提出杨柳不能参加。杨柳这时人已经坐在里头了，听到这话脸都青了，说你们究竟是什么意思？你们串通好了对付我？博士怎么解释都没用，杨柳死活不干。后来还是郭燕提出一个折中的办法，她们俩都到隔壁的监听室去，这样既能不受杨柳干扰保持客观公正，又能听到全过程让杨柳放心。郭燕说，测试就是测试，让科学说话，这样才公平。这样杨柳才老大不情愿地出去了。

看着她们吵闹，他一句不吭，半句也不吭，反倒有了一种说不出来的快感。心想你爱怎么折腾就怎么折腾，不就是最后一场戏吗？

开始前，博士还给他上了一课，说：心理学家告诉我们，人说谎时，心理会产生各种变化。这些变化必然会引起一些生理参数的变化，比如心跳、脉搏、血压、呼吸、皮肤电等等。这些参数一般只受植物神经系统的制约而不受大脑意识的控制，因此心理测试仪通过多个参数来分析它们的变化，就可以知道人的心理。从而进一步判断犯罪嫌疑人讲的是真话还是谎言。因为大脑皮层兴奋性是客观的，说谎的人必然会出现一定的生理反应，肌肉紧张、皮肤出汗、呼吸急促什么的，它不受人的意识控制，因此企图掩饰反而更糟糕。当然你不是犯罪嫌疑人，就更加不用紧张，紧张也没有用。现代测谎技术就是用一些问题对被测试人形成刺激，从而触发他的生理反应，记录这些生理反应图谱，通过分析图谱然后作出判断。

他想，这不是扯淡吗？我既然来了就没打算掩饰。你这样说反而弄得我紧张。你总不能让我直接承认，我骗人了我撒谎了我玩女人了，我有几次对不起杨柳。这样说也太失水准了，还不如来老虎凳辣椒水呢。

博士问：你准备好了吗？

他答，准备好了。那一刻，他甚至有了点大义凛然的意思。

博士笑了说，不用紧张，然后戴上耳机。

然后他就躺到了一把椅子上。然后头上，胸前，还有胳膊上被缠上很多电线。他发现这有点像躺在牙医的椅子上，只是这些电线弄得他不舒服，而且天冷，鸡皮疙瘩很快就起来了。博士的手指触到了皮肤，有点电击的感觉，酥酥的痒痒的，好像一部恐怖片的开始，于是他开始深呼吸。

博士说：现在开始提问。你只要回答是，或者不是，用不着解释。

他突然急了，说，你能不能快一点？

博士怔了一下，就坐回他的座位上，说，你好像很在意这次测试？

他答，是。他当然在意。这个测谎已经折磨他一两个月了，弄得他差不多就要崩溃了。他现在在意的不是结果，而是难堪的过程。结果他早就准备接受了，他没有异议。但这个过程实在太漫长，就像一个不愿意交出成绩单而又明知无法逃脱一顿暴打的坏孩子，所有的拖延都毫无意义。他是那么的无助那么的无奈，那么渴望快点结束。

又问，你相信测谎技术吗？

当然是。他凭什么不相信？人家这是科学，而且现在掌握这门科学的还是个博士。这个博士拿着手术刀，正小心翼翼地割破他的外衣，剥去他的内裤，让他一丝不挂，原形毕露，大卸八块。然而他是心甘情愿的，他必须配合这样一种羞辱，让那个结果早早到来。然后她伟大的爸爸和自己可笑的父母就会一声不吭地走开。

你认为结果会证明你没撒谎，是吗？

是。这是个弱智问题，白痴都不会上当。否则他干吗坐在这儿，傻瓜一样任人宰割？但他明白结果一定是"不是"，也正因为明白"不是"他才会选择是。这样一来他才显得无助无奈无力，他是被动接受这一切的，被迫按你们的方式走了过场。

如果结果正好相反，你会伤心吗？

是。

你爱杨柳吗？

是。

杨柳可爱吗？

是。当然是。他第一次见到杨柳是在一次联欢会上，是警民联欢。其实就是电视台的一帮年轻人，播出来的时候说警民共建。结果就是那一次，他被杨柳迷住了。杨柳确实可爱，舞姿很棒，笑容很灿烂，两个酒窝就像两个吸盘，一下子就把他的趣味改变了。杨柳的最大特点就是不黏糊，不暧昧，不像传媒界那些女的，个个拒绝长大，以为万千宠爱在一身。但杨柳的问题也出在这里，她不明白水至清则无鱼，她把男人当成了犯人。

你对杨柳忠诚吗？

是。他白了博士一眼，明白博士是在国外待得太久，这么可笑的问题都能提出来。这都什么年月了，居然还有人用这样的词。类似的话人们早就不这么说了，连杨柳都说，你要敢骗我，我就杀了你！那是新婚燕尔，两个人叠在一起的时候说的。当时他哈哈大笑，他觉得这话真过瘾真刺激，这才是关于爱的语言。当然他回答得也精彩，他说我死在你的刀下绝没有二话，不带皱一下眉头的。后来杨柳就光着身子在屋里乱窜，她说要把这个话记下来，要建立一个家庭诚信档案。杨柳身材一流皮肤白净，腰肢挺拔又灵活，在灯光下那简直就是个神。他说求求你穿一件衣服吧，我受不了啦，真的受不啦，我已经透支到明年啦。

你从来都不说谎，是吗？

……是，不是！他发现自己太容易走神，差点进了博士的套儿。人怎么可能不说谎？那他还是人吗？还能活下去吗？幼儿园孩子不撒谎，进了小学你再试试？

你和杨柳存在误会吗？

是。

在这件事情上你认为杨柳冤枉了你，是吗？

是。

但是你心里并不怨恨，是吗？

是。不是。

……从测试室出来时，他回头看了博士一眼，他发现这个人已经累得不成样子了，脸黑着，嘴角挂着白沫，腮帮子奇怪地抽动着，一句话也不想多说。

杨柳和郭燕也不吱声，大家都站在研究所的走廊上等结果。倒是老狼觉得自己兴奋得很，一脑子问题，满嘴巴是或不是，好像还不过瘾似的。但他也不敢多话，生怕她们看出来。底牌就要揭开了，杨柳就要跳起来了，大骂无耻或者掉头就跑。然后，然后一切都顺理成章，用不着他来费心。杨柳很愿意表现她的果敢，绝不会拖泥带水。

过了一会儿，博士出来了，手里拿着一张打印纸。还没开口，就冲他傻笑，是很疲惫的但很有成就感的那种笑，笑得他有点发毛。博士冲他胸口点了一点，说祝贺你。

老狼有点发懵，问：你是说……

Yes！博士扭头对杨柳说，郎先生是个诚实的人，他从来不说谎。

郭燕瞧瞧杨柳，杨柳又瞧瞧老狼，也有点发懵。

博士指着那张纸的各种符号说，你们看这条曲线多么平滑，这些结论多么清晰，我还从来没有见过这样完美的报告。你们看，这是唯一的一处锐角，当时我的问题是，你今年是三十五岁吗？他答不是，后来又说是，显然是太紧张了。现在你们不担心我作弊了吧？我今天一共提了一百个问题，得到了上千个数据，这个结论也是机器给出的，郎先生的人品我绝对可以担保！

然后郭燕很灿烂地笑了，杨柳怔了一会儿也勉强笑了，博士更是笑得十分尽兴。只有老狼，就跟那天听不懂杨柳说他那张脸似的，就跟再一次被博士扔了一个大背摔似的，怎么也转不过来。如果机器说他是个可疑的人，或者干脆说他就是一个坏人，他不会感到委屈。他早就等着这个结论，等着由这个结论引起的任何一种结果。可奇怪的是，结论从另一个方向来了，而且证明他老狼是一个从来不说谎的人！这也太奇怪了，太离谱了，好像他是个圣人，是个菩萨，连屁眼都不长。可见人算不如天算，让你百思千思万思都不得其解！

老狼腮帮子抽动着，眼球拼命地往外挤，然后摇摇晃晃转身就走。

郭燕追上来对他说，你要是想哭就哭出来吧。啊？哭吧，你哭吧！

六

郭燕劝她说：算啦别折腾啦，再折腾就虐待孩子啦。诸如此类的话郭燕嘀咕一路，杨柳一句也没接。她心里空得很，不知该说什么。就好像陪别人看了一场戏，究竟演了什么没留下印象。又好像刚刚吐过一次，吐得五脏翻转天昏地黑。此刻最大的需要就是赶紧找个地方睡上一觉。

就这么把郎京生请回来？那也太那个了。她总觉得这一切都来得不太真实。如果测谎仪证明他这一次没撒谎，她一定会接受的，可偏偏说他是个从来不撒谎的人，这就太过分了。一个太干净太圆满的人是不值得信任的，《犯罪学》课本里都这样写的。这已经偏离了常识，也不是她所了解的郎京生。她知道郎京生是个鬼话很多的人，她有过很多次经验，这一点大概连他自己也不会否认。但结论就是这样，白纸黑字，机器打印的，你有什么办法？现在，问题已经非常紧迫地摆在面前，选A还是选B？上测谎仪是你自己要求的，现在结果出来了，球又踢回来了，玩儿赖？或者撒娇？你已经过了那个年纪啦。

回到家，蹬上门，她决定了：天塌下来都要先洗个澡，好好睡上一觉再说。可是淋喷头水还不热呢，热泪倒是先喷出来了。她抱着自己，蜷成一团，放声大哭。浴缸里很快蓄上了水，她就那么蹲着，哭啊哭啊，好像这样才能好受一些。她觉得自己长这么大还从来没这么哭过，没这么痛快淋漓地伤心过，老爸不允许。老爸总是对她说，你妈不在了，你不能娇惯自己。小时候她只要一哭鼻子老爸就把房门关上了，老爸看不见，她的哭就失去了意义。但这是一种渴望，一种需要保护的渴望，看不见不等于不存在。但作为物理学家的老爸就是这么教育她的，他说科学结论都是可以重复的，不信你重新哭一个试试？她无法重复，老爸就说她哭得没有道理。记得有一次，她被一个高年级男孩砸破了头，血流了一身，她哭着回家，可是一见到老爸她反而哭不出来了。老爸瞧着她闷闷地说，你哭啊，这回哭哭还是有道理的。她说，我不哭，我要狠狠地揍他一回，不过他块头大，我恐怕打不过他。老爸笑了，说，质量不说明问题，速度是关键。这个话她琢磨了半夜，结果是很快就让那个男孩尝到了苦头。后来那男孩见到她就躲，再后来，她就被老师推荐到柔道队去了……

不知道为什么，此时此刻，一个满肚子苦水的女人，一个哭得尽心尽力的女人，心里想的却尽是些关于老爸，关于童年的记忆。她想不出对策，找不着办法，这些奇奇怪怪的念头是从哪儿来的？就像一首诗里写的：女人，你的钥匙丢了。是的，她的哭相很难看，她的泪水很汹涌，仔细想想，也许她就是哭给老爸看的，老爸有一颗智慧的大脑。而现在，老爸永远也不可能看见了，即使老爸仍然健康着，她也不能让他看到，何况他已经躺倒了。可是心底里还是渴望，渴望老爸能拉她一把，把她紧紧搂在怀里。

她记得是九岁那年，有一次老爸给她洗澡，洗到一半老爸忽然扔下她不洗了，出门去了。后来她问过老爸，为什么扔下她不管。

老爸说，你已经长大了，从现在起，你就应该自己处理自己的问题了，一个女孩子别总什么事情都来问爸爸。当时她还挺委屈，可后来才明白，那是老爸下了很大决心才做出的决定。事实证明，老爸的决定是对的。那以后，她在个人的事情上从来都是自己拿主意。她说要报考警官大学，老爸只是把嘴巴张了张，一个字都没吐。可那一夜，老爸屋里的灯一直亮到天明。就是结婚，老爸也没有明确地表示过什么。她偷偷搬出去了，老爸只是把一张写着自己名字的存单静静地压在了茶几上。可她能看出来，老爸心里是不踏实的。老爸的担忧很明显，可他就是不说。这两年，每次回家，老爸的眼角光总在她身上扫来扫去，她知道那是什么意思，可他还是不说。他不说，并不等于他没有想法，随着他的日渐衰老，那种黯淡下去的目光扫在身上，比鞭子抽打还要揪心。这些，她都能明白。

哭着哭着，她忽然明白了一个道理：人为什么一害怕就会本能地蜷曲起来？因为人在最初就是这样来到世界的，蜷曲在妈妈肚子里的，蜷曲在妈妈的羊水里，因为那里最安全，因为他想回到母亲的保护里去。她摸摸自己的肚子，那里还平滑着，可是妊娠的迹象已经出现，一个新的生命已经在里面形成。你也到了保护孩子的时候啦，她对自己说，想哭就偷偷哭几下算啦，别没完没了。于是她就站了起来，把自己擦干净。

现在，她必须作出一个决定。就算是为老爸，她也必须这样做。

这样到了吃晚饭的时候，她拨了郎京生的手机。她已经说服了自己，准备了一大套说辞。郭燕说得不错，再折腾就虐待孩子啦。她要让他回家。她想告诉他，咱们已经有孩子啦，算啦，过去的事就过去了。她想说，只要你能对孩子负责就行。如果他还想拿翘，就让他翘一回。如果他提到测谎的事，就让他埋怨一回。如果他提出暴力问题，她就认个错，反正得让他回家。如果他还不答应，她就撒一回娇，是我想要了还不行吗？她知道郎京生最爱听这个话，每回明明自己想要，却说你想了吧熬不住了吧，瞧瞧！她还知道他的兴奋点在哪里，只要轻轻一碰，他就会小兔子一样跳起来。

可是这些全都没用上。郎京生在那头说，你也玩得忒大了吧？老爸都上急护了，你在哪儿呢？还不快过来！

唰的一下，眼泪又喷出来。

这回，是凉的。

七

整整一个下午，他都坐在茶馆里。其实从前他根本不爱喝茶，他觉得那东西没品位，不如咖啡，小勺搅搅，搁在盘子里，然后用两个指头把杯子捏起来，过程特别优雅。可这会儿他没地方可去，一个人喝咖啡总是给人一种落魄的印象，于是看见一家茶馆就坐了进去。他一口气点了三壶茶，乌龙、铁观音和龙井，小姐问先生您几位呀？他挤出笑容答，跟你有关系吗？其实他就是想静一静，好好想一想，但他不能显得太不绅士。

上午的事确实把他搞懵了，搞乱了。从理论上讲，他的计划并没有出错，而是机器给出的结论太荒谬，把他的战略部署全部打乱了，这样他就必须重新调整。他知道杨柳此刻也在思考，而且他很清楚杨柳此刻的表情：气得满屋子乱窜，见到什么都想踹一脚，然后两只酒窝无比深刻地忽悠着。很显然，杨柳也是不相信这个荒唐的结果的。可现实就是这么严酷，老狼就是从来不说谎，就是人品无可挑剔，就是一圣人，伟大光荣正确，推都推不掉，你有什么办法？这就好像刚刚经历了一次深刻的思想裂变，谎言突然变成了真理，小丑突然变成了英雄，而且过程是极其阳光的公正的，甚至是完美的。你可以认为这是撒谎，但这是一次道德主义的撒谎，大家的初衷都是好的，动机纯正，问心无愧，顶多属于好心办了错事，而且撒谎者是一架世界一流的机器，这不是他的错，也不是任何人的错，妙就妙在这里。

现在他必须想一想，好好想一想。杨柳不服是肯定的，问题是她现在还会提出离婚吗？她有什么理由要离婚？她也许从来就没打算离婚。但如果她什么都不做，什么也不干，那岂不是白玩了？就好像你赢得一场战争，惊心动魄，举世公认，但果实却没有，完了该干吗还干吗，那还能叫赢吗？怎么着也得表示表示。

首先他想到了立场。离婚肯定暂时离不成了，杨柳不提他当然也不能提，但不能就这么算了。他受了委屈，受了迫害，精神上已经有了很大创伤。所以他决不能主动去找杨柳，他得端着，狠狠地端着，让她跪着来认错。这是基本底线。其次，他想到了顾萌萌。他觉得应当把测试的结果通知顾萌萌，让她知道自己是个正人君子，他无需对任何人隐瞒什么。所以他和顾萌萌的那一次完全是个意外，如果他伤害了谁，那么也是无意的。再次，他想到了报复。这事决不能算完，必须乘胜追击。宜将剩勇追穷寇，不可沽名学霸王。必须让杨柳明白，男人的尊严比什么都重要，你不给他面子他就不给你里子。他可以被你摔倒一百次但绝不可以败给你一次。他连测谎都不怕，还怕撒谎吗？再说谁没撒过谎？撒谎有罪吗？

诸如此类的念头，还有由这些念头引起的其他一系列的念头，风驰电掣般地在脑海里掠过。他就好像驾着狂风暴雨在巡查这个世界，而眼前的世界就如同大片的麦田，在他的追问之下一排排地弯下了腰低下了头。现在，他的灵魂已经站在了云端里，这个世界已经被他看得一清二楚，尽在掌握之中。他真的感到浑身都充满了力量,他再也不用害怕谁了,包括台里的那几个小人,包括那个只会拍马屁搞阴谋一直挤兑自己的李台。今后他只需要用欣赏的眼光,审美的心态来对付他们就可以了,他们玩儿的那些小把戏,全是自己玩儿剩下的。

这样的亢奋一直持续到傍晚。天快黑的时候,郭燕突然来了个电话。

郭燕问:你说实话,你是不是想离婚?

他说,胡扯什么呀?我要是想离婚,何必让你们家博士来折腾?我都被解剖成什么样了?你们还不满足?

郭燕说,想不想听个建议?郭燕说,你要真不想离,你就到医院去等电话,别在外头瞎晃悠。我猜杨柳一定会约你谈一次的,你在医院,多主动啊。

他说,我干吗要主动?我又没什么错。这是经过科学证明的。

郭燕说,瞧瞧,男子汉大豆腐,就这点儿胸怀。没水平!

后来他想,这倒真是个不坏的主意。这叫动作的一致性,羽毛球术语。明明是假动作,却说一致性。他必须保持住自己的形象,一个受了冤屈受到打击的好男人形象。他拿得起放得下,在鸡零狗碎的事情上任女人怎么折腾都无怨无悔。这和自己的基本立场并不冲突,所谓端着,是属于精神层面的,不在乎表面形式。现在在精神上他已经打败杨柳了,他已经高高在上了,杨柳今后只能五体投地。那么他再给杨柳搭一个台阶不是更好玩吗?让她一级一级爬上台阶,来舔自己的脚背!

果然,当杨柳冲进病房的时候,见他正在查看输液管里的药水,杨柳一下就瘫靠在了门上。他看到药水慢慢地涌出来,慢慢地变圆,拉长,又慢慢地通过软管渗进老爸的身体里。这个过程虽然很长,慢了点,但对人的改变和影响却是深刻的,这确实了不起。然后,他注意到杨柳眼圈微红,瞧他的那种眼神是闪烁不定的,是小姑娘不敢见人的那种。然后，他听见杨柳说，我真的没有想到⋯⋯

他轻轻说，别一惊一乍的，待会儿老爸醒来你得笑。明白吗？

杨柳说，哎。

他说，这一下午你都上哪儿了？下回出去你得先招呼一声。

杨柳说，哎。

说这些话时，他脸上没有任何表情，尽管看到杨柳猫一样的温顺他心里边发出了嗤嗤笑声，可脸上没有。或者说，他脸上只有一种圣洁的表情，就像大雄宝殿里的如来佛祖，双目轻含，拈花微笑，而大千世界十万鱼虫尽收眼底。

八

杨柳的身体开始横向发展。这种变粗感觉是微妙而又深刻的，在不知不觉中就改变了一切。首先是嗜睡，头一挨枕头就能睡着，还打呼噜，郎京生说，她的鼾声像吹口哨。人一睡着就什么也不知道了，所以也就什么都懒得去想。其次是贪吃，见人家吃什么她都馋，有一回突然想吃锅巴，想得她连夜开车到农村去找，现在农村也用电饭锅了，哪还有锅巴？最后还是门房的大爷替她煮了一锅米饭，硬用小火烤出了锅巴。这个过程本身就是煎熬，用垂涎三尺来形容一点不过分。她知道这种变化的危险，如果她想吸毒，也会想方设法去找海洛因吗？幸亏海洛因不好吃，否则她还真有这个便利。但更多的是这种变化带来的幸福感，她认为她想吃的每一样东西都是宝宝要吃的，并不是她自己。那么为了她的宝宝，什么样的寻找都是快乐。她需要这种快乐，宝宝就是她的一切。生活目标是这样的明确而又简单，因此她的快乐也就单纯而又具体，变成了每一杯牛奶，每一根肉丝，每一种小零食，一切复杂的抽象的烦人的事物都离她远去了。

所有的衣服似乎在一夜之间就变小了，有一天她光着身子双手举起一条内裤哈哈大笑，我怎么办啊我怎么办啊？然后郎京生皱着眉冲进洗手间，瞧着她一声不吭，然后给她套上睡袍。然后就一次一次地陪她上街采买。应该说这个新生命的到来也改变了他。郎京生埋怨说，你早一点说出来哪有这些破事儿，神经病！然后她就把脑袋挤进他的胳肢窝里偷偷地乐，对不起啊真的对不起。她说对不起是发自内心的，她要一千倍一万倍地补偿他、爱他。当然现在不行，她咨询过医生，现在必须禁止房事。其实郎京生并没有要求过，他现在很忙，经常要加班，有时晚上也不回家，有时回来吃个饭又匆匆出去，不知他在忙什么。当然她也没问，甚至想都没想，经过那件事她的心已经累了。她的心全都给了宝宝。

那件事已经过去了。谁家没点儿磕磕碰碰？过去也就过去了，大家都要面对未来。没准儿将来老了，对儿孙谈起家史，这还是个乐子。总之这一页已经翻过去了，不值一提，而且谁也没提。家是脆弱的，大家都要呵护它。

当然烦人的事情还是有，最烦人的就是贾喜喜那个案子久侦不破。厅领导把她叫去汇报，听了半天突然问：你这身衣服从哪弄来的？她只好说自己怀孕了，提审时又不能穿便服，是临时借男同志的。领导咕噜咕噜咽了好几口唾沫，然后就讲了些关心鼓励的话，让她先回去。其实她能听出来，领导早就上火了，不然不会让她直接来汇报。

出来时她吓出一身冷汗，意识到这件事的严重性。因为明摆着，汇报是个形式，施加压力才是目的。领导怀疑吴处有问题，实际上也在考验你杨柳。现在停止了吴处的工作,又不给他结论,他就天天在机关里晃悠,哪个领导见了头皮不发麻?如果再拿不出结论,不但有可能换人,也有可能在缉毒处都待不下去。其实她真的很热爱这份工作,也珍惜这次机会,她怎么能不尽心尽力呢?另外她和同事们处得都挺好,谁都喜欢她,她说她警服小了,那些男的都把自己的脱下来。和她开玩笑说,杨柳啊杨柳,你们家老狼给你吃了什么好东西这么养人啊?然后哄堂大笑。五一节评先进,他们说先进不先进的难讲,可突出不突出好说啊,然后一起指着她喊,杨柳!话虽粗鲁了点儿,可听着暖人。

但案子办不下来,谁都保护不了你。当警察仅仅可爱是不够的。

回家她和郎京生说了这件事。她说,明知贾喜喜有隐情,可他不交代你就是没办法,看来我这回肯定是栽在他手里了。她也不知道为什么会在家里说案情,以前从来没有这样的事,也许她真的退化成家庭妇女了,事事都要依赖老公了。总之,她现在是个孕妇,她有更多的人生使命,她顶不住那么多压力。

当时郎京生不知遇上什么高兴事,喝了点酒,听得耐心,问得也详细。这也是从来没有过的。第二天早晨他突然问,那个贾喜喜是不是特别在乎他儿子?她说是啊,当初提前释放他儿子也是他的一个条件。郎京生就阴阴地笑了,说他儿子现在在哪?她说早就没影儿了,你问这个干吗?他又问,贾喜喜知道不知道他儿子的情况?她想想,认为贾喜喜一定是清楚这一切的,否则他不会那么镇定。他问,你们有他儿子的录音没有?她说有。然后郎京生就托起她的下巴,声调细细地有点像流氓:那你还不快来求求你老公?表示表示吧?她这才想起来,郎京生是学播音的,模仿发音是他的拿手好戏。

接下来就突然柳暗花明了,贾喜喜听到他儿子的哀求声和嚎叫声，还有乱七八糟的撞击声，这些声音是从她裤兜里发出来的。她故意在贾喜喜面前走过来走过去，却不发一问。她眼看着贾喜喜身体变软，变矮，瑟瑟发抖，就像阳光下的雪人，一点一点地萎缩，崩塌。然后，吴处因炮制假案陷害他人被批捕。然后，她成了全省的先进个人。

这个过程太短，结果也来得太残酷，使她猛然还接受不了。吴处从前是个挺和善的人，给过她不少帮助，现在亲手把他送进去，实在不是个滋味儿。吴处上囚车时还回头对她笑了一下，那是一种内容复杂的笑，现在想想她五脏六腑都是苦的。吴处的爱人就在厅档案室工作，特热情，经常拉着她的手说长说短替她拍灰尘拈碎头发，现在叫她怎么面对？

在整个过程中，她不是没有犹豫，她犹豫过。因为用谎言套取口供，是违规的。现在全厅都知道杨柳突破了贾喜喜，拿下了吴处，可谁都不知道突破的钥匙是一盒伪造的录音带。但郎京生不这么看，他说，你成功了，这就是一切。

她说，现在有规定，用不合程序的手段得到的证据法官不采信，不管它们是真是假。郎京生说，你有病啊？谁知道你的手段是什么？她说我是心里别扭，从前吴处对我挺好的。郎京生就跳起来：你不是怕炒鱿鱼吗？你不是我老婆，我帮你啊？脑袋进水了。这叫生存竞争你死我活懂不懂？不是你拿下他，就是他拿下你。你们这帮警察全他妈的四肢发达头脑简单，就知道折磨人。说这些话时郎京生眼珠跳到镜框外头来，脖子伸得很长，一粒一粒的鸡皮疙瘩都涨红了。她不知该怎么应答，以前也从来没见过这种样子。

后来他又安慰她说，就算你是用谎言套取口供，这也是正义的谎言，为了最高利益和根本利益的理想主义谎言。你的目的是弄清真相，并不是针对吴处个人，说谎是手段不是目的。反过来如果让他得逞了会是什么结果？你想想？别说那三个判死刑的冤魂不散，就是今后，不定有多少人冤死呢。

　　杨柳想想，觉得也对。有时候，目的和手段，是很难分清的。黑猫白猫，逮着耗子才是好猫。这么一想，郎京生在心目中更加可依可靠，不但英俊潇洒而且还很聪明，不但聪明而且还有点理论水平，不但有理论水平而且还有操作能力。对这样的男人有一点点依赖，不也是挺美的吗？于是又把脑袋拱进他的胳肢窝里，说：好好好，你对你对，全都听你的还不行吗？

　　可郎京生冷冷地说，你脑子确实有问题。

　　直到有一天，郭燕吞吞吐吐地来问，那个顾萌萌又来过了，你知道吗？

九

　　医院是人生的一个舞台。在这里每个人都可以找到自己的角色。

　　杨柳的老爸已经走到了人生的尽头，脑血管早就成了一张脆弱的蛛网，在风雨中飘摇。可杨柳不愿意正视这一点，领导们亲戚们包括自己的父母也都爱说一些大而无当的废话，什么要不惜一切代价，有百分之一的希望就要付出百分之百的努力之类，这样他就只好去扮演一个好丈夫好女婿。他差不多每天都要跑一趟医院，在那里待上几十分钟，装模作样去披披被角，捏捏输液管。全陪他是做不到的，当然人家也没这样要求他，他只要每天在某个时间段出现了，人们就会认为他是个好人，就会把各种各样高帽子免费赠送给他。

事实上杨柳老爸是个特严谨的人，第一次苏醒过来他就要求了解病情。他说，我是个科学家，我要知道真相。他还说过，我要尊严，不要生命。但他时而清醒时而迷糊，于是谁也不会认真对待他的要求，因为他是个病人，他在医院里就没有话语权，何况他的生命比尊严更有利用价值。对这样一个药费实报实销的病人，医院是最欢迎的，他们巴不得领导和家属提出各种各样奇奇怪怪的要求，他们要榨取老爸生命中的每一小时每一分钟，不管你是不是科学家。这样为了配合治疗，全家人都必须对老爸隐瞒病情，这是一条铁的规则。每个人都在统一的口径下向他报告病情，向他保证最光明的前景。没事儿，指标正在好转，过几天您就能回家啦。但在老狼看来，这无异于把老爸当作一件道具，让他为这个奇怪的戏剧作出最后的贡献。

这就不叫谎言？难道这样的集体撒谎就是合理的？真实是对某个特定的圈子而言的，在自己圈里不说谎，每天通报病情，对圈外人就可以说谎。现在老爸已经被排斥到圈外了。即使对圈外人说了谎也是动机良好，是可以原谅的。如果给这件事命名，他认为可以称之为亲情主义撒谎，或者叫公众主义撒谎。因为公众的好恶是不可改变的，谁都不愿意背离大家的感情说出真相。

那次测谎的经历使他对类似事件特别敏感，动不动就会在一些小事情上大做文章，在心里设置一些对立面，然后抽象出来，痛加批驳。尽管测谎这件事谁都没向他提过，好像从来没有发生，但那是客观存在，刻骨铭心，到死都不会忘记。在八卦炉里炼过的孙悟空是不会还原成猴子的，他肯定有一百倍的反弹，把现存秩序打个稀里哗啦。他承认自己是有随口编瞎话的习惯，但那都是你们培养出来的，你们喜欢这样一种人，亲人长辈同事领导都喜欢这样一种人，这是你们大家共同的生存方式，他怎么可以改变？他内心的辩论总是这样即兴地展开，无厘头地停止，而且结论总是他正确。当然这个话他也不会说出来，只是在心里头悄悄地冷笑，暗暗辩论。时间长了，他真的觉得这张脸和以前不一样了，有点发干，有点僵硬，似乎是挂在头上的一个脸谱。

总体而言他对自己的表演还是满意的，他成功地扮演了一个新好男人，一个与国际接轨的新时代好男人。他彬彬有礼，温文尔雅，能清楚地说出每一种进口针剂的英文名字、使用方法和剂量，也能熟练地帮助护士给老爸翻身，这一点得到全体医护人员的交口称赞。他们对杨柳说，你老公真的很细心哦，真的很体贴哦。于是杨柳就把颠顶的身体扭成一只粽子，十分满足地挂在他的脖子上。其实杨柳满意不满意并不重要，重要的是他需要这样的口碑，需要杨柳心悦诚服地接受这一切，承认这一切，知足认命，永远别想犯上作乱。想和他作对的人没好果子吃。

有一天，刚从医院出来，开着车突然接到顾萌萌的电话，劈头就问：你说那个破测谎仪是不是失效了？他赶紧刹住车。在此之前他已经通报了那次测谎的全部经过，那也是顾萌萌要求的，以后她也就再没出现过。在他想来，这件事句号已经画得很圆，今后天各一方，谁也不欠谁的了。

他说，是你啊，怎么陡然想起问这个？顾萌萌好像还在床上，说想你了，问问不行吗？他于是就放胆大笑，说欢迎多想。顾萌萌说，那就准备接站吧，我晚上八点的飞机。他这才有点发懵，说你这是……出差？顾萌萌说，出你的大头啊？想和你重叙旧情，不行吗？他说行行，太行了。

这件事可以说是最最意外的收获。测谎仪对谁都无效，却让顾萌萌受到启发，现在这个女人想和老狼玩点真的啦，大老远的专门从北京飞过来啦。

起初，他们只是在宾馆里会面，完了顾萌萌第二天还飞回去。但两次以后，顾萌萌就不满足了。她说，不行。我是你什么人？我跟你这儿怎么感觉像贼似的？连大堂的小姐都认识我是谁，不行，我得上你们家去，我得睡你那张大床。

这样他就不得不做巧安排。顾萌萌像一只发情的母猪，做爱时频频发出凄厉的惨叫，这令他又是紧张又是兴奋，从床头滚到了地毯，又从沙发追到了厨房，以至于发展到了不管不顾的程度，他也跟着威风起来，像一头真正的老狼。

大概就是这一次，两个人过于兴奋，出门时脸都还红着，正好撞上匆匆忙忙的郭燕。他解释说，忘记和杨柳的分工了，以为杨柳在家，所以把客人领回家了。郭燕虽然表面挺客气，但眼神显然不对，警察都有这种狐疑的眼神。果然接下来他发现杨柳也有了微妙的变化，问她什么话都木木地懒得搭理。当然这只是一种细微的感觉，杨柳老爸正在抢救中，谁也没表示过什么。

顾萌萌安慰他说，有什么了不起的，你不是早就打算离了吗？他说他并不想给杨柳这种借口，否则他也没必要上测谎仪。顾萌萌问，你不是说那就是八卦炉吗？你已经长本事了吗？他说是啊，我正想招儿呢。

他的招儿就是把顾萌萌直接带进医院，让两个女人在病房里会面，当着杨柳老爸，他估计杨柳也说不出什么。

事实上，大明星在医院里出现效果极好。顾萌萌捧着花篮，嘘寒问暖，做得非常到位。医院里也都兴奋起来，医生护士病人都涌进来，握手拍照，笑成一片。任谁要求，她都答应。顾萌萌还特意搂着杨柳老爸拍了一张，搂着杨柳拍了一张。顾萌萌讨好公众是经过职业训练的，这方面她不会有什么问题。杨柳也异乎寻常地热情，说了不少感激的话。这种表现让他怀疑自己神经过敏，因为杨柳这阶段过于疲劳，有些微妙变化也属正常。

尽管如此他也不敢大意。他大小也是本市的公众人物，他必须防患于未然。况且有内部消息，台里正在调整，李台那帮小人已经压不住他了，这时候千万别闹出太大的动静。杨柳真的没察觉吗？或者郭燕根本没跟她传话？这个问题他问过自己无数遍，稍有空闲就会跳出来捣乱，但还是没有把握。表面上，他还得做出很随意的样子，偶然提一下，顾萌萌一下飞机就买了东西来看你，可我忘了你在医院，领她上咱们家去了。他发现杨柳没什么特别反应。

没反应也许就意味着过度反应？他没忘记杨柳是个警察，他得防患于未然。

有一次，他喝了杨柳炖的鸡汤，突然来了灵感，就在瓦罐里加了两勺盐。喂老爸时全家人都在，他先尝了一口，然后惊叫起来。杨柳说，怎么会呢？他说真的很咸，不信你自己尝尝。结果两家的亲戚们都认为杨柳放了两次盐自己忘记了，实在是怀孕太辛苦，脑子不够用了。

还有一次，他当值时把老爸的药片藏了起来。等下一次杨柳喂过药以后，他又把药片放回床头柜，这使杨柳大为惊讶，说我明明记得给爸喂过药的呀。这样的事故出过两次以后，连护士也不放心杨柳了，每次都是亲自监督老爸吃药。这件事在亲戚中产生了影响，大家都认为杨柳应该去查一查，是不是出现妊娠性的臆想，因为杨柳毕竟是大龄怀孕，有可能出现心理问题的。

如是三番，他心里才踏实了一点点。

他也不是没有谴责过自己，他深知玩得有点过分。但一个人既然踏进了联想隧道，他就停不下来，只有一步一步走下去走到底。你撒过一个谎，就得准备十个二十个谎来圆它，累是肯定的。周末，他从医院出来，忽然郁闷得不行，就一个人坐到了酒吧里，喝着，不觉泪就下来了。你干吗啊？何苦啊？他觉得很委屈很窝囊。能打拼到今天真的不容易，他真是不得已呀，没有办法呀。反过来想一想，难道杨柳没有折磨过自己吗？难道杨柳就不应该受到小小的惩罚吗？难道一个人捍卫自己的尊严还要选择方式吗？如果这也叫谎言，那么顶多算是整体主义谎言。他已经成为本市的一个符号了，他必须捍卫自己的形象，他要的是结果而不是过程。他是有缺点，但他的缺点是非主流的非本质的，是可以原谅的。经过这样的反省和抒情，他终于确认了自己可理解的理由，也确认了杨柳可折磨可报复的理由。他是个抒情的行家里手，他不知感动过多少观众，这是第一次，他终于感动了自己。

当顾萌萌再次来电话询问情况时，他心情已经完全好了。他说，这世上有什么难事老狼摆不平啊？顾萌萌咯咯大笑，说你就吹吧你。他说，真不是和你吹，她现在怀疑自己还来不及呢，还能怀疑我？顾萌萌说，你真坏，坏透了。他想，我要不坏，你还不爱呢，女人智商往往不高，却都爱玩高智商的游戏。

顾萌萌再来时已经进入夏季，她扎了一人多高的花篮摆在病房客厅里，特别醒目。杨柳老爸此时已经进入弥留状态，而杨柳也已经像一头企鹅晃来晃去，除了吃就是睡。她懒得回家，更多的时候就是躺在沙发上打盹，问她就答一句，不问就什么话也没有。这情形让顾萌萌特别亢奋，到杨柳再打瞌睡时，顾萌萌居然把他拽到了洗手间里。

当着杨柳的面，这使他有些狼狈。但顾萌萌迫不及待的亲吻又让他感到十分刺激十分挑衅，他们发出的声音并不大，可是出来的时候杨柳老爸却呜呜地叫起来，两只眼贼亮，这让他吃惊不小。

杨柳却揉揉眼睛说，又怎么啦？没事，你睡一会儿吧，待会儿还得喝药呢。

出来后顾萌萌吁了一口长气，说吓死我了。他倒反而没觉着什么，灯下黑而已。他觉着，自己真的炼出来了，火眼金睛，铁骨铜皮，刀枪不入，是一头真正的狼。这世界就好比一个T形台，你既然被推上去了，就不用左顾右盼，黑暗是你的铺垫，追光是你的衬托，你就抡圆了尽情玩上一把，扭腰送胯，风情万种，神游八荒，无拘无束。因为此刻你已不是你,你已成为一个精灵,翱翔在漆黑的夜空上。这种感觉绝对奇妙,绝对艺术,已入化境,简直是好极了。

十

  脑死亡的准确时间是凌晨一点整,杨柳就在老爸身边。她没有落泪,甚至没有悲伤。告别仪式上有人议论,说久病床前无孝子,大概是他们没有看到他们想见到的激烈表情。但她并不认为自己无情,她是实实在在用自己的全部身心陪老爸走完生命旅程的最后几个月。这几个月顶得上几十年,她自己就是这么看的。

  处理完丧事,休息了一天,她就回处里向同事们表示感谢,顺便提出请假。她说,我感谢大家这些年对我的爱护和培养,谢谢大家了。然后十分困难地给大家鞠了一躬。他们嘻嘻哈哈说干吗呀这么瘆人,留神别把小王八蛋挤出来!她说,真的我就是想说声谢谢。这个过程她始终不看郭燕,郭燕也始终低着头。

  然后她就去了传达室,她给门房大爷买了一盒小米锅巴,挺精致的那种盒子,可惜大爷不在,她只好留在了桌子上。出大门时她又回头看了一眼这幢大楼,办完这些事就挺着肚子回家,车也留在了大院里。

  可是在拐角处,郭燕还是拦住了她。

  郭燕说,不管你怎么看我,我还是要说几句。

  她说,我早就和你说清楚了,我们夫妻间的事,外人少掺和。

  郭燕说,那我就说点我们夫妻的情况:我们俩也闹翻了。

她怔了一下,没吱声。她明白郭燕的意思,但她无话可说。郭燕发现了问题,郭燕说出了真相,郭燕遭到了拒绝,郭燕发誓要调查清楚,郭燕和老公闹翻了,那全是郭燕自己的事。这些,全都和她没有关系,她并没有请郭燕这样做。

郭燕说,现在他们心理所已经确认测谎仪有严重质量问题,向公司索赔了。可是公司来检测以后认为设备本身没有问题,只是在中国不太适合,答应重新设计标准。看样子是谈不拢,可能要打官司了。

她说,这些破事和我有关系吗?求求你,别再管我们家的事了,行吗?

郭燕火了,说不行!咱们是这么铁的好朋友,我非得把话说出来不可,不然我就得憋死。说完眼圈都红了。

她只好把脸扭向一边,看着两个女学生追赶着,吵闹着,然后又搂在一起傻笑。她觉得这些动作好像就是自己昨天做过的,那么熟悉,又那么遥远。而现在的自己,真的,已经很苍老了。

郭燕拿出一个信封说,你要是不愿意听,就自己看吧,这是照片和录音带。

她回过头来冷冷地答,你还对他上手段了?真行啊你。完了一抬手就把信封扔过院墙,掉头就走。

郭燕在后头骂,混蛋你!一跺脚就追赶那信封去了。

就在这时,肚子里的宝宝也狠狠踹了她一脚,眼看着腹部就鼓起一块。她揉着那个地方,体会着小生命的顽皮,笑了。

晚饭是她亲手做的,西红柿炒鸡蛋,凉拌黄瓜,蒸了一条鱼,另外还有鸡汤。她烧菜可不怎么在行,鸡汤里也故意不搁盐,可她注意到郎京生吃得很香,居然没吃出来。郎京生很兴奋,喝了不少酒。他说,台里已经通过了,由他主抓业务,李台已经彻底疲软了。他说,他现在有一个更大的策划,要把全中国都感动的大策划。他说,你瞧着吧,老狼又出山了,非把他们全都震趴下。于是她又给他斟了酒,说那我预先祝贺你。

晚上他们在一起看的电视,是一个什么连续剧。郎京生大骂节目臭,编剧臭,演员臭,故事更臭,臭不可闻。其实她觉得那个男主角挺棒的,英俊,说话奶声奶气,很像当年的郎京生。可是他说臭,她也就跟着说臭。

等郎京生完全睡熟以后,她才开始准备行动。其实也没什么大行动,她知道有一种办法可以迅速毙命,如果做得好,不会流多少血,也没有什么痛苦。现在她就是要用这种办法剥夺郎京生的生命。她已经在内心法庭上无数次宣读过这个判决,郎京生,死刑,立即执行。他不应该活在这个世界上。现在,她不过是执行这个判决罢了。

她把窗帘全都拉上,把电视打开,然后坐下休息一会儿,定一定神。拉客厅窗帘时,她在落地台灯下找到一个小本子,一看,是她做的家庭诚信档案,于是笑一下把本子扔在沙发上。曾经玩过的游戏,曾经作出的诺言,现在都到兑现的时候啦。然后她走到床边,静静地瞧着他。郎京生的呼吸很匀称,嘴角还挂着一丝得意的微笑,只是他的眼睛闭着,看不见里面的内容。其实看见了她也不懂,她永远看不懂。老爸说过,他眼睛里有种不确定的东西。

她想那根针扎进去的时候,应该听见郎京生哼一声,好像还应该说一句臭。然后他几乎一点挣扎的动作都没有,就去了。然后她就去检查一遍,发现只是皮下有一点点淤血,没有任何别的痕迹,于是她明白这种方法确实很好,自己也做得很成功,近乎完美。然后她迅速打开衣柜,拿出一套西服。那是她下午才买的,是个名牌,她知道郎京生很在乎这个,他身上的每一件行头都是有说道的。现在她必须让他走得体面,不能穿着睡衣出远门。在这方面,他应该得到满足。

本来，她还设计过，要在他嘴唇上抹一点口红，樱桃小口，艳若桃花，因为那是他的最爱。可现在想想，似乎有点过分了，不应该漫画他，我们要尊重每一个罪人的人格，所以她取消了这个项目。

　　几分钟以后，她应该再次给郎京生做个尸检，确认他的瞳孔已经扩散，四肢也有些僵硬，这才坐下来继续看电视。看的是CCTV的业余歌手大赛，有个加拿大来的女孩唱得挺不错，唱的是：

　　　　美丽的笨女人，前天你刚宣布独立，
　　　　今天就不能呼吸
　　　　不能呼吸，还不回到他怀里？
　　　　你还要多少谎言
　　　　欺骗自己，麻醉自己
　　　　哦，哦，美丽的笨女人！

　　她笑了一下，觉得这首歌很对自己的胃口，很像自己，简直像极了。

　　然后就是清晨，她把收拾好的换洗衣服放进背囊，还有一些婴儿用品放进旅行箱里，然后把这些东西全都搁在餐桌上。本来还要给郭燕留几个字的，对不起啊，感谢啊，拜托啊等等，可是跟铁哥们来这一套就生分了，所以什么也没必要写出来了。出门时，她觉得，应该把钥匙也扔在桌子上。

　　然后是两个邻居的女孩跑过来，杨柳姐姐杨柳姐姐，她把木棉花踩烂了。另一个说，不是我不是我，我不是故意的。她笑着说，不是故意的就好，现在我们把它捡起来吧，木棉花多可爱呀，这么大，这么红。于是两个小姑娘就去捡木棉花，在她们身后是两排长长的木棉树，正热热闹闹地怒放，一路燃烧着奔向远处。

然后,她来到了路口,她知道最近的派出所也得穿过这条大马路,要走很长一段呢。她安静地等待车辆全部过完,才慢慢走过去。她不希望这时候发生意外,要是别人以为她是自杀,那才是个笑话呢。

　　然后,肚子里的宝宝又踹了她一脚,她揉着那个地方,眼睛都笑弯了。她在心里对宝宝说,别着急呀你,妈妈还得去监狱里住上一段日子,你才能出来见面,来和妈妈告别。你究竟是男的呀还是女的?这么不老实?然后她想,不管是男的还是女的,哪怕你是头小狼,也应该是头诚实的狼。

　　但是天都亮了,她还坐在沙发里,只有一串钥匙扔在桌子上。她听见郎京生翻了个身,嘟嘟囔囔说,臭。

原载于《人民文学》2005年第5期

有个圈套叫成功

一

　　从演播厅出来，安娴老师有些眩晕，扶着廊柱好一会儿才睁开眼。

　　这种感觉局外人是无法体验的。就好比第一次上讲台，腿软软的，心惴惴的，太阳穴那儿有一面大锣敲得咣咣响，说出的每一句话都能听见回声。不准确，这个比喻不准确。其实讲台她站了十来年了，所有的冲击加一块儿也赶不上这一次来得震撼。应该这么说，导播开始倒计时那一刻，还有那些碘钨灯打开的那一刹那，就像一只只怪兽突然睁开眼睛，一起向她扑过来，记得当时是摇晃了一下的，不过还好，没从吧椅上摔下来。这种刺激如同飞机在空中颠簸，有人告诉你出故障了，有什么话可以写下来了，于是你的心就一直飞出去，你什么话也不想说。

　　这是一种惊心动魄，是一种身心的飞升。飞升上去的灵魂像一只老鹰在空中盘旋，矫健、优美，而且目光锐利。于是这人世上的一切都被看清楚了，高山和峡谷，沼泽和暗流，鲜花还有毒菌。

　　当然，也许这一切都算不得什么，这才是第一次，以后还有十次，一百次。而一个个时尚概念，一段段严谨推理，一堆一堆生动形象的比喻，全在胸口憋着，它们排着队，随时都准备冲出来安抚这些可爱的观众。将来她会比小羽做得还要好。小羽是名主持，倚仗的是青春，而青春是不可再生资源，一个女人的美丽靠这个是靠不住的。所以为了和小羽坐在一起对话，她特意选了一条花呢长裙，外面加一件看上去随便得不能再随便的球衣外套。甚至导播建议她再补一下妆她都拒绝了，她笑着说，我可不能给人一种摩登印象。事实证明她是对了，她倚仗的是气质高贵谈吐优雅内涵丰富和机智幽默，这从现场观众的掌声笑声中就可以看得出来。女人天生是感性的，而这一点最适合大众传媒的胃口。像《经济纵横》这样的栏目早就应该抛弃那些刻板的老学究了，观众需要生动形象、亲和朴素的日常真理，而不需要生硬枯燥的概念。她成功了，第一次试播她就接到了长期聘书。这一点确凿无疑。

　　小羽告诉安娴，请一个学者做嘉宾主持人，这在本台是绝无仅有的，因为观众不喜欢老面孔，不喜欢老生常谈。小羽一连说了好几个不喜欢，好像是跟她交流经验，其实安娴听得出来，小羽的口气已经酸到倒牙。

　　现场讨论也是这样的刺激：本来是一个关于正确认识民营经济的话题，可是在小羽的引导下，观众却揪住某些敏感问题不放，变成了如何看待"民进国退"，和民营企业家的劣迹审判。小羽问得更尖锐：现在网上有些言论，说中国的经济学家没有良知，说福布斯富豪榜几乎成了中国富豪的通缉令，公布一个倒一个，您是怎么看待这个问题的？作为一个研究西方经济的学者，您认为政府应当注意些什么？很显然这是在挑衅，谈话提纲中根本没有这些问题。

　　当时她好像冷笑了一下（这不好），但她很快镇定下来，她说，我是知识分子，不是良知分子。她笑了笑。观众也笑了。她说：我是研究经济思想的，做道德评判不是我的工作。但我可以跟大家说一件往事。

　　她说，不管人们对于民营化是怎么看的，但谁都无法否认，自80年代以来，整个世界都卷入了一场民营化的浪潮。掀起这一浪潮的，就是英国当时的首相撒切尔夫人。大家知道，第二次世界大战以后，西方各国都奉行凯恩斯主义，一律地向左转。但是到了70年代，就是凯恩斯的老家、也是最早奉行凯恩斯主义政策的英国，陷入凯恩斯主义的陷阱：滞胀，政府财政赤字剧增，物价飞涨，经济衰退，失业率居高不下，每天都有成千上万的工人在罢工。英国曾经是自由市场最成功的典范，这时又不幸成为国家管制和福利国家最严重的受害者。就是在这样的背景下，1979年5月，撒切尔夫人出任英国首相。她就任后所做的大事之一，就是把经济事务研究所所长拉尔夫·哈里斯推举为上院议员，因为伦敦经济事务研究所为两位自由市场经济学家提供了讲台，他们是哈耶克和弗里德曼。这两位如今都是备受尊敬的大师级人物，在50—70年代，却被视为经济学界的异类。因为他们鼓吹市场调节而反对政府干预，反对政府的通货膨胀和充分就业政策，反对价格管制，甚至对工会也没有什么好脸色。这些学说在当时都是惊世骇俗的。

她停了一下，喘了口气，然后缓声说：总之撒切尔夫人相信了这种学说，顶住了各种压力，当然还有由此带来的社会痛苦，最终形成了20世纪唯一一个以女性的名字命名的经济政治运动——撒切尔革命。这场革命的一个重要环节就是将国营的企业和事业民营化。到了1990年撒切尔告别唐宁街时，英国的经济改革已经大功告成。到1992年，已有2/3的国有企业被转移到私人部门，全英国只保留了5家国有企业。曾经大量消耗政府财政开支的国营企业，如今成了重要的税收来源。英国的社会结构也发生了变化，持有股票的人数是从前的3倍，达到900万，也就是说，每5个人中就有一个持有股票，总人数超过了工会会员。这样的改革使英国的经济从政府主导型、生产者主导型，变成了消费者主导型和市场主导型，此后，英国的经济表现总体上一直好于欧洲大陆各国的平均水平。

她说，当然这是英国的情况，它们本来就是资本主义国家。在咱们中国，可能还有很长的一段路要走。

她说，还有一件事很好玩：当时的哈耶克在德国弗赖堡大学教书，但经常到伦敦来演讲。有一天晚上，撒切尔夫人到经济事务研究所私下会见了哈耶克。他们谈了很长时间。夜深了，撒切尔夫人走了，所里的人都聚集在心事重重的老经济学家身边，询问他的印象和感受。哈耶克考虑了很长时间，慢慢地抬起眼皮，轻轻说：她真美……

安静了数秒钟之后，掌声像骤然而至的潮水，把她给托了起来。全体现场观众都冲上来请她签字，向她致敬，为她欢呼。而小羽，只能充当一个维持秩序的角色，从中心挤到了边缘。

她确信不疑，从这一刻开始，她已经从书斋走向了社会，从讲台走上了舞台，从年轻女学者走向一个著名经济学家。从这一刻开始，她的女性视角，她的娇美形象，她的名字就会像一颗美丽的小钉子一点一点钉进这座城市，甚至全国人民的脑袋瓜里。人们在讨论经济现象社会问题时会很自然地想起一个人，他们会问：安娴是怎么看这个问题的？安娴表态了没有？而她，只是在一边儿坐着，微微笑着，并不急于发言，有点像莲花宝座上的观世音，双目微含拈花微笑。

事实上几乎所有优秀的女人都是这么干的，她们有时也会攻，但更多的时候是在守。而攻守之间的关键是蓄势，是这个才真正体现着品位体现着智慧。只有品位才决定着攻或守的质量。

小羽讪讪地过来问，安大姐你没事吧？

她摇头说，没事，一会儿就好，这儿光线太厉害了。

小羽说，就是，就是光太强，跟他们说多少回也不听，效果效果，从来都不替嘉宾着想，我们搞专业的都受不了。小羽大概很想强调一下自己的专业地位，但气势已经很空虚了。

她拍拍小羽的手说，没事没事，这就叫机会成本。

她很清楚，小羽已经被《经济纵横》放逐了，无可挽回。这和光线没有关系。没有光怎么会有镜头，没有镜头怎么会有焦点，而没有焦点又怎么可能抓住观众的眼球？这是一而二，二而三的道理。

然后她便笑着告辞，迅速消失在这座宫殿的阴影里。

小羽追在后头喊，邬台说要请你吃夜宵呢。

她当然不在意吃什么宵夜，更不在意什么台长。

有人在等她。虽然这个人没有明说，但她知道，这个人一准在等她。这个人把她送到电视台来，那种目光就已经告诉她，他会一直等她的。

果然，转过楼角，树荫底下，一辆橘红色法拉利跑车静静地趴在那儿。车子的一只轮子跷在人行道上，就像一个睡姿很难看的小男孩。这个孩子贪玩、淘气、疯狂、喜欢恶作剧。可他绝顶聪明，谁都得承认，这是个宝贝。

她站住了，突然觉得走不动了，气喘得厉害，心也跳得很急，那种眩晕的感觉又来了。她是很怕发生这种事的，可这种事是迟早会来的，她有预感。其实她并不保守，同事之间也经常开开这种玩笑，可是真的来了，还是怕的。这种事的可怕也许并不在事情的本身，而在于它像毒瘾，越是担心越是纠缠不休挥之不去，让你无法平静地面对。而且到了后来，这念头就好像翻个个儿来了：不是你在害怕，而是你一直在期待，似乎是你等待着要发生点什么。

天理良心，不是这样的！

她靠在一个院子的铁栅栏上，深深吸了一口气。她想定一定心。她相信，如果这时候谁递过一支香烟来，她也一定会吸的。可是就是这一刻，皮包抖了一下，又抖了一下，接着就是那支《祝你平安》，十六和弦音的，响个没完没了。这手机也是他送的。当然，他是以公司的名义。

她没有去接，不用接也知道是谁打的。她想清楚了，躲是躲不过去的。

就这么着，伴着一曲《祝你平安》，她拉开了法拉利的车门。

二

这个人叫邹俊安。是圈内人公认最具潜质的民营企业家,也是所有企业明星中最为低调的一个老板,总之有点卓尔不群、与众不同就是了。

安娴是在政协礼堂认识邹俊安的。她的一个同学在市政协工作,建议她经常到政协来走走,开点讲座什么的,这样一方面可以扩大影响一方面也可以结识本市实业界的精英。当时,她刚好出了几本资本运作方面的书,出版社也希望她能有些签名售书一类的动作,就答应了。

那天是个周日,是一个什么企业家的联谊活动,讲座已经快结束了,邹俊安进来了,一进来就引起一阵骚动,招呼的握手的,总之挺热乎。当时安娴是在讲马克思的一段话,她的意思是马克思也有资本运作方面的论述,引经据典而已。这人就开始嘀咕,说马克思也讲资本运作?安娴就笑着答,马克思炒股票炒得很成功呢。她说,马克思认为资本有两个最本质的要求,这两个要求等于是资本的原罪。原罪大家懂吧?这个人就说,原罪就是无商不奸,天生坏蛋一个。

一屋子人全都乐了。

安娴说,也对也不对。马克思说的这两个本质要求,一个是资本增值在最短的时间内实现,一个是资本增值在最大的程度上实现,和你说的不是一回事。

可邹俊安后来跟她说,他平常顶讨厌人家跟他谈理论,也顶讨厌假模假式的知识分子,可这两句话他居然一下子就记住了,而且印象特别深刻,就像烙铁烙进去一样。她相信这是真的。

安娴的课讲得是很好的,这在学校是有公论的。她说话音量不高，慢慢地，一句接一句，但思路清晰，概念准确，逻辑性强，很干净，基本上没有废话。

邹俊安后来告诉她，他觉得这不像是在讲课，倒像是朗诵诗歌，这一点和别的老师很不一样。特别是她的两只眼睛，像欧洲人，深深地扣进去，定定地望出去，目光清澈，悠远专注，估计是什么人也看不见，只看见自己想说的那个道理。他说，当时一缕阳光斜斜地投在她身上，形成一个三角区，使得她的五官更加分明、生动，就是神态特别优雅高贵的那种。

他说，她笑起来也特别有味道，好像完全放松，完全没有顾忌，这一点又很像西洋女人。另外那天她穿得也不错，看得出不是国内的品牌。

他说，让他发呆的原因还不是这些，是什么一下子还说不太清。总之他当时就下决心要结识这个女人了，而他又没什么特别的理由。

讲座结束以后，是安娴的签名售书。什么《股票市场ABC》，什么《欧美资本市场的规则与潜规则》，什么《帮你赚钱》，这种捣糨糊的书她自己并没有多少兴趣，但出版社坚持要她写，因为市场需要。当然，她自己也需要钞票，不然她的《西方经济思想史》早该完成了。

当时的情况是，邹俊安掏出了几张票子，对书店的两个小姑娘说，这些书值多少钱？我统统买了。小姑娘赶紧向安娴报告。安娴却一边签字一边答：这怎么可以？连头都不抬一下。在她看来，这种嚣张的举动无非是证明自己有钱，并不是真想买书，甚至可以理解成非常老套的性骚扰。

但这下他的机会来了，他动手就要搬书，还让他的朋友，大丰银行的朱行长过来帮他搬，闹得动静很大。安娴只好过来，说：我写书当然希望有人看，来签名售书也不过是想做做宣传，怎么会不卖给你呢？可这是书啊，又不是金银财宝，你要那么多干吗？

人们哄笑起来。

而他，犟着脖颈，一副嬉皮笑脸的样子：我发给我公司的员工看，不行吗？当时安娴脸都涨红了，轻声骂了一句：暴发户。

他说，暴发户怎么啦？暴发户是自己赚出来的。你卖书不也是赚钞票吗？你刚刚还在讲，赚钞票越快越好，赚得越多越好。

安娴给憷住了：我什么时候说过这样的话？

他油嘴滑舌道：你说是马克思讲的。可我认识老马，老马又不认识我，我只有认准你了。这个话，就是你刚刚讲的。

安娴想了一下，好看的眉毛拧起来，笑了，说：马克思是这样讲的吗？我也不是这样解释的呀。不过你能够这样理解，我看一点也不奇怪。

朱行长她是认识的，朱行长这时插进来劝道：安老师，安老师？邹总这个人呀，就是喜欢搞搞震，小孩子一样啦。不过依我看，他只是想认识你一下，交个朋友，千万不要误会。其实他对你佩服得来，五体投地呀。

这样，邹俊安不失时机地递上了名片。安娴盯着他看了一会儿，她看到了一张娃娃脸，没吭声，然后又回到座位上去。这是第一次亲密接触。

第二次握手是开董事会。不久后的一天，一个叫海鸟地产的上市公司改组董事会，辛校长打电话问她愿不愿意当这家公司的独立董事，那还能不愿意吗？她一口就答应下来。随后就是公司董秘送来了资料和聘书。她当时并没有仔细研究公司的资料，或许她根本把邹俊安三个字给忘记掉了。总之没想到是他。

当然开会那天，她怔住了。但安娴没给他面子，见他进来别人都站起来了，安娴居然没有站起来。

原来是你。她说。

他说，是我。没想到？

她说，我确实没有想到。对不起，我没对上号。

他笑了一下，故意轻松地说，我收购了这家公司。我非常幸运地请到了你。

安娴想了一下说：我把丑话说在前面，如果贵公司违规操作的话，我是不会客气的。说完她就站起来，摆出一副要走的架势。

当时他很尴尬，当着这么多人，在这样一种场合让他下不来台。毕竟他是个老总，早已不习惯人家这样和他说话了。不过邹俊安还不错，他讲：我没有看错，你果然是个厉害的角色。不过我想，设立独立董事的目的，就是找个厉害的人来监督我。是这个意思吧，教授？

安娴只好点了点头。于是大家又鼓起掌来。在他们看来，这是个值得纪念的好日子，不愉快的事情是不能出现的。

晚宴，他们特意安排邹俊安和她坐在一起，他问安娴：你对我就那么反感？

安娴笑了笑说，那倒没有。只是我多少有些意外。

他带挑衅意味地说：将来让你意外的事还多着呢。

安娴当然也不示弱，说：你这个人是挺出格的。不过小心不要让我逮住。

他哈哈大笑。说：逮吧，猫捉老鼠天经地义。又说：电影里头猫捉老鼠的游戏，表面看热热闹闹，猫也心甘情愿被老鼠捉弄，其实最没劲了。你想啊，猫如果真有心，哪有捉不住老鼠的？

酒过三巡，大家也都放开了，他又问：你真的觉得我这个人很出格吗？

安娴说，反正看上去不是太那个。

他说，哪个？

安娴说，不是很……文明。说罢她自己也咯咯笑了。

他想了想说，其实文明礼貌我也知道的，你好，请，对不起，谢谢，再见。是吧？就十个字，谁不知道？可是还有三个字，是老传统，你们大家都忘记了。

一桌人都安静下来，问：哪三个字？

他端起酒杯一饮而尽，大声讲：妈个×！

众人一愣，然后哄堂大笑。

安娴也跟着笑了，而且一边笑一边摇头。安娴也是棚户区长大的孩子，这样的语言并不陌生。而且她发现邹俊安其实是想告诉她，他并不粗鲁，他只是希望大家坦诚相见，不要假模假式。

她渴望挑战。这样的挑战很刺激。她觉着已经很久没有这样刺激的对话了。有了第二次，就有了第三次第四次，接触得越多她越觉得这个人是个谜。而谜是值得她这样的人来亲手一层一层解开的。当然也有可能最后解开的是一根引信，随之而来的是一次惊天动地的爆炸，可那不是同样很刺激很过瘾吗？

安娴走过去了，腰很直，胸很挺，屁股翘翘的，有一点S味道。安娴的皮鞋质地不错，敲在路面上橐橐脆响。一个人走路的姿态很重要，能看出这个人有没有活力，自信不自信，这不是可以装出来的。在欧洲，一个法国来的小伙子就问过她：密斯安？你脚下是不是有一根弹簧？

安娴拉开法拉利的门：请问，这位先生是在等人吗？

他没有回答，直接点火，摆出一副不屑回答的架势。

安娴又问：是在等我吧？没搞错吧？

他拍拍坐垫：上来讲吧。

安娴只好坐进来，一边系保险带一边说，你不回答我也要问的。还是应该问清楚比较好，不然闹出误会就麻烦了。电视台可是个生产美人的地方啊。

他侧脸瞧着她好一会儿，这一刻他目光忧郁，神情疲惫，还有点憔悴。好像他是想讲点什么来的,可是要讲的实在太多,多到已经无话可说。他等这一刻已经等得太久太久了,所以他才讲不出来。

安娴也闭嘴了,因为她已经接收到了这种表情。

车子滑动了,加速了,一切都悄无声息。只听见粗重的喘息。

上了立交桥,安娴有些沙哑地问,去哪?

他这才开口说,想不想吃东西?去宵夜吧。见安娴没吱声,他又问一遍:你不饿吗?

好半天,安娴才笑起来,说:这么一本正经干吗?这可不像是你。

他又沉默一会儿,轻轻说:那就去游车河吧。

安娴的眉梢跳了一下,僵硬的身体突然松弛了,叫道:好啊好啊。

于是他把车开飞了,一直冲上山顶,然后掉头,然后打开车顶棚,然后放马滑下去。眼前,是这座城市最繁华的主干道,璀璨的灯光像一条长虹直射出去,垂落在遥不可期的黑暗里。人生就是这样的啊,再怎么辉煌也有暗淡的那一天,所以应该抓住眼前,抓住辉煌,抓住身边每一个让你心动的机会。这个发现令她有些感动。高楼,巨厦,全都披着霓虹,还有那些甜蜜的广告牌,还有那些路灯和车灯,全都汇成一条长河。人们在这条长河里游啊游啊,其实他们中间的大多数并不清楚自己要到哪里去。他们只是傻乎乎地跟在别人后头游,一直游到死。

安娴被这辉煌激动了,她扔掉保险带,从座位上站起来,双手高举,两峰坚挺,嘴巴里喊着什么,兴奋得不得了。进入闹市,车速慢了下来。安娴坐下说:你的车还不够高级,你怎么不买一辆能长翅膀的车?

他也大笑:如果有那样的车,我肯定买!

安娴把脑袋一歪，鼻子拧成了一朵花：有你也买不起！
　　他说：买不起我就造啊，这样的车一定能造出来。总之它不但能长出翅膀，而且能长出两条长腿，能爬山，能蹚河，还能上树呢。然后把它推向市场，创造一个新的品牌系列，一律以安字打头：安乐，安康，安好，还有安什么什么……
　　安娴笑得咯咯的，肩头直颤，乳房似乎都要跳出来了。
　　他神秘地压低声音说：知道为什么叫安字品牌吗？你姓安，我的名字里也有个安，这就叫缘分……
　　安娴飞快地瞥了他一眼，不吱声了。
　　于是他也适时地闭嘴。
　　女人说到底是被动的动物，她们需要有人来不断进攻。做不做是另一回事。献花啊，恭维啊，越殷勤越好。知识妇女也是同样，希望被人家重视，但又不仅仅是吹捧，喜欢人家恭维，但又不仅仅是嘴上讲讲，她们需要那种发自内心的倾慕，比一般女人更加矜持一些罢了。
　　穿过闹市区，车流加快了，河已经到了尽头。于是他拐上立交桥，把车又拉回来，不过这次不是返回，而是直接奔了他的天堂花园。天堂花园是邹俊安的杰作，二十八座摩天大楼按照二十八宿的位置精心排列，占了一百多亩地。路边的七幢楼灯火通明，天堂花园小区六个大字被探照灯扫射着，四座塔吊旋转着，相信十公里外都能看见。
　　安娴想，什么叫事业？这就是。什么叫成功？这就是。她回头看看邹俊安，这个人只是靠在车头上吸烟，什么表情也没有。
　　安娴转了一圈，回来问，这是你开发的？
　　他说：是啊。
　　安娴说，这个小区我怎么没听说过呢？难道还没开始售楼吗？
　　他哼了一声，说：那么着急干吗？我又不等着这一点小钱。

安娴叫起来,笨死了,哪有你这样做房地产的?

他忧郁地讲,我真是舍不得卖呀,天堂花园,多好的地方。再说还有几幢没有封顶呢,急什么?然后转身替安娴拉开车门。

这回坐在车里,谁也不想说话了。安娴问,现在去哪?他没有回答。安娴说,那你送我回学校吧,不早了。他还是没有回答。可是安娴知道,自己的脸已经紧张得变色了。在S大学门口,安娴跳下车道声再见就要走。

他说,等等。

安娴站住了:还有事吗?

他走到她面前,死死地盯住她,慢慢地一个字一个字地说:你真美。

安娴迅速摇晃了一下,然后轻声说,你看电视了?

他说,我一直在看。

安娴问,在哪儿看的?

他答:是在街上的商店里。

然后,安娴又讲再见,可那声音她自己觉着已经劈碎了。

三

那一刻她确实是想哭。已经很久没有这样的感觉了,甜蜜,兴奋,冲动和依恋,还有小小的委屈。本来还好好的,突然就沉默了,她不知道这是怎么回事。就像坐在敞篷车里尖叫着往山下冲,一条条美丽的弧光扑面而来,可是还没减速呢,一切又戛然而止。

毕竟都是三十多岁的人了,大家都要负责任。也许是这样的吧。反过来，如果他不顾一切，拥抱着你，在你耳边轻轻说，求你了，留下吧，你会怎么办？你肯定也会拒绝的。你会说，好了好了，到此为止。你会推开他，或者做一个暂停的手势。肯定是这样的。毕竟这一步是不容易跨出去的。不过，你会安慰他的，你会说，对不起，真的对不起。而男人就不会，男人体会不到这种感觉。

可是没有这个过程，她又有些失落，好像游戏还没有做完。这个人只会说，你真美。而这个话，还是刚刚从自己的节目里学去的……

亚平还没睡，还在看晚间新闻。看见她进来，亚平赶紧替她拿出拖鞋，趁她换鞋的时候还在后面吻了她一下，手上也不老实。

安娴推开他说，累死我了。

亚平说，你先洗把脸，我替你把汤热一下。我买了大毛炖品。

我吃过宵夜了，是他们台长请客。她竟然脱口这样说。然后自己也愣住了。

好在亚平感觉迟钝，只是一个劲地瞎转悠，嘴里还唠叨不停：哎呀求求你再吃一点啦，雪蛤很美容的。你要不吃，我不就白等了？

在洗手间，热水让她冷静下来。她抚摸自己，赘肉已经无情地在四肢，在腰腹，在一切不该生长的地方开始出现。瞧着镜子，眼角已经有五线谱隐隐约约唱歌了。这些，都让人发呆。你真美——他可以这样说，可镜子并不认同。难道是一种精神吸引？她和邹俊安好像还不是同一个层面的人。这么一想，立马看出自己是滑稽的，甚至是可耻的。镜子，镜子，谁是世界上最美丽的女人？这是个古老的童话，也是个普遍的真理。

大毛炖品正是邹俊安的产业，专门经营各种汤料和滋补食品，在市里很有名气，现在连锁店已经开到校门口来了。从报表上看，邹俊安能从大毛炖品每年获利一千万。她用小汤勺一口一口抿着雪蛤，想象这种东西怎么能创造如此巨大的利润。偶尔瞥一眼亚平，亚平正托着腮盯着自己，她明白这意思。她说，你先去睡吧，我就来。

亚平说，我查过，雪蛤是从冬眠的蛙类身上取出来的卵巢，所以对女性最滋补了。而你，最需要这个。

她说：好啊，你在挖苦我是不是？你觉得我不像女人了是不是？

亚平说，你明白我不是这意思。然后，他就过来了，把她拉起来，然后吻她。他像跳慢三那样在屋里滑动，身上也热起来，还真有点那什么啦。他们一不小心碰响了椅子。她打了他一下，别把蒙蒙吵醒。然而亚平已经把她的嘴封住了，从后面将她托住，于是她再次飞了起来。

亚平是她读硕士时认识的，同乡，后来又一起回到这座城市任教，很自然地就有了某种关系。亚平是朴素的，甚至是平庸的，他如果在一群人中间站着你简直没有办法把他区别出来。那时，她曾经拿这个取笑过他。亚平说，这好办，下回我剃个光头，你看哪儿亮就往哪儿走。后来，这家伙果真剃了光头，你进了图书馆，在一大片人头中一眼就能找着他。她相信，这就是爱了，一个男人肯为你的一句话去做极端的事情，这不是爱是什么？尽管亚平口头上并没有这样表达。后来学校发过一个通知，说是领结婚证的老师就可以参加福利买房，这样他们似乎也没有太多过程就搬进了新房。结婚，有了蒙蒙，这一切都是平平淡淡的，自然而然的，所以也就没有什么波澜。再后来，她又去读博，出国访问，回校上课，紧张但是有序。一到晚间，蒙蒙睡下以后，就开始各自做自己的事。而白天，即使在走廊上碰见，也就是点个头而已，有时连招呼一声的工夫都没有。他们是以吃食堂为主的，当然也就谈不上买摘淘洗的烦恼。蒙蒙小时候是交给老人带的,大了,想他了,才又把他接回来。亚平在这方面倒是无可挑剔,家务全包,工资就放在公用的抽屉里。总之,生活就像正点运行的列车,每一站都停,但似乎在哪儿都没留下特别深刻的印象。甚至连性生活都是刻板的,程式化了的,需要了就招呼一声。有时连招呼都不用,亚平有一些小动作,她一看就能明白。

这究竟是幸运呢,还是不幸?

亚平说,你今天的表现很不错,特别是讲哈耶克的那一段。

她伏在亚平胸口说,当时我紧张死了,手心里全是汗。谈话提纲上根本没有,是小羽临时加的。她是故意的。

亚平打个哈欠说,这谁都能看出来,太明显了。不过这样也好,有比较才能看出深浅。辛校长来电话也是这么说的。现在这些主持人,以为有一张脸蛋就无所不知了,张狂得不行。其实花瓶就是花瓶。

她说,你可别小看这些人,一月收入两三万,电视台的私家车全是她们的。本来她还想说,其实她们也不用自己开车,出了门就会有人接的。可不知为什么,话到嘴边又咽回去了。她翻了个身,让自己躺得舒服一些,她想小羽今晚枕头上肯定是湿的。小羽说过,她一伤心就要抱枕头。而此刻,自己睡意全无,仍亢奋在一个接一个的快乐里。她问:你说辛校长来电话了?他是怎么看的?

可是亚平已经睡着了,轻轻的鼾声像是吹口哨。

这一点,是她最不能接受的地方。每回都是这样,她这边刚刚兴奋起来,话还没说几句,他那儿就呼呼大睡。可是不能接受也得接受,你总不能把他推醒,让他陪你说话,好像老不满足似的。女人,总是被动的接受者。其实想说话也就是因为想说,因为需要爱抚,并没有具体的话题。辛校长能说什么,她也完全清楚,不过是想亲耳听一遍罢了。肯定,恭维,赞美,不过如此,但谁都需要。

辛校长是个可爱的老头,新潮,敏锐,野心勃勃,对她一直也挺关照。读博啊出国啊,没有他的支持就不会有自己的今天。可是辛校长也有自己的苦恼,他已经到点了。可是他不想退休,不想就这么挥一挥手,不带走一片云彩。为了S大,把自己的专业都荒废了,院士也评不上,他不甘心。这谁都能理解。所以她被邹俊安聘为独立董事,别人还在摇头叹息,还在攻击她那几本不伦不类的小册子时,是这个老头第一个上门来表示了祝贺。同时也是第一次向她提出了要求。辛校长希望她能说服邹俊安,为S大的图书馆扩建作点贡献。他说,邹俊安是个大老板,拿个三五百万不过是湿湿水,可对学校就不得了啦。有什么条件尽管提,不行校图书馆可以改名,就叫作俊安图书馆。要不然聘他做名誉教授!

这件事她不是不上心,更不是不想为学校做贡献,何况自己的教授职称还在人家手里攥着呢。问题是,邹俊安毕竟是个商人,商人追逐的是实利,他干吗要当这个冤大头?再说企业挣点钱也不容易,她一直开不了这个口。而现在,她就更没办法开口了,邹俊安显然拿自己不当一般朋友,那种眼神,那种语气,那种若明若暗的困扰。如果她开了口,邹俊安也许会答应的,但那样一来自己成什么了?她怎么可以拿这种事做交易?

要命的是,自己也心动了。真的是心动了,不要骗自己。邹俊安确实是个优秀的男人。她可以不怕男人的穷追烂打,事实上她也曾经沧海没少经受考验,可是现在这个男人轻轻一瞥她就受不了了。这是怎么回事?

这确实是一种精神上的吸引,一种心灵上的穿透。被穿透的心灵有时也会疼的,它不需要理由。也许她和这个人不会有什么,现在没什么,最后也不会发生什么,但是她总不能去伤害这样一种感情吧?这实在是太难了。

这只有让时间去检验,时间可以说明一切。然而时间又是无情的，辛校长怕时间，她也怕的。她已经三十五了呀。

这一夜，她想了很多。经历过的问题，还有没有经历过的问题，还有由此联想到的其他一些更加难办的问题和不敢深想的问题。

早晨，昏昏沉沉爬起来，一看，已经快八点了。桌子上放着一杯还冒着热气的牛奶。亚平就这点好，一切井井有条，什么都不用你操心，看来蒙蒙也已经送幼儿园了。到底是学理工的，计算精密，只做不说。她记起上午还有两节课，好像还是大课，必须认真对待的。这样匆匆忙忙地出门，她不知为什么还特意找一枝塑料花插在杯子里。总之，很复杂。放下杯子时才发现，桌上还有一张纸头。

纸上写着：昨晚忘记了，妈妈来过电话，让你赶快回去一趟。好像有什么大事，挺着急的。

嗡的一声，头就大了。

四

《经济纵横》的节目能在校园里产生反响，本来是安娴期望的。她在社会上影响再大，最后也要回到学校中来，最终能落实到高评委的委员们那儿才行。当初她答应去做主持人，目的也就在这儿。可是系里的议论实在让她心寒。

本来她听见人们谈得挺热烈，一路上都有熟人开玩笑，可她一进办公室，立刻鸦雀无声。只有两个女老师和她打了招呼，说大明星来啦，然后什么话都没有了。她明白这是在说自己呢，于是拿上备课笔记准备躲到教室去。

张迎平时和她关系不错,悄悄跟上来说,你这下可好,成焦点人物了。

她问:我得罪谁了?

张迎说,那倒不是,跟你个人关系不大,但也确实触动了一根最敏感的神经。

她说:我有那么厉害吗?

在大学里教书,最高奋斗目标就是教授职称了。可是由于岗位的限制,僧多粥少,经济系现有副教授七个,只有一个正教授到了退休年龄,是七匹狼盯着一根骨头。安娴回国后连出了三本书,风头正健,现在又上电视,显然是又增加了一个对手。这都好理解。争论也并不是冲这个去的,他们还不至于那么浅薄。但话题是由安娴引用哈耶克谈起的,有的认为她会煽情,有的认为她是偷换概念,这也都没什么。可谈着谈着就说到了安娴的三本书上,某些人就沉不住气了,指出这正是她学问浮躁的标志,是眼下海归派的共同特征。副教授中海归分子占了一半,自然不答应,结果就争了起来。当然,全是拿安娴说事。有些话还很刻薄,说这叫文化口红,就差没骂文化婊子了。

张迎和她同年,学历也相当,至今仍是讲师,可人家早就不在意身外之物了。她对学校的事看得很清楚,提出过一个"男女价值比较论",她认为男人和女人天职不同故而评价体系也应不同,这就像体育比赛要分男性项目和女性项目一样。为此她开过系列讲座,在S大还引起过轰动,只可惜让辛校长给毙了。在她看来这年头一流男人做官,二流男人捞钱,只有不入流的男人才缩在学校里头教书做学问。而那些海归派男人在中国学外文,到了外国学中文,在国外混不上饭吃才回国来抢位置,简直只能看作阴阳人。但女人就不同了,女人的天职是延续生命,她们的海归或教书,她们的享乐或消费,都可以提高女性的议价能力,扩大美的覆盖面,保持全社会的高贵品质。所以大学应该是女人的天下,应该把大学建成欢乐的伊甸园。

所以张迎指出:这些年咱们系里的道义派和功利派一直争论不休,现在又多了海龟和土鳖的撕咬,你说你的横空出世对他们意味着什么?

知识分子那点心思其实谁都明白,安娴觉得自己之所以要在社会上活动,也有有意避开小单位里竞争的意思,她不想得罪谁,更不想把谁挤下去。她之所以写那三本小书也不是因为她肤浅,她是有一个大计划的,只是她没办法。说白了,这些年她欠账太多,她需要钱,太需要钱了。而这些,是没有办法解释的。

她想,昨天你还觉得你成功了,你是那么得意,那么张狂!

这堂大课被她讲得一塌糊涂,好在学生听不出来。他们是拍着巴掌欢迎她进去的,然后又拍着巴掌送她出来。

下课以后,安娴找到了亚平。一开口就差点哭了:你有钱没有?

亚平摸摸她的脸,笑了:别那么愁眉苦脸的。我刚刚领了课酬,阔得很呢。

可是安娴笑不出来,说:我真是,对不起你!她觉得自己真想哭一场。

亚平说:别,别呀。让人看见,还以为我欺负大明星呢。

这样他们就约好下午早点把蒙蒙接出来,一起去安娴家里看妈妈。

安娴的爸爸去世早,是妈妈带大了他们兄妹三个。或许是因为过早地透支了生命,妈妈落下了一身的毛病。所以家中的担子实际上是压在大哥肩上的。穷人的孩子早当家,就是这样。

大哥十七岁就顶替妈妈进了机械厂,当电焊工。大哥人老实,肯卖力气,还在学徒期就已经顶老工人当班了。安娴记得,小时候家里洗脸的脸盆、盛饭的饭盆,还有她读大学时用的漱口杯,全都印着湖湾机械厂先进生产者。安娴更不会忘记,每个月的五号,为什么是五号她后来才明白,那是大哥发工资的日子,大哥就会静静地等在校门口,等着她来拿走捏出汗来的五十元钱。然后那五十元就会平均分配到每一个小时、每一个英文单词、每一张答卷中去。小弟念书不行,所以她就成了家里的重点保护对象。她是这一片居民的骄傲,是全家人的希望,是大哥心中的明灯。大哥给了她父亲一般的爱,只是大哥不善于表达,从来没有讲过什么,更没有亲近过她,可她是明白的,她不是拎不清的人。

特别让她震动的是,她毕业回校的那年,一家人吃团圆饭庆贺,小弟才讲出来——大哥原来是谈过恋爱的。没有成功的原因就是因为自己读了硕士,对方不能忍受大哥没完没了的奉献。她当时哇一声就哭出来了。大哥却敲敲她脑壳说,哭啥哭啥?没成更好,成了还是个麻烦,这种女人!

而现在,连这种女人也不会有了。大哥得了一种病,起初是在肺上,然后是心脏,然后是四肢,最后才确诊是红斑狼疮,也就是血癌。下岗是肯定了,问题是连医药费也很难报销。邻居中有一家是懂医的,说,你们家族如果没有这种遗传的话,就应该查查是不是受到过辐射污染。这样大哥才想起来,几年以前厂里接到过一批焊工活,是钻进钢管里去做的。当时天热,钢管里有油污,没人愿意做这种垃圾生活。厂里就讲,算加班,一个小时十块,这样大哥就带头钻进去。其实没有十块大哥也要进去的,大哥是班长。但是后来就不得了了,浑身起红疙瘩,出麻疹一样。起初也没有重视,大哥身体好,以为是在钢管里热的,扛过去就好了。谁知后来就生病,一年一场大病。邻居一提醒,大哥才想起来去厂里边问一问,能不能算工伤。然而此时的湖湾机械厂,不要说厂长找不到,就连厂房也找不到。工厂已经合资了,推平了,变成了商住楼。

从那时起,安娴身上始终有一个巨大的包袱,始终喘不过气来。为此,她从来不敢乱花一分钱。系里面老师早就个个用上手机了，有的都换过好几个了，她连碰都不敢碰一下。现在的手机还是邹俊安送的。讲起来她还是从国外回来的，其实在英国，每个周末她都去一百公里外的康复中心做护工。回国后，她天天熬夜爬格子，写这种拆烂污的书。为的是啥？她不知道这种东西学术价值低？她不知道评教授需要高水准的著作像砖头一样砸出去？可是她必须这样做，她必须从市场上换回来大哥吃的每一粒药片，还有妈妈菜篮里的每一棵小菜。

凭良心讲，她这样做从来没有奢望得到回报。没有妈妈就没有她，没有大哥也没有她，她是真心实意要把这副担子挑起来的。小弟已经成家了，养了小人，小弟厂里效益也不好，而且弟媳不太好讲话，所以她也从来不要求小弟做什么。可是，可是……她真的是很累啊。这样的日子哪天才是个头？

一进家门，妈妈就哭起来，而且是那种没有眼泪的干哭。妈妈拉着亚平的手，一抽一抽地说，妈妈对不起你们啊，拖累你们啊。而大哥，只是一支接一支地吸烟。街道居委会曾经允许大哥摆一个香烟摊，现在，他把那些香烟全部拆开来，摊在床上，说：抽，抽光拉倒！

原来是家里住的这幢楼被人家骗掉了。听起来像是天方夜谭。

这幢楼的地基原先是五金公司的仓库，安娴爸爸还在世的时候改建成五金公司的职工宿舍，一共住了十二户人家。公司搞房改的时候，让住户出一万多块钱，算是参加了房改。后来这块地皮值钱了，公司就和一个开发商共同开发盖楼，条件是楼盖好以后还回十二户住房，其余的房子作商品房出售。本来是个皆大欢喜的事情，谁知道楼房已经住了五六年了，现在突然法院要来收房子，不然每户就赔六万五千块钱。原因是，当初五金公司欠了开发商的钱，开发商就扣下了十二户的房产证。后来开发商也没钱花了，就拿房产证去银行抵押贷款。现在几年过去了，开发商的鬼影子都找不见了，银行只好把住户告上了法院。住户们去找五金公司，而五金公司已经变成合资企业，当初的老领导已经进了火葬场。他们去找区政府，区政府讲，这是黄金地段啊，花六万五就买一套房，哪里去找这样的便宜事啊。

大哥摇摇手说，安娴你不要管，他们要来拿房就拿去好了，要钱没有，要命一条。妈妈说，还讲不讲理啊？老老小小给他卖命卖了一辈子，还欠他六万五！小弟说，现在有啥道理好讲？拿钱好了，只要有钱，啥都摆平了。

安娴心想，我上哪去找这六万五呢？她看看亚平，亚平只好硬着头皮表态说：都不要着急，着急也没用。先看看人家怎么办的，人家拿钱，咱们也只好拿。慢慢想办法，总归想得出来的。其实亚平也是壮着胆子充大头，说着好听，听着好过而已，大家心中都是有数的。

这是一顿沉闷的晚饭，一大家子人动嘴，只听见碗筷响。

后来还是蒙蒙忍不住了，说：你们真不懂事，妈妈上电视了你们也不表扬，还是大人呢。

小弟说，你表扬了吗？

蒙蒙说，我表扬了，我说妈妈你真美……

大家这才笑出声来。

五

背景是电子屏幕上打出一幅招贴画，也是时下很流行的幸福模式：蓝天白云，香花芳草，一家三口的背后是别墅豪宅，还有一辆光可鉴人的豪华车。爸爸是成功人士，手持最新款式手机，身穿笔挺名牌西服，英俊潇洒；妈妈则年轻娇柔，美艳如花；他们的孩子正高举双臂飞奔而来。

这是五四"成功与青年"的谈话现场。

这类节目只有一个热点，那就是怎么才能尽快成才？或者叫尽快发财？不少青年人提的问题都惊人的一致：李先生，请问您是如何淘到第一桶金的？王先生，您是怎么当上老板的？听人家说您是靠营销策划才成功的，但产品并不怎么样，真是这样吗？诸如此类的问题老板们回答起来并不困难，包括阐述自己的成功诀窍。有一位还很详细地讲了自己当初为什么放弃一份还算稳定体面的工作：当初他分配到单位时，曾拼命工作，一位老前辈鼓励他好好干，争取到50岁以前做到处级干部，一句话惊醒梦中人，他被这可怕的前景吓了一大跳，从此立志创业，走上了一条充满风险与机遇的成功之路。这话赢得了青年们发自内心，持久不衰的掌声。一位经常出镜的老板被现场的热烈气氛感染了，很激动地抓过话筒说：我们现在遇到了五千年历史上最好的时期，你们创业的机会比我们这一代更多，你们一定会成功，你们这一代一定比我们这一代强。这些话青年们听了真是高兴，巴掌都拍肿了。

系里的古玉圣老师是个行为乖张的老头，离婚了，一个人租了间单身宿舍，日子过得很凄凉，人称古圣人。但他是个研究市场问题的专家，安娴请他来既有同情他的意思，另外也有想争取他一票支持的含义。可这老先生来了不愿发言，被她逼不过就说一句：现在的机会是不是比90年代多，大家要冷静分析，比如做老板的机会就不见得比以前多。大家应该少一点做老板的心思，多一点打工心态，做一个有技术的劳动者不见得就是不成功。但这样的话肯定不讨好，正陶醉在老板梦中的青年们连掌声都不愿给。安娴只好赶紧把话题岔开。

有一个女孩子似乎还有点思想,她问的是:李先生,你们公司的打工仔中经常有一些传闻,如果你的发展是以牺牲员工利益为条件,这种做法是不是不够道德?得到的答复当然是公司以人为本,老板与员工的利益完全一致,大家一起共谋发展。每个人都可以当太阳,而太阳每天都是新的。

还有一位嘉宾也是安娴请来的,美国人山瑞,在S大讲心理学。他很活跃,也爱表现,讲了不少话,意思有三个:一是你们中国人很了不起,有五千年的文明,世界上没有一个国家一个民族可以与你们相比。比如你们的家庭观念很强,你们对老人很尊重,我们外国人就不如你们做得好。二是这20年来中国发展很快,全世界都在向你们学习。三是你们中国人在21世纪一定能成为全球的领导者,美国绝对无法与你们相比,你们向世界贡献的东西很多,与你们相比,美国并没有向世界贡献什么。这话使观众们如坐春风,受用无比,赢得了不少掌声。

结束时古玉圣老师气狠狠地骂了一句:这他妈的美国鬼子,真坏!

《经济纵横》的工作并不好对付,尽管有编导有记者,她顶多参与一些选题策划,幕后工作都是人家做的,可是时间长了也觉得有压力。主要是说教太多,观众真正关心的那些话题并不方便展开。而在国外,这类清谈节目虽然也只有几年时间,可人家发展得很快,往往是最受欢迎的栏目。有一次小羽问她感觉怎么样,她说了四个字:黔驴技穷。小羽一下就乐了,拍着巴掌说,我服你了安大姐!

她发现小羽的心理优势就在于年轻,表面上挺嚣张,其实人很单纯。这样两个人就近了很多,小羽也告诉她一些私人的事。哪个大款在追她啦,哪个台长是流氓啊,等等。这样有一次她就说到了邹俊安。

小羽说：那个邹俊安在追你吧？大姐？

安娴说：胡扯什么呀，我都老太婆了，怎么跟你们比？

小羽吃吃笑着：你不承认我就不清楚了？我什么都清楚。

安娴有点慌乱。其实她每次来都是很注意的，邹俊安来接她时也不张扬，都是远离喧嚣的路口，大家心照不宣。正因为有了默契，她才觉得邹俊安可交。

她问：你都听说什么了？

小羽说：干吗要听说呀？你第一次来台里做节目，邹俊安就在台长办公室里坐着，一直把节目看完了才走。本来我以为邹台要请你吃夜宵是他买单的，后来才发现他也走了。这我还能看不出来呀？

腾的一下，安娴脸上就烧着了。她看见小羽笑弯了腰，裸露的腰部微微颤动，像一块长了汗毛的肥猪油。

那天邹俊安明明说是在商店里看的电视，当时她还大大地感动了一回，险些造成出轨。谁知竟是一个美丽的气泡。这也太讽刺了。

小羽说：人家都说邹俊安有钱，其实这人忒抠门儿。我说得没错吧？

头脑已经乱哄哄了，可还得装作若无其事。她说：你肯定和他很熟，要不然怎么说他抠门？

小羽说：当然熟了。我们邹台拉他做广告，他说，我的房子又不愁卖，为啥要做广告？邹台就让我去试试，答应给提成，美人计呗。

安娴松了口气：他中计了吗？

小羽说：要不我怎么说他抠门？见过几回面，就请我吃过一顿饭。

安娴笑起来，说：肯定是你煽得还不到位。要不就是你穿得太到位。

　　小羽说：我跟他讲，三流的广告包装产品，二流的广告包装企业，本台有一流的广告，才包装邹总你这样优秀的企业家。你猜他怎么说？他说生意是做出来的，不是包出来的。三流的企业才做广告，二流的企业做的是市场，一流的企业做的是什么？自己猜去吧。你别说，这家伙还真有一套！

　　这天晚上，她没有去搭邹俊安的车。不管怎么讲，小羽的话还是刺伤了她。她挥手招的士的时候，看见邹俊安从路口跑过来，手里还举着一张报纸，喊叫着什么。一片梧桐树叶斜斜地飞过来，划出了一条黑影。这黑影就一直在眼前晃。

　　她和邹俊安，究竟算是怎么回事？还没怎么着呢，谎言就开始了。有一次在香格里拉，她提出过，让邹俊安晚上别来接送，她说，何必呢，让人看见不好。而邹俊安举着刀叉，瞪着眼说，看见就看见，怎么啦？她没吱声，她无法解释究竟有什么不好。邹俊安是公司的老板，他们是朋友，他举止高雅，说话得体，他们偶尔在一起吃吃饭，偶尔搭他的车回家，怎么啦？是不怎么。那天邹俊安还讥讽她：亏你还喝过洋墨水呢。

　　可她心里分明还是有点什么的。邹俊安的话可以有两种解释：一、他们之间并没有什么，所以完全不必顾忌别人怎么看，喝过洋墨水的人更应该见多识广心态开放。二、看见就看见，我就是追你了，怕什么怕？事实上邹俊安每次都来接她，每次和她在一起都说过这样的话，有些话还很露骨，甚至有些色情。当然，自己没有回应，邹俊安也没有行动。可是，可是……用不着骗自己，其实你是很在意邹俊安的呀。你是既害怕又渴望啊。有了这层若明若暗的诱惑，男人可能不当一回事，像邹俊安这样的人即使包养了十个情妇，别人也只能羡慕他。可她是女人，她是妻子，她是母亲，她还是个知识分子，她怎么可能完全不顾忌？

六

邹俊安来过几次电话，嗓音嘶哑且凶狠，她都借故挂断了。后来又发来短信息，说，求你了！这才心平气和一点。她不知自己为什么如此小样儿，说白了不就是为了一句谎话吗？而且是一句美丽的谎话。他是你的什么人？有什么理由对你负责任？这样想想又觉得自己真是越活越小了，比小羽还娇气。所以电话再来的时候，她就说：我真的很忙，没有时间陪你玩儿，真的。

那头邹俊安沉默了一会儿，嘶哑地说：我要去一趟香港，你能陪我去吗？

她愣了一下，转尔笑起来：你要是去美国，我就陪你去。

邹俊安说：只要你愿意去，除了月球，地点任你挑。

安娴说：得了吧，我没时间听你胡扯。有话就说，我忙着呢。

邹俊安似乎噎了一下，说我不明白，怎么突然就翻脸了？

她答：也没什么大不了的事。我知道了一些真相，一时就有点接受不了。如果你是因为这个去香港，我向你道歉就是了。

邹俊安急了，说我真是去香港，公司里的事情。

她说：那好，祝你旅途愉快。我是不可能去的，这你明明是知道的。

邹俊安又噎了一下，说：能告诉我为什么吗？那个真相？

于是她就说了出来。她说她以前听不得谎言，但现在已经想明白了，忘记你是大老板了。真对不起。

可邹俊安也笑了起来，说：原来是为这个呀，吓我一大跳！老实说当初是怕你尴尬，我才胡扯在大街上看的电视。当然也没想到你后来会表现得那么出色。早知道满大街人都承认安娴是个大牌明星，我还有一个功劳你还不清楚呢。那也是真相。小羽肯定没来得及打听。

她问：什么事？

邹俊安说：你是怎么当上主持人的？是电视台发现你的？

安娴说：难道……是你？

邹俊安说：当然！

这回，轮到安娴发呆了。

仔细想想，电视台当然不会无缘无故请一个大学老师来做主持人，他们当时说的是安老师的课如何之好安老师的书如何受欢迎，听着受用也就没往深处想。她糊里糊涂就成了名人。现在，她的照片随便被登在杂志上小报上，她成了"最完整的女人"。在学校，在商场，在大街上，走到任何地方都有人和她点头打招呼，向她问好。有个学生对她说，安老师你知道你什么地方最酷吗？他们说是你的笑，其实不对，是你沉思之后的那一甩头发，那一甩把男孩女孩全都甩晕了。还有大量的观众来信，向她请教减肥和美容问题。还有出版社约她写一本心理成长的自传，他们要当畅销书来做。有一次，几个中学生在马路上非缠着她合影留念，弄得她哭笑不得，既喜又忧。她是成功了，信心大增，光芒四射。

而这一切，竟然全是来自他的一个荒唐念头。这种感觉不好，真的非常不好。就像一个演员赢得了掌声和鲜花，以为是自己苦练苦求的结果，到头来却发现不过是某个后台老板花了钱。

令人发呆的事还没完。几天以后，大约是第三天，傍晚妈妈突然来电话说，安娴你是怎么搞的，把钱付了也不跟家里先说一声？她问什么钱？妈妈说，就是银行的钱啊？银行把房产证都送到家里来了，还放了鞭炮。你要先打个招呼我们也好有个解释，现在弄得老邻居都翻脸了，以为我们是在骗人家。家里从前困难的时候，他们是得到老邻居很多帮助的，所以他们非常看重左邻右舍的脸色。

天上当然不会掉馅饼。她立刻明白是怎么回事了。可是事已至此，她已经无法多做解释。居然连这个事都打听到了，还有什么他办不成的？这个人已经越来越多地介入了她的私人生活。而她却没有办法了解到一个真实的邹俊安。这样想想，真怕他的霸道劲头还会闹出什么风波来，那样她会很被动的。

可是另一方面，这种穷追烂打也确实动人。她长这么大，还没有一个追求者能像这个人这样疯狂的。说到底她也是个女人啊。一百个女人可以有一百种方式，一百种方式也逃不脱那一个字。

所以坐在出租车上她就主动给邹俊安一个电话，她说谢谢你了。她说我很感动，真的很感动。她说今后我的事情还是由我自己来处理，我不喜欢别人插手。她说你的意思我是明白的，可我不希望闹得惊天动地……

邹俊安人在香港，可现代通讯技术已经让他贴在了身边。他好像耳鬓厮磨般地窃窃私语：你明白就好，我真怕你不开心啊，我真怕失去你啊。

她轻轻笑了一声，说：你这家伙真鬼，你是怎么打听到我家的情况？

他说：这有什么困难的？一个人喜欢你，就想知道关于你的一切，而且他立刻神通广大，什么都拦他不住。

耳朵里铮的一声，像琴弦断了那样，又像电线接通了那样，这些天来的奇怪感受全都消失了。她听见心中的堤坝轰然倒塌，然后满身都是哗哗的水响。她愣着，鼻子一点一点酸上去，然后就有一滴泪慢慢爬下来。

她明白，她完了。

回到家，妈妈尽管把话说得很难听，不打招呼，不跟家里商量，破坏了老邻居们的统一战线，但毕竟房产证是真实的。那个红皮的小本子抓在手上，什么问题都好解释。大哥倒是什么话也没说，只是瞧着她不停地叹气，她明白大哥这是心里难受，又想到了自己的不中用。

吃晚饭时小弟也赶回来了，年轻人看问题就比较实际，他认为统一战线是扯淡，没钱才讲统一，有钱谁愿意和他们统一？现在哪个不想搬到高尚住宅区去？所以有劲骂就由他们骂好了，那些话比放屁还不如。他说，只要姐姐能爬上去，他们回过头来拍马屁的日子还在后头呢。

妈妈说，你还有一句人话没有？什么爬上去？

小弟说：这个话一点都不错，就是爬上去。姐姐现在是大名人了，将来弄个政协委员当当还不是一句话。

安娴赶紧说：我只是个教书的，你可别指望我能替你解决什么问题。

小弟横了她一眼，不吭了。可眼见着脖子就肿起来，变得和脸一样粗。

大哥也说，安娴已经不容易了，她和亚平也欠了一屁股债。你自己的事还是自己去解决，日子还长着呢，说这些没用的干吗？

可小弟火了，说：这一套我从小就听够了！安娴行，安娴有出息，安娴是重点。可我落下什么了？从小到大我穿过一件新衣服吗？现在她爬上去了，我想沾点光，过分吗？眼看就要下岗了，你们谁看过我一眼？拉过我一把？这公平吗？

安娴说，我们不是那个意思，都是一家人，谁还能不关心你？

大哥说，算我说错了，行了吧？

可妈妈已经哭起来，泪流了一脸。妈妈说：从前一家人日子虽说苦点，可没这么多烦心事，现在也不知是怎么了，一件接着一件。

安娴想了想，说：过日子总会有困难的，哪家没有烦人的事？关键是一家人要互相体谅。小时候大哥穿过的衣服我穿，我穿过的衣服小弟穿，谁也没有怨言，为什么？因为我们都知道妈妈不容易,谁也不认为妈妈不公平。后来日子好起来,穿件新衣服还是个问题吗?我现在想起小时候,觉得那个日子真是很快活。

这么一说,大家才又平静下来。小弟也承认,理是这么个理,他说,我也觉得小时候过得很快活。

回来时她一路上都在想,快乐是怎么回事。难道我们只能有回忆的快乐,幻想的快乐,而不能有现实的快乐吗?

七

张迎说,安娴你搞上小情人了吧,这么失魂落魄的?

她答:你添乱呀,你还嫌我不够烦啊,我都快烦死了。

同样的意思亚平也表达过,说你这一阵是怎么搞的?出什么事了?她说:没有啊?出什么事了?其实真的没出什么事。可她也真的是很烦。

张迎搂着她说:你和我说老实话,你和李亚平有过高潮吗?

她一愣,打了她一巴掌:你要死啦?这么恶心的话。

张迎一本正经说:这有什么呀?你要对得起自己的生命,就这么简单。

安娴瞧瞧张迎,这张修饰过度的面孔却是坦诚的。张迎越来越时尚了,用她的话说,女人应当与时俱进,充分享受生命。

安娴嘻嘻笑着问:你是不是又想讲故事了?

张迎说,我的故事早就讲完了,我是劝你别总忧心忡忡的,特容易老。一个女人,应当听从生命的指引。你现在条件这么好,不可能没有追求者。

安娴问：你说的生命，究竟是指什么？

张迎睁大眼睛说：你难道没有感觉到？你完了。这么跟你说吧，我跟我那位最热烈的阶段，只要一想到他，底下就湿了，这就是生命。如果你跟谁有过这种潮水涌动的感觉，你就不要犹豫。别把事情看得太严重，男人一般也不过是玩玩，也不愿破坏家庭的。你听我的没错。

张迎的这番话弄得她心惊肉跳好一阵子。她确实有过这种感觉的，只不过不是与亚平。而现在，与亚平的关系已经出现了许多微妙的变化。比如，亚平的某些动作会令她没来由地反感。比如，她僵硬的反应也常常让亚平不快。她居然不知道，也没有深想过，这就是生命。

邹俊安从香港回来以后，比以前忙了许多，尽管他有时还来接送，却明显变得匆匆忙忙，说不上几句话就要赶下一个场子。邹俊安一再表示等忙过这一阵，要好好安排一次休息。可是这一阵又接上了下一阵，而下一阵又是关键的一阵。公司在迅速地扩张，收购，上市，融资，再收购。他像一只大鸟，从一座城市飞到另一座城市，然后又喝一口水再飞回来。忙成这样，她还有什么话说？

其实对于公司的高速扩张，安娴也是有功劳的。那是一次"三师一商"会议，海鸟地产要收购一家证券公司，本来没她什么事，可邹俊安非让她听听，听了以后她就不能不说话。她认为公司的利润构成不合理，房地产的利润率还不到2%，这样的业绩不要说炒作，就连增资扩股都不够条件。她的一番话把"三师"们都弄哑巴了，邹俊安问，那怎么办？她伸出三个手指头，说：三个字，现金流。只有巨大的现金流才能让人看见企业的活力，才能最终让海鸟飞起来。

事实上正是这三个字，造就了海鸟的神话。

这年年底，公司召开董事会，有人告诉她，现在股市上已经有了一个新概念。她问是什么。那人说是海鸟系,只要海鸟系介入的股票就没有不翻番的。而邹俊安说得更玄乎,他说海鸟要长出十只翅膀来飞,因为海鸟现在不但有资信,而且有业绩,不但有靠山,而且有理论。股市上有句话说得好:听党的话,跟海鸟走。

会议结束时邹俊安站起来:说我这个人从来说话算话,谁有贡献我就重奖谁。说完邹俊安当众让人拿来一张支票,奖给安娴教授,整整一百万。

安娴一下就晕了,真正的热血沸腾。她磕磕巴巴说:我没那么大贡献吧?

邹俊安说:你有。你的理论远远超过这个价值。

吃饭时,她问邹俊安:你这么干,别人不会有意见吧?

他笑了笑,饭后又把安娴拉到天堂花园,指着灯光璀璨的楼房说,你知道为什么要盖成这样吗?当初他们拿来好几张规划图纸,我一眼就相中了二十八幢楼的方案。当时并没想那么多,二十八,图个吉利。可后来就不得了了,上上下下都在传,说邹总是按二十八宿的位置在盖天堂花园。我也懵了,二十八宿是什么人?后来我悄悄去查了资料。不就是河南省南阳县的二十八个农民吗?他们跟着汉光武帝刘秀打天下,成了将领,结果就被一帮酸文人编成了天上的星座。再后来,星座又变成了文化,文化又变成了观念,变成了人们想问题的习惯,现在谁要不知道天上有二十八宿,那他简直就不是中国人。这太奇妙了!安娴,我需要的就是这样一个神话。这样的神话,只有你安娴能创造出来。

安娴说:我可没你说得那么神。如果是别人,你也这么重奖?

邹俊安说:那当然。谁能干我就给谁舞台,他能翻多大的跟头,我就给他铺多大的垫子。又说,你这人怎么这么婆婆妈妈的?给自己买辆车,或者买点别的,总之你放心大胆地花钱好了。钱算什么?钱是王八蛋!

她瞧着他，什么话也说不出来。这一刻，她真的听到了生命的声音，哗哗地，像海浪舔着礁石，又像是温泉汩汩地冒着气泡，热乎乎地流遍了全身。

她想，生命在指引了。

八

春节前，市里召开中国企业家高峰论坛会议，中心议题本来是如何应对WTO，可后来却变成了民营企业要求国民待遇的呼吁会和声讨会。见安娴一直没发言，邹俊安就说：你怎么不说说？老板总夸你呢。他说的老板，就是郑市长。郑市长对她的情况很熟悉，能说出一连串她主持过的节目，大会介绍时也称她是本市最有魅力的经济学家。这样她就不能不谈点看法。

她提出了一个起吊机理论。她说，有人批评本市经济发展是政府主导型，是红顶子经济，认为通过修桥修路盖房子的固定资产投资拉动经济增长不合理，并认为这种通过外延资金投入的经济是最落后的经济，不能激发内在有效的投资需求，一旦投资停止，发展也就停止，一旦投资放缓，发展也就放缓。我的看法恰恰相反，我认为这恰恰是符合中国现阶段特点的起吊机经济。起吊机可以拉动所有的市场要素，也可以拉动民营企业快速发展，海鸟地产就是这样发展起来的。

郑市长听了连连点头，还掏出笔记本作了记录。

当天晚上，郑市长接见了她，说：你的起吊机经济理论太厉害了，女秀才舌战群儒啊。我们经营城市就是需要你这样的知识分子，知识分子就是要像你这样理论结合实际！

邹俊安坐在郑市长身边，悄悄竖起大拇指，又夹了夹眼。

她只是谦虚了一番，没说什么，倒是发现邹俊安在郑市长这儿随便得很，也活跃得很。她还发现，邹俊安是非常讲究穿着的。什么样的场合，见什么样的身份的客人，穿什么样的衣服。而且特别注意配套，春秋季与冬季夏季使用的料子与颜色都是不同的。非常有趣的是，他特别注意服装整体的协调，首先是颜色的协调，如藏青的西装里面是浅蓝的西装衬衫，再加上带有藏青条纹的领带，脚上的袜子也一定是浅蓝或藏青。西装皮鞋假如是棕色的，手中的皮包也一定是棕色的。她从来没见过上身着西服，下面蹬球鞋的邹俊安，或者在牛仔裤下面穿一双西装皮鞋。在一般人那里单排扣西服与双排扣西服只是流行的式样不同而已。而在他身上单排扣西装是自谦的表示，是要见重要人物才穿的。穿双排扣西服则是自我放松，比较随和，在仅仅自己是上级的情况下穿的。在他的公司里很难看到毛衣里面吊着领带在公司里荡来荡去的男士。这个发现让她有点走神，想到这个人无论是去上班还是去休闲，他总要在出门前比划一番，也许并不比女人化妆下的功夫少。这一点发现让她想笑。

在市长的办公室里，在温暖的灯光下，这个长着一张娃娃脸的人变成了真正伟岸的美男子。

接见结束以后，邹俊安送她回家，说，你怎么好像心不在焉的？

她笑，说没什么。

邹俊安说：知道老板接见意味着什么吗？

她说：什么？

邹俊安说：这意味着今后你的一切问题都将得到解决。

安娴笑起来了，说：什么老板老板的，真难听。再说我有什么问题需要市长来帮忙解决？

邹俊安说：怎么没有？你不是想评教授吗？还有，你不是想让我给你们学校图书馆捐款吗？

她愣住了：你怎么知道这些的？

这些事她并没有提过，她也不想因为这些事影响他对自己的判断。她不希望在两个人之间夹杂着利益。

邹俊安解释说：我早就说过，和你有关系的一切我都关心。我一关心，耳朵就特别长，这不过分吧？再说你们辛校长也找过我。

她急了，说：你别管这些事。企业挣点钱不容易，你犯得着吗？

邹俊安瞥了她一眼，说：你是不是觉得有点伤你的自尊心？

她说：有点。

邹俊安说：那你想错了。如果你早说，我早就捐了，因为这对我也有好处。五百万，随便做做广告就做掉了。可我从来就不做广告，三流的企业才做广告，二流的企业做文化，一流的企业做政府。这个道理你应该比我懂。

她瞧瞧他，不吭了。

其实她的心思根本不在这些破烂事情上。她不希望时间就这样一秒一秒白白流逝。她渴望着被这个人来进攻，来挑逗，渴望每一句话都充满意趣，热浪滚滚，令人无力招架。无力招架还渴望招架，正是温情浪漫的至高境界。这些从前她避犹不及的事情如今却被这个人做到了上瘾。

其实他也是有分寸的，每每点到穴位了，挠到痒处了，便及时刹车，不再前进。有一次他把脸凑过来，呼吸已经让她鬓发纷飞，心中狂跳不已，她已决定放弃抵抗，闭上眼睛了，他却伸出手指在她脸边一抹，轻轻一吹，说是个飞虫。

也许正是这种克制这种优雅，才令她心境摇曳恍若隔世。而调情之美丽动人，最在此时。她已经不年轻了，他也不年轻，又都有身份，都有着各自的骄傲。他们从来不谈各自的家庭，两个人都很理性，因为这完全是两个人之间的事情，没有必要牵扯出第三个人来。美，是必须小心呵护的啊。

现在她想，如果他真的提出来，自己还能抵抗吗？如果他说，安娴，跟我私奔吧。她能怎么答？她肯定说不。如果他说，安娴，我已经快发疯了，她能怎么答？她就说你疯一个给我看看……但这时如果他还想进攻，甚至伸手揽住了她，她可能真的就顶不住了。事不过三啊，她可能会把头埋得很低，气喘得很急，然后热泪往外一喷。

然而没有。什么都没有。说到底，他不是一般的男人啊。

车到学校门口了，眼看又要分手了，她忽然觉得自己很虚弱，手放在拉柄上，门却推不动。她突然赌气似的冒了一句：我不想回家。

说完这话她的心狂跳不已，气喘得很凶。她没有回头，却看见这个人也愣住了，手抬了一下，又慢慢放下来。然后又慢慢地，一点一点地向她移过来。她又开始头晕，有点窒息的感觉，可分明看见周身的红血球在积聚，在奔涌，听见了它们的呐喊。

她觉得，总有人要先开口的。这就像一支火柴，你不摩擦，它永远不会燃烧，可只要轻轻一划，一切都会明朗起来，然后就是漫天大火。

是的，她不想回家，今天，这一刻，现在。

现在她一见到这个人，就会有身体反应了，她能闻到他身上的气味，男人的气味。她知道，能闻到这种气味的时候，生命就已经是无法抗拒的了。她已经豁出去了，她要彻底地疯狂一把，亲手点燃这把火。而这恰恰证明了自己是一个成功的女人，证明自己把握着生活的主动权。

邹俊安的声音又有点嘶哑了，也可以说是磁性的：咱们去哪？

她说：随便。

九

新学期的第一堂课就是她的《西方经济思想史》。这门课她已经准备了两年，总是因为这样那样的干扰，没有成书。现在，书稿还没影子呢，就已经有两家出版社来要求签约了。所以讲这样的课，简直就是享受。

可是讲第二节课时，忽然就觉得不对劲，眼皮跳跳的，好像注意力老是集中不起来。果然，下课后，她看见古玉圣老师站在走廊上。

古玉圣说：我有点事想和你谈谈。

她惊讶地说：您是特意在这儿等我吗？打个电话我不就上门来请教了？

古玉圣说：不不，这件事你是不会高兴的。

她笑起来：古老师你真是的，不高兴我也得听着呀。

于是这位古圣人宣布道：我是来告诉你，这次高评委开会，我没有投你的票。他停了一下又说：我是想和你交流一下。

安娴的心立刻沉了下去，她想不出自己什么地方得罪了他。可很快她又感到悲哀了，这样的事，还有什么可谈的？居然要当面锣对面鼓地"交流"，亏他还是个研究市场的人！不过她仍笑着：咱们去茶座吧，我请你喝咖啡。

古玉圣摇着手：不不，还是到外面走走吧，也许还要争论呢。

这样他们就往湖边的林荫道上去。她想，和你争论有意义吗？傻瓜才争论呢。

　　古玉圣说：我实在不明白，你一会儿崇尚哈耶克，一会儿又坚守凯恩斯，现在又提什么起吊机经济。请问你究竟是一种什么理念？你还有没有思想？

　　她想，大概就是因为这个他生气了。安娴受过良好的论证训练，有着敏捷的逻辑能力，至于采取什么立场、提出什么观点那要根据情况而定，完全是偶然的。难道这也错了？这一套难道不是你们这些人教出来的吗？这就叫路径依赖。其实，古老师一直是很欣赏自己的，他也一直是想培养自己的，她能去欧洲就是他给写的推荐信。可现在他居然投了反对票，居然。

　　她说：您接着说。

　　他说：什么叫知识分子？是那些读过很多书的人？是有高学历高职称的人？不是。这些人顶多算个专业人士。知识分子是以思想为生活的人。他如果不对流行的意见、现有的价值发出疑问并且提出批评，那么，这个人即令读书再多，也不过是一个活书柜，两张光盘而已。至少他没有活在心灵里。知识分子必须是他所在社会的批评者，也是现有价值的反对者。当然这个要求太高，这是个苏格拉底式的任务。但起码你得有自己的理念吧？大学是警示社会的思想库，它不是养帮闲幕僚的地方！老实说我很失望，我太失望了！

　　古玉圣说了很多，一直在说，一直在说，絮絮叨叨，没完没了。后来安娴站住了，没有跟着他继续走下去，他也不知道，还在那儿高谈阔论。

　　安娴想，这些大概都是他在高评委的会议上没有说出来的话，或者是人家根本不想听的话。人家是在评职称，你在那儿抠定义，想证明自己是个知识分子！她发现，这些话他也只能说给自己听，他需要给自己打气。一个无人喝彩、没有掌声、甚至找不着观众的舞者终归是虚空的。

　　初春，阔叶树还没有发芽，林荫道上只有低矮的冬青和小叶榆。那些阔叶树的枝桠在微风中摇晃，像落水者在呼救，拼命将手臂挣扎出水面，愤怒而且绝望。古玉圣老师就在这样的林荫道上孤独寂寞地自说自话。她发现古玉圣的鞋子有一只已经快没有后跟了，走路有点跛，这使他的踽踽独行更加滑稽。

　　这一刻，她忽然有种感觉，古玉圣的失落并不说明什么。凭直觉就可以推断，他的那一票影响不了自己。他是以一种貌似坦诚的方式来向自己做解释的，好像他是对事不对人的，他是很高尚的，忠实于自己心灵的。其实他不说别人也会来说，还不如自己先说。这么一想，她甚至有点同情古玉圣了，她觉得应该以一种欣赏的眼光，甚至是一种审美的眼光来看待古老师。

　　果然，回到办公室，她的感觉就得到了印证：辛校长打电话让她去一趟。在辛校长办公室，这位老头双手高举隔着桌子伸过来，用一种迎接刚刚走下飞机的贵宾的姿势欢迎了她，这让她一下就放下心来。

　　辛校长说：两件事，一件是你的教授职称高评委已经通过了，还有一件是你为学校图书馆争取的五百万资金已经到账了。怎么样？是你请客还是我请？

　　安娴定了定神，似乎这一切早在意料之中，她说：那我就谢谢校长了。

　　辛校长说：你不要谢我。要谢你就谢郑市长。

　　她一惊：怎么？

　　辛校长笑了：这次高评会有点小热闹，个别同志有一点不同意见，幸亏郑市长及时说了话。

　　她说：这种事难道还要市长过问？

　　辛校长有些尴尬：那倒不是。又说，郑市长真的很关心你哟。

还说：你怎么好像有点不高兴？毕竟是个好事嘛。

安娴只好说古玉圣已经找她谈过话了。

辛校长半天不吭声，后来又气哼哼地说：这个古玉圣！这个古玉圣！

但不管怎么说，她毕竟是成功了。尽管有一些小小不愉快，有一些曲折，她还是登上了顶峰。顶峰是辉煌的，这种感觉不是三言两语能说清楚的。

两天后，S大学海鸟图书馆正式挂牌。挂牌仪式上，郑市长特意把她叫到前面来，让她坐在身边。辛校长也在一旁为安娴教授说了不少好听话。倒是邹俊安显得很庄重，穿黑色西服打花格领带，一句不吭。也许，聘他做名誉教授的事被郑市长否了，他有点不高兴。

本来辛校长的意思是，让安娴给邹俊安献花，她推掉了。虽然这不能证明什么，毕竟心里还是别扭的。

挂牌仪式很简单，祝贺，领导人讲话，女同学献花，然后是鼓掌，场面很热烈。奏国歌的时候，她也像那些夺得冠军的运动员一样，口中喃喃，热泪盈眶。后来有女同学对她说：安老师，你的那种美，任何人都学不了。

十

现在，她在家人的眼中，也变得神奇起来。

首先是亚平。自从有了那一夜，她对亚平几乎是有求必应，比过去主动得多。这样亚平也感到幸福无比，在床上花样也多起来。

其实她并没有引导亚平，只是在态度上略微有点转变。她不知这是一种什么心理，反正不是负罪，大家都是现代人，用不着这样。在这个问题上应当有新观念，大家都有权追求快乐。她甚至觉得，如果亚平在外面有什么事她也不会责备他的。

事实上她和邹俊安一共只有两次，邹俊安太忙了，他们的机会并不多。两情若是久长时，又岂在朝朝暮暮？但这两次足以让她受到启蒙，彻底提升了她。邹俊安太会来事了，属于在性事上特别优雅老到的那种。那天，他们没有开灯，一切都在朦胧中，所以给她的感觉非常柔情，一点都不羞涩。她本来以为这种事情会和亚平差不多，谁知他在行进前极为铺垫，把情绪做得淋漓尽致，使她完全背离了原来的轨道……让她感到温热的波浪在体内像条火蛇游走，和空前未有的激情喷薄，后来她竟然满地乱爬，像野兽一样喊叫起来。事后邹俊安和她开玩笑，说要把这个录音放到动物园外面，那些雄狮公虎还有大猩猩都能集体越狱。

当然，这种空前绝后的感受她是无法告诉亚平的。她不会和亚平分手，只要亚平没有这种要求，他们就会一直做夫妻。另外她有了钱，家里的一切得到了迅速改变，他们也买了一台车，这一点也令亚平非常满意。有一天亚平对她说，现在我们什么问题都没有了，我也该冲刺一把了吧？

安娴知道亚平有一个项目，因为数学模型建立不起来，更因为家里的这事那事，一直不能申请教授。于是她一口就应承下来：家里的事情不要你管，需要拉什么关系你尽管去拉，需要花钱你尽管去花，我全力支持，可以了吧。

亚平瞪着她说：安娴，你简直太神了，你要当国家计委主任，中国就不要改革了。你怎么好像连命运都是自己安排的？

其次是妈妈、大哥和小弟那边，现在他们已经把安娴看成了上帝。家里有什么事，只要她一句话好了，立马摆平。弟媳妇从前是不大愿意回家看婆婆的,吃个年夜饭往往都是三请四邀。所有的喜庆祥和气氛都要小心翼翼营造起来,生怕一句什么话说错就要砸锅,所以每次过年都很累。现在完全不同了,弟媳妇在外面开口闭口就是"我们家姐姐",后来干脆就是"我姐姐"了。小弟有一次骂她猪脑子不懂事,她听了也就听了,屁都不敢放。

连邻居关系也变了,老邻居们再也不来纠缠她家的单独行动,统一战线不过是一种说法。能统则统,不能统是不好勉强的,他们说,人跟人是不好比的呀。相反,老邻居们倒是经常要到家里来打探消息,只要妈妈说,我们家安娴是这么说的,他们就相信。他们家俨然成了这一带的领导者。

这一带从前是棚户区,现在整个区都要重新改造,开发商就是邹俊安为首的几个人。这件事她问过邹俊安,她也不相信他能有这么大的手笔。邹俊安说,不要讲一个区,就是整座城市又怎么样?现在所有的银行都上门求贷,香港的中资机构都想来分一杯羹,你还有什么好怀疑的?她当然不怀疑,她巴不得他越做越大,取代比尔·盖茨。邹俊安说,你的起吊机理论把他们的胃口都吊大了,一点一点搞不过瘾了,这一次改造就是区长亲自挂帅,亲自指挥拆迁的。所以她也放胆给妈妈打电话:叫你拆你就拆,叫你搬你就搬,你有房产证,政府只会加倍赔偿,有什么好担心的?这个话一传出去,老邻居们统统懊悔不迭,想方设法借钱也要把房产证赎回来。他们担心,这一脚踏空,将来想打听消息都没有地方了。

老邻居酸溜溜地讲:你们家安娴是成功人士呀,跟着你们不会吃亏的呀。

只有大哥,从前吃过苦头,现在变得特别胆小怕事,每一次见到她都要来提醒:不要太神气,不要太张狂,要夹牢尾巴做人,世界上的事难讲得很。在大哥看来,老邻居从前的照顾是永远的恩惠,那时的一碗饭比现在一套房都珍贵。

这样的话她当然听不进。她并不认为自己有什么神气有什么张狂，但夹起尾巴好像也不必要。对老邻居尊敬是对的，可没有理由感恩戴德唯唯诺诺，她今天的成就是自己奋斗的结果，又不是偷的抢的，谁怕谁呀？

她就是成功人士，事业成功家庭成功，爱情……也很成功，怎么啦？

十一

然而安娴老师并不清楚，就是这些日子，邹俊安的资金链条突然绷紧了。

土地——银行——房地产是一根完整的链条，哪一个环节出了问题，整个链条就会断裂，其结果是全线瘫痪。这个道理安娴说过。可是邹俊安听不进去，他已经膨胀得不认识自己了。在他看来，一幢一幢地盖楼，就像蚂蚁在啃蛋糕，这块蛋糕不知道什么时候就会被别人连盘子抢了去。

她不希望邹俊安有这样的感觉，唠叨，好像安娴也有着普通女人的通病。一个女人一旦与男人上了床，好像就获得了饶舌的权力，她不想这样。所以她绝不多说，她要保持一个女人的完美，甚至保持距离。距离才能产生美。

四月初的一天，邹俊安突然打电话让她去机场见面。他说他刚从北京回来，现在又要飞到香港去。这些日子安娴也很难见到他一面，只是偶尔在电话里说上几句，她自然是要赶去的。

见了面，没说几句话，邹俊安就掏出一串钥匙和一本房产证。

他说：这是天堂花园的房，你自己住还是给你妈妈住，随便你。

一种不祥的预感一下子就攫住了她。出什么事了？她问。

邹俊安摸了一下她的脸：哪有什么事？我早就想给你了，只是怕你不接受。

她本来应该追问下去的，可是那只手让她触电一样浑身瘫软，脑子里一片空白。就这样，他们依偎一阵又匆匆分手。没有接吻。

不久，朱胖子就出事了。朱胖子就是经常和邹俊安在一起玩的朱行长。这件事还是他打电话告诉安娴的，他说：朱胖子是个好人啊，就是太马虎了。

安娴觉得心抽紧了：你不会受什么牵连吧？

邹俊安说：你想哪儿去了？大丰银行那点小钱白送我都不要。

话虽如此，安娴总是有些不放心，因为房地产业的资金绝非哪一家银行能够吃得进去的，这她太清楚了。另外电话里的邹俊安也不像以往那么温情了，那些大话好像全是说给第三者听的，这令她有些不舒服也有些疑惑。

后来邹俊安又说，香港这两天很热，应酬也多，恐怕是要得"非典"了，他可能要晚几天回来。这些话分明又像是在暗示些什么。

她赶紧说：你千万小心！

然后邹俊安就吞吞吐吐的，再说吧再说吧，就关机了。

以后这些天再也没来过电话，她也打不进去。然后就是网上曝出的那条绯闻，紧跟着还有被盗的消息。

这些新闻是这样说的：被称为大陆某市首富的邹先生近日在港频繁出镜。这位在内地一向保持低调的地产商，前不久在半岛的豪宅被盗，据闻损失逾三百万金，而当记者问及此事，他居然爽朗一笑。昨日，邹生又携当红女星顾某夜游铜锣湾广场，有人追问其对福布斯中国富豪榜的排位作何感想时，他表示自己的财产应当不止这个数。他说，前几年在新机场附近收购的一片烂尾楼后来升值，仅此一项就净赚两个多亿，怎么我就只有那么一点钱呢？

这些文字尽管游戏色彩浓厚，真假难辨，可对安娴也算是五雷轰顶了。特别是那个当红女星顾某的出现，让她浑身一震，然后手指就抽搐起来，再也不听使唤。两天后她才能正常上班。

理性告诉她，邹俊安现在遇上了巨大的麻烦。他是在香港刻意作秀，他是想让全世界都知道他有钱，彻底放弃了低调策略。

可内心的感受是真实的，那种被撕裂被蚕食的疼痛夜夜折磨着她。她可以容忍邹俊安有自己的老婆孩子，可以容忍邹俊安在公开场合与妻子幸福无比，可是她再也容不下一个什么当红女星了。尽管这种想法荒唐，尽管明明知道邹俊安这样的人绝不可能只有一个情人，可她还是确信自己是最后一个。这种心情令她狂躁不安，疯了一样。连亚平都起了疑心，她也不解释。

天堂花园那套房，原本她是要给自己留下的。她要把它布置成一个安乐窝，只属于他们两个人的。哪怕一个月去一次，半年去一次，一年去一次，她也要让它保持温暖和洁净，变成两个人的天堂。现在，她毫不犹豫作出决定，让妈妈和大哥搬进去，马上就搬，立即就搬！大哥稍一迟疑她就大喊大叫。

当然这种状态并没有维持几天她就清醒了。她看清了自己的原形，她并没有逃脱普通女人的一般性悲哀。这样，当再次见到邹俊安时居然还保持着冷静。

邹俊安回到这座城市时，有一条国内新闻伴随着他：为了支持白衣战士战胜"非典"，著名企业家邹俊安先生向某省医疗机构捐款两千万人民币。

她去了海鸟大厦，那是他的本部。她进去时邹俊安正在公司里骂人，妈的×妈的×一口一声妈的×。这是安娴第一次看见邹俊安暴跳如雷。

她说，你好。又说，这可不像是你啊。

邹俊安吼道：我天天在外头装孙子，回到家还不能发一回火吗？

她愣了一下，说：发火有什么用？

邹俊安这才平静下来，挥挥手打发那些倒霉蛋出去了。

她在沙发上坐下，没开口眼睛里已是一包泪。邹俊安在她面前蹲下，两手放在她腿上搓。他说：这回，我的劫数可能真的到了。

她问：有多少亏空？

他说：大概两百多亿吧。

安娴跳了起来：……你怎么？

他把她按在沙发上：你别急，还没到最后关头。也许天不灭我呢。

原来，邹俊安去香港前，公司就已经陷入困境，这么大一个公司连十万块都拿不出来。所有的工地都停工了，不得已他把大毛炖品都押上去了，还是凑不齐头寸。这样他把所有的希望都压在香港的一个哥们身上。

他说，他从前拿过我不少钱，应该会帮忙的。

他说，他那儿有钱，抽一两个亿没有问题。

他说，我不该相信那个区长，不该把所有的鸡蛋放在一个篮子里。

他说，不该，我不该啊。

他把头埋进安娴腿间，安娴把手插进他蓬乱的头发里，这么一直坐到天黑。

他说，自己有今天，不容易啊。

他呜呜地哭。从前在日本，他当过"雅固杂"，在银座的歌舞伎町拉客人，实际上就是给人拉皮条。后来又到池袋、新宿的欢乐街上当鸭子，讨那些老女人的欢喜，挣点小费，容易吗我？回国后又开过食品店，卖过小吃，容易吗我？

他说，我老早就好跑路了，我买一个海岛，讨十个老婆，养五十个孩子，谁管得了我？我干吗呀我？

他说，我一定要翻回来。我一定能翻回来。你要相信我。

他说，还有一件事情你一定要理解，我在香港包了个女明星。我把她带回来了，可能还要演出一段。这个人就住在我的别墅里。但这些都不是真的。请你相信我，我要的是资信，是银行的贷款。

他说，在我心里，其实只有你。

可是这些天方夜谭，在安娴听来，好像全都不是真的。

她想到了自己的成功，自己头上这些光环，好像也不是真的。这些光环是她亲手编织的，可这光环居然也能吊得死人。现在她头上的光环够多了，学者、教授、著名主持人、大众情人，这些好像都很虚弱，经不起玩味，甚至还不如在电视台做一次节目讲一堂课来得实在，让人兴奋。现在她找不着成功的感觉了，四顾茫茫，了无趣味。她像一个跋涉者倒在沙漠里，想最后看一眼自己的脚印，可是轻轻一阵风就把那些脚印给抹平了，剩下的只有恐慌。还有心里的疼。

外面的霓虹是真的，都市的繁华是真的，还有广告中那些温柔浪漫的允诺是真的。但她已经麻木了。这些都提醒她该走了，她该退场了。

十二

真正的退场是在五月的一天。一辆政府的轿车把她请了去。

她被郑市长请去谈话了。在场的还有两个人。郑市长脸黑着，显得很焦躁，在屋里来回走，一见她进来就说：安老师，你知道邹俊安去了哪里？

安娴一下头就大了，可她却说：出什么事了？

郑市长问：你有多长时间没见到他了？

安娴想想：一个多月了吧。

郑市长看看那两个人，不吭了。

安娴说：到底出了什么事？

郑市长说：妈的，搞腐败搞到我头上来了。

她想，他口口声声把你当老板的，现在就是这样的下场。

郑市长说：两百多亿啊，他是在犯罪啊。

安娴想劝劝郑市长的，不要着急，事情总会搞得清楚的。可一开口却讲出一套理论来，她说：用体制外资源交换体制内资源，原本不是坏事。后发现代化国家都有这样一个规律，这也是路径依赖。在印度，在南美，人家也都是这样的……

郑市长像不认识她一样站了起来，嘴巴张得老大，半天才说：什么体制外体制内？这就是腐败呀，安老师？

可她一讲开了头，就收也收不住，她说：即使是这样，我认为政府也应该赦免他们，因为法律是无法界定灰色收入的，或者让他们拿钱来赎买，征收高额遗产税，北欧国家就是这样做的……要不然中国就没有阳光富豪了呀，他们会把资本转移出去的呀，那样对国家没有好处的呀。

她看见那两个人也站起来了，而郑市长的嘴巴再也合不拢，就像一个喷嚏永远打不出来。

她为什么会讲这些？为什么这么亢奋？她也不明白。也许这个话题她想了很久，现在张嘴就来。也许她内心深处还存在某种幻想，总想辩解点什么，或者找到一点理论支持。总之她讲啊讲啊，讲到自己也一头雾水。

后来来了一个电话，接过电话后郑市长一脸严肃。郑市长挥手让那两个人出去了，说：安老师，一个小时前邹俊安在境外被扣留了。他因为骗贷和欺诈，已经被正式拘留审查了。

听到这个消息，安娴好像才醒过来，说：是吗？

郑市长说：安老师，本来今天请你来，一是想了解点情况，二呢，也是想请你帮忙做一点群众工作。可是，我看，你是不是有点不舒服？

她说：没有啊？我很正常啊？有什么工作你说就是了。

郑市长说：是这样，湖湾区的改造现在搁浅了，原因就不去说它了，现在也不是理论探讨总结经验教训的时候。现在的问题是，群众把湖湾区政府围起来了，要求和政府对话，交通都堵塞了。区里现在正在做工作，但是工作不好做啊，都是一家一户的切身利益……

安娴说：没问题啊，我可以做工作啊。大小我也是个公众人物啊，说话还有点影响啊，再说我妈妈家也是拆迁户啊。

于是郑市长高兴地握着她的手说：那就太好了，我替湖湾区先谢谢你了！

这样就一车拉到了湖湾区，与闹事的群众对话。她的脸一直红着，像发高烧那样，她的眼睛一直笑着，像在舞台上那样。她很兴奋，她一直是对话交流方面的高手，她的拿手好戏就是把新名词新概念先抛出去，然后由她来条分缕析，细细讲解，然后观众可爱无比，然后掌声就响起来。这一次也是这样，她很自信，几步就跨上台阶爬到凳子上，很青春地把话筒抓在了手里。

区长介绍她说：这位是我市著名的经济学家、电视主持人安娴小姐，她想和大家说几句话……

底下有人喊：知道！她不就是老安家的二丫头吗？人们哄笑起来。

又有人说：他们家早就搬走了，天堂花园！

这些话让她有点不高兴，但她依然笑着说：我知道你们想说什么，你们认为不公平。可是公平从哪儿来的呢？等人们安静下来她才说：公平来自认同感。她说：从前一家有三个孩子，通常是老大穿新衣服，老二穿旧衣服，老三穿补丁衣服。但他们认同自己的父母，体谅父母的处境，谁也没有怨言。后来生活好了，这一家老大老二老三都穿上了新衣服，他们觉得从前的不公平还存在吗？

这一招果然有效，人们嗡嗡地议论起来。

她说：饭是要一口一口吃的，政府也要一点一点来解决问题，大家说对吗？

大家没有说，倒是区长在说：对啊对啊。

这时有个人大声喊：放屁！

她吃了一惊。

那个人说：根本不是什么老大老二的问题，就是老五老六我们也都认了。现在的问题是，开发商跑了，政府又不管，我们成了小娘养的了！

应当说，在这之前，安娴的表现一直都还可以的。她的话区长也认为是有道理的。可是说到"开发商跑了"的时候，她就摇晃起来，颠簸起来，好像站在了一条小船上，然后眼球就一点一点突出出来。那个人要来拿话筒，她就拼命抓住不放，抓住不放还要拼命地讲。

她说：这才是关键啊同志们。这个问题很重要啊同志们。

她说：这个开发商就是邹俊安啊，他已经被抓起来了呀同志们。

她说：一定要赦免他啊同志们，不然他就把资金带走了呀同志们。

她说：刚才我还跟市长在讲啊同志们，市长也同意的呀同志们。

这一刻，她好像又回到了演播厅，看见了邹俊安，看见邹俊安拥着那个香港女星，而香港女星又被小羽她们簇拥着。她的心就这样沉下去，被遗弃了。她想去追赶他们，可是总也追不上。她想去告诉邹俊安，其实那个女人卸了妆以后一点也不好看，脸上还有蝴蝶斑，明显是避孕药服用过量。她想对邹俊安说，她一直盼望着坐上那种汽车的，长着翅膀的，有安字品牌的，叫安乐，安康，或者安心。她想对邹俊安悄悄说，他的那一套太厉害了，他的技巧太职业了，他是个专业人士呀，他可以制造快乐生产幸福的呀，他完全可以评上正高职称的呀……

至此安娴老师终于明白：女人的心，其实是跟着身体走的呀。

于是她把胸膛扒开了，心被她捧在双手上了，她拼足了力气对着她的心喊，赦免他们吧，赦免他们吧同志们——

半年以后，安娴从康宁医院回来了。她胖了一些，嗓门也粗了一些，看上去精神不错。但学校里经过研究还是认为，安娴老师已经不适合再讲课了。因为她逢人就说：

她其实是很成功的，她头上有过很多光环的。

原载于《人民文学》2003年第10期

麻雀东南飞

一

　　此地人的早晨实际上9点钟才开始。

　　在这个9点钟的早晨，钟迪头一回经历了男人的失败。

　　这天是周日，挂历上一个大大的红圈标明了该家骏做东，可以醒得更迟一些。新买的床垫在身下沙沙作响，极舒适地将他包裹进去，哪儿哪儿都觉得慵懒。

　　张慧猫在他肘弯里，一只指甲在他胸前轻轻划过，一点一点撩拨着，便就有了知觉。于是他去搂她，可胳膊竟沉重得无法弯曲。后来张慧偎上来，这才有了被动的吻。又过了许久，仍没有一点亢奋的意思。他暗暗着急，却无可奈何。最后是张慧一声不吭地起床，冷冷地穿衣，看也不看他，昂首挺胸走出去。沮丧就像台风扫荡过的操场，一片狼藉，而且没有头绪。

　　这是否能说明点什么？也许这什么也说明不了。

　　不知何时起，他们开始了算计，各自都存了私房钱。工资依然放在抽屉的大信封里，那是公款。当然里面的大部分是要砌房子的，今天一块砖明天一块瓦都要从嘴巴里抠出来。而奖金之类无法测算的外快则入私房。有了私房则有了警惕，生怕公款流失。

　　这事的合法化是大头过生日。钟迪花四十多买了一只玩具熊。张慧则拎回全套的电子游戏车。他估摸那玩意起码也得好几百。那天哄儿子上床以后，他忍不住拉开抽屉时，扭头已经来不及了：张慧靠在门旮旯里，手上还捏着那只信封。四目相对，一个面红，一个脸灰。对视良久，钟迪终于由窃笑而哈哈，张慧由扑上来猛打猛杀直到连哭带笑。乐毕，张慧说，我早就发现了。钟迪也不反驳，只搂着她说，这样也不错，能影响什么？什么也不影响。

两个人像跳慢四那样移动狐步，渐渐倾斜。是夜，极尽缱绻，反倒多了几分疯狂。

然而，这种不断享受意外和刺激、保持新鲜感的独立性也是有代价的，只是潜移默化罢了。渐渐地，便品出了某些不自然。

当年那个教授女儿高贵雅致的生活态度已掺入一丝不苟的广东气派。比如，亲戚朋友的名单被输入电脑，十分精密地分出了亲疏远近。再比如，替内地亲友代买的物件被要求一律记账。张慧的理由是，贴钱要贴在明处。

六月九号，是钟迪四十周岁生日，本来自己并不重视，却意外地收到她的礼物，一只日本产第七代电动剃须刀。当时钟迪把她举了起来，连举三次。但次日清晨，当一张发票从剃须刀袋里飘然落地，他却半点劲头也没有了。他不知张慧是有心的还是无意的，他不知道。能知道的是，这份情意价值四百一十元。更清楚的是，下回张慧过生日，他的底线是八百二十元。

那么，今天早晨的柔情价值多少？

这念头一起，笑意立即一丝丝地爬上嘴角。似乎这恶毒已经打败了沮丧，帮他找回了平衡，而他的无能也有了理直气壮的解释。

张慧过来问，你早上还吃不吃？

他说，算了，留着胃口吃家骏的。不能让他白担名誉不是？

张慧冷冷地哼一声便去热粟米羹。而嘴角那句潜台词分明是：你是冲家骏去的吗？

他已懒得再作老生谈。

张慧换了一身休闲套装，冲着大衣镜旋来旋去。钟迪想想，还是和解似的从背后搂上了她：这一身不错，深调子适合你。

张慧怔着，渐渐瘫软，抚着他胳膊轻声说：谁让你给我买这么细的链子，只有这套才能衬出来。瞧隔壁的，起码三十克，这么粗——

钟迪一愣，嘟囔道：比拴狗的还粗吗？

张慧咬他一口，终于笑出声来。

正要出门，家骏倒已经来了。玉娴提溜一兜吃的，贝贝却抱在一大小伙子怀里。

家骏声明，今天不算，下礼拜还归我做东。

张慧说，那又何必。

玉娴笑着进了厨房。

小伙子姓汤名非，又双手递上名片，是什么什么部的经理，飞头亮靴，一口好牙，行头大约也是正宗名牌。家骏解释，主要是陪他来认认门子。钟迪其实早已注意到他脚边白塑袋里两条笔直的长方形。

他们的饭局已有一年以上的历史，每月一次，轮流坐庄。家骏过来得早，一家人都是深圳户口，已是名副其实的深圳人，且最具经济头脑。每次聚餐家骏都免不了亮几回王牌，从五金矿产到军火文物，除了拐卖人口。但这些信息虽利用率极高，成功率却几近于零。总之家骏的满腹"经"论姑妄言之也姑妄听之，谁也不当真谁也不嫌烦，多少总能凑趣儿提神，一如饭后的雀巢咖啡。若是玉娴肯开金口，则又有了二加一的"味道好极"的伴侣。

他们的情况是这样：钟迪博士虽然挤进大学谋到教职，但家属的工作却是要"自理"的，学校事先与他签下合同，否则根本进不来。如今博士的身价已远不比从前，所以张慧虽然是个硕士，也只能在关外的一所小学里代课。他们这种情况还算好的，不管怎么说他还是个"职员"，听说再往后改革，就只能签"雇员"了。而家骏和玉娴因为没有读博，比他们早来了几年，处境就好得多，有房有车，尽管房和车都要还按揭，但毕竟是有了。更重要的是，玉娴居然胆敢辞了工在家做专职太太。这在张慧看来，简直就是活在了天上。几个人都是同时代的本科同学，不过几年时间，阶级已然形成，山中方一日世上已千年。

酒过三巡，纹声没有，钟迪不免着急，捅家骏一下道：你要不念经，就剩下木鱼响了。

家骏拍拍汤非，今天不好谈生意的，有高人在此啦。夸张后的广东白话如同削去一层皮的簧片，于是整个屋里都关着唐老鸭似的生动起来。他说，别看这小老乡才二十来岁，闯码头已经四五年了，存折已经八位数了，你的名字，在课堂里啦。他的名字，在各家银行的VIP客户群里啦。

小汤慌忙站起，连说不好意思不好意思。我敬钟老师一杯，我顶佩服有学问的人。他说。

钟迪感慨道：咱们重活一辈子，不知会怎么样。话毕一饮而尽。

张慧说：你重活两辈子也还书虫一条。

家骏趁机插一杠子：他可是条大虫啊，又坚强又可爱。

张慧羞红了脸，拿筷子就砸，而玉娴只是掩着口笑，并不插话，间或也替汤非夹菜。

钟迪说：既然小汤这么有路子，也该拉你姚老师一把，别让他老喝玉娴的洗脚水。

玉娴辩道：我可没那么威啊。

家骏把嘴一撇：这倒不是跟你吹，姚家骏屡战屡败，屡败屡战，谁又敢说个不字？他瞥一眼玉娴，运气不好那是天意。玉娴是明白人。

玉娴不言语，只是嘴角那点笑渐渐僵住。

这是钟迪最瞧不起家骏的地方，已经有房有车了，还总埋怨运气不好，你还想怎么样？特别不好的是，老是当众羞辱玉娴，似乎这样就能找回平衡。小农意识。

张慧在底下猛踹钟迪，嚷着吃菜。然而那气氛已经不自然起来。汤非打诨说：其实做生意就是撞大运，成功的几率极小。不像你们做学问，下一分功夫就有一分收获。结果反倒更尴尬。

撤下席去，女士们进厨房去了，汤非也就说出来意，原来他想进夜大读本科班。听说交八千元的只要读两年就能混上文凭？

这话钟迪听着不受用，便说家骏：你该知道本科是几年的。

家骏道：人家是说贵校的最新行情。

钟迪吸了一口气，这倒没听说。但他也不敢否认，很多他认为不可能的事，正在合理合法地展开。最近系里正闹变法维新，各派力量分化组合，丑态毕现。钟迪抱定了粉笔擦子的宗旨，索性不闻不问，没课时他连校门也不愿进。

钟老师，我用了一个混字，让你不高兴了吧？其实我倒是真想学点东西的。

钟迪大窘。半天，方歉意多多地说，真想学，我会帮你的。其实，学不学，也就那么回事……

家骏说，这话新鲜。马王堆女尸坐起来了？

钟迪说，我算什么？连高健民，这么个大学者也都清高不起来。

家骏却无比兴奋地把大腿一拍，总算开窍了！清高这玩意儿，奢侈品。你说，我这个结构工程学的硕士，整天给他妈的连名字都写不周正的狗老板拎包，闹不好还得看他小情妇的脸色。混到今天，还不是房奴一个。清高？

张慧过来，还让你当秘书啊？

玉娴说：升了个主任，实际还是拎包，马仔一个。

家骏又想出个新词：用手掌走路拿脚趾夹筷子的人。

乐了一阵，便觉得沉闷。

倒是汤非，一直把双手搁在膝上不动窝，像个大孩子似的保持微笑。他说：其实我倒是认为姚老师这个位置挺好。

说说看？钟迪立即觉出这是个不简单的大孩子。

汤非极有教养地欠欠身。马仔要看给谁当，深圳这儿很多人的发迹，都是靠着大公司的人脉。等把人气赚够了再出来自己干。其实香港的暴发户也都是这么做的。

那不是吃里扒外？张慧赶紧捂住嘴，扭脸跟玉娴咬耳朵。玉娴却没反应似的，一双眼平静且温柔，想着什么。

钟迪揶揄道，小汤的八位数大概也是这么来的吧？

小汤毫不在意。我那算什么？我也没有这么有利的地形。

家骏翻身跃起，说：这道理我还能不懂？我见多了。只是轮上自己，财神菩萨绕道走。

钟迪道，吃里扒外的事可不能干。翻船不说，就是赚了钱你敢花吗？你看这次爆出来的那什么局长，成捆的票子就藏在床底下，连银行都不敢存。

饿死事小，失节事大。家骏阴阴地。

做人还是要做的嘛。

你活该没钱。

我宁愿没钱。

汤非慢声细语地说，问题就在这里，做人呢就不要做生意，做生意呢就不要做人。或者做一段生意做一段人，千万别在同一件事情上有两种态度。说句不恭敬的话，姚老师口口声声不要清高，其实观念深处还把什么主任啊经理啊当作一回事情。钟老师是不要赚钱的，当然可以这样看。可姚老师你就不该这么看。

钟迪说，我也不是不爱钱。我主张又要赚钱又要做人的。

汤非笑着：其实只要成功了怎么着都行。

钟迪以主人的宽宏笑着对女士们说：他们这一代人确实是厉害，只认目的不认手段。

玉娴顶他道，别摆教师爷架子，让小汤说说，我听着怪来劲。

汤非瞥一眼玉娴，脸红起来，说其实古人也是这么看的。就说管仲，发迹前是个十足的无赖，可他成功了，连最最正统的孔子也要赞美他。后人也把他干的那些缺德事说成是鲍叔牙够朋友。

玉娴拍起巴掌笑，对教师爷就得这么当头一棍！

扯那些废话干吗？家骏早在一边溜了几个来回，极不耐烦地瞪出那对死鱼眼，你不还想上街呢吗？我还有正经事要办。

钟迪笑着，把客人打发了。张慧一面收拾沙发，一面嘟嘟囔囔，无非是想不通玉娴，为什么对家骏屁也不敢放，却能对他撒泼发嗲。

二

系头儿满面春风地过来，向钟迪双手递过一份成人夜大任教聘书。本当送到府上去的，他说。

聘书写着：每周四课时。系头儿诡秘地噘噘嘴，示意他收起来，而且不张扬。钟迪明白，夜大承包后每课时的课酬将提高到八十元。也就是说，他收到一份辉煌的礼包。

然而教务会开过后他方才明白这聘书的另一层深意：中文系终于顺应历史潮流，荣升为国际文化系了，原有教学资源全部重新分配，真正能挣外汇的《对外汉语》课程钟迪连边儿也没挨上。系头儿闪烁其词地宽慰道，钟老师你这学期抓紧把那部《楚辞字义疏正》杀青了，过去系里对科研重视不够，这次改革也注意到了这个问题！好像他是特意照顾了钟迪的科研需求。

钟迪捏着口袋里的聘书，把脸扭向窗外。本来理当抗议几句的勇气，也如同窗外老榕树的气根悄然垂下。每周四课时，三百二，一个月光外快就近千元，这诱惑是无法对抗的。他太需要人民的币了。他要买房，他要买车，他还有许许多多未竟的计划。

回到教研室，钟迪四仰八叉倒在椅上，以手加额，长长吁了一口气。心想这就是雇佣关系啊，老板横竖都有理。

心里也不好受吧？他一惊，才发现叶显妤已注意他多时了。

看你把高先生气得。

钟迪说，我又没发言。我怎么……气了？

你发言了。不是用语言。

也许在叶显妤看来，他钟迪是个正人君子，而君子是不会随波逐流见利忘义的。他觉得叶显妤的目光已经超出她应有的愤怒，已经把他捆绑成同志，然后又强加给他一个叛徒立场。他跳起来涨红脸说，我是自由人。我无党无派。我热爱和平。

叶显妤也跳起来，砰地锁上抽屉。我还以为你是热爱教育事业呢！热爱和平——

对不起叶老师，我还有点事情。钟迪高举双手做投降状，然后拎起大提兜，想想又说，总之呢，我认为教育面向社会需要并没有错。

叶显妤冷笑，大概你还想说，中文由此可以走向世界，成为国际通用语言，世界上不是已经有五百所孔子学院了吗？

改系名不过是换个招牌嘛，有利于……

这个？叶显妤从兜里摸出一大红聘书，然后慢慢地极优雅地将它撕成条状，然后好看的大眼眶里开始充血，晶莹模糊起来。

钟迪立即被剥光衣服似的原形毕现，逃将出去，一只手还下意识地护着插聘书的地方。他无法在女人武器的有效射程之内保持镇定。

让他始终不解的是，为什么叶显好对他如此失望？虽是同在北大读过博，同为高先生的崇拜者，也不过学术渊源相近而已，并无党同伐异之说。即便平常接近较多，他们也是辩论多于交流的。除非，除非……生活待你不薄？

钟迪立即悻悻然暗自得意，大大地有了被恨铁不成钢的惭愧。老姑娘就是这样表达感情的，他想。这有什么不好？这样很好。要怨就怨系头儿去吧，是他们耍了手段。在阴谋面前，任何善良人都不免中箭落马。

校车拐弯的时候，钟迪看见了茕茕孑立于球场外草坪上的高健民教授。夫子双手拄着手杖，瞪着空无一人的生龙活虎之地，白发苍然无序，风衣飘飘欲举，夕阳在身后并不辉煌地支撑着，将他的影子拉出很远，放大了不少，长长地投在球场上。英雄末路，读书本为稻粱谋啊。他摇摇头，合上眼睛，迎面，林立的巨厦以及五光十色的许诺着生活里各种乐趣的广告如同一只只猩红的丰唇，冲过来，盖过去，顷刻将他吞没。

三

玉娴又来了电话。这回是谈孩子。完了她问：还好吧？

他怔着，却故意说：什么？

玉娴说：你知道是什么。

他说：嗨嗨。

她学嘴：嗨嗨。后来便是沉默。后来她又说，都怪我不好，让你难堪。完了是尖利破碎的笑。完了她就说再见。

他也悻悻地说了再见。

这样的通话，已经有很多次了。通话是在午休时间，所以钟迪总是把盒饭拿回办公室来吃，只要话机一响，便会弹射起来。后来他便明白了这琐碎对话的含意。唯其明白，他才不能不去等待。

有一回他没头没脑地说：只能这样了。

而那头也立即答道：是啊只能这样。

也许这只是为了听听声音。可听过之后便如释重负，所以声音也是内容，甚至比内容更重要。有几次他想告诉玉娴这种感觉，可又害怕一旦说破反而会失去这没内容的形式，便就不说破。于是不说破也变成了一种形式，成为一种默契的格局。

其实大家心里很明白，他们是不可能有什么内容的，他们只配享用形式，形式即内容。

那是轮极大的圆月。几丝薄云轻纱似的绾在月边。远处丘陵朦胧可现。湖面上闪着亮斑。身边是垂柳和青草的清新气息。纹风没有。身后有沙沙的脚步和喘息。极浪漫极刺激的一种气氛。他们在读月亮。

已经记不起这是第几次了，那时都还年轻着，什么也不懂。反正他最初是喜欢玉娴来着，也没有追，就是喜欢。玉娴很高傲，总是嘲笑男生普通，平庸，太平庸了，你一眼看过去简直都分不清谁是谁！这是玉娴最为经典的一句话，那时差不多成了学校的名言。

为了这句话，钟迪居然做出过一个大胆举动，剃了光头。他选择晚八点时进入图书馆，他的脑袋比日光灯辉煌，那时他就是这样挑战世俗的。果然，玉娴叫起来，果然是你呀，我一眼就认出来了！

当然，最终走到一起的是张慧，而不是玉娴。

张慧含混不清地说，不早了，还不睡？

好吧，睡觉。钟迪同样含含混混地答。

明天记着吃早点。我们老板派我去吃早茶，不在家。

好吧，吃早茶。

听起来好像无所谓？张慧探起身。临时工就得多干活，你又不是不知道。谁让你没办法把我调进来？

在深圳，干活最勤快的都是临时工，在任何岗位你看见谁辛苦忙碌就知道他还没正式调进来，这已是个惯例。钟迪把她按下去，说如果派你吃夜宵我就有所谓了。然后，让她脑袋枕着自己的肩。

这还差不多。她说。

是差不多，他想，人和人能差多少？

下一次通话是刚上班。他好像刚抓起话筒，玉娴就说：是我。我要出差了快活死了。

他笑道：你可别瞎说啊，家骏会不高兴的。然后那头就不吭声了。他只好说，你怎么会出差？什么美差，这么高兴？

差倒不美，是替家骏跑一趟。又说，我喜欢飞在天上云里雾里的样子，想想也美死了。

他讷讷地：你还是那个样子。

她说，我就是这个样子。

什么时候走？

马上就走。

那，他说，当心啊。

当心什么？

停了一会儿，他说：所有一切。

你怕飞机掉下来？她尖笑，真那样就好了。有一天我死了，会在一口枯井里。不会那么美的。

他说，胡说八道。

后来好像没再说什么了。而钟迪却分明看见了玉娴的责备，她歪着脸皱着眉，那样轻轻一瞥。这一瞥印象很深，令他好几天不能忘记。

四

一切全是天意。

找着座位，扣上安全带，她一直盯着窗外。现在谁也帮不了你啦，她想，只有你自己。

小汤问，你在想什么？

她不自然地笑笑，摇头，依然望着窗外。

小汤说，现在没人和你争座位。看个够。

真是可以看个够了。上回，就是和小汤争座位争认识了，而这回却又要和他一起出差。

那时她还在公司打工，是为公司催款。事办成了，老板在电话里慷慨地让她飞回来，老板知道她怕坐火车。

可惜她的座位在中间。于是便就有了和小汤的认识。其实不换座位也就罢了，只是自己太贪婪。

后来更是上帝在掷骰子。无法降落，飞回南昌过夜。到就餐时小伙子已经找出了许多与她的共同之处。为老乡干杯，为空中奇遇干杯，为……干杯。于是她也无法拒绝餐后散步的邀请。

雨后的机场很洁净，空气很清新，跑道很开阔，心情很舒畅。小伙子身材高大英俊潇洒朝气勃勃很有男人味儿，谈吐也机智坦率很少俗气，这些全都很对她胃口。他们走了一圈又一圈，到了后来几乎全是她在说了，说上学的往事，说大学里男男女女的性困惑，说深圳的种种艳俗浮华，说歌星舞星不堪入目的某些表演，说英语片《查泰莱夫人和她的情人》为什么不如原著。她一次次笑得弯下腰去，一次次模仿某个经理的丑态，她好像一辈子也没有说过这么多话。这些年简直是把她憋死了，而现在终于有一个对上频率的接收器。后来他们甚至谈到性，探讨为什么最高尚最美好的人性活动会有如此之多的肮脏感羞耻感。小伙子则不无自豪地向她保证他没有，他取出同居一年多的女朋友的照片给她看，证明自己没有说谎。

为什么会这样？为什么？她无法回答。她无法知道上帝的心思。也许仅仅是想倾吐，也许因为人在旅途，也许是面对一个陌生的男孩。

她想，他只是一个小孩儿。

而他说，你真像我的老姨。

小汤凑在她耳边轻轻问，看够了没有？现在你该看看我了。

气浪拂起鬓发，盖住她白皙细腻然而已有了鱼尾纹的眼角。

她坐正身子，依然没去看他。你不该来。她说。

小汤说，我说过我不来的，我说过没有？

她说，说过就应该算数。

小汤十分委屈，可过了一会儿又低声说，我承认我是想来的，复习功课只是借口，行了吧？

她却又反过来，你是不放心吧？怕我把钱拐跑了吧？八百四十万，得了！

小汤抵赖着，是姚老师让我来教你怎么谈生意的，他说你爱面子，不会讨价还价。

她说，笑话。

小汤说，我也不明白是什么道理。

她不吭了。有许多事怕是永远也不会明白了。这批布明明是家骏联系的，他偏偏说，玉娴你不去可不行。这一趟明明只需验一下货，付款就得，他偏偏说，小汤你一定得去，咱们头一次合作一定得打响！小汤明明有了很好的理由，他偏偏拍胸脯担保上学的事包在他身上。晚间，家骏微醺着抓着她的手，说玉娴你不知道，我心里怵得很，越来越不自信了。她心里一惊没吱声。

　　家骏说，有多少次眼看成了就是不成，炒股亏，炒房赔，煮熟的鸭子我一沾手它都能飞，也许我真的得罪了财神。你得帮我过这道坎儿，过了这道坎儿以后就顺了，求你了！

　　她还能说什么？只有去过这道危险的坎儿。

　　临行前抽空给钟迪拨了个电话，她对自己说，只要他说出那个字她就不去。可钟迪不说。其实心里也明白他是永远也不会说那个字的。

　　她想：既然是天意，我有什么办法？

　　小汤说，你怎么老不开口？求求你，说话呀？你这么憋着，我都想哭了。

　　她想，哭吧，你要哭出来，我就好受了。

　　小汤脸红着，嗫嚅着，在你跟前，我连话也不会说了。其实我原来很会说的。

　　她瞧着他，终于笑出声来。

　　不同于深圳男人献殷勤的做派是，小汤从没请她上过酒楼宾馆或舞厅，他从不炫耀他的富有和潇洒。当然他也决不吝啬，假如家骏和贝贝有兴趣，他就领他们出去花上三千，或者五千，这种时候玉娴有的参加，有的不参加。对她，他只是隔三岔五地捧来一只花篮。

　　盛开的鲜花带来幽香和亮丽，长久地生长在她简洁的卧室里，能激起很多遐想，在死水般的心底划出涟漪和波澜。她渴望富有，渴望时装，渴望典雅和洒脱，只是不愿牺牲自己的内心去迎合罢了。她是个有气质的女人，懂得清水出芙蓉，所以她索性连淡妆也不用，这使她在公司众多女性中一下就鹤立鸡群起来。然而毕竟是向四十迈进的人了，人们需要气质之外更需要鲜活的肉体。所以她索性辞了职在家当太太。当然，在家也不等于不工作。

所以当花篮源源不断地出现在家里时，她是多么的慌乱，又是多么的得意啊。

有一次家骏大惊失色地赞叹，瞧瞧！人家连鲜花都常开不败，肯定是港货。她暗自神伤，心想如果两张大钞你也许还能区别出来。

小汤来家里，有时家骏在，更多是不在，这时小汤话就少一些。小伙子温文尔雅，目光专注，而且好脸红。更可贵的是，小伙子并没有商人习气，他说他只是为了尝试自己才去赚钱的。他说他也不知将来要干什么，反正多学一点总错不了。于是她就建议他上大学读点书。他说上她这儿来只是为了心里能休息一下，能让明天变得安静快乐一点，他说人生最高境界是什么？不就是快乐吗？她很同意，于是也乐意让他在这儿休息。

有一次他又提到了他老姨。他说老姨从小就护着他，家里人全都烦他，只有老姨理解他，他想干什么，老姨都能支持。他说你真像我老姨。

她脱口说，你好像很爱你老姨？

他说，是。如果不是血缘关系我早就那个了。

然后两个人便像憋住呼吸那样，眼神向对方洞穿过去，脸色苍白如死。

他说，就因为这个，我才跑出来的。

于是她尖尖地笑了一声，又吃惊地打住。

他说，老姨连身材都很像你，神态更像。

她又尖笑。然后她说，我每天都锻炼的，我现在踢腿还能过头，你看。

　　他说，我也行。于是他也踢，然而他不行，一下就把自己扔在空中。去扶他时，她怔住了。他坐在地上，颤颤地捧她的脸，要吻。

　　她说不行，不行。但后来还是让他吻了。她说只能这样，只能这样了。她很坚决。

　　他不吭。后来他就捂住眼。后来他就走了。

　　然后，她便怀着一个偷情的幻想来审视自己，批判自己责备自己。其实在这个世界里，她本可以像自己宣传的那样洒脱自由地活着，可是她又不能。只好充当一个负债累累的刽子手：对家骏，钉死了他们还没开始的合作；对钟迪，钉死了开始通向人生最高境界的可能。于是这幻想便又有了古典意味，品出了殉道者的高尚和不必要。

　　小汤再次出现是一个月以后，在她差不多已经心灰意冷连家骏也焦躁不安的时候。家骏说，你没有得罪他吧？咱们找了这么久，只有小汤才是最理想的搭档。

　　小汤就在这样的时候来了，人瘦得小了一号，很疲倦很憔悴的样子，闷闷地垂着头。

　　他说，我跟她分手了。他是指他女朋友。

　　她很吃惊，说：为什么？

　　他说，没意思。

　　她说，她很漂亮嘛。

　　他说，是很漂亮。但是不美。

　　她说，你们吵了？

　　他摇头，然后抬眼盯着她说，我现在明白我需要什么样的女人。

　　她说，你怎么能这样？你怎么能这样？

　　他说，我只能这样。于是她就说不出话来。然后他就抚着她的膝。他哇哇大哭。

于是她像被枪打中一样，一点一点沉下去。她心想，这下是完了，彻底完了。

登记时，她开了两个房间，她武断地这样做了，暗示自己的态度。

然而晚饭时他还是说出来，晚上我住你那边。

她坚决地答，绝对不行。

电梯上楼时，两个人几乎同时地开口说话。小汤说，内地宾馆是定时供应热水的。玉娴说，好好休息，明天还要办事。然后他们又同时笑了。小汤说，对不起。

她说，这话好像该我说。于是警报解除。

小伙子哀告，看一会儿电视吧，就一会儿。

她说，可别有别的念头。侧身放他进来。

但是看什么电视啊，小伙子很快就坐不住了，幽红的目光集成束状，一次次向她扫射来。扫得她不能自禁了，她就说钟迪的故事。她觉着只有这武器可以抵挡一塌糊涂的溃败。然而小伙子根本不理解柏拉图的价值，他说，哇噻，两个人拿眼睛说话说了二十年？这太残酷了！小汤站起来，顿时，大卫一般迷人的体魄就把她压倒了。

她在心里喊：顺从天意吧。

她觉着，自己已经是另一个人了。

五

钟迪没去替那个小汤张罗，可布告栏里还是出现了他的名字。

汤非，很显眼。他愣了许久。

好在汤非跟个没事人似的，开学典礼那天，打老远的后排跑上来跟他握手，寒暄。

会前，系头让钟迪代表任课老师说几句话，本想推辞的，可因为心不在焉，想回绝时系头儿已经忙别的去了。

这是怎么了？他不明白。玉娴已经好多天没来电话。家骏也没消息。轮上钟迪发言了。慢吞吞地上去，木呆呆地站着，有好几分钟。

他开口道，中国有句古话：叫名师出高徒。台下有学生嘻嘻哈哈地笑了，还听见台上椅子的痛苦呻吟。灵机开动，飞转不停，终于冷静下来，他说：当然我不是名师，可我们可以出高徒啊！听说在座的不少同学在社会上已经有了成就，有的已经……他想到那个八位数。已经在很多领域里做出成绩，或者担任领导职务。所以我认为……这个话也可以反过来说，高徒也可以出名师！我这个教书匠也要仰仗各位来替我扬名！哗，掌声响起。

他吹了十分钟，最后被海涛般的鼓掌托下了台。

校长讲话时也提到了他，说他的话充满了改革精神和现代人思维的多向性云云。甚至把"高徒出名师"引申为"高徒出名系"、"高徒出名校"，越说越玄。

果然非同凡响。叶显妤盯着他微笑。

钟迪别过脸去，你知道我是信口开河。

他们沿着湖边的小道往办公楼去。岭南的季节不分明，冬天也无肃杀感觉，阳光充足微风徐徐，草木换季也如蝉虫蜕皮那样界限不明，有些花木甚至盛开不败。

叶显妤说，我是真心希望你的才华能用在正道上，别耽误自己。所以刻薄一些。她的口气温柔了不少，甚至有点伤感，她说，我要有你那份灵气就好了，我只配做死学问。

钟迪心里温温的，调侃说，你今天换了个人似的，谈恋爱了吧？

看你说的。叶显妤摘片树叶，在手指上缠着，缠了一遍又一遍，总也缠不紧。钟迪看着都着急。而她一扬手，树叶划出一条弧，轻轻地贴在了湖面上，然后瞧了他一眼。

两个人顿时松绑般地笑了。

自打上次教研室的龃龉后，钟迪一直躲着这位老姑娘。他不愿与尖刻的女人对面。尽管她对学校里的某些问题看得很透彻，也不乏思想闪光。一个没有家累的人是很难从实际出发的。他们追求理想境界，就如同他追求尽可能完满的生活是两回事。正确的未必是可行的。然而叶显妤又是很难拒绝的，她像是要把他推上一个什么舞台似的努力，有时着实令他感动。另外，让他难以拒绝的还有她那小巧的鼻梁，略黑的皮肤，期待的眼神以及炒豆般的谈吐。他承认，这也别有一番韵致。总之，很困难。

高先生批评我了。她笑，他说我太性急，不能设身处地。你家庭负担很重，刚来，连房子都没买，而我头脑里根本就没这概念。她仰起脸，那天真是对不起！

一种奇怪的馨香，令钟迪心猿意马，好半天才回过神来。

惭愧。钟迪不胜惶恐。在系里，高先生一向对自己有着厚爱。在几个北大来的教师中，他比别人总能多受一分关照。这里原因很多，其中一条鲜为人知的是，钟迪的导师是高先生的早年故交。钟迪说：我也好久没去看望高先生了。希望他不去计较那些小人。

他才不呢。叶显妤告诉他：高先生最近去了趟北京，有些新想法。主要是想办"东西方比较文化研究所"，学校已经批了编制。高先生的意思是就放在中文系里，作为一个实体，又有独立性。高先生的意思是，由他牵头，由你来主持。

钟迪顿觉胸腔怦怦大跳，他仰起头，大张嘴巴，一副呵欠打不出来的样子，半天才沉下气说，真想对着干，是吗？

叶显好笑着，有这意思。否则一个处级单位何必搁在系里？就是让大家看看，改革不是挂羊头卖狗肉。咱们可以活跃学术气氛，对外搞学术交流，出版著作，而且，你别见笑，还可以创收。

钟迪没笑，相反他正严肃着。他认为一旦真的对垒起来，能否创收才是成败的关键。

真的能创收！叶显好一副小姑娘憧憬爱情的沉醉，首先可以接受国内赞助海外捐赠，其次可以举办作家评论家的研讨班进修班，有偿服务嘛，现在都这样。

谈何容易！钟迪摇头。

真的可以，我马上就能让我姑妈拿出钱来。

钟迪知道她有个孀居的新加坡姑妈，大概有几个钱，一直让她去继承她偏不去。他瞧着她，以玩笑的口吻说，尊姑妈要是希腊船王就好了。

叶显好拍手大笑。

钟迪瞧着叶显好恣意忘形的样子，看着她男孩子似的发型以及过于扁平的胸脯，暗自发愣。心想女人真是奇怪，只要不想结婚连第二性征也会消失的。

分手时他说，过两天一定去看望高先生。

无论如何，这是个天赐良机。

如果让他主持，起码得给个副所长吧？也就是副处级。能干成多少事且不论，首先工资可涨一级。当然，课题费科研费自然也是近水楼台，一年弄个几十万，湿湿水啦。公开站到高先生旗下啦。明摆着是跟系头儿分庭抗礼啦。他想，他用不着在乎立场。

不过仍可对系头儿表明态度，夜大的授课他还是接受的嘛，他以教学为主，科研为辅的嘛。系头儿还能说什么？高先生也不好说什么。

只是骑在墙上终归不雅。但他有什么办法？他无力拒绝任何人，他是艘小舢板，只能在巨轮之间巧妙迂回，他无力跟任何军舰碰撞。

坐上校车，司机一见他就乐了，说，钟老师今天发财了？

他说，教书匠的交易，两毛钱也算一注财。

六

有一注大财，全看你配合不配合。家骏旋风般地刮进来，旋风般地替他提溜起外套和公文包。

钟迪冷眼笑着，并不反抗，也不动窝。

家骏说，全都谈妥了，万事俱备，只缺你钟先生去吃上一顿海鲜，然后坐地分赃。

分配给钟迪的角色是台湾某财团公司董事长的大公子。任务不多，席间来几句典故即可。其余的事不用他烦神。这是一个度假村的全套装潢工程。给你一个量的概念：合同一签，咱们净得介绍费十五万，你掂量掂量吧。

那么质的概念呢？

行啦，不就改一回户口吗？得了钱，你愿做正人君子你去做，没人拦着你。家骏气急败坏，把一盒烫金名片扔在茶几上。

其实大家心里都明白，去演一场戏算不了什么。董事长也好阔少爷也好，深圳的舞台上天天都在上演这样的戏。只是这戏的内容太残酷，他们演的是地产商，身份是房奴，目的却仅仅是为了摘掉帽子。家骏说，房奴痛苦指数天天看涨啊，我还好一点，已经有一套了，你呢？你想送月供都没地方送！

钟迪欣赏着自己名片的精致和素雅，不免心动。他问，这顿海鲜得吃掉多少？

这不劳你费神，我兑了三千港币。

算我一份子吧。想想仍不放心，又把小金库里的几百元掖上。

这一顿，吃掉两千四。买单时，收银小姐的托盘上还找回一二十，他的手哆嗦了一下，家骏及时给了眼色，他手一挥，不用找了！才使他阔少派头圆满地潇洒。

高先生寓所就在校园内，号称小白楼，六室两厅两卫。这也是校长当年气魄和魅力的表现之一，六位教授，一人一套。如果搁在今天，恐怕也得打对折了。不过这六位，好像并不领情，其中五位仍把户口留在北京上海，这与很多教师无法把家属户口迁来的情况相比，又显出另一个欲望层面的差别。

什么时候自己能住一半就好了。每回来这里，钟迪都禁不住悄悄感慨。高先生不会过日子，老夫妇简直是糟蹋自己和这所房子。铺满大理石的客厅里也铺着白菜和带鱼，甚至于拿出一间屋子来养鸡——他听着鸡们的利爪抓挠瓷砖的嘶喇声，就觉得那是在刨自己未来的房基，十分痛苦，十二分的愤怒。

有回他把这种折磨告诉了叶显妤，他说他也不知是怎么搞的，凡是看见与房子有关的一切，都能刺激起他的想象，兴奋，或者痛苦。当时叶显妤似乎是理解不了，半天没吭声，只是把眼睛瞪得很大。他想，这就是女博士的特点，茫茫然不识油盐柴米滋味。

当然这一切高先生是无法知晓的。钟迪的谦恭有礼、博学和敏捷以及从贫瘠土壤里生长出来的下层劳动人民的幽默，都令高先生如痴如醉。高先生毕生研究楚辞，可他恨自己是浙江山越的后裔，巴不得有这么个乡音楚调的门生信徒追随左右。他甚至想到，高先生仙逝之际，他最好的悼念便是朗读一段带红苕干子味的《天问》，让那些"兮"拥着先生的灵魂升入九天。

　　从高先生家出来，钟迪猛甩胳膊和深呼吸，令僵硬迂腐之气痛快地逸出。高先生自然没有叶显好那份激动，他只是随便说说似的让钟迪搞一份规划，而大多时间留给了年轻人应当耐得住寂寞固守清贫追求理想九死不悔的说教。你瞧着吧老弟，大潮退后能站住脚的还是那些做诗内功夫的人。咱们这位校长倒是有容乃大，心中很有数啊。哈哈。高先生这样说。

　　他在暗示什么？系头儿要下台了？

　　在系头儿的办公室，钟迪本想装样的，转念也索性将头皮硬起，说职务这东西，生不带来死不带去，党叫干啥就干啥呗。

　　系头儿哈哈大笑。转而忧心忡忡地主动告诉他，这个研究所本可以独立出去的，但校长的意思，仍是副处级建制，仍是高先生的旗子，我的牌子，你钟迪的椅子。你想想，这有什么区别？

　　钟迪一怔，玩了半天还是同心圆？尤其混账的是，研究所是个副处级建制，也就是说他钟迪仅是个科级副所长，还不如副教授！

　　明知是系头儿玩的鬼，也不便再讲什么，只好说，我无所谓，在哪都是干苦力的活。

　　不过，说句庸俗的话，好歹也算是个职务。有些事就方便了。

　　什么意思？

　　夜大还缺个教务主任。我知道你是个清高的人，不在乎这个。不过我还是推荐了你，如果阁下肯屈就的话。头儿显得很严肃，很诚恳。

　　钟迪立即有了一不做二不休的气概，行啊，我紧跟你老人家搞改革就是了，杀出一条血路来。

　　然而叶显好很快就气势汹汹打上门来，想不到一根骨头就把你收买了。

　　钟迪尴尬着，让你看出叛徒嘴脸，不好意思啊。

这并不幽默。她盯他盯到不自在。我只是奇怪,你这人怎么这样没有主见?

他说,我早说过,你并不了解我。

恰恰相反,我了解你,也……敬重你,所以我才不希望看到……这样。说到这里,叶显好突然脸色一惨,背过身去。良久,方道:对不起,我用词不当。刚才我想起了另一个人。

钟迪怔怔地说,谁?

一个从前的朋友,一个有才华有能力的人,一个长着软骨头最后毁掉自己的人。

他有点慌乱,对不起,我还以为……

不,我有过。她瞧着天花板上的泡塑图案,我爱过,后来才发现他不值得爱。人生有很多误会。然后她猛地摇头,想把不愉快甩掉似的摇散男士头,笑着,还是谈你的事吧。

他们共事两年了,就算是朋友吧,对个人方面的事却所知甚少,乍听这些便有异样,顿觉不好驳她面子似的软下来。让你想起这些真是对不起。不过我这人不值得你看重,不值啊真的不值。

叶显好咬着唇,半天才叹出气来,其实我并不认为你是个没主见的人,相反你是很有内涵的,只是你什么也不愿失去,样样都想摆平。她仰起脸把眼角那点晶莹投向远处,所以你也许最终什么也得不到。

钟迪愣着,又很想解释一下这不得已才骑墙的理由,可到底还是没说出口。

叶显好说,老实说,我也不认为高先生就完全正确,也不认为你钟迪就应该站在谁的旗下,相反你应该有自己的事业自己的舞台。你有这本钱,可惜你没这份勇气。高先生不管怎样迂腐,可他有一股子认准目标死不回头的劲头,你呢?

钟迪说,可惜我连目标也没有。

你有，只是你不敢承认！叶显好越说越激愤。

钟迪茫然地瞧着这位悲天悯地的小男子汉似的老姑娘，就像麦克白迎着暴风雨踉跄走来。心想女人该开花时不开花就会开出怪花来的，她懂什么叫生活吗？她有资格评价人生吗？他真该替她补上这一课，生活从来就是不完美的。他甚至已经抬起胳膊，想轻轻拍打她两下，然而胳膊又树枝一样折断了。人生无趣，最在身心疲惫时。

没意思。没意思。没意思没意思。

叶显好转过身来，诧异地看着他。

于是他说，我知道你是关心我。我会考虑的。

听一句忠告吧。四十岁是个危险的年龄。她解释说，说滑就滑下去了。然后她昂首挺胸气壮山河地走出去。

七

这个周日，两家又聚了一次。餐后女人们要去小商品市场，姚家骏去公司了，钟迪便跟着她们一路回家。两个孩子追逐嬉戏，一会儿跳上马路牙子，一会儿攀上路边的花坛，十分活泼。

玉娴吆喝贝贝，别蹦来蹦去的，小心磕着，小姑娘家家的，一点儿不稳重。

贝贝做个鬼脸，你自己不也这样的？

钟迪哈哈大笑。两个女人也跟着笑起来。知其母，莫如女，活泼快乐的玉娴也谈稳重了！

然而只一会儿，钟迪便发现了玉娴的不自在，眼睛被阳光刺痛了那样微微泛红，把脸拧向别处。

有好长时间没接到玉娴的电话了，他想。

张慧冲着一个橱窗大声喊，你们猜猜多少钱？一千八！

然而玉娴就跟没听见一样，直直地一个人往前走。这让他和张慧对视了半天。

一夜之间，她已变成另一个人。她不再是从前的玉娴，从前的玉娴不过是人生的一次彩排。所有的经历所有的经验，所有的欢笑和痛苦，所有尘世间的烦恼和渴望统统从舞台上退出去。只剩下自己，赤条条的自己在翩翩起舞。

一夜之间，小汤长大了，她变小了。

什么验货，什么洽谈，去它的吧。她什么也不想管，什么也不想干。她缠着小汤一件一件诉说童年那些芝麻大的美丽的往事，说完一个题目又是一个题目，永远说不完。

小汤说，该回去了，货发走了，不能再拖。

她说，那就回呗。于是他们回来了。

小汤说，不能偷偷摸摸，应该让全世界都知道。于是她就让他在大街上手牵手走。小汤说，我不能到你家去了，我怎么见他？她就决定自己回家。小汤说，我不能忍受你跟别人在一起，我要娶你。她说你会厌的你还年轻。小汤说不会的不会的，我求你了你难道不相信我吗？她说那我只有相信你，我会跟家骏说的，我除了相信你我也没有别的办法了。小汤说姚老师要什么条件都可以答应，我只要你你知道吗？她说我知道我知道，我今天就谈你相信吗？小汤说我相信你。她于是带着梦里的陶醉进了家。

醒来的那一刻同样惊心动魄。

妈妈妈妈你回来了你怎么才回来你想死我了！贝贝扑过来，贝贝伏在她肩上呜呜地哭。

于是这一刻便如同大白天从电影院出来那样真实，而且尖锐地阳光灿烂！原来她还有孩子，原来还有个叫做"家"的东西。

晚间，可怜的家骏兴奋无比摩拳擦掌恨不得贝贝一分钟就睡过去。直到摸出她一身鸡皮疙瘩满脸泪水才如梦方醒。

接下去，便是泥塑一般地互相等待，一支一支地吸烟，一次一次地抹泪。说吧，天快亮时家骏开了口：照直说吧。

于是玉娴就照直说了。她说：随便你怎么办。她觉得她就要死了，已经无所谓怎么办了。

接下来就是高烧不退，一烧就是六天。醒来时家骏已经憔悴无比不成样子，嘴唇被香烟烤得翻卷上去，像只咳嗽不已的老刺猬。

后来家骏说，你怎么糊涂到这种程度？还想跟他结婚？就算他是真心，能长久吗？这也不人道啊？他说，我承认这些年爱你爱得不够，让你失望了。可我这么干不是为这个家吗？我是爱你的你不知道吗？

她说，你真的能原谅我？

家骏说，我脑袋不旧，这种事我见多了，有什么不能理解的？不就是几次性交吗？

她说，我真傻，真不该伤害你的。

家骏拍拍她的脸，说不说都一回事。问题是你自己要走出来，你能吗？

她说，给我一个月时间我保证走出来。

于是家骏搂紧了她，雨点般地吻她，一次次吸干她的泪。家骏也哭了。我不能失去你啊，不能失去啊，你知道吗？我差点就挺不住了你知道吗？

后来家骏很快伏在床头睡着了。

她想，她真的不能让家骏再受伤害了，家骏就这么一点本钱了。她觉着，为了那些瞬间的欢乐，她只有把后半辈子捧在手上作为代价了。于是她把素手放在家骏蓬乱斑驳的头发上，远处仿佛有教堂风琴凝重的旋律，心底有宏大的钟声应和着，怀着圣母玛丽亚的慈悲心情，一切都肃穆辽阔起来。

春天来了，春天带来繁忙。

春又归去，春天并未留下快乐。

八

兼职一千八，这似乎约定俗成，既然系头儿已经向他微笑了，他便无力拒绝，也没有理由拒绝。

高先生有了冷落他的意思，他只有多请教多汇报。研究所开张了，研究所向全世界发出了信息，研究所课题无数计划宏伟前程可瞻。

他不知这是左右逢源还是同时进行两种自杀？高先生桃李满天下，连教育部的头儿也是他的高足，天线牵得十分遥远。系头儿出身官宦人家，省里市里炙手可热，背景拉得十分宽广。他能选择吗？这一切都是叶显好无法理解的。

叶显好的激情受挫。她拒绝了向她姑妈要求什么捐赠。她说她不能骗取孩子手上的糖块。而钟迪的苦衷当然更是她无法理解的。书稿被出版社"十分抱歉"地退回。自然也是留有余地，如果他能包销或者拿出八千元印刷费。

张慧的小性子让他也越来越失去耐心。这回又为了一件芝麻事，又提到什么"你的玉娴"，说玉娴貌似文静，其实小气挑剔，为买一件羊毛衫让她陪着跑了三天，不是碍着他的面子早就拜拜了。他于是大光其火。两人冷战了好几个礼拜，弄得大头泡奶粉也不知该问谁，把脚背烫成熊掌才算完事。

其实他已猜到了玉娴有特别的尴尬之处，不然不会这样。背地里悄悄他把那顿海鲜的账单扯平了。家骏说，算我欠你一千五港币的人情。钟迪说下回美国总统的角色我也不演了。家骏说，那事就不提啦等我赚了钱算你一股还不行？他说，我也不想发你那外国财，就眼下小鸡啄米太公钓鱼似的小乐味也还可以。

眼下他还真不时有点小乐味。兼职费，加上课酬费和其他名堂，他的私房以每月不低于三千的速度向前挺进。香烟和水果现在源源不断流入橱柜。现在终于理解系头儿冲他微笑的确含有深意：那些插班生、补考生谁不愿意给教务主任留下深刻印象呢？尤其当考试临近时，家里简直高朋满座。重要的是，这热烈气氛的价值远远在物质之上，在这幢灰色出租楼里张慧再也感觉不到邻居的压力了。

有回家骏亲眼目睹了他们打扫残局的情景，顿生不满，喊道，喊！他随手扔给他一条万宝路，并不想解释。而家骏却唠唠叨叨说个没完，说他是见小利而远大义，他反唇相讥：知道我们的区别在哪里吗？我上楼是踩楼梯，你上楼是蹦跳板。于是家骏呆若木鸡。

然而内心深处，依然不快活！

九

怎么才来？家骏拧着脑袋，烟卷在唇间急剧萎缩且极具功夫地保持烟灰不落。

这个下午是夜大本学期最后一次教务会，开到一半就接到电话。钟迪搁下话筒就出溜下来，没有特殊情况，家骏是不会这时候约他的。我撒泡尿也没这么快……你进政治局了？这么严肃？他说。

餐厅小姐一朵红云似的飘将过来。脸上做出收费的微笑，要点什么先生？家骏仍不抬头，有点恶厉厉地喊：马爹利！

这间酒吧是学校实业公司开的，生意一向清淡，这时酒吧还没开张，一些椅子仍倒卧在桌面上，小姐们挤靠在收银柜前叽叽喳喳，整个是一派不予重视的气氛。家骏能在此时此刻喊出雄壮的人头马来确实惊天动地。

哇噻，好威水噢，真是士别三日！钟迪不失时机地夸张一番，心想肯定又是借钱，不知又搭上哪个有苗头的港客又想来顿海鲜。

黄色液体在高脚杯里清澈透明，被家骏两个指头拧得旋转起来。举着这没度数的豪华，他凑着门外的光亮，像是抓着一束即逝的阳光碎片，眯起小眼。钟迪注意到，那里面血红。

最近又做成一单？

你知道了？

你脸上透着白银的光彩。

家骏没反应，看不出想笑还是想哭。他点燃第三支长健，又把长健掐成短健。

钟迪催道，我说，咱俩好像没有同性恋的可能，如果光为看我一眼就请便吧。

家骏终于抬起脑袋扫他一眼，脸又偏到门外去了：玉娴走了。

走了？上哪儿？

走了就是走了！这还不明白？

钟迪激灵一下，跟着又来了一下。你们……他感到这问题很傻，就又憋住。好像是吸了一口长气再一点一丝一缕地呼出，走了？

酒吧里客人渐多。钟迪发觉座位离空调近了些,说,你等着,我打个招呼就来。

家骏飞快地把他手摁住,我就几句话。他舔着焦干的唇。钟迪这才注意到,家骏确实瘦了,星星点点的白发衬得黑脸愈加阴晦。

是这样。有一单生意差不多做成了,玉娴跟着合作者回内地催货——合作者你也认识的,就是那个小汤,所以我也放心——可他们……开了房间。后来我骂了她。后来她就提出离婚……你听我说!我知道她会来找你——没别的意思——就是请你看在老朋友份上,帮我劝劝她。她,是疯了。她是一时昏了头,我能谅解。当初你让我好好待她,我答应过你,可我……也确实,确实……

没有这种可能!钟迪断然否决。

是真的。家骏说,一回来就不正常。我问她也就照直说了。

那是气话。故意气气你。小汤能多大了?

二十二岁。

绝对不可能!她能当他妈。玉娴又不是那种人。你这点把握还没有吗?话虽这么说,可眼前已有了玉娴看汤非的那种眼神,那种欣赏,那种毫无掩饰的鼓励,以及汤非那份极有主见的极有城府的少年老成,那份很有分寸感的谦恭与执傲。

家骏叹气,你要看见她当时的样子,就不会说这种话了。

家骏说,已经五天了,没有消息。上午又跟她家通了长途,她妈心脏病也急犯了。只好安慰她爸几句,让他们别急。可谁来安慰我?

钟迪也没安慰他。他倒很想骂他几句,不该把发财看得这么重,不能把老婆不当回事。他也知道家骏会怎么答——咱们大老远上这儿干吗来了?是来看西洋景?咱是来挣钱的!人生能有几回搏……不说了,没意思。

已忘记怎么分的手。钟迪也怕自己失态。这事太刺激。是真是假已在其次。玉娴这么干，伤害的已不仅仅是家骏。

……有一回，玉娴拿来两张票，是给校学生会的，青年电影节的票。玉娴说，咱俩贪污了吧，咱俩去。

他嗫嚅着，说好是好，就怕他们会说话。

哼，她说。很蔑视。

这样吧他说，你先拿一张，那一张我跟他们招呼一声，估计他们也会同意的。

然而他的如意算盘落空了，他没料到挑战者是姚家骏。那时他们两个都是学生会的干部，正在操场上开会。他绝没想到姚家骏敢当面说出来——电影以后还没机会看？我保证以后让你们每人看十遍。他说，我可不是看电影，我想看什么你们也知道，我就是想追郝玉娴，哥儿们帮个忙，给个机会吧？帮个忙。哥儿几个全傻了，全愣着看他，等他发个话。

他蹲在地上，一心等着大伙儿推举自己，心理准备很充分，由他们笑着骂着把自己打发个够，然后他才能勉为其难地掖上那张票。而这时他是蹲着的，他能说什么？

姚家骏说，你要想去我就让你，亲兄弟明算账！

哥儿几个全笑了，来个清一色斜眉竖眼咬牙切齿的姿势，说，我——操！这孩子真够猛的。

于是他只能故作不屑，也说：我——操！他知道玉娴此刻正在大教室等他，她也在留心这边的谈判。他说了这话，就再没能站起来。他这次没站起来，以后就再也没机会在她跟前站起来。事后才清楚，票，是姚家骏拿回来的，而又被他让回给了姚家骏。人生抉择，竟在一推一让之间。

这个寒假他没回家，他本不是一个愿意随大流的人。

那天玉娴一个人来看他，带来好多好吃的。她看着他吃，忽然黯然神伤。本来春节想给你电话的，她说。

他只是吃，什么也不说。

那年他也二十二。

那一晚玉娴在他们宿舍呆了很久，谈了很多新鲜事，替他打了水，替他洗了衣服。他发觉那天她特别美，穿着毛衣身上就特别来劲，他控制不住了，尚未死绝的念头又复活了。他拉她的手。她躲闪，后来又哭。他于是不知所措。

钟迪你是个软蛋，她骂。现在倒像个老虎，她说，你早干什么来着？她说晚了，就算我对不起你，现在说什么也晚了。

她说，晚了！她跳脚。

他气急败坏，他说，那你先回来干吗？

她说，是和姚家骏商量好的，他觉得对不起你。

她说，这事要靠缘分，咱们没缘分。

她说，是我不好，是我不好，你要找个比我好的。

后来他便没得说没得的。

后来他很男子汉一回，他教训了家骏。家骏忍着，什么都答应。再后来，大家各自东西。再再后来，又都上这儿开拓幸福来了⋯⋯

爬上五楼，膝已酥软。钟迪搭靠在扶手上喘着，心想千万别让张慧看出熊样儿来，否则又得解释。人家的老婆焐不热，你着什么急？

从前，在心里，玉娴把张慧比下去一百回。而现在，他只想说：张慧我是爱你的呀，我比任何候都更爱你。

钟迪终于明白，心里隐隐作痛，被掏空似的难过，并不是为家骏难过，也不是为玉娴难过，而是为说不清道不明的自己难过。

愿在花下死，做鬼也风流，男人做不到，女人倒是做到了！他恨恨地想。他掏钥匙，门开了。开门的正是玉娴。

钟迪奔进洗手间，一头插进洗脸盆，让激流从后脖上漫过去。

家骏这家伙真鬼,他一定知道玉娴在这儿的。

张慧挤进来。你知道了?

他点头。他想梳洗镜中的自己一定很可爱,以至于张慧从后腰搂住他并把脸贴在湿漉漉脊背上。我好害怕。她说。

怕什么?钟迪感动得想哭,别怕。

我们怎么办?

什么怎么办?正面教育呗。

张慧狠劲掐他一把,又替他擦净水渍,让他觉着,这样的妻子太了不起,一个小动作就让你重新成为大丈夫。

开饭时,他尽量找些轻松的话题。张慧也尽力让玉娴多吃一些。当着孩子的面,大人有责任让生活单纯美好。他看出玉娴也在配合,她甚至给大头说了个逗人的故事。

这晚的月亮好大好圆。没有星星。

张慧建议说,在凉台上说不好吗?

行,他说,索性把里屋灯也关上。说出这话又立即后悔,平时就是纳凉他们也没关过灯的,而这会儿倒像是刻意营造什么气氛似的。他瞥了玉娴一眼,而玉娴也正诧异地瞧他,瞧得很直率。于是又马上联想到从前挤在一起说鬼故事的情形。

一晃都快二十年了。一晃都四十岁了。

张慧和玉娴并排坐着。两个人并排立即显出了差异:张慧腰身已经横向发展,而玉娴从背后看还跟姑娘似的婀娜娇小,她也瘦了,又黑又瘦,瘦成一张窄条,眼睛成了两个黑洞。

真不好意思,让你们为我操心。玉娴是这么开的头。她似乎还算平静。

钟迪说,其实最着急的是家骏。还有,你起码跟家里通个电话,你妈都急病了!

玉娴起先冷笑,继而愣怔,最后才轻轻抽动小巧的鼻子。我都到了家门了，看见我爸在浇花，妈在边上摘菜，我又没了勇气……怎么跟他们说呀？他们不会理解，姚家骏，把我往绝路上逼呀。

张慧说，你也是，不进家他们更急。

他们不会理解的，就连你们也没法理解。

谁说的？这些年我见多了！钟迪陡然气冲斗牛，世上没什么事不能理解的。

玉娴想想，又摇头：当初家骏也信誓旦旦，可到头来又怎么样？哪一条能兑现？

这么说，真有这事？钟迪掐住胳膊，竭力作庄重状宽容状还有别的什么状。

玉娴点头。

是自愿的？他觉着嘴里咬着一个雷管。

玉娴又点头。须臾，才开口道：姚家骏的心情我能理解，男人说大话是这样的。只是我自己昏了头！现在我才明白，那种诚实实际上是伤害了他，也伤害了你们大家……我真傻，真傻！说着泪水一喷，又抽成一团。

张慧说，算了，反正已经过去了，咱们得想想眼下怎么办？

冰凉的月光倾泻而下，玉娴身上那层柔和的高光突然铠甲般厚重而不可即。钟迪猛然发现自己是何等渺小自不量力，发觉从前的那个玉娴不过是想象中的人物，已经十分十分的遥远了。

是啊他说，反正过去的事也后悔不来，家骏真是说能谅解你的，他都急死了。

然而玉娴冷笑：没说原谅我的条件？

钟迪茫然。

玉娴说，啊？八万块啊？玉娴往起一站，晃了一下倒在栏杆上。吓得张慧往后一仰，双手撑地。而她却发出瘆人的怪笑，在他眼里我还不值那八万块，我有什么可后悔的？

钟迪呆住。这类故事并不新鲜，只是不敢相信家骏也惨到这个份儿上。所谓的同乡、同学、朋友、爱人，值什么？一个大子儿不值。

张慧迟疑着，回屋谈吧，别着凉。

玉娴有些黯然。我知道你们已经没胃口听下去。我今天来也没敢想得到什么。只是我不说出来也辜负了这些年你们待我的好处。张慧你也知道，从前我跟钟迪有过年轻时候的黏糊事儿，为这个提防我，我感激你。你呢，我也不怨你胆小，你是个当官的料，四平八稳地惯了，总想滴水不漏。只怨我自己爱虚荣，耳朵软，自食其果。

提那些干吗？钟迪急眼了，找不自在。

张慧说，你让她说吧，说说心里痛快。

本来早该说的，可上回看你们哥儿几个谈得挺热火，我就想跟张慧说，后来看姚家骏跟个没事人儿似的，也真难开口。

这么说，不是最近的事？

快一个月了……

钟迪往起一蹿，这个姚家骏！这个，王八蛋！

张慧抖抖索索地搂住她，她也偎过去靠着，两行清泪在微合的眼角下淌得欢快且又平静。

如果不是为了钱，也许还真的平安无事，要真那样我一辈子都感激他。可他根本不这么想，他太伤人了！本来……事先说好的，小汤得利润，我们得退税，有八万多块。生意做成了，即使发生那件事把钱要回来也没什么不合适。再说我也设身处地替他想，自己老婆跟人家有事心里觉着亏了，就是催得急了些也都正常。可是在等退税的这几天，我原先联系的坯布又有货了，来了信。他就直接去找小汤——原先讲好了，大家都不再见面了——可他居然跟人家说，这回还让玉娴跟你去！

钟迪头大起来，连摇也摇不动了。

张慧问，可这话你怎么知道？该不是……

家骏自己说的呗，让我第二天就走。他说只要生意做成，白猫黑猫他不在乎！他不在乎我在乎呀，这把我当成什么了？

后来那钱你就不要了？

不要了，那不是卖身钱。

然后才吵崩了？

她冷笑，还有呢。他把小汤喊回家里来谈判——说我病情严重，小汤一进家就明白了，说姚老师你揍我一顿我没话说，可你这么干我瞧不起你。说完摔上门就走。姚家骏这才记起该折磨的是我！

钟迪听不下去，摇摇晃晃进屋去，嘴里咕哝道，一塌糊涂，一塌糊涂，一塌糊涂……

电视机里两个漂亮主持人正在对话，她们在讨论女人，女人究竟想要什么？一个主持人说，有一年她看见别人背着的一种皮包她特别想要，她就到商店里去看，一看心都碎了，回家上楼都没力气了，那个包需要她当时全年不吃不喝的全部工资。结果当天晚上就失眠了，怎么都睡不着。另一个主持人便对观众说，这就是女人，女人想要一样东西真的是睡不着。她诡秘地说，我也有过这个体会。

钟迪恶狠狠地冲过去把电视关了。

早起，张慧把钟迪拉进厨房问：怎么办？

他说：我怎么知道？

张慧说，咦？你昨天不是好像很有办法吗？

他说，我有屁的办法？然后就逃也似的到学校去。

十

　　这几天,叶显好尽管为研究所的事与钟迪有较多联系,可对钟迪的态度已有明显冷淡。这使钟迪悻悻不快,他不愿意叶显好把自己看得过于矮小,过于委琐,他不是那样的人。

　　好像为了证明这一点似的来了一个机会:港台文化研讨会会期将近,账上还镚子儿没有。钟迪故意拖着,让叶显好穿梭于高先生和系头儿之间——

　　高先生说,让系里先垫出来!

　　系头儿说,大家的血汗钱拿去开会?没门儿!

　　高先生说,这叫什么话?创收目的何在?

　　系头儿说,创收时见不着人,这会儿老虎下山啦?

　　高先生说:一定让他拿出来!

　　系头儿说,请读一读岗位责任制!

　　叶显好像只乒乓球,被抽得终于说,吃不消啦吃不消啦。

　　等到第八回合结束时,钟迪写了份辞职报告,说明理由全在于领导不支持。校长、高先生,系头儿每人一份,故意摊在桌上。

　　叶显好冷眼扫过,好一阵才说,真没办法了?

　　钟迪冷冰冰地,又是向你姑妈要钱?

　　叶显好噎着,脸色大变。

　　与此同时,钟迪已经找了那些当经理的夜大学生们化了缘。几个学生一合计,一口就包下来,只提一个小条件,给他们单位发一些旁听证。这太没问题啦。可他故意掖着不说。

　　心里有了这个底,他才敢把戏做足做透。果然,系头儿和高先生终于大打出手,在校长办公室把桌子拍得惊天动地。高先生只晃一下就瘫软下去。校长慌了手脚,大骂系头儿不是东西,当即作出决断，研究所工作暂时由钟迪同志全面负责，经费由校长基金先垫出来。

叶显好的眼神里只剩下困惑与恍然了。她说高先生毕竟是个好人，他要是真爬不起来怎么办啊？

钟迪本想解释几句，看到她一副人道主义面孔，便就不解释，绷着。然而内心也有几分寂寞，这一切究竟为个什么呀？这些求证的本身有什么意义？你到底想说明什么啊？

钟老师，能和你谈谈吗？一个人鬼一样地从门洞里站起，是我，我是汤非。

激灵一下，我才想起，家里还有一个难题！

你爱人说，你在学校，所以，所以……他神情委顿，昔日的潇洒与锐气已经荡然无存。他低着头，脚尖在地上蹭，估计脸上也好看不了。好半天他都开不了口。

如果想补考，下学期吧。他咬着牙说。心想下学期下下学期下下下学期你也别想过去。

我要见她。汤非抬起脸，曾经挺漂亮的五官此刻拧歪了。钟老师，我不是你想的那种人，我是真心爱她，你帮帮忙吧。

钟迪跨上台阶立刻居高临下起来，你爱谁就爱去吧。不过，我警告你，别上这找麻烦。

不是，我真不是那意思。我爱她我要见她我要和她结婚。求你了，钟老师！他说，他知道玉娴只能在这儿。他甚至说，他知道玉娴过去也爱过你，现在也还相信你。他说他全知道。

钟迪战栗着，浑身的血液都像是集中到脑腔要从眼眶里喷迸而出。这个玉娴！这个……他不知该骂什么好，压低嗓子吼道：滚！

汤非愣了一下，并没有滚，只是声音低下去。他说他明白这是有点不合常情，可既然是爱情，上帝都能原谅你干吗不能原谅？他说别以为他是小毛孩不懂爱情，其实他有女朋友，同居了一年，他现在才明白了这种感情。他说他可以为玉娴做任何事,只要她能快乐。他说如果姚老师对她好一点,他也就能忍受,可事实上……

拳头是自上而下地,一如当年刨荒开山那样地一击,钟迪觉得身子也像炮弹般送了出去。然后他听见沉闷地一响,汤非已在五步开外躺成一个大字。

钟迪扶着楼梯喘着气,莫名其妙地问,怎么样?

汤非艰难地坐起,鼻血立即染红前襟。揍得好,姚老师要能这样,我也就放心了。

邻居们忽忽啦啦都出来了,钟迪陡然来劲,大声宣告,滚!

汤非看看围观的大人小孩,抹着鼻血,踽踽地滚了。

张慧说已经给玉娴喂了安眠药。说她一步也不敢离开,真怕玉娴出个什么事。又说你平时好像鬼点子不少,真到关键时刻就剩下拍屁股溜号。又埋怨不该动手打人,说那种小流氓什么事都有可能干的。

钟迪把手插热水里泡,又抹红花油,指关节还是一点一点膨胀起来。他不吭,哼也不想哼,为什么要出手?他也不明白。这些日子所有的怨气和怒气,所有的困惑和失落,所有的虚伪和心计,都要有个表达方式吧?揍得好,汤非说。他觉得也是揍得好。看看人家活的,那才叫个活,这么一想,倒好像挨揍的不是汤非,倒是自己了。

你怎么了?张慧偎过来。

怎么了?

哭了。

他也不去擦,只是把张慧搂紧。

后来张慧说,看来家骏真是输急眼了输不起了,对玉娴是过分了一些。说上回她埋怨玉娴挑剔,其实不对,就那么件破羊毛衫,家骏还逼她去退,说是那样开支不合理。值什么呀?还不抵他一条烟钱。又说，她现在才搞清楚，玉娴辞了职并不是真想做专职太太的，而是她那家公司开不出工资来！

张慧说，我好怕，我好怕呀。

他不吭，始终不吐一个字。

他想，能过就过，不能过散了也好。在这个金钱和女人的世界里，女人有权瞧不起委琐的男人。男人呢？这些拿手掌走路用脚趾夹筷子的男人呢？很像一个跋涉者，蹒跚着，踉跄着，倒在沙滩上喘着，还企图去数清楚自己的脚印。其实那些脚印早就被轻轻的一阵风推平了，被浪花淹没了，不存在了。

是啊玉娴，或许你真该作出选择了。

张慧推他，明天我不能不去上课了，你留家里跟她谈谈吧，有些话她只能对你说的。

钟迪诧异地瞧着张慧。

她说，放心吧，今天我也想了好多好多，有些事我也想明白了。

十一

就好像吃不到葡萄的狐狸愣要冒充看家狗，钟迪想不出自己究竟算哪一角儿？有好长时间他和玉娴就这么干坐着，盯着墙脚的阳光一点一点往后缩。又几乎是同时地说——

钟迪说：这么说……

玉娴说，真对不起……

然后他们苦笑，笑得眼角闪出光斑。

这么说，你还真掉井里了？他笑着。

有那么几天吧。她也笑。

井底月亮圆吗?

魂飞魄散。而且,迷得那么深。

真有那么严重?

我也不知道是怎么了。她低下头,很怕刺伤了他,很不情愿。

钟迪酸溜溜地,崇拜一个小毛孩?

我也不懂啊。她说,我还觉着,那几天比一辈子过得还值。

你……不生气吧?他确实会赚钱,确实迷糊人,他是属于这个时代的。

默然。钟迪立马有了一种由高楼上跳下来的感觉,自由落体的感觉,只是他还于事无补地摆出各种雄壮的造型姿势,大义凛然。

现在想想,究竟有什么值得你爱?是他的钱?

玉娴摇头,然后非常肯定地直视钟迪,是快乐。他给了我快乐。

钟迪吃惊地张开大嘴。

也许,我这人神经不正常?也许,快到四十岁了就特别害怕失去青春?也许……我说不好。

空气变得稀薄,挂钟走得轰响。钟迪希望听到很多却害怕听到更多。他看她,她也正看他——

你敢说,跟家骏在一起就不快乐?我呢?

当然不是。这么说吧,跟你们在一起笑,是脸上在笑,跟他那几天笑,是心里在笑。

还不是因为他有钱!

你错了,我没用过他的钱。

也许某一天会的。

永远也不会。你不相信我?

你还相信我吗?

不然我就不来了。只有你能帮我。

……如果是我，你能这样投入吗？

我……说不上……也许……吧？

我哪方面不如他？

不，你样样都比他强。

就是缺钱？

玉娴往起一站，恨恨地嚷，现在我知道你们的区别了，你有话只敢拿眼睛瞟，他有话就敢站马路上可着嗓子喊！说毕咬紧下唇呜的一声号啕起来，扑在沙发上一上一下地捶。

钟迪怔着，只觉红血球列着方队朝脸颊开来，然后鼻子渐渐酸了，然后眼睛渐渐模糊，多年不遇的狼狈样儿也出来了。

玉娴嚎够了，说吧，你要我怎么样？那意思倒像是钟迪非要把她塞给姚家骏，而今又很不负责似的，弄得钟迪破涕为笑。

临出门，玉娴又转过身来。

钟迪故作镇静，你真的不用我陪吗？然而心中却鼓乐齐鸣，朗朗有声。这时只需一个眼神一个动作，一切都会是另一个样子啦。他懂，他都明白，只是眼跳得急，气喘得凶。他知道自己是完了，彻底地完了，他永远地失去她了，他再也不会快乐了，连等她的电话也不能够了。他强笑着说，我有个好主意，你只当出去旅游了一趟，浪漫了一回，现在又回家过日子。

这一趟花掉八万多？

八万算什么？钟迪说，你值得花一百万。

可惜家骏没去……旅游。

他去了，这钱就是他花的。

那我就谢谢他了。她终于发出咯咯的脆响。

男子汉嘛，花了再挣，谢什么？

然后他打开门，又一次道了再见，看着玉娴一步一步下楼去。

玉娴在拐弯那儿站住了，仰起脸想起什么似的轻轻说，我走啦？

钟迪只好做出大义凛然的样子，挥手作最后的诀别，心想起码这一次很悲壮很高尚。

然后，他听着笃笃的鞋后跟敲遍五层楼的每一级台阶，听着她走出门洞，走上大街。他又奔进北屋，推开窗户。他一眼就在熙攘的人群中找到了她，她腰板笔直，挺着胸挎着包，双手插在裙兜里，两条练过功的腿永远踏着极有弹性的脚步，这种脚步不是时装模特那种造作的猫步，而是自然的生命的澎湃。她几乎目不斜视，只是在过斑马线时稍微迟疑了一下，等车辆过尽了，又朝两边望望，才一步一步地优雅地走过去，慢慢消失在模糊的视线中。

港台文化研讨会如期举行。钟迪忙得臭死。高先生精神矍铄，全面指挥调动了一切，而且论述了他创办东西方文化所的要义，就在于融通全球文化，使之成为延揽英雄奖掖后进的当代舞台。弄得钟迪只好理所当然地坐到忠实听众的位置上去。

隔着讲台，钟迪看见叶显好戏剧性地瞠目结舌不知所措，两人对视良久终于溜出会场哈哈大笑，笑到肚筋发痛。

新学期开始的时候，钟迪又见到了风尘仆仆的叶显好。他们交换了眼神便一起下楼到湖边去，围湖边的小道走了一圈又一圈。

叶显好终于开口道，我要走了。

决定了？钟迪心里一沉，又觉在意料之中。

既然大家都这么急功近利，我又何必苦守？

钟迪本想说些不用那么悲观之类的话，可一开口竟直奔了主题：还有别的原因吗？

叶显好眉梢跳了一下，又扭头去看操场。

操场上，正热烈着，各式各样的竞争使那儿的空气也有了活力。斜阳陌巷，花木葳蕤，叶显好笑着，就算是有吧。

钟迪心里抽紧了，我该说什么呢？谢谢？对不起？

不用，全都不用。她说：说白了就……没意思了。干吗要破坏美感？澹然无极而众美从之，什么事都要顺其自然才好。

钟迪长吁一口气算作回答。他看着叶显好一会儿摘树叶一会儿拈落花，一会儿蹦跳一会儿倒退着走路，像极了某个人的从前，心里涩涩的不是滋味。

她说，其实我这个人吧，只能隔雾观花，不能太实际的，你别笑！一想到两个人组织一个家庭，在一起原形毕露的样子我就……

疲软？

叶显好一震，半天，潮红了双颊，扬手把树叶扔得钟迪一头一脸，你这家伙！不老实！

钟迪哈哈大笑，说这个词是从报上看来的，是从经济学的……

不管是什么学的意义，反正不美！叶显好想想，也噗地笑出声来，太俗气了。

好吧，那就来点美的。

姑妈替我谋了一份教中文的差事，异地他乡，传播中华文化，不也很美吗？

中文真的成为国际文化了？

后来他们就一直笑，一直笑，总是说好笑的事儿。他心想，该把这笑意留到最后，带到远方。该把快乐紧紧抓住，把阴影远远推开，带着笑意去迎接每一次日出，总比哭丧个脸好。

几小时前，家骏全家已经坐上了海轮。玉娴在电话里说，就要在海上看日出了，真快活啊。家骏说，我们现在很好，放心吧。家骏他们公司在海南办了家做"山寨机"的厂，夫妇俩决定去承包。谁知道呢，家骏说，市场这么疲软（这个词就是从他那儿听来的）。不公平竞争总比拿手掌走路好。家骏说，你一定要来看我们，说着便哽住。

他说那当然。他说还要去三亚看苏东坡写的那两个大字，极有诗意的两个字。后来他们赶紧聊起年轻时候的趣事，说到为了筹备婚礼，走哪儿眼睛里全都是各种式样的家具……家骏说，人真奇怪，那时走哪儿都盯着家具，现在走哪儿都留心漂亮的公寓。他问，将来呢？

然后大家就一起笑，话筒和听筒里同时响起乐极天涯的笑声。笑声有男人的也有女人的，还有男人女人共同创造的孩子的。

叶显好突然想起一件事，说，对了，刚才在人事处好像听说，要调你去搞教学行政？

钟迪说，我的才能终于被发现了？

叶显好笑道，你也该有所考虑了。我算是看明白了，行政资源比什么资源都重要，你抓住了那个，肯定纲举目张。

钟迪沉吟着，报上登着一则招考文官的启事，市政府决定招考几个副局长。他说，不管真的假的，本人决定一试。

叶显好拍手大跳，这就对了，老兄！她冲着湖面喊：天下者，我们的天下；国家者，我们的国家；我们不说，谁说？我们不干，谁干？

钟迪也笑了，说，不过你是知道的，我终非廊庙器。

那也不妨一试！叶显好又恢复了她的炒豆风格，你自己尝试了，才知道好不好。与其让时代设计你，还不如你主动设计它。也许我下次见到你，阁下已经亿万身家了，什么房子车子票子，统统滚蛋。

他们在大楼前握了手。

一群麻雀呼啸着从眼前掠过，直刺蓝天。

钟迪说：保持活力。

叶显好说：保持微笑。

原载于《芒种》2008第10期

南方麻雀

一

　　这学期一开始就不同。那气氛一进教务处就感觉到了。

　　大办公室里本来哄笑不断,隔几个房间都能听见女士们的夸张和招摇,而他一出现声就没了,只剩下纸张在摩擦。这令他阴沉的面皮又添了许多僵硬,那感觉就像一块扯不平的台布,而且经纬怒张,血管也要一根一根弹射出去。

　　仿佛只是一夜之间,他就成了不受欢迎的人。

　　他是来送授课进度表的。小陶说:"您打个电话我上去拿就得了,何必亲自跑?"他皱了皱眉,不吭。小陶立马就红了脸。但转眼又笑起来,对他夹夹眼,递过一张纸来。

　　纸上开列着这学期校级领导自报的选修课。人人有份,连党务工作也列出了"十六讲",当然也包括自己的《汉赋精读》。不知是谁,用红墨笔给整张纸画了个大问号。

　　又不知是谁,在每个人的名下都标上了数字:56、5,57、5,50、5……他看了半天才看明白,这不是给领导打分,而是各人的实际年龄。按照七上八下的原则,都到了中华民族最危急的时候。

　　最绝的是,下面还批了一句话:例假又该来了。

　　看来哄笑是为这个。

　　如今的选修课并不是由学生真选,而是由教务处安排的,成了事实上的必修课。全部安排吧挤占了学生的课时,可是安排谁不安排谁,却是带一个倾向性的问题。本来校领导主动给学生开选修课是个好事，然而敏感时期就变成了一个政治动向。如今谁都不傻，尾巴一翘就看出你能拉什么屎。

是的，敏感周期又该到了，所以领导们又该表演才华了。

他想了想，就把自己的名字勾了去，把授课进度表也抽回来。

小陶瞪大眼睛说："这怎么行？您的课是毕业班的呀。"

他说："就这样吧。"然后逃似的离开教务处。

上个星期刚刚开的教改工作会议，刚刚才信誓旦旦地表过态，今后一切都按规章办，谁也不能例外！——当时他就看见有人撇嘴。言犹在耳，等于放屁。

外面风挺大，很冷，一点不像南方的春天。雨丝横着打在脸上，就像一阵迎面抽过来的耳光，弄得他进了餐厅腮帮子还在抽搐。他明白，自己也在表演，不论怎么做，人们都会这样看的。表演大度，表演谦虚，表演不争之争，肯定是这样的。可是他能不表演吗？他能说，这个问题好解决，让学生自己选课就是了？这就等于跳出来向书记校长公开叫板，他没那么傻。他不可能永远不觉悟。说到底S大还是要办下去，谁都能走他走不了。

他已经五十岁了。一个五十岁的人在一个岗位上工作了七八年还不觉悟的话，那么他的愚蠢也可以开一门课。

陶月嘻嘻笑着把饭菜端到他这一桌来，说："龚老师，今天办公室的议论不是针对您的。"

他埋头吃饭，答道："议论我也没关系。我脸皮已经很厚了。"

陶月还是嘻嘻笑："不对吧？您带着雨伞，可是没有打开。"

他噎住了，他的伞果然是斜插在手提包里的。

陶月说："其实您用不着那么做，您的课是全校公认的。"

他不说话，只把眉头深刻地皱起来，像一只皮带轮子。

这是个讲课的问题吗？讲课能有这么多负担吗？

他的课的确还可以，从前高教部还组织专家来听过课，他还是全国优秀教师，这方面他是有信心的。可那是站讲台，他面对的是学生，心里想的是学问，是一种纯而又纯的状态，简单得多。而现在他面对的是连自己也弄不明白的各种关系，这些关系复杂得一塌糊涂，也许一辈子都理不清楚。这些话自然是不方便对陶月说的。陶月是他的学生，毕业后留校的。学生就是学生，应该心灵洁净人格高尚。为人师表是他的责任。

陶月又说："其实钟书记、辛校长也没预计到会撞车，他们很轻松的。"

他说："你懂什么？年纪轻轻的掺和这些事干吗？"

陶月脸红了："真是这样的。"过半天又说："这些话是大家让我传给您的。"

老龚这才缓过气来，拍了拍陶月的手，想说什么又咽了回去。

陶月说："钟书记的习惯大家都知道，要是心情愉快呢他就会一个办公室一个办公室地转悠，绷着脸很严肃的样子。他不高兴的时候才会笑，呵呵地笑，好像牙疼得厉害，整个脸都错开了。"小陶模仿这个难度很大的动作，把饭也喷了。

老龚也笑："你们观察到的？"

"机关里都知道，早就总结过了，不是我的发现。"

老龚摇头："研究这些。"

陶月说："当机关干部就得研究这些，当老师才去研究学问呢。"

"你还有理论呢。"和小陶谈话他很放松，或许把她还看成学生，就用不着伤脑筋吧。自然，一个漂亮的女孩子总能让人感到愉快，这也不可否认。

"当然了。我爸爸当了一辈子机关干部，快退休了才混上一个正科级。他告诉我，在机关里工作关键是要跟对人，机会是次要的。这就好比打麻雀牌,你不可能总是抓到好牌,所以看清上家的意图比什么都重要。"

哦?老龚颇感意外地张开嘴巴。

"您会打麻雀吗?打这种牌有一个共同规律,就是看清上家,卡住下家,自己和不了,就想办法不让别人和。我爸爸说,只要明白这个道理就无往不胜。"

"有意思!你爸爸是个哲学家。还有什么经验?"

陶月迟疑了一下,有些不好意思。"他说机关里没有是非,只有利益。"她搭下眼皮飞快地补充说,"当然这个话不太那个。其实他自己也是不灵的。"

老龚觉得小陶给自己上了一课,大大地感慨了一番。所谓闻道有先后,业术有专攻,弟子未必不如师。整个下午他就陷进这个问题里了。

党朋政治古已有之,跟人的道理并不稀罕,只是此刻还是醍醐灌顶一般。

他分管教学七八年了,可以说他的存在就是因为学校还需要教学。教学需要秩序,需要懂一点点教学规律,这样的人才不是外边可以派进来的。所以组织上经过认真考核、民主评议,把他培养起来。从这点上说,组织上对他是寄予厚望的。那时他还年轻,起码可以把教学秩序稳定一二十年,不至于因为四年一次的换届出现混乱。然而不尽如人意的是,这个任务他完成得不好。每一次换届就意味着一轮新的动荡,而中间休整一两年仅仅为下一次动荡做些铺垫而已。如果光在领导层乱乱倒也罢了,反正当干部的大不了抬屁股走人。可这是一所上万人的大学啊,最终的受害者是谁?只能是学生。

钟书记他不想跟吗?辛校长他不想跟吗?跟不上啊。

当然他的失态也不是为这个。

早晨在班车上，经济系刘宾儒教授冲着他意味深长地来了一句："不是东风压倒西风，就是西风压倒东风。"

当时他还没有领悟，只是笑道："这话在海浪预报里还可以用用。"

可是进了办公室就有消息传来：下月的党委会议上将讨论学术委员会的改选，而他这个分管教学的副校长居然不在候选名单里。也就是说，他这个教授副校长不仅在领导层是多余的，在学术层也是被抛弃的。接下来你就自己看着办吧，或许主动辞职还不失体面。

怎么落到这一步了？他看不懂。

然后他就有点丢了玉的宝二爷那个意思了。

连小陶都看出来了。

他恋栈。承认这一点并不需要勇气。就算是表演，他也需要一个舞台。他不能让七八年的心血白费，他有一千条理由要把这个官做下去。

这种心态很难解释清楚。从前他当系主任时，总是抱怨时间不够，手上的课题完成不了。听说老校长退休的那天在厕所里把头磕破了，他当时还很不以为然，觉得像老校长那样的专家实在犯不着这样。现在自己也终于尝到梨子的滋味了。

世人皆曰辞官去，又见林下有几人？

看清上家，理论上说也没错，下级服从上级。可问题是你怎么才能看得清？上家出牌并不告诉你意图，全得靠你自己揣摩，这就是一门大学问了。

这届班子成立伊始，钟书记一上任就提出一个优化教学环境的计划，他不是坚决拥护的吗？他也认为S大的环境需要优化，商业气氛太需要扫除了。号召学生早睡早起晨读晨练不正确吗？太正确了。这一切本来也没什么，谁也不可能反对的。可不知后来怎么一弄，就涉及许多干部的不称职，完全向着始料不及的方向转化。于是这个计划经过各级组织的反复强化，竟演变成晚上十一点拉闸，早晨七点出操，缺席五次取消当年奖学金。闹到学生一进教室就打哈欠，最后集体抗议。站过讲台的人，最怕学生无心听课。如果是课讲得不好倒也情有可原，可这算什么？所以他也的确发过几句牢骚的，说过一切都还可以商榷之类的话。谁知这就酿成了事件。在教代会上，一些老师们联名要求领导解释，究竟是优化学习环境还是优化干部环境？事先他并不清楚，如果说有阴谋的话，那也与他无关。结果钟书记就从兜里摸出小本子来，念道：××同志（市委书记）说，钟健同志是个好同志。念到这儿，他适时哽住，把两眼晶莹了向窗外望去。窗外的阳光白面粉一样扑进来，把一屋人的脸都扑白了……

谁说他不是好同志了？

一个站讲台出身的人，听不得误人子弟四个字。他这些年也就是抓了教学规划和学科建设，很多应该照顾的人每每不能照顾，很多应该关注的事情每每一笑了之。即使开罪了一些人也是无意的。怎么就成了对立面了？他看不懂。

君子谋事小人谋人，自己就是这么想的。这是个错误吗？

看来是个错误。

快下班的时候，刘宾儒推门进来，说："门庭冷落车马稀啊。"

他翻了一眼，冷冷地说，"想不到你也成了业余政治家。"

刘宾儒把脖子涨得和脸一样粗："我是关心学校命运，别把好心当驴肝肺！"

他说："我没你那么伟大。没我地球照样转。"

"推卸责任不是？金蝉脱壳之计。我承认你还有点小才华，如果做学问也许还能搞出点小名堂。可那样一来S大就办成了抗大，你于心何忍？"

他苦笑，"我不忍又怎么样？"

却将万字平戎策，换作东家种树书。他把脸仰起来，头搭在椅背上。一时间空气凝重，眼角竟也有了湿斑。

刘宾儒是和他差不多同时来校的，一个来自北京一个来自上海。那时S大刚刚草创，条件还差得很，两个人都住在铁皮房里，又都是单身，所以常在一起喝啤酒。混得熟了，彼此性格志向也有一些相投。比如问到为什么来特区，当初两人都是说特区工资高，是冲着钱来的。可是后来条件好了，刘宾儒又是研究微观经济的，有大把的机会可以到外边挣钱，却是一直死守在学校里。再比如自己，如果仅仅为了做官，当初尽可以去应聘政府局长，那么到现在也可以高官厚禄香车宝马了。可见千里迢迢投奔特区，大家还是有一点想法的。只是这种话题不合潮流，说出来不那么真实，谁都不愿意贴标签罢了。一个读书人，眼睛里难道真的只有物质？现在一晃十几年过去，刘宾儒已经名满天下，成了媒体经常追逐的人物，怎么也回到了原先的出发点？你究竟为什么而来？你到底要什么？你心目中的S大应该是什么样的？

他有些感动。

一抹斜阳落在墙上，一点一点向上爬，最后在一个发黄的条幅上慢慢消散。

前无古人，后无来者，念天地之悠悠，独怆然而泣下。

条幅是当地的一个书法家送的，意思与办公室不太和谐，可字却奇谲狂放，所以他一直挂到今天。

刘宾儒说，"我早就注意到这幅字了。"

"我喜欢这个字。"

"内容也好，智者总是孤独的。"

"我没那个意思，我怎么会有那个境界。"

"这说明你向往那个境界。你的问题是性格太弱，你已经被改造得没有棱角了。其实你不应该这样的。"

"你能这样评价，我很感激。"他苦笑。

刘宾儒突然把桌子一拍，他向后仰去，椅子差点翻倒。

"混蛋！我是在夸你吗？"

这回他真的笑起来，"那我又能如何呢？耍赖皮？提抗议？去告状？"

刘宾儒也愣住了，说："反正你不能这样。至于怎么做，只是个技术问题。"

老龚说，"尾巴露出来了吧？回家写一本《商战技巧大全》吧。你要是能玩政治，我都进政治局了。"

刘宾儒说，"反正你得跟他们斗。"

"怎么斗？人家也没说要把你怎么样。当面还得恭维你：老龚你是行家你是S大的元老，没有你的支持我们怎么工作？你既有特区工作经验又有高校工作经验，把你捧得一愣一愣，完了你的意见等于放屁，你什么事也干不成。时间长了，慢慢大家就看出来了，龚某人在S大不过是一个空谈家，就像一个爱唠叨的老太婆，他的话听听还可以，照做可就上当了。"

"这只是一种感觉。其实没有那么严重。起码基层是拥护你的，教师是拥护你的。否则我也不会来当说客。老实说今天我也不是代表一两个人。只是你太清高太迂腐，别人不方便来谈罢了。"

他愣了一会儿，"谢谢谢谢，我很感动。"

"这种腔调只能证明你混蛋。举手投降了？"

"说投降也好，说趴下也好，反正就那么回事。我等着下台。"

"这你就搭错脉了！谁都有可能下台，唯独你下不了台。正因为你下不了台，所以才造成你可能下台的形势。不信就赌一把。"

刘宾儒进一步分析这个绕口令，"搞了这么多小动作，只是让你明白，你老龚并不是没有对立面，你老龚不听话是不行的。至于安排，怎么也得给把椅子坐坐。其中道理再简单不过。下面小年轻都能看得清楚，你怎么反而糊涂了？"

"那他们这是何必呢？今后还怎么合作？"

刘宾儒笑起来，"我也不懂，他们告诉我这就叫现代政治。现在的年轻人真是了不得。今后？不又重新洗牌了不是？游戏规则不也可以重新订吗？"

老龚想一想，也笑起来。一天有两个人跟他谈打牌，而且都打这种牌。他把陶月爸爸的牌经也倒了一遍，说真有意思，说这是真正的中国文化。

刘宾儒说："这就对了，打牌也好，打拳也好，反正奉陪到底，绝不主动退出。不就是玩儿吗？陪着他们，三陪！"

老龚抓头说："问题是他出的牌我到现在还没看懂！"

刘宾儒乜了他一眼，说："装蒜？"

钟书记刚来时，市里一个马副市长经常来S大办公。这位马副市长分管财政同时又分管教育，据说钟书记过去在企业工作，需要马副市长帮助他熟悉一段时间。当然这也可以看作是市政府对教育事业的倾斜。马副市长一到学校就说教师太清苦了，但学校里办"三产"商业气氛太浓，也不合适。"以后教师的奖金由市里统一解决，你们把教学环境给我搞好就行了。"他说。

有了财神爷的这句话，优化教学环境就有了原动力。干部大调整带来的阵痛和种种不快都成了过眼烟云。毕竟两千教职工的福利是个大事，S大的教授学者也是需要钞票才能尊严起来的。有人已经测算过，按照马副市长的许诺，平均每人每月一千元计算，一年才两千多万，对市财政而言不过是"湿湿水"。那些被稀里糊涂调整下来的干部也只有捏着鼻子不吭声，几个中层干部的声音面对如此强大的群体饥渴简直太微不足道了。他们甚至有了点崇高感，用几个人的牺牲换来全校的福祉，这太划算了。这就好像亲手剖开自己的胸膛、点燃自己的心脏、照亮人们走出茫茫黑夜的丹柯一样，历史给了他们一次机会。一个人要想伟大是不容易的，但崇高一回并不是做不到。

而钟书记的几步棋是，首先把党委几个部长换了，组织部宣传部统战部，清一色用女同志来担任部长。一般的看法是，女同志不贪财不好色，这在当前十分难得，这样一来就保证了党委的清正廉洁。而且这些女同志的丈夫都在市里工作，有利于学校的对外联络，多数人对这一点都表示了理解。第二步是公开招聘处长，人事处财务处教务处，几个关键部门都公开招聘，最后由党委来选拔。参与的人越多，越说明党委是公正的有活力的。此举也符合时下传媒的胃口，它们关心新概念新举措，至于选拔的人怎么样对学校产生什么影响它们不需要知道也没必要关心。第三步就没那么顺利了。但如果不走通第三步前两步也等于白走。《高等教育法》规定，校长有四个权力，掌管着大学里的人事、财务、教学和科研。钟书记在党委分工时就提议成立四个领导小组，由自己亲自担任组长，辛校长任副组长。如今是个讲究操作的时代，党委领导下的校长负责制怎么落实全在于操作，此议一出委员们大惊失色，除了佩服还是佩服。

当然一开始辛校长是顽强狙击的。他把脸青着，抱着膀子看天花板，噘着嘴煞有介事地不住点头或者摇头，似乎天花板上写着哥德巴赫猜想一类的公式让这位学者着迷。但这种抵抗是徒劳的，过不了多久马副市长来参加党委会时，辛校长就举手投降了。原因比较复杂，其中比较重要的一条是：辛校长是带着新婚妻子远走特区的，而他妻子安排在学校里工作遭到了副市长的严厉批评。副市长为了爱护校长的荣誉，为她重新在校外安排了工作。于是为了伟大的爱情也为了安定团结，辛校长同意屈尊当了副组长。作为交换，钟书记也让了一步，他只当人事和财务小组的组长。

走通这三级台阶，差不多用了一年时间。此时优化教学环境运动也到了尾声。教学水平提高是看不见的，但环境的确有了很大变化。作为点睛之笔是请省委一位副书记来校视察。如今大家都明白，只做工作而不出经验是等于零的，而出了经验领导不知道就等于负数。因此钟书记特别希望在教代会期间，领导视察的时候能通过一项决议，充分肯定S大的优化教学环境。这时领导只要说一声，不错嘛，开个现场会推广一下嘛，那就真的很不错很圆满了。可惜教代会并没有按既定方向运行，甚至闹出教师联名质问的事情来。以至于省委书记来校的时候都没敢汇报学校正在开教代会，生怕领导们兴奋起来要去看望一下在精神文明建设第一线战斗着的老师们。

那时，曾经代表上级领导"百分之百"支持钟书记的马副市长已经提前让上面发现并且另谋高就去了，他许愿的人均一千元也已化为泡沫。只撇下钟书记一个人背着手在走廊上来回踱大步，碰见谁都托着腮帮发出呵呵的怪笑……

刘宾儒认为，所谓优化教学环境从一开始就是一个完整的策划，每一个阶段都有具体目标，从蛊惑人心到迅速掌握权力再到吸引领导注意或者成为某个领导亲自抓的样板，实际上构成了一个系统工程。每一个子系统都是环环相扣必不可少的，只是他们没想到在最后阶段不顺利。如果顺利的话，他也许已经坐在市级领导的大班椅上了。

刘宾儒说："这是把企业兼并技巧用于官场的经典作品。"

老龚问："这么说他们一开始就盯上了市里的交椅？学校不过是块跳板？"

刘宾儒说："这种当过老总的人，钱早就捞足了。就差官瘾还没过够。"

"如果这样的话,我倒是希望他快点爬上去。别再折腾学校了。"

"这就够快的啦。大学本身级别就高,他这一步顶别人两三步。这个策划给它命个名,就可以叫《政治资本运作法》,在哪儿都适用。"

老龚苦笑:"难怪我总是跟不上。我们的差别就在这儿。"

最后他俩像十年前一样出去喝啤酒。老龚笑道:"斗则进,不斗则退?"

刘宾儒说,"八亿人口,不斗行吗?"

说这话时老龚好像看见自己大义凛然的样子,挺胸收腹头颅高昂目光如炬,还说了声他妈的。

二

S大的建筑格局像一张人脸。最初的创意来自清华建筑系的一帮老师。也许他们远离京城名校,来到这瘴蛮之地,每个人心里都有一张值得怀念的面孔。几座主要建筑就是按照眼睛鼻子嘴巴耳朵来分布的,它们各据其位各司其职,错落在这依山傍海的南国,特别生动。空旷的地方全部植草种树,每一种植物都标有说明,什么目什么科什么属,设计者心目中肯定有一个上帝花园。甚至临海的一个小山包都特意给保留下来,野草杂树乱石完全是当初的风貌,恰似这张人脸的下巴上长着一撮小胡子。

只是设计者没有想到,人脸分分钟都是可以变的。

大约第二节课的时候,有人吵起架来,声音特别响,整个办公楼都震动了。老龚刚想去看,小陶推门进来说:"您别出去。"她脸色怪怪的,气喘得很急。

"怎么啦?"

陶月说:"您别去。"

这么一说,老龚更奇怪了。而且吵闹声正向楼上漫延。仿佛刚才只是序曲,好戏还没开场。

陶月说:"是侯老师,他正骂您呢。"

侯川是中文系的老师,脾气有点古怪,过去就一直和老龚较着劲。都是教先秦两汉的,门户之见本来就难免,这几年在职称问题上又总是不顺,就更加以为是老龚在作梗。这个假期,先是托人来请他出去吃饭,当时确实有事,就给推了。后来又让女儿送来两瓶洋酒,说,是朋友送的,他自己不喝酒,给校长喝算了。那种酸腐搞得人多少天都不舒服。

他心想,别人都还可以躲躲,这个侯川就必须面对,否则他还真以为我心里有鬼呢。于是坚决把门拉开,不想正和侯川撞个满怀。

侯川见小陶也在这里,先就冷笑起来,说:"陶月啊陶月啊我真想不到啊,想不到我的学生也这么势利。"说得小陶满脸泪水。

老龚说:"老侯你有气就冲我来好了,何必难为学生呢?"

侯川说:"我有话就直说,我从来不讨好学生。"

老龚说:"谁也没说你讨好过谁。有话就说嘛,何必这样?我听着,说吧。"

侯川叫:"你以为我不敢?"

这时教务处牛处长进来,要拉老龚到一边去说情况,侯川又叫:"你别拉他,我今天骂的就是他,我看他能不能把我吃了?这年头谁怕谁呀?他是什么了不起的官啊?"

老龚也火了:"是,你说得不错,谁也不怕谁。我这个当官的还怕你这个老百姓不成？"

这句话点到位了。侯川反倒噎住了，憋了半天才指着一走廊看热闹的人说："你们大家都听见了，你们都听见了？"

陶月跳着脚喊："侯老师，你们两个都是我最敬重的老师，我求求你们了！"

原来，侯川早上去上课，在教室里等了半天也见不着学生。侯川以为自己记错教室了，又楼上楼下到处找，最后才有学生来告诉他，这堂课取消了。原因是，南湖区有一个书记向学校图书馆赠书，钟书记为了营造气氛，让电视台能多拍点欢呼场面，就临时决定中文系停课去夹道欢迎了。

牛处长解释："太突然了，没来得及向您汇报。"

侯川叫道："这还是个大学吗？啊？你们拉关系拉到课堂上来了？这学校还有规矩没有？你们这是在作践学生啊。"

老龚也傻了，说："有这种事？辛校长知道吗？"他的意思是，钟书记是有可能做这种事的，他本来就是官场上的人。而辛校长在高校工作多年，是不可能不知道条例的。可话一出口，心里已经明白了。

牛处长不吭。

老龚顿觉无地自容。这件事明摆着是让侯川揪住了尾巴。其实早该想到的，侯川所以敢到办公楼来闹，肯定是有他的理由。而自己这些日子心情不好，竟然已经乱了方寸了。他想想，猛地给侯川鞠了一躬。他说："我无话可讲。"

全都蜡住。

冷了一会儿，侯川转身退了出去。

正是图书馆方向军乐响起的时候，还是国际歌，很悲壮。听得他鼻子也酸了。

下午，老龚把辛校长堵在办公室里，他坚持要谈谈这件事。

"没办法啊，"辛校长陷在沙发里无力地摇手，"我有什么办法？"他认为现在什么人都敢跟你叫板，这才是真正乱了套。他说，"你不该给他鞠躬，你给他鞠什么躬？"

老龚说："你是校长，你有责任维护教学秩序。"

辛校长反问："校长算老几？"

老龚一时噎住了。

辛校长说："在这儿就得听老板的。刚来时我也看不惯，现在反倒适应了。"又解嘲道："适者生存啊，老板要是撵我回老家去，我还没地方领工资呢。"

可以理解为发牢骚，也可以理解为破罐子破摔。

如今的辛校长已是浑身名牌，一只软底皮鞋跷在大腿上慢慢晃悠，一副意满志得的样子。看来他的新太太的确把他滋润得不错。刚从温饱进入小康，他还来不及仔细品味。这就好像一个秃子猛然长出一头新发，你给他什么高帽子都戴不住，他宁愿接受冰雪或者毒日。

老龚想起来，他太太好像就是安排在南湖区的。他怎么可能说个不字呢？

老龚冷笑："你和这事多少也有点瓜葛吧？"

辛校长跳起来，连连摆手："绝对没有。不信你可以去问。临时停课需校长办公会批准，这我还能不懂？"

老龚说："如果这位区委书记找你拉场子，你敢说不吗？"

辛校长软掉了，停了一会儿说："老龚啊，我也劝你一句，算啦。人家毕竟是赠书嘛又不是时装表演，也不算太出格。你来特区时间比我长，你什么没见过？"他指指隔壁："他可是受宠若惊呢，兴奋得不得了。"

老龚说，"不过是个区委书记，至于吗？"

辛校长说："那你就看走眼了。特区什么鸟没有？随便抓一个都是带天线的。听我老婆说,南湖区委有一块精神文明建设优秀的匾,落款是中组部。你说这精神文明称号和中组部挨得着吗?你琢磨琢磨吧。"

最后辛校长拉着老龚的手:"你呢,也要圆通一点。要跟上时代啊,知识分子,不要太可爱了。"

下班回家,人人见他都说脸色不好。

他们说:龚校长,身体是自己的啊。

晚上辛校长来电话约他去香格里拉吃饭,说是要介绍几个朋友给他。老龚还被刚才的情绪压着,脱口就挖苦道:"辛校长来特区时间不长,朋友倒真是不少。"

那头愣了一会儿,说"没办法啊,出门靠朋友,很多事情都是没办法啊。"辛校长说:"我们之间早就应该深谈一次了,可就是找不到机会。没办法啊。"

他就笑出声来,那感觉就像胸腔里有蒸汽顶着活塞运动。

他完全能想象辛校长那副故作委顿无奈的尊容:把两手摊开肩膀耸起。这方面他绝对新潮,早就和国际接轨了。

辛校长刚来时对钟书记总是在各种场合强调他的"党委副书记"身份十分不满,老是在他面前叹气,"没办法啊没办法啊这样还怎么开展工作"。那时他也认为钟书记是有些过了,在干部都已经互相熟悉的情况下还要强调主次高下,是没多大意思,只能证明这个班子关系僵硬。更何况大学校长不见得就是副手。有一次在主席台上,钟书记又在青春火爆地背朗诵词,辛校长突然扭头对他说:"你说他像不像节目主持人?他在学那个女主持倪萍呢,一举一动都在模仿。"老龚愣了一下,笑起来。尽管把倪萍与眼前这位联系起来困难一点,不过他对辛校长的幽默感还是佩服的,也能大体揣摩到他的不愉快。

所以下一次钟书记很善意地征求意见时,老龚就说:"在高校工作，面对的都是知识分子，实在一点儿可能效果会更好。"他确实是为钟书记着想的，那时教师中已经有了一些议论。这样说也委婉地转达了辛校长的尴尬。他自认为是在扮演一个居中调和的角色，书记也好校长也好，都是领导，而他们正是学校的脸面，是一个符号，他们不协调对谁有好处？对谁都不好。

然而他错了，是谁对钟书记的领导风格有看法？是老龚。是谁对优化教学环境有意见？是老龚。是谁让校长没有威信的？还是老龚。本来这场角逐应该在两个强者之间展开，结果却是他这个场外人士白白挨一顿拳头。他就像一个见义勇为的小青年被当作肇事者抓进去，越辩白越说明动机不纯。人们只是微笑着：你半点私心没有？你那么高尚？最后你只有夹紧嘴巴老老实实在墙角蹲着。

哀兵战术古已有之，总是利用别人的同情和麻痹达到自己的目的。最后把别人送进虎口自己扬长而去，甚至还落井下石。

谁知第二天辛校长一上班就到老龚办公室里来，进来还反手把门锁死了，然后神秘兮兮地冲着老龚笑。

他第一个反应就觉着酸，又不好说破，只等着他开口。

辛校长说："昨天你没来，真是可惜了。市委秘书长也在。"然后就打住，也等着老龚反应。

老龚偏不吭声，心想不知又卖什么药。

辛校长只好说："秘书长对你印象很好，直夸你，我听了都快坐不住了。"

一听就知道是鬼话。他统共才见过这位秘书长两次，又没有工作联系，凭什么印象很好？心想论级别秘书长比你还低半级，至于这么兴奋吗？

"你可别小看秘书长，他是真正的操盘手。有多少大事是常委会定的？他说行就行啦。"他摇晃着脑袋，"特区办事情，真是有意思！"

老龚说:"辛校长肯定为我们学校解决大问题了。"

辛校长立刻严肃起来,手在后腰上捶个不停,说:"解决大问题倒不敢吹,可我们真是为学校在办事情的。我们不像有些人,说一套做一套。"又说:"现在办事情难啊,干什么都得靠朋友!我生来乍到,不靠朋友靠谁?"

老龚笑:"勾挂四方来闯荡?"

"就是!"他在沙发上瘫下来,"校董事会总算有眉目了,秘书长答应出面。他说了,门槛不能太低,一个董事最少一千万。你想想,这是什么概念?"

成立校董事会几年前就张罗过,可是挂虚名容易掏钱难,所以这种画饼充饥的事已经不大能刺激人了。从前学校还出过一个人,要跟校长订合同,从国外拉一亿美元他从中提成多少钱。学校还真跟他签了合同,结果钱没见着人也没影了。老龚说:"那好哇,什么时候划款?"

"也没那么容易。凡事……"他抬头看着老龚,"你在笑话我?"

"我怎么敢?"老龚认真说,"秘书长这么关心,我们怎么表示一下呢?"

"不用,朋友帮忙说钱就没劲了。再说他们这些人还在乎这点小钱?昨天还有一个小伙子才三十一岁,老总,去年一年赚了两个亿,得了?"

"这么说,秘书长一点要求都没提?"

辛校长怔了一下,然后坚决说"没有!"然后又像自言自语:"他怎么会这么没水平?跟咱们交换?他还介绍中央政策研究室向咱们学校赠书呢。"他解释说:"这是一批淘汰下来的档案藏书,延安时代的都有,咱们组织力量好好挖掘一下,说不定就能挖出国宝来。所以我就代表图书馆先表示感谢了。"

老龚说:"S大看来真是要交好运了,都抢着向咱们赠书啊。"

辛校长忙说:"也没那么简单。这批书是要付出代价的,四十万。不过不用我们花钱,秘书长负责找企业赞助。当然对我们而言,不要白不要。"

老龚这才松了一口气。绕了半天,看来落脚是在这儿了。这就好比看名片,前面排一堆头衔都是过门,最后落实在哪个点上才是你真正想知道的。但是你不看前面的也不行,不看就不知道来头。

又扯了几句别的,又说到钟书记从前在××公司工作的情况,总之在那边也是一屁股屎,然后就站起身来。老龚也起来送辛校长。走到门口,辛校长又摸出一张纸条来说:"这个学生你查一下,成绩不太好,现在要出国留学了,家长希望学校能在成绩单上宽容一些,你看能办就给他办了吧。反正要走了。"

老龚拿着纸条,又有了被愚弄的感觉。他自以为会看名片,其实这道行还不够,还必须从纸背空白处看到内容才行。

学生叫曾勇,计算机系的,他看着就觉得眼熟。立即让教务处查,不一会儿陶月就来电话:"您忘了?他是破格招进来的,一进来就改了专业?"他记起是有这么回事,只不过当时是钟书记拿的纸条。

小陶说:"这个人一年级有四门不及格,二年级有六门,三年级基本就不上课了⋯⋯"

老龚问:"你知不知道市委有几个秘书长?有没有姓曾的?"

小陶说:"我怎么会知道?反正他爸爸是市委的,要不然他那么窜?他们系给他起了个外号,叫衙内。"

他一下就把电话扔了。

赠书,曾勇,曾秘书长!

关于校学术委员会的改选,老龚本来设计了几种战法。一、撂挑子;二、大批判;三、反弹琵琶;四、徐庶进曹营。他准备了一肚子难听话,也准备随时扯破脸。甚至开党委会前,他还特意去买了一包烟。如果有人问：你怎么也抽烟了？他就答：听说抽烟可以壮胆。如果再问：你不知道办公楼是无烟区吗？他就答：那就把我开除出办公楼好了。如果还问：你没听说钟书记最讨厌烟味吗？他就答：那是因为他不像个男人。

可事实上还没等老龚作出反应，钟书记把名单拿过去看了一看，就扔给了辛校长。辛校长尴尬着说，"这是人事处搞的，我根本不知道。"

钟书记离开了座位，绕着大家转圈子，很沉重很严肃地说："龚校长的学问不用我说，大家都了解。就是从行政角度考虑，他跟我比，比我懂高校；跟辛校长比，比辛校长懂特区。名单中没有他，是个疏忽还是有别的什么意思？就是有意见也不能这样搞嘛，这就不是从工作出发了嘛。我们的改革只能对事不能对人，这话我要再次强调！"钟书记坚定地劈了一掌，然后看着老龚。

这个名单早就泄露出去并且闹得沸沸扬扬当然不是疏忽。现在一个个又装出很无辜的样子显然还有别的意思。

老龚没有应答，取下眼镜捏鼻梁。只是感觉到这位同志粗壮的身材在眼前晃悠，他的影子在桌面上扭着，让人想起样板戏里频频挥手的女支书。

什么事情也没发生。那包烟也就拿不出来了。

这是一张什么牌？虚晃一枪？

另一件事是关于选修课。老龚把授课进度表又送了回去，不是自己送的，是让小陶上来拿的。他没有任何表示，小陶什么也不问，最后教务处果然要滑头全部安排，而且都在本学期。好在对台戏是安排在下午，对正常教学影响不大。结果自然是老龚的课越讲人越多，教室一换再换，最后就改在了大报告厅。有意味的是，钟书记的《党务工作十六讲》连一课也没讲，开头还让教务处拿个条子去宣布钟书记有紧急会议，课程顺延，后来连条子也没有了，学生也自然就放了羊。

这两件事有没有内在联系还没把握，但一个感觉是，钟书记友善多了。

国家教委来了个检查组，宴请的时候钟书记特意把老龚的席卡换到自己身边。这个小动作做得很夸张，以至于有些人目光发直。钟书记笑着说："看什么看？我和龚校长有几句私房话要谈。"立马有顺竿爬的："那我们能不能听呀？"钟书记就把湿手巾扔过去："我告你侵犯人权。"

其实什么话也没有，只不过喝酒时有点劝老龚多喝的意思，还说："龚校长你什么时候喝酒的水平上去了，你也就上去了。"到最后，他还替老龚代了两杯。

以至于老龚有点疑惑起来。也许他的个性如此？并非成心和自己过不去？再说他有什么理由要和自己过不去？他的对手应该是辛校长才对。他只是一个表情丰富的人而已？

但这个想法立刻遭到刘宾儒迎头痛击："宋襄公式的仁义！"

刘宾儒说："酒席宴上的话你能当真吗？那都是作秀。他不过是想让检查组看看，S大的班子团结战斗亲如一家。用腐败维持稳定，这早就不新鲜了。再说他有什么私房话？他放屁都慭出美声来。"

刘宾儒讲话素以尖刻著称，而且速度极快，哒哒哒哒，机枪扫射一般。老龚想想，觉得也有道理。

清醒有清醒的悲哀，糊涂有糊涂的快乐。清醒是只看见陷阱而找不着出路，把出路也当作了陷阱，故而只剩下悲哀。而糊涂则把陷阱也当成了微笑，在微笑中掉进陷阱，是一种很危险的快乐。老龚认为自己既是清醒的又是糊涂的，有时候是清醒的有时候是糊涂的，故而只能在悲哀和快乐两极之间奔跑。自从有了刘宾儒这个军师，他的情绪就开始忽高忽低、一惊一乍。

现在，刘宾儒每晚都要和他通一次电话，刘宾儒说这是总统竞选热线。"我不过是打抱不平而已，为你保驾护航。"刘宾儒说。

好，好，太好了！只有刘宾儒认为"侯川事件"是个好事。"热线电话"那头，刘宾儒把桌子拍得啪啪响。"这说明什么呢？第一，钟健已经病急乱投医了，说明他的根基并不那么牢靠，连区委书记都要巴结；第二，这位区委书记的情况我还知道一点，最近正在查他的问题，这么急于炒作自己也证明他确实是有问题；第三……"

老龚一头雾水，说："我担心的是学校，再这样下去……"

"学校的转机正在临近。现在就看你出什么牌了。该轮到你出牌了！该出手时就出手哇。"刘宾儒笑得像个刀客，正在欣赏对手的破绽。

老龚说，"就是不知该出什么牌。找他谈？又能谈出什么名堂？"

"我这里有三个锦囊，咱们打开第一个看看？"

老龚说："我没心思陪你玩，我都烦透了，有话快说吧。"

"我也不开玩笑。"刘宾儒说，"这第一个锦囊妙计就叫诱敌深入。换句话说，要诱使他多犯错误，这家伙已经开始乱了。你可以适当向他渲染侯川大闹办公楼的场面，依我看他不会善罢甘休的。只要他对侯川开刀，必然越陷越深。"

老龚心头一紧，忙说："这不行，这绝对不行！"

"宋襄公的愚蠢。也不是真把侯川怎么样，不过利用一下罢了。"

老龚说："这种事我绝对不做。说你的第二个锦囊吧。"

那头冷了半天，说："第二个叫广布流言。这个你也做不来的，由我相机行事吧。他不是喜欢出风头吗？传媒方面是我的强项，我能让他当个最上镜先生。"

老龚叹了一口气，不吱声。这算什么妙计？说阴谋诡计都不上档次。造谣生事、打小报告、吹枕头风等等从前听得还少吗？从老聃那儿算起中国人有四千年的经验了。《鬼谷子》中有"捭阖之术"，早就把什么时间该说，什么时间闭嘴，什么需明说，什么当暗喻总结得头头是道。这么想想，一时竟走了神。

那头问："还有兴趣听第三个吗？"

老龚说："算了吧。"

……刘宾儒这么个学者，这么个传媒英雄，这么个公众人物，居然也一肚子坏水。不过话又说回来，人家确确实实是在帮助你，也确确实实是动了脑子的。这是个只问结果不计手段的时代，黑猫白猫的时代。善、恶、美、丑、正确、错误，已经没有界限。你怎么知道哪一步是前进了，哪一步是倒退了？宏观地看，地球是圆的。这也可以拿打牌作比方：很多情况下，你出对牌了，其实就错了；你出错牌了，也许就对了。

他对自己说：你不能这么干。这么干了，将来做不做人？还好意思上讲台？你手一举就血淋淋的，拿白粉笔能写出红字来。你现在顶多就是不顺，看着来气，或者没有发展，这有什么了不起？就至于这么下作了？再说谁也不能从娘肚里带出红顶子来，你已经是副校长了，副地级，不错了，该知足了。

三

坏就坏在侯川并不知足。他也不识趣。

这本来就是个多事的五月。

尽管阳光一天比一天灿烂，温湿雨带已经越过五岭到了长江一线，可学校领导层却阴霾重重，日渐深沉的样子。外校不断有消息传来：某校从四月份就开始全天候值班啦；某校已经把《团结就是力量》歌词给改啦；某校决定实行中层干部连带责任制啦；而市委也是一天一个电话……

不能出任何问题。钟书记说，我把乌纱帽就交给各位了，拜托大家多想办法。膳食科能不能让菜再便宜一些？学生处能不能多组织一些活动？图书馆和计算机房能不能二十四小时开放？他这些日子特别温柔，说话音调低了很多，布置工作也改用商量的口气，听上去竟也有了一点新鲜感。

关于稳定压倒一切，辛校长也有新的解释：对学生管理要讲究方法，可以教育的就坚决不处分，已经开除的要坚决收回来，不能把责任推到社会上去。另外对学生成绩也可以灵活处理嘛，严格要求是对的，但总不能制造不稳定嘛。人家在这里读了几年，总是有收获的嘛。

老龚只当听不见。要改成绩你自己改，谁改谁负责！

其实会议内容一点不新鲜，中层干部私下里把这叫做防汛会议，一年一度层层加码，说到底就是四个字：严防死守。然而会议还得一个接一个认真往下开，似乎大学党委的存在就是为了应付这个令人头痛的五月。不过话又说回来，如果没有五月，没有突发事件，钟书记又能做什么呢？他也只有这种时候显得特别兴奋、特别生猛。去年美国人轰炸南斯拉夫使馆，钟书记连夜赶到学校布置人一间一间去敲学生宿舍，要学生上街游行。可队伍到了半道，他又开着车把学生给堵回来，做出一副苦口婆心劝阻的样子。那一夜折腾，钟书记嗓子都哑了。有女同学说，她真怕钟书记的大眼球会掉下来。

老龚觉得好笑：如果今天的大学生有这样高的社会责任感，大学的工作就好做十倍，也用不着高喊素质教育了。如今的大学生更关心计算机，关心球星歌星，关心将来的位置。你连这个都不懂，还当什么高校领导？你脱离这个实际，怎么能挠到痒处？当然这也不是学生的错，是机制给养成的。我们的教育一方面希望学生对社会有用，一方面又怕他们接触关心社会；一方面埋怨学生缺少创造能力，一方面又不允许他们怀疑和批判。我们现在只是一个愚蠢而又懒惰的保姆。为什么要把大学生当成小孩子？他们没有行为能力吗？为什么只是在投选票的那一天，才让他们知道自己是公民？这是什么逻辑？

　　老龚近来时常会没来由地在内心苦辩，没来由地情绪激动，就像一个找不着风车进行战斗的堂·吉诃德。有时一愣就是两三个小时，嘴唇翕动，念念有词，搞得家里人都害怕起来。

　　正这么心里自说自话着，钟书记陡然音调提高了，说："最近有件事让我特别气愤，中文系有个老师跑到办公楼来大吵大闹，甚至当面辱骂龚校长。"他扭头问："有这事吧，龚校长？"

　　老龚还没反应过来，他就接着说："龚校长不好意思提，可是党委就不能不管！不像话嘛。什么叫不稳定因素？这就叫不稳定因素。不就是个副教授吗？处分行不行？下岗行不行？我就不信动不了你。"

　　老龚急了，说："这事我要说明一下。"

　　钟书记笑道："今天就不谈了吧。大家还要回去安排工作。以后我们专门研究一次，我已经调查清楚了。"

　　然后他就铆在座位上。侯川是不稳定因素。侯川大闹办公楼是对龚校长有意见。处分他是维护稳定。不处分他是因为龚校长不好意思。一切都很清楚，没有以后，也不会研究，而且永远没人再提起这件事。

　　侯川就是在他这么瞎想的时候出现的。谁也没料到，如今还有人保持着如此的政治热情，而且是八竿子打不着的酸老夫子。

侯川径直走上讲台，一把抓过了话筒。

一屋子人都愣住了。空气变得稀薄而且明亮。

门推开一条缝："龚老师，下班了。"是陶月。

他这才发现人早就走完了。会议室空空荡荡。老龚问："你都听说了？"

陶月说，"钟书记都找我谈过话了。"

"谈什么？"

"还不是那件事。事情是很清楚的，教务处谁不明白？关键是谁出这张牌。"

老龚就笑起来，笑得很忘形。大会议室里发出嗡嗡的回响。

陶月说："我真的很担心侯老师。"

刚才，侯川站在这里痛心疾首时，老龚还不曾感到畅快。当时他只是紧张，是尴尬，是热血奔涌。这样的感觉已经消失很多年了。尽管侯川说的都是尽人皆知的事实，可毕竟是把自己当作了靶子。当时是有点坐不住，现在想想又觉得很解气似的，毕竟那都是自己想说而不敢说的话。这感觉实在很复杂很微妙。看不出这个形象猥琐脾气古怪的侯川还有这样的勇气。

老龚说："你是说，我该去看看他？解释一下？"

陶月不吭，只是把眼睛幽幽地盯着他。

老龚想了一下："现在不行，他对我还有些误会。你先去看看他，就说这件事已经结束了。不要有压力。另外转达我的敬意。"他说："我这全是真心话，像他这样执着的人已经不多了。他比我还要傻。"

陶月突然说："您为什么不出牌？他打他的，您打您的。您又不是没牌。其实学校里最需要关心的是老师和同学。"

老龚愣住了，说："是吗。"

然后他们一起去食堂吃饭。五月的校园，空气里弥漫着各种好闻的气息，他大口吞吐着，忽然觉得轻松起来。他使劲悠着胳膊，把刚才的紧张刺激全都忘了。他大声说："陶月啊，你好像老爱说你爸爸的牌经？"

　　陶月笑："我爸爸是个小人物，可是他讲的道理特别形象。"

　　"你是不是很崇拜他？"

　　陶月站住了，说："你看不出我有恋父情结吗？我妈妈说，我从小就特别黏爸爸，他一下班我就黏上去了，晚上都是爸爸哄才肯睡的。"

　　老龚认真地说："你爸爸很幸福啊，有这么个漂亮女儿黏着。"

　　陶月又是那种幽幽的目光。然后侧头一笑。

　　老龚心一蹦，好半天才说："陶月你该有男朋友了吧？不小了。"

　　陶月答道："一大把呢。"她跳到路牙子上面踮起脚尖走路，为了保持平衡她打开双臂，阳光穿透了衬衣，把里面的内容也暴露出来。

　　这天晚上，他眼前老是晃动着陶月。那种目光。说她有恋父情结时那种歪着脑袋的笑。以及那种灼人的曲线。

　　总统热线凉了几天，晚上刘宾儒又兴奋起来，说："这回不是你出不出手的问题，而是侯川自己跳出来了。放心吧，我保证你从头到脚干干净净。"

　　老龚说，"我说过了，我绝不做这种事。"又说，"老实说我还真有点佩服侯川，他骂的是我，可骂得真好。"

　　刘宾儒笑："真够他妈的狡诈！到底是当官的人，不一样就是不一样噢。"

　　老龚就急了，说："你要再用这种口气说话，我绝不跟你来往！"话是如此说，可心里也不得不承认刘宾儒消息灵通料事如神。他是吃准了官场心理的。

果然第二天一早钟书记就召开紧急会议，研究侯川的问题。按钟书记的说法，已经到了非解决不可的时候了。因为老龚是当事人，不管他怎么申明侯川无大错，侯川是老教师，侯川是书呆子，侯川还是被责令写出不少于五千字的检查，甚至还要停他的课。反而是老龚被大家看得十分可疑、十二分的做作。

老龚说："字数就不要限定了吧，字数能说明什么问题？"

钟书记说："不行，有量变才有质变。"

于是他再坚持就有点滑稽了。反正是你们要搞的，你们去解释。他好像看见刘宾儒在暗中发笑，眼睁睁地瞧着钟书记落入他的锦囊。

钟书记说："稳定压倒一切，不管是谁不管出于什么动机都不能影响稳定。看问题不能孤立地看，侯川也不是针对龚校长一个人的。我要没这点魄力，还怎么当这个班长？"

辛校长干脆说："龚校长修养真好。"

似乎他老龚早就想开杀戒了，只是没有机会表演谦虚。

不能不承认，这就是高手。

下午，刘宾儒来到办公室，说："我知道你怎么看我，我也不想跟你辩论。现在有个机会可以结识头儿，你去不去？"

才隔了几个钟头，他已经像雕塑思想者一样深沉了："找头儿汇报一下？"

刘宾儒说："什么汇报啊。这年头谁有兴趣听你这些破烂事？你得去活动！官场走动懂不懂？你得让官场熟悉你，了解你，记住你！"

到路上才搞清，原来是政府的一个招待酒会，是招待香港各界显要的。由于范围较小，这张请柬就比戏票值钱多了。按刘宾儒的话说，官场这个东西就像必须收费的三陪小姐，你不花钱就不可能对你微笑。你不投入就没有产出。

可是进了酒店,老龚第一眼就看见了钟书记和辛校长。两个人就像一对刚结婚的小夫妻,手拉手地向领导同志挨个儿展示幸福,笑得甜蜜无比。他想不出他们此刻有什么理由能这么愉快。记得有一幅漫画:两个正在接吻的男女,一个正掏对方的口袋,一个举刀要扎对方的后背。

老龚一下倒了胃口,转身就走。刘宾儒跟到外面,拉住他:"怕什么你怕什么你?他们能来你就不能来?"

老龚说:"我不想碰见他们,更不想在这儿碰见。"

刘宾儒说:"他打他的你打你的,打得赢就打打不赢就走,不就是竞争吗?"

老龚不吭声。竞争什么?竞争拍马屁的手段?竞争谁笑得更好看?

未若昌宗貌如荷,难得莲花胜六郎?已经可耻到这个地步了?现在就像一个乱了方寸的小丑,拿着刀叉到处找吃的,拐来拐去却拐进了厕所。

外面还下着雨。刘宾儒站了一会儿只好自己进去了。

酒店大厅的辉煌在雨中格外生动,像是一部火爆的青春片。

侯川是昏倒在课堂上的。诊断结果是蛛网膜下腔出血。

当时他正在分析魏晋文人美学理想的形成,拿着粉笔的手越举越高,身子却越说越矮,结果就画出一段不规则的抛物线。

老龚赶到时他已经躺在又脏又乱的大病房里。

侯川是老资格的副教授,按规定是可以住干部病房的,可是干部病房不收他这样的"专科病人",因为他的蛛网膜在出血,很危险。而有危险的病人干部病房是不负责抢救的。这个理由听上去十分绕口,陪同来的老师们没人能说明白。

老龚亲自去交涉,值班院长强调这是制度,不可能破例。老龚认为这不合情理:"既然他是危险的,当然要把他放在有利于抢救治疗的病房里,现在一方面强调他必须安静必须休息,一方面却不给他创造安静的条件。难道干部病房不是用来治病的?"

那院长有点烦了,问:"你是他的什么人?"

老龚说"是同事"。一个老师说"他是S大的副校长"。

老龚这才想起身上还有名片。

院长看着名片,客气多了,说:"不好意思啊。干部病房确实有这个制度。"

老龚说:"那这个制度有问题。"

院长说:"我也认为不太合理,但我们有什么办法?"

"我就不相信,如果市领导得了这个病,你们也不让他进干部病房?"

那院长看着他,笑了起来。一直笑到他也跟着干笑。

老龚只好带着这个困惑回到侯川的床前。

侯川艰难地点点头。

他也点点头。

侯川说:"你喝酒了?"

他愣一下,又摇摇头。

一个老师解释:"刚才和医院吵了一架。"

侯川就叹口气,再也不说话。

他也没说什么话。他觉着,说什么也是白说。这个曾经十分懦弱又百倍孤僻的人,如今已经浑身插满管子了,说什么话才能安慰他?他说不出来。现在,他忽然觉得说什么都没用了,怎么解释都没必要了。现在,只能眼睁睁地看着生命从这些管子里进进出出,一点一点流失。

他站了一会儿,就告辞出来。可是来到走廊上,侯川女儿又把他叫回去:"我爸爸好像有话要说。"

侯川喘着，面色潮红，眼睛瞪得很大。

他说："别急，慢慢讲。什么要求都可以提。"

侯川合上眼睛，好像憋得很厉害。

女儿替他揉着，泪挂了一脸。

他看着真是难受，说："别乱动，特别是头不能乱动。以后再说不行吗？以后有的是机会。"

他突然睁大眼说："把学校当学校办。"

女儿有些愕然，赌气道："都什么时候了，还想这个。"

老龚一下就哽住了，半天才点头说，"我明白，放心吧。"

侯川笑一下，不再吱声，眼皮也慢慢合上了。

把学校当学校办，这话很费解，而老龚确实是听懂了。这话只有站讲台的人能说得出来。也只有站过讲台的人能听明白。学校的问题千头万绪，说到底就是没把学校当学校办啊。他以前没和侯川交换过意见，他们有过节，并不清楚他的想法，而且说起来恐怕谁都很难一句话讲明白。侯川到这个时候了，语言已经十分珍贵，所以才能这样简洁的吧？

当然也可以理解为，这是对他个人的一种原谅，一种期待。现在他在学校的处境，早就不是秘密了。

侯川曾经给学校推荐过一个人才。那人是他的老乡，在美国读建筑结构学的博士。当时S大正在大做广告，广求海外学子。侯川兴致勃勃为他穿针引线，后来还真把人给调来了。谁知来了不久就赶上优化教学环境运动，机关里大换血，公开招聘处长，希望大家都来"竞争上岗"。有一天这位博士接到组织部长的电话，问他为什么不报名，说你条件不错啊还是个党员。博士说我当不来处长的，我不想当处长。部长说你不想当是什么意思？博士说我没有什么意思，我只是自己不想当。这件事汇报到党委，钟书记说我们为什么要公开招聘处长？就是要把最优秀的人才吸引过来嘛，这种态度建筑系党总支要做工作。后来建筑系经过艰苦的思想工作，博士总算同意当个系副主任，才算有了结果。又过了半年，博士提出来副主任也做不了，要求辞职。系主任说，你要不当副主任只能当普通教师了。博士说普通教师有什么不好？普通教师都有工作量的。我能完成工作量。行，那你先到夜大去代课吧。于是博士就每周用三个晚上到市里去给夜大学生讲课。讲了一个学期，博士受不了了，再次提出辞职。现在这位博士在美国一家州立大学任教。

侯川曾经发过牢骚，说是S大是在办衙门不是在办学校，S大只能养棺材不能养人才。

老龚听了只有苦笑。其实他是为博士说过话的，可说了有什么用呢？学校里的做官积极性已经被调动起来了。现在评价人才早就不讲他学问如何人品如何课讲得如何，只说他担任过什么职务，手上控制着什么样的资源。职位确实是衡量才能的一把尺子，有职务的老师确实能得到各种实惠，项目啊职称啊经费啊，等等。这是一种空气，一种文化，任何人都逃避不了。这位博士连这个都不懂，自然也就不能算是个人才了。

侯川连这个都不能理解，自然是只剩医院一条路了。

有时自己不也在怀疑：我们真的是在办学吗？

四

于是找领导汇报的想法越来越强烈。要找就找一把手，要说就说个痛快，他对刘宾儒说："你替我安排，到时候我要不说我都不是人。"

可是真的到了书记楼下了，老龚又迟疑起来。

刘宾儒给他打气道："支持从来都是相互的。学校换届，市委不也要换届吗？市委书记同样需要你的支持。"

老龚说："关键是你不让我谈学校的事。那我上人家家来干吗？来干坐？"

刘宾儒说："完全正确。"

两个人在市委宿舍外面拉扯起来。本来劲头挺足，吃了一个哑巴亏，就好像上了一次发条，可到了小院门口他又觉得没什么意思。有什么意思呢？你越是汇报，越是像告状。越是告状，越说明你心中有鬼。君子坦荡荡，小人常戚戚。可是你不汇报，跟市委书记挨得着吗？

其实能争取到这次约见也不容易，刘宾儒钻了好几天才逮到一个空子。刘宾儒说："你耍我啊。"

好在书记还挺高兴，连说了好几个欢迎欢迎欢迎。

按刘宾儒的说法，现在世道又变了：十年前大款流行包二奶养小蜜，现在真正的大款都养着几个领导干部；而领导干部呢，十年前流行钻门子找靠山，现在真正有头脑的干部都在结交社会名流专家学者。因为他们内心深处还是怕被人瞧不起，别看他们表面挺威猛。他们都有历史恐惧症。

老龚叹息："我都五十岁的人了。"

刘宾儒吼道："你就是一百岁，也得顺应潮流。再说你的目的高尚啊，手段也不低劣。你又没拿红包，不就是来看看人家吗？"

不过进了门以后还好，两个人配合默契。拍马屁的话全由刘宾儒包了，老龚只负责说是啊是啊是啊。书记也挺随和，没什么架子，还把家里藏的一副字拿出来请老龚鉴定。问到学校，老龚也只是含糊其词说还行。他不敢越雷池一步，已经完全成了刘宾儒的木偶。

书记说:"你们那个钟健怎么样啊?"

老龚怔了一会儿,又说还行。他注意到刘宾儒也愣了一下,没有提示。

书记说:"钟健没什么文化。"他做了个含义不明的手势说:"哦,文凭还是有的。"就自己先笑起来。

这是最具实质意义的一段话。但仔细琢磨,似乎也说明不了什么。

临出门,刘宾儒说:"我们一直想请书记出来聊聊,比如喝个早茶什么的,又怕您不方便,您不是自由人。"

书记于是感叹一番没有自由的烦恼,不过他又说,"跟你们出去我怕什么?"

老龚趁机夹进去:"那我哪天来请您?"

书记说:"好啊,没问题。跟你老龚喝早茶怕什么?跟你洗桑拿我都不怕。那些企业老总我不敢沾,沾不得啊。"

出来以后,刘宾儒很兴奋,把老龚的肩膀拍了又拍,信心大增的样子。

老龚呼出一口长气说,"我都快憋死了。本来正好可以谈一谈问题的。"

刘宾儒说:"又来了。现在这样恰到好处:你什么没说,他也没说什么;但你确实已经说过了,他也确实说过了。"

"他说什么了?"

"第一,他说钟健没文化;第二,他说钟健有文凭;第三,他笑了……"

"还是等于零。"

"不,"刘宾儒噘着嘴,摆出一副老到的架势:"没文化怎么领导大学?有文凭就能领导大学?这难道不是很可笑吗?"

老龚终于笑出声来。

刘宾儒说："关键还不在这里。关键是他已经注意到你了，说不说都一样。而且有些话是用不着说的，点到即止，就像打太极。"

老龚点头表示同意。但紧跟着新的问题又来了，而且由此又引申出一系列更加严峻的问题：把钟健往哪儿放呢？他没有经济问题，起码现在还没发现他有。也就是说他是只能升不能降的，国情如此没有办法。到市委市政府去肯定不行，这种人不能让他搞实际工作，那样会把一切都搞得一塌糊涂，那样是对全市人民不负责任。经过讨论他们发现这种有文凭没文化的干部其实最难安排，拎起来一大挂放下来一大摊，就像洗不干净的猪大肠，搁哪儿都别扭。到人大也不行，要知道人大现在负有立法的重任，这样的人去了祸害更大。最后只有请他到政协当常委或者当副主席。那儿适合他，可以整天去说大而无当的废话：××同志讲话很重要，我们要深刻领会坚决落实！或者：我们敬爱的××同志亲临现场，我代表×××表示衷心感谢！那儿确实也能满足他，可以经常亮相而且风光无限。

如同不愿尽孝道的儿女热衷于为有残疾的孤寡老人安排婚事，尽管搞不成谈论一下也很愉快，可以减轻自身的压力。

他们坐在人行道上喝啤酒，躲闪着擦肩而过的行人。讨论到后来不免又生出一丝悲哀：这些问题说明了什么呢？只能说明市委对高校不重视，明知他是个猪大肠还要放到高校来。

老龚红着眼说："管他到哪儿，只要他离开S大就好。"

刘宾儒说："关键是你要上来。"

老龚说："谁知道呢，也许又换了牛大肠。"

刘宾儒说："那就看你识做不识做了。桑拿一把！"

"还真的请啊？"

"那还有假？让小姐捏捏他不快活？"

"不会搞出什么事情吧?他不会认为我是个老手吧?"

刘宾儒突然站起来大声说:"你知道你的问题出在哪里?"

"哪里?"

"虚伪!扭扭捏捏!这种作风二十年前就淘汰了!"

路上行人很多。有两个小姐还停下来,大概想观察一下,这两个体面人下面还有没有生意可做。

接下来日子繁杂而又奇特。不知是巧合还是必然,校园里风向陡转。

首先是对侯川的通报批评和侯川在课堂上猝然倒下,激起了教师的公愤。校内网页上的BBS天天都是这方面的言论,集中起来就是"教师有没有权力公开批评学校的管理"。钟书记起初还想弹压,把几个网站的头儿狠狠修理一番,说是守土有责,如果不能清除网上污染就坚决取缔。可是网上传播比瘟疫还厉害,这事很快引起上级有关部门的注意,不断来电询问,搞得钟书记又害怕起来。

与此相反,老龚在侯川问题上的暧昧态度,不但无损丝毫,反而连连得分。他向侯川鞠躬认错的举动被传神了,他被描绘成一个既能捐弃私人恩怨又能维护大局的新时期开明领导。他既能忍辱负重又能坚持原则,既能公私分明又能顶住压力。总之那种被动挨打的感觉一扫而空,反而因为被动收获了许多笑脸。这种感觉特别奇妙:突然一下晴空万里,看到了自己的人格境界。

恰好那个曾经向校图书馆赠书的区委书记出事了,传说他家床铺底下搜出一只箱子,里面的港币现金就好几百万。这下钟书记慌了,逢人就解释"学校建在人家地盘上,不得不搞好关系"的苦衷。好像他是被逼到公公床上的小媳妇,大有打碎牙齿往肚里咽的无奈。

紧跟着是市委组织部对校领导班子考核打分。按照规定,每个班子在换届之前都要在中层干部中进行一次"民意测验",也就是打分。本来是个例行公事，上级也绝不会根据分数高低决定去留，这道理谁都明白。可是由于"侯川事件"的铺垫渲染，人们的热情空前地高涨起来，给领导班子来了个不及格。班子不及格，自然是主要领导不合格。而给领导干部的打分，老龚自然又高居榜首。这样一来，钟书记捂着腮帮的呵呵笑声就跟咳嗽差不多了。

校园里过去有个饭馆，是承包给一个老师的。钟书记搞优化教学环境时下令停办了。这个老师拿着承包合同告到法院，法院判决学校赔偿损失。本来赔了钱事情已经了结了，可这天又来了一帮记者。

听说是中央电视台的，钟书记就决定把中层干部会停掉，亲自来接待他们。这帮记者很能煽，先让钟书记把伟大意义说够，把镜头瘾过足，然后才连珠炮似的发问，搞得他浑身红血球队列似的在脸上一排排碾过。

"您认为党委的中心工作能压倒一切吗？教学环境与服务设施有矛盾吗？学校签合同很随意吗？究竟是权大还是法大？"

钟书记毛了，说："我是党委书记，当然是我大！"

"您能不能再重复一遍，我们再来一次怎么样？"

钟书记这才知道上当，伸手去挡镜头，正好又给录下来。

《经济半小时》播出了这个节目，某大报还配发了消息和评论。钟书记这才明白上镜头并不那么好玩，见到谁都把腮帮托起来作沉痛状，那种呵呵笑也更加夸张。一边摇头一边说："这是断章取义嘛，蒙太奇嘛，他们跟我搞蒙太奇！"

与此同时，学校也成了热点。当地一家小报对S大进行追踪，随便一件小事，都要深入报道，没完没了地纠缠。教授离婚，学生自杀，都成了他们的开胃小吃。而且查有实据，角度刁钻，看似社会新闻，其实都暗含着深意。流言，像毒蛇吐出的信子，没完没了地追着这座美丽的校园。据招生办的老师调查，今年本地考生中有不少原来打算报考S大的学生现在都有退缩的倾向。他们并非出于专业或者城市的考虑，而仅仅是觉得不光彩。正是全国高校都在摩拳擦掌扩大招生，竞争日趋激烈的当口儿，全校没人不骂的。骂领导成了时尚。

钟书记下令学校任何单位接待新闻记者都要经过党办批准。他说："现在上面对新闻工作很有看法，正在整顿，学校又处在敏感时期，党委不能不管。"

其实钟书记差不多已经崩溃了。

有一天正在办公室里说事，突然头顶上响起电钻声，钻得人心烦意乱。教务处牛处长神神秘秘地告诉他："这是钟书记装修办公室呢。"老龚不解："又装修什么办公室？"牛处长问："你真不知道？"

原来钟书记前几天请高人来看过了，高人认为他办公室的朝向有问题，阴气盛而阳运衰，镇不住人。破解的办法就是把门窗重新改过，放两只石头狮子镇一镇。另外这位大师对咱们学校的校旗也有看法，建议换成白底红字。可是办公楼都是正南正北的朝向，钟书记只好找一间顶楼的办公室，把门窗卸下来重新安装，窗偏东南门向西北，而且高高在上把所有人都踩在脚下了。

没有人不摇头暗笑，也没有人出面劝阻。老龚心想，一个高校落到这个地步，还有什么话可说？他也不吭声。

又过了几天，党办通知：周末组织一次爬山活动，要求全体中层以上党员干部必须参加。具体安排是：凌晨四点集中，在六点整登上特区最高峰迎接日出，它标志着S大将以崭新面貌迎接新世纪。这本是2000年第一天的活动，因种种原因推迟了云云。

这一路上尽管牢骚不断，却也没有缺席的。大家都想来看个新鲜，他们说，这是"开光仪式"。果然，太阳升起，S大的新校旗徐徐展开，白底红字，硕大无比，迎着朝阳波涛一样起伏。钟书记把那对牛眼瞪圆了激动地说:"这个时刻我也不想多讲了,我祝愿大家发财发财再发财,祝愿学校千禧千禧千千禧!"

然而"开光仪式"并没给S大带来好运。据招生办预测,今年本地走读生的扩招计划根本完成不了。S大是地方大学,过去计划局要求至少有一半指标留给本地考生,因此外地考生想进来是很困难的。现在这个形势一来,想临时增加全国扩招指标也来不及了。生源是学校的命脉,关系到学校实实在在的命运。

这一下,钟书记也傻掉了。他说:"怎么会这样?怎么会这样?"

千禧本是基督教的概念,他祝愿学校"千禧"的本意也许并不坏,总是万岁万岁万万岁的意思吧,可他想不到会有这样的效果。

这天学校又来了几个记者,纠缠着非要采访钟书记,搞得他都要哭出来了。

老龚骂刘宾儒:"你搞什么鬼啊?你的强项就是这?这帮人全是你朋友?"现在老龚火气也大了,对刘宾儒明显有点居高临下。他在学校的声望如日中天,刘宾儒自然也就矮了下来。

刘宾儒说:"绝对不是。我怎么可能有这样的朋友?我只是给电视台打过招呼,而且我只是提供新闻线索,至于怎么处理那是人家的事。我错在哪儿了?我怎么可能往自己脸上抹灰?"转而他又阴阴地笑。

老龚说:"你笑什么?"

刘宾儒说:"我劝你不要当那个烧香引鬼的黄道士,把鬼请来了又嫌它太难看,不是你理想中的鬼。你到底想怎么样?"

老龚说:"我本来就不赞成你的什么锦囊妙计。S大不是咱们自己的学校?你把学校搞得这么被动有什么好处?你捅的娄子你去把屁股擦干净。"

刘宾儒叫道:"这怎么可能?我又不是宣传部长!"

而那几个记者仍在钟书记那儿纠缠。想想，他只好自己过去了。

钟书记照例还是埋怨蒙太奇，埋怨断章取义，一脸油汗地托着下巴。

那几个人虽然年轻，从神态上看却很老到，正一脸虔诚地给钟书记下药。"钟书记您是谦虚。""钟书记您没有功劳也有苦劳。""钟书记您回答几个小问题！"

老龚黑着脸说："你们把S大搞臭了能有什么好处？我可以回答你们：第一，工资我们一分不少拿；第二，干饭我一碗不少吃；第三，你们害了一万多在校的大学生！他们毕业了还要不要找工作？他们还要不要生活？他们比你们还年轻啊。你们真的认为这样搞很有意思？"

钟书记说："对对对，我就是这个意思！"

几个人互相看看，不吭了。

从办公楼出来，他的心一直在发抖。他不知道这样做会产生什么结果，传媒会收敛一些？或者变本加厉？把自己也拖进去？但不管怎么样，最直接的作用是他帮钟书记解了围。而这一点恰恰是他不想干的。他越想越委屈，越觉得自己太善良了，整个一个东郭先生。

他巴不得钟书记越陷越深，洋相出尽，这样市委才能重视S大的问题。怎么派这样没水平的人到大学工作呢？大学是什么地方？他能培养什么人才？赶快调走！最起码搞得钟书记无暇自顾，焦头烂额，至少也可以少一些瞎折腾。

可他又不能不出手，不能不出来说话。毕竟这关系到学校的声誉，关系两千教职工的饭碗。要说就要把话说到位，说得绝，让人家印象深刻，不再来纠缠。这就好像踢了一个漂亮的乌龙球，倒挂金钩，香蕉弧线，但球却飞进了自家球门。他只是帮了对手一个忙。

是的，他们就是对手，是政敌。承认这一点，正视这一点，才能摆正位置。以前之所以总觉得窝窝囊囊，稀里糊涂，就是因为不敢正视，不愿意正视。想清楚这一点，他才忽然明白了自己的处境，也才能真正理解了钟书记。"跟我比他比我懂高校，跟辛校长比他比辛校长懂特区"——这话绝不是一个随随便便的印象，而是经过深思熟虑之后归纳出来的。换句话说，钟书记早就把他当作真正的对手纳入那个"系统工程"之中了。

而自己呢，现在呼声显然高过了钟书记和辛校长。班子换届在即，市委是不能不考虑这一点的。当然，不能满足，不能陶醉，还要继续发展。要出新招儿，要彻底改革，要把S大推到一个新境界。

"龚老师，您在跟谁说话呢？"

是小陶。老龚说："是你啊，下班了？"

陶月说："我在这儿观察您半天了。"

"是吗？"老龚有些不好意思，"我是不是有点……神经质？"

陶月挽起他的胳膊："我陪您散散步吧？"

五

期末考试的前一天，侯川的噩耗传来。

当时党委正在学"三讲"的文件，所以很快就定下治丧委员会的名单。老龚一直是侯川的领导，自然要当主任的。他也不推辞，此刻内心里真的很愿意为侯川做一些事情。从前不管有多少疙瘩，毕竟兔死狐悲，物伤其类。仔细想想，自己虽坐在校长的椅子上，真正的同类还就是侯川。如果当初是侯川当了系主任，而自己埋头著书，死抱理想主义不放，那么今天该追悼的是谁还不一定。

可是真的是同类吗？如果跟侯川换一个位置，可能也会为当不上教授焦躁不宁，可能也会为送礼走门子大伤脑筋，但真是遇上上次的停课事件，也能把一切都置于脑后吗？你有勇气仗义执言，破口大骂吗？你敢冲进会议室，抢过别人的话筒，面无惧色吗？

从前你也是天不怕地不怕的人。你也曾挥拳揍过那个流氓大队书记，并为此付出了八年农民的代价。你也曾见不得虚伪狡诈，一怒而远走特区。可是从什么时候起，你的脊梁骨就软了呢？你甚至为准备一次发言，一次可怜的申辩，还专门买一包烟来壮胆。

欲望真是个可怕的腐蚀剂。你伸手了，你想得到，你害怕失去，所以你就软了。人是不能伸手的，手一伸，腰就弯下来了。

他觉着，心脏裂开了，呼呼地透着冷风。然后这凉意又一点一点传到四肢。整整一天，他脸都青着，饭也没出去吃。都说，龚校长因为侯川老师难过呢。有谁知道，他是为自己难过。

悼词是指定陶月执笔的。陶月是侯川最得意的学生之一，这样的安排谁也没有话说。他亲自去档案室把侯川的档案借出来，让陶月带回去看。按规定，这是不可以的。他吼道："他人都死了，你们还守着档案有什么用？"

晚上，刘宾儒拎着一箱啤酒上他家来。两个人坐在凉台上喝得沉闷且凶猛。

喝了四五罐，刘宾儒才开口说："我也没有想到会这样。"他显得很沉重，话锋早失去了往日光彩。

老龚原可以刺他两句：没想到结果，也没想到原因吗？可话到嘴边也就忍住了。这种事从头到脚都是脏的，谁也干净不了，谁也高大不了。

七月天了，早就是盛夏了，两个人喝得大汗淋漓，就把汗衫也扒下来，光膀子干。他们这个住宅区是市政府的福利房，熟人不多，学校老师更少，所以也没什么顾忌，只是话越喝越少，汗越流越多。

老龚说："月圆了。今天农历十几？"

刘宾儒抬头看看，说："谁知道啊。我来特区就没注意过天上还有月亮。"

老龚说："净注意霓虹灯了。"

刘宾儒看着他，不答。

老龚说："一个人离自然太远，不好。"

刘宾儒嘴噘噘，还是不吭。

老龚就一个人嘀咕："那可不好。"

又喝了两罐，眼看着圆月挂到西边楼角上了。老龚老婆喊："几点了？你不上班了？"

刘宾儒这才惊醒似的说："该走了。"说走，屁股却不动。

老龚只好又开一罐。喝完了，刘宾儒说："真的该走了。"老龚站起来，刘宾儒却还坐着不动。

老龚说："你是不是有话要讲？"

刘宾儒这才站起来说："你能不能推荐我一下？"

老龚问："什么意思？"

原来是下半年省里要开"两会"，省里也到了换届的日子。刘宾儒听说分给学校几个名额，有代表也有委员。刘宾儒的意思是，以他的知名度，给个政协委员他是不干的，但如果学校推荐他进常委，他还可以接受。

这么个破事，磨磨唧唧折腾半夜。开政协会不就是一年吃几顿饭吗？

老龚说："行，只要开会，我就推荐你。"又说："不过我推荐的往往很难通过，你要有思想准备。"

刘宾儒尴着说:"尽人事,顺天意吧。"

没料想第二天党委果真就开了会。钟书记解释说,本来在考试期间不想安排会议的,可组织部催得太急,立等着要报。

刘宾儒自然是在名单中的,只是谁能进常委,很难说出个标准。老龚急着要去考场,就先说了几句。无非是研究经济的符合时代潮流,党外人士知名度高等等。他一说完,钟书记就附和,钟书记一附和,辛校长也就没什么意见了。于是会议就结束了。

事后又觉着有些蹊跷。按照惯例,在人的问题上,钟书记从来都是有所侧重的。而刘宾儒又不在他那个侧重范围之内,怎么一说就通过了?这也太顺利了一些,轻松得让人有点失重的感觉。钟书记还搂着他膀子说,"龚校长你是有水平的人,有什么好建议你尽管说,我是百分之百支持你的。"

为了不影响考试,他就建议追悼会放在下班之后进行。这在往常是不可想象的,牢骚怪话肯定少不了。然而出发时候却发现八辆大客车根本不能满足,只好临时又组织了十几辆,连卡车上也站满了。除了自发来的老师,还有好些学生,有的还自制了花篮和挽联。这些器物如今殡仪馆都是现成租用的,可他们还是要带。大家都不说话,听指挥得很,一个个庄严肃穆着。这阵势把殡仪馆也吓住了,他们说,多少年都没见过这种场面了。

这气氛自然又感染了钟书记和辛校长。按照"规格",侯川只是个副教授,他们两个参加已是超常待遇了。现在辛校长却提出来要亲自主持仪式,由钟书记来念悼词。钟书记也是动了情的,当他念到侯川"一生清贫,一身正气,一贯严谨,一厢情愿、痴心不改地献身于教育事业"的时候也哽住了。会场上一片抽泣。后来,向遗体告别的时候,他居然做出一个要扑上去的姿势。当然这只是一个插曲,在那样的气氛下并没有多少人在意。

其实在此之前如果没有发生什么"事件",如果没有学校对侯川的"决定",无论侯川怎样英年早逝不管怎样清贫正义,结果又会怎么样呢?

他想,侯川也值了。自己死的时候,能有侯川一半就满足了。

回来路上,他就一直陷在这个问题里。

回到学校,人都散去了,正准备回家,陶月来了。

陶月幽幽地:"龚老师,谈谈行吗?"

他问:"怎么啦?很压抑?"

陶月点头。只几天时间,陶月瘦了一圈,眼圈黑得像熊猫。

他说:"悼词写得不错。特别是一厢情愿痴心不改八个字,有嚼头。"

陶月说:"我就是想和您谈谈这八个字。"

于是他就留下了。他们先在校园里转,然后又上了滨海大道。

陶月说:"侯老师的档案您看过吗?"她说,"我全都看了,每一页都看了。他大半辈子都在写检查您知道吗?"

老龚有些吃惊:"怎么这些东西还在档案里?不是早就清理掉了吗?"

"还在,从大学时代开始的都在。太可怕了!"

"为什么事呢?"

"为了入党。他每个季度都写一份检查。连他妈妈的来信都附在上面。"

老龚松口气说,"那叫思想汇报。那个时代知识分子要求入党和你们现在不太一样,这些我们都经历过的。"

陶月叫起来:"你也和父母划清界限了吗?你也把父母骂得一钱不值了吗?他妈妈来信求他,希望他每月能给家里两三块钱,他居然把这样的信都交出来,你能做到吗?听到他爸爸平反的消息,他居然表示不相信,希望党组织能给他查清楚,你能做得出来吗?"

老龚有点发呆,心想难怪侯川性格这么古怪,他早就被搞得不成样子了。

陶月说:"看到后来我才明白,其实他根本对入党是不抱指望的,他写了一二十年检查仅仅是为了继续留在学校里。所以我才想到一厢情愿这个词。"

侯川瘦瘦的,小小的,平日里眼睛总是红的,从来不参加系里的活动,讲课总是认真无比,声音总是嘶哑着,有时也和学生抬杠,争起来脖子和脸一样粗……想到这些,他鼻子也酸了。

"这年头谁怕谁啊,我谁也不怕了!"

现在他完全理解侯川了,他其实是把一辈子积压的能量集中在一次爆发,做了一次总的燃烧。燃烧完了他也就没有活下去的念想。

陶月抱着他的胳膊靠在他身上簌簌发抖,说:"太可怕了。"

老龚拍着她说:"好在那只是历史。他是个活在历史中的人。"

"不对!"陶月说,"您是说这些全都过去了吗?没有,这种历史还在延续,一直延续到今天。不然你就没法解释他为什么会把讲课看得那么神圣,没法解释那么胆小的人会去抢话筒,更没法解释为什么最后总是对弱者大开杀戒。"

老龚怔住了,这些问题他确实没有想过,没有想过今天的争斗与历史有多少联系,自己在扮演什么样的角色,该负什么责任。

滨海大道是一条干线,它将海湾切去了一角,使原先的滩涂完全变成了陆地。前几年这儿还有成片的红树林和成群的红嘴鸥,现在这种景观已经见不到了。红树林还有几丛,被宫墙似的建筑隔离起来,据说是为了让它免受噪音的杀伐。可是离开海水的红树林就是住在宫殿里,还能叫红树林吗?

他们慢慢往回走,谁也不说话。夜已深了,那感觉不免有点异样。

可是已经迟了,他们被几个穿黑制服的围了起来。

老龚厉声叫道:"你们想干什么?"陶月紧紧靠着他。

"这话该由我们问。"

老龚说:"不要胡来,这个地方警察多得很。"

那些人笑起来:"他以为是演戏呢。"又说,"注意你们很长时间了,走吧。"

老龚说:"为什么?你们是干什么的?"

"干什么你自己不知道吗?扫黄打黑懂不懂?"

老龚愤怒了:"胡闹,扫黄打黑扫到我头上来了?"可是话音刚落,他腿一软,不知怎么就跪了下来。

陶月把他拉起来说:"你们弄错了,我们是S大的老师,他是我们校长。"

那些人又笑,"他是校长我还是市长呢。"

老龚叫:"你们怎么打人?"然而他再一次跪倒在地。

"打人?谁打人了?"

陶月搀着他,在耳边轻声说,"看样子不像流氓,跟他们走。"

果然他们被带进了派出所。可是进去以后就由不着他申辩了。两个人被分开审讯,老龚每一次想说话都要被厉声的"回答问题"打断。然后从姓名开始,一遍一遍地重复毫无意义的回话。后来渐渐发现这些人不太像建制内民警,更像是临时招来的保安,可这时连反击的劲头也丧失了。

天快亮的时候,他们也累了,就让他自己把昨晚的经过写出来。写完了,又让他摁上手印,他们就出去再也不露面。这时他才想到有可能根本不是什么误会,而这时他也差不多软成了一摊烂泥。

上午九点,保卫处长一脸惊恐地赶到,任陶月愤怒地大喊大叫这是阴谋这是圈套,他只是赔着笑脸。坐到车上,保卫处长才说:"钟书记把我训了一顿,他说龚校长是不可能做这种事的。他要摆酒给您压惊呢。"又说:"就我们几个人。"

老龚叹了一口气,什么话也没说。现在说什么也是白说了。

夜来风雨声,花落知多少?

果不其然,一些人的目光开始异样。交通车上都是同事,平日上下班气氛都还不错,而现在说出话来都是不着边际的:"温室效应越来越厉害了。""现在人都疯掉了,一个抢劫的为十几块钱就杀人。"

老龚和老婆不在一个单位,平时老婆也不大过问他的事,现在也黑着脸非要他讲"老实话"。怎么解释都是苍白的,老婆说:"这个圈套怎么不套别人,刚好把你套住呢?"

他只好赌气说:"我真是有问题了!"

本来可以问计的人现在也不见了。刘宾儒失踪了,上下班见不着,打电话也找不着,直到放假的那天才出现。

学校放假照例要开个党委会,小结一下,安排一下,有什么事情再说一下。这天比以往更加例行公事,好像谁都在等着回家没了讲话的兴致,就是办公室主任在说,钟书记作答。答话时还要背一两句小诗以示博学,完了就拍老龚的手,把头仰起来哈哈一笑。老龚自然是没有心情的,他现在看钟书记真的很像节目主持人了,他的表演比任何时候都夸张,比任何时候都投入。套用时下的流行方式,这家伙简直可以当选本世纪味道最馊的人。

还有一个人也很奇怪,就是辛校长,从头到尾他没说过一句话。一张脸就像梅雨天返潮的猪肉皮,毛孔粗大而且一直挂着汗滴。他从前每次开会都要有意无意地提两句市里的领导,他不说×书记或者×市长,他省略了姓,而只说名字,"××同志又怎么怎么啦",可是这天他一个字也不提。

结束时钟书记大开双臂挡在门口，叫道："谁都别走！今天我请客。"

　　别人都站住了，只有辛校长从另一个门溜了出去。边走还嘀嘀咕咕说，"谁请客还不是公家掏钱？"

　　一车拉到南海渔村，早有小姐把他们迎进贵妃厅。一看，刘宾儒已在那儿等着了。刘宾儒说："不好意思，听说钟书记请客，我就秃子跟月亮走了。"

　　有人说："这不叫跟月亮走，这叫秃子等月亮来。"

　　钟书记接着说："可不敢这样讲。刘常委是省级领导，将来还靠他支持呢。"

　　然后他们就笑。老龚看着，就看出点意思来。

　　其实这个结果早就能预见的，只是没往那地方去想。既不是意外，也就用不着悲哀了，他想。只是这个秃子也忒狡猾了一点，早就知道月亮将从那儿升起。

　　大菜自然是龙虾鲍翅一类，钟书记让每人再点一样小菜，轮到老龚，他就趁机点了一个"清炒混蛋"。众人不解，老龚说："把鸡蛋、皮蛋、咸鸭蛋放在一起搅和，可不就叫混蛋吗？"又对领班的说："混蛋要炒得老，越老越有味道。"

　　酒要的是小糊涂仙，现在最流行的一种。老龚本来喝白酒是不行的，现在居然也是兵来将挡，一副全然不惧的样子。这晚行的酒令是：女人不能说随便，男人不能说不行。于是谁也不想犯规，都表现得很行。

　　喝到半醺，大家都放开了，黄段子也出来了。钟书记忽然扒他肩膀说："都在传你老兄赌场失意情场得意呢。"

　　老龚脑袋陡然就大了，伤疤终于挑开了，一时桌上安静下来。都想等着看他的洋相，看他怎么狡辩抵赖，怎么理屈词穷越描越黑。一股豪气从脑门上冲出来，他把酒喝干了，酒杯往桌上一顿，站起来说："一点不错，我确实情场得意。不是都讲自己行吗？我就更不能说自己不行。钟书记，龚某人做官可以输给你，做人就绝不能输给你！"完了把椅子一摔，进了洗手间。

进了洗手间，忽然就吐了，吐得翻江倒海，泪水直流。

刘宾儒跟进来有点同情地看着他，说："何必呢？"

他洗了脸，看见镜子里的自己狼狈不堪，又看见了刘宾儒的衣冠楚楚。

刘宾儒说："你要有个思想准备，他请了个院士来当校长。"

老龚笑了，其实辛校长下午的表现已经说明一切。

刘宾儒又说："你不要误会我，我并没有出卖你，我……"

老龚摆摆手拦住他，一个字一个字说："你认为我现在还有兴趣吗？"

假期里，老龚把几部过去的讲稿翻了出来，时间太长，有的已经发黄变脆了。稿纸上眉批和尾注写的全是小字，不戴镜子都看不清了。这让他产生一种去日无多的感慨，往夕何夕，生命流失，苍凉而又无奈。

这心情持续了好些日子。

又有一天，陶月忽然来一个电话，是从香港打进来的。

"龚老师，我向您道别了。"

他问："道别是什么意思？"

她不回答，却说："真不好意思，上次给您惹了麻烦。"

他说："过去的事情就不要再想它。你是出去旅游吗？"

"不是，"她停了一会儿说，"我是去结婚。"

老龚说："是吗？那我……祝贺你。新郎是谁？怎么以前没听你说过？"

陶月说："您不认识的。连我也……没见过。"

老龚激灵一下，问："你怎么也……你是开玩笑呢吧？"

陶月说:"是真的。我想了很久,只有这个选择。对方有条件供我读书。"

心就像被捏了一把,隐隐地疼痛起来。她不说新郎的名字,也不说"他",却说"对方"。她没见过这个人,却只有这个选择。

老龚半天反应不过来,更想不出应答的话。

陶月说:"给您打电话我只是想提醒您一句:您要注意保护自己。"

要是自己的女儿他就会说,你这是胡闹。这是对自己不负责任。想留学也用不着这样。别的途径多得很。要是陶月事先来征求意见他也会说,你是我最喜欢的学生,你是一个好女孩,你完全可以读在职的硕士博士,你完全应该有更好的前途。可是此刻他什么也说不出来,他突然明白过来,陶月显然还有另外的考虑。她只是不说破罢了。

是的,陶月走了,结婚去了,校园里所有的疑虑都不复存在了。所有的谣言和攻击都还给了制造者,他又一身轻松了,又可以进入下一轮角逐了!

想到这一层,就更加难以启齿。说多了反而显得自己自私,显得自己做作,好像是故作姿态,好像是表演豁达,那把陶月又置于何地呢?

"龚老师?"

"你说你说,我听着呢。"

陶月说:"龚老师,昨天我去看蔡元培的墓了,挺荒凉的。我就以您的名义献了一个花篮。我想您如果在这儿,也一定会献的。"

他便一下子噎住:"是,一定会的。"

是的,如果他在那儿,有人提醒,他会的。可是香港,他不知去过多少遍了,怎么从来就没想到去蔡先生墓上看一看呢?从师承上说,他比陶月近得多,他毕竟在未名湖畔度过了四年,在燕园红楼有过无数次徜徉,怎么反而是陶月想起了蔡先生呢?陶月和蔡先生有多少联系?或者仅仅是一个理念?

陶月啊,你究竟想说什么呢?老师也是人,是普通人,他也得顺应环境,你太理想化了。高尚要有高尚的条件,这东西不是装出来的,也不是可以逼出来的。他木木地不知如何作答,直到陶月收线了,他才道声再见,并且满耳朵都是电流的嗡嗡声。

他抬头,看着书架上自己早年的一幅枯笔卷轴,如今已经落满了灰尘。他曾经很得意这种笔法,苍劲挺拔,傲霜斗雪,干涩苦行,呕心沥血。好像也曾拿出去得过一个什么奖的。那幅字的意思也好,是早年清华大学校长梅贻奇的话,说的正是那个时代,一代学人天真遥远的谵语狂言:

大学者,非大楼之谓也,乃大师之谓也。

原载于《清明》2002年第1期

大学诗

一

　　大师兄回校的那天，院长特意嘱咐把研究生院的正门打开，以示隆重。标语横幅就没挂，其实这些东西也都是现成的，拉一拉并不费事，主要是考虑到大师兄没什么头衔，横幅上总不能直呼其名吧，所以就免了。但接待规格绝对一流，院长亲自打开车门，把手护在轿车顶棚上，事儿似的。大师兄自然也不敢傲慢，跳下车就把院长老爷子给抱起来。这动作幅度过大，以至于风衣都掉在地上，让他的白丝巾在背后飘起来，像一面风中猎猎作响的战旗。

　　大师兄还是那么酷，他向大家挥手问好，手掌钢刀似的向两边一劈，转了整整360度，然后带头鼓起掌来，绝对的大腕级做派。我们自然兴奋到了发狂，我们簇拥着他，捧着他，直上九楼。来到客房，把他围得严严实实，然后发问，然后回答，然后高声大笑，不管男生女生，一律行拥抱礼。本来大师兄也可以住校园宾馆的，可是他坚持要回研究生院，他想师弟师妹们了。

　　大师兄就是大师兄，没说的。

　　大师兄说了，他对母校最有感情。这一趟他要不帮母校把博士点拿下来，算他白练三年。那学位委员会就算是铜墙铁壁，他也要钻进去卸下几块砖来。至于具体能卸下哪一块，那就要到时候看国务院学位办的抵抗水平了。

　　众人大喜。又跟着大吼：卸，卸，卸！卸他妈的蛋！

　　连女生也跟着喊。如今女生比男生更能疯。

众所周知，如今高等教育已经产业化了。自高校扩招以来，谁的品牌大质量优谁就能抢到更多的市场份额，这已是不争之事实。而衡量品牌质量的标准就是，硕士点和博士点的多寡。硕士点好说，本省的权，十几万就搞掂了。而博士点则不同，要进北京，攻国务院学位办。门槛太高，想当年引无数英雄竞折腰。S大前任校长高斯年是个古代老头，比巴尔扎克笔下的高老头还吝啬，失败了几回还不觉悟，结果把古汉语的点眼睁睁地让邻省一个名不见经传的大学给抢了去。这一重挫使得S大几年都喘不过气来，当年申博的王牌博导反而跑到人家学校去当客座了。辛校长上任以后决定重拳出击，宣布拿出五百万元预算经费。辛校长说了，五百万能拿下三两个点最好，实在不行能拿下一个也干。实现博士授予权零的突破，对本校而言已经刻不容缓了。曹书记说，那种在外面开会直不起腰来的状况再也不能继续下去了。

大师兄就是在这样的生死关头被学校请回来的。大师兄在省城参加了一个民间性质的高等教育评估机构，据说这个机构在圈内无人不晓，已经有很多大学通过他们的评估实现了申硕和申博。而大师兄就是该机构真正的操盘手。想想吧，得了？

其实大师兄当年走得并不风光，他甚至连毕业证书都没拿。正所谓英雄不问出路，学校能请他回来，本身就说明一切。这一天的晚宴校领导全体出席，书记校长亲自为大师兄把盏，把大师兄灌得酩酊大醉。

研究生院坐落在S大的东南角，坐西朝东，面对校外的一条商业街。当年因为面积太小经费太少又想得太体面，既能办公会客请教授，又还得安排这帮学生住得舒服安全不出乱子，校领导们可谓机关算尽，结果就盖成了两座连体塔楼，屋顶高高耸上去有点像哥特式教堂。后来有人认为这也太不现代了，就又从三层到九层加了玻璃幕墙，耗尽了想象力资源。但不知是什么原因，九层以上的部分没有包，还保留原先的尖顶，这样它就成了一个怪物。远远地看过去，就像一根包皮过短的阳具矗立在大街上。有人透露，学校对这两座楼，比寡妇对儿子的期盼还要多。它担负着提升S大形象的重任，是S大在新世纪创世界一流大学的最后希望，故而倾其所有，把最后一张人民币都贴了上去，已经弄到了快要破产。

大师兄就是研究生院的第一批硕士生。

两座楼在校内叫研甲楼、研乙楼，据说原是打算叫研A座和研B座的，沾点港台气息，后又想到男女生各住一幢楼，这样叫出去容易产生不雅之联想，遂改。

在许院长看来，两座楼加一个院墙不但在校内自成一统，而且还有点精神提升的意思，就像大雄宝殿前面的哼哈二将，是为S大站岗放哨，抵御世风恶俗，有着护卫最后一片文化净土的意义。所以紧挨着商业街的那个正门他从来不让开，攘外和安内这两手他都是要抓的。其实院长老爷子也是瞎操心，学生推开窗户就是商铺，一根绳子就是胡志明小道。而大街上，叫外卖的吃喝性卫生用品的还有拉皮条的满地都是，谁要真有那个心思，鬼都拦不住。

传说这一带从前是个乱坟岗，刚建院时一度鬼故事大行其道。那帮女生刚进来，某些尚未成功又贼心不死的绅士暗自窃喜，以为这是营造某种气氛的极佳机会，而这样的机会正是那些护花使者现身的前提。大师兄善于策划，就是他给这些故事定的调子。当时提出来的口号是三讲：讲女鬼，讲女色鬼，讲裸体女色鬼。个别绅士甚至为此准备了一定的物质条件，他们的理论是，一旦大家娇喘吁吁方寸已乱不可收拾之时，不至于临时抓瞎。这是关系到保护妇女儿童的严肃问题，悠悠万事惟此为大。

然而实际情形是，两人一间的宿舍，居然谁也没为谁腾过地方，零纪录。如今这些女硕士尽管表面小资，布尔乔亚加波希米亚，其实她们一个个都曾经沧海，心比天都老。还没等你把气氛渲染足呢，她们的问题就比老三篇还庄严。这些问题人称老三问：你有房吗？你有车吗？你有维萨卡吗？答案自然比绅士的那张脸恐怖，就像饭卡必须充值才敢进食堂一样的肯定。

男生的新三讲和女生的老三问形成了研究生院里固有的话语特色。于是刚刚学会绅士状的男生又重新回到男生楼的原生态，衣冠不整地出现在走廊上，丝毫不忌讳对面的尖叫或者怒骂。

两幢楼一到阴天下雨，刮点小风的时候就更有意思：刮西风则满院化妆品气息，虚假到了甜腻；刮东风则是动物园里的狮子老虎味道，尿臊味不知有多重。这样的环境，正所谓鸡犬之声相闻，老死也不可能往来。久而久之，研究生院院子里的绿色草坪很自然地被踩出两条便道，一条通向研甲楼的边门，一条通向研乙楼的边门，正门大厅反倒没人走了。而草坪却再也恢复不了原样，站在楼上看，恰好是绿地上写出的一个"人"字。

这样的人，绝对发乎情止乎礼不逾矩。校方的忧虑完全多余。

在这方面大师兄就是个典范。他开头追的那个是艺术学院表演理论专业的，脸圆，身子也圆，人称皮蛋，就是Q。据说Q有一次已经坐在本市某青年企业家的大奔里了，大师兄还追出去愣把一个笔记本塞给她，弄得Q拼命深呼吸，脸都憋青了，大声说你还是读一读布莱希特吧，啊？

据说本院女生的经典老三问就是在这样的语境下诞生的，Q一回校就问（说一句伸一回脖子）——

你有房吗？你有车吗？你有维萨卡吗？

所谓人穷志短，高粱地里困死了英雄汉，大师兄当然经不起三问，一问就能折他一跟头。而他的屡败屡战精神又让他的同屋十分痛苦，每每有限的津贴被酒吧女老板哄走之时就来蹭同屋的饭卡。其实大师兄是个挺优秀的货色，本校历史系王牌学科马同吾老师的高足，没准儿将来的中国灾难史动乱史就是他写的都不一定。可是不知为什么，他始终没能挂上一个。其实他的要求并不高，研乙楼出来的他差不多见一个追一个，追上了就死缠烂打，可就是没能挂得住。有时候眼看挂住了，顿顿都喝免费青菜汤了，脸就跟青菜叶一样了，已经多次声明请同屋的先生预备向后转了，还是没戏。只落下一个战斗作风比较顽强的好名声。

有一天大师兄又是这么屁滚尿流面无人色地撞进门来，他进来就把自己腾空撂倒，摔在床上，眼镜片白雾蒙蒙，估计什么也没看见。而当时同屋的先生正和一女生在缠绵，状态是接吻的预备，尚未入港。那女生见状大惊，花容失色，抓起包就走，连拜拜都忘了说。据说该女生最动人之处就是这一声拜拜，味道有点像徐志摩的沙扬拉拉。

这一事件的直接后果是，大师兄断了粮草供应。而更严重的后果是，大师兄离校出走了，不知所终。两年后才有人在北京看见他，这才知道他真是下海了。而此时他已经在高教界名声大震。

据传，大师兄临行前还有过一次悲壮的对话。大师兄说：你以为本人只对女人有兴趣吗？错了！他同屋的答：是，我错了，你还对女人的那玩意儿有兴趣。

大师兄说：你更错了！同屋的说：好好，你正确，你伟大，你光荣，你还很顽强。

大师兄于是喊了一声，他把这一声"喊"字拖得很长，声如裂帛，好似壮士断腕的那一声吆喝。据说，这一声泣血之叹让研乙楼安静了好几天，个个怅然若失。

这就是大师兄。他的判断永远是简洁的，好或者坏，对或者错；他的决定永远是干脆利落的，绝不拖泥带水。至于为什么这样为什么那样，他也永远不会解释的。一切都是明摆着的，解释是一种低智商行为。

大师兄成了研究生院全体女生的偶像。她们说，人家才叫个男子汉。你们算什么呀,小屁孩似的,你们就是把研甲楼尿成一座狮虎山也没男人味儿。

于是这帮女士全都赖在九楼的客房里不走。大师兄酩酊大醉也不走,满嘴胡言乱语也不走,弄得男生只好在走廊里站着,干柴烈火似的熬着。

有女生发牢骚:申博有什么用啊?有几个能读博士的?

立即有人答:现在本科生没菜了,硕士生还将就。等你毕业了恐怕硕士生也没人要了,你不还得往上读?

那女生说:妈呀,读到哪天才是个头啊?等博士毕业也没人要了怎么办?

大师兄说:你还可以继续读啊?

那女生说:读什么?博士后?博士后也没人要怎么办?

大师兄出语惊人:你还可以读啊,读壮士!

都乐了,说:壮士读完了呢?还读什么?

大师兄说:还可以读烈士嘛。

那烈士之后呢?还读什么?

大师兄说,这我倒没考虑好,不过可以暂定一个角斗士学位,你们看怎么样?角斗士之后还可以设……

有人喊:斗牛士!

大师兄说:正确。就叫斗牛士。活到老学到老嘛。为什么不能设斗牛士学位?将来本公司还要开展一项业务,对全体高校老师进行评估,评估合格的发给证书。圣斗士证书。用十八K金烫上去,绝对一流……

大师兄耸着肩,噘着嘴,一脸油汗地对我们点着头。总之,他让我们大家过了一个疯狂的愉快的充满想象力的夜晚。

最后还得说一句,大师兄姓廖,大号廖星凯。

二

　　说到这儿我必须引入另一个人的故事，历史教授马同吾先生的故事。不然事情就说不清楚，也就不能得出正确的结论。我们搞历史的最讲究渊源和细节，用老马的话说，细节是历史的细胞，细胞你们懂不懂？

　　马同吾先生年届五八（可能不止），满头银发，面色红润，腰板很直，精神状态极佳，常骑一辆破旧的自行车吱吱嘎嘎到系里办事或讲课。有一学期他的选修课是《中国当代黑社会调查》，选课者甚众，阶梯教室的走廊里都站了人。可上课铃打过，居然马先生没到，这在他是前所未有的教学事故。约摸过了五分钟，马先生一袭风衣一副墨镜，气宇轩昂地走进教室，身后一左一右跟着他的两个研究生（其中一个就是本人，他的这副行头也是本人策划的）。简单一句话：酷毙了！有女生尖叫：老大来了，黑社会老大来了！顿时全场欢声雷动。

　　老马早年曾在某名校执教，最高做过系副主任，后因夫人是南方人，不服北方水土，调至S大学。老马不属马，属猪，上课时形体语言丰富，讲一口苏北话，尤喜讲猪。曾在课堂上说：我是一只快乐的小猪哎，喜欢在泥水里打滚哎。还爱显派，稍有得意之事便要拿到班上给学生讲：我现在是四分五裂啦——哎，没（读me）得办法，一门课要讲三个层次，要给本科生开课，要给硕士生开课，还要给外校的博士生开课——麻烦了，麻烦了，兵分而力薄，破灭之道也！

　　老马好打麻将，每周一次，有时能打到凌晨，若周一早上有课来不及便不洗脸。学生坐在下面可以看到他的眼屎汹涌，怎么擦都擦不净。但其精力旺盛，即使这样熬夜，讲课还是很有条理。他讲《中国史学史》,从吴任臣讲到龚自珍,从龚自珍讲到魏源,从魏源在灵隐寺辟谷一年有余粒米不进,又讲到沙漠里的仙人掌能吸收日月精华,然后讲到海南人喜吃仙人掌,并问:仙人掌有什么功效?答曰:人体清道夫也,可以去脂肪。忽而走下讲台,笑容可掬地说:李××(班上一女生,体胖,那天刚好缺席)要减肥,可以多吃点仙人掌。众人皆抚掌大笑。而他却一本正经说:这是私下谈话,不可外传哎。又一次上课,讲到1960年美国U2飞机侵入苏联,赫鲁晓夫让国防部长无论如何要打下U2,国防部长说我要是导弹,就直接飞上天把U2拽下来。老马此处讲得形神皆备,非常搞笑,众人大快。他亦受到鼓舞,不禁两眼放光,面部潮红,陶陶然有醉态。他上课讲到兴奋处,会端起杯子放在嘴边,却半天不喝,仍在讲,仍在讲,底下看的人急死了他还不喝,这种情况一节课会出现四五次。又特别喜欢作诚恳状,说,同学们,我一点没有看不起/讥笑/批评(视情况而定)的意思,我的意思是……

老马坚持给《周末》投稿,每期发一块豆腐干文章,讲一点历史普及性的知识,由此每月可赚得百元以上的零花钱。他说他有学生在该报当编辑,稿子比较好发,并美其名曰老师给学生打工。稿费可做赌资,满足每周一次的赌瘾。如果赢了,便买一些小吃犒劳同学。当然这样的情况不多,可见赌场也是不大得意的。

那时每临近期末,我们班就会想出美女计,派出漂亮女生到各位老师家"套题",但在老马处鲜有成功者。只有一次例外,趁打麻将之机闯入,老马当场宣布:你们不想考就不用考了,交篇论文总可以了吧?他对自己的状况也不满意,自我解嘲说:不为无益之事,何以遣有涯之生?

老马的心理只有大师兄廖星凯摸得比较透,为此经常可以讨巧偷懒。比如做论文,他连准备工作都不做的,到时候了就对他说:我有个同学想选你做导师,你有没有题目?老马答道回去想想。下次上课时，老马准能带几本参考书交给他说：我看《上个千年的饮食变迁》这个题目不错，你可以做做……

我这样讲并不意味着老马随和好糊弄，其实老马并不好说话，在学习上对学生要求极严。一次指导我的师姐做选修作业，其时师姐刚刚失恋，为了应付老马，就随便摘抄拼凑了一篇已发表的文章。老马发觉，怒，叫师姐到讲台前，斥为青春躁动症，当众退回师姐的论文。师姐捧文大骇——老马已然将她抄的那篇文章的原文找到，并复印了一份在她的作业后。师姐是那一届的佼佼者，稿子被毙掉不算，还被指为青春期毛病，有的老师为师姐说情，老马不以为然，说：她将来还要不要在江湖上混啊（指师姐即将考研）？

老马语录：宁可劳而不获，不可不劳而获，以此诚心，方有学问可言。

其实老马的学问极好，他的心灰意冷是近几年的事。他擅长考据，亦喜田野调查，代表作有《宋代安抚使考》，详细考证出宋代一百零几个安抚使，很见功力。据说在一次教学评估的会议上，有同行权威人士指着桌上的一堆书说，这里面只有马同吾的书可以传世。老马受到重创也始于一本书，他倾多年之力写出的《中国联邦史》，因涉及敏感话题，由香港某出版社出版。在评教授职称时，据说学校不同意以此书作为学术成果申报。老马闻讯大怒，自此再也不提职称的事。后有人将书拿给曾得诺贝尔奖的某博士看。某博士看后说：如果这种人不评教授，中国以后就不要再评教授了。此言传回学校，有人劝老马再申请一次，老马道，职称是证明能力的，能力是客观存在的，本人讨要还有什么味道？不从。

据说老马的突然醒悟其实另有原因。老马是个惧内的人，极爱师母。有一件事为证：我们本科毕业时照集体相，要马老师与我们合影。因前面有别的班级在拍照，系里的老师同学都在等。老马等了几分钟就不耐烦，说：不行，我不能等了，我得去买菜。竟骑车去了菜市场。有女同学感叹,模范丈夫也太过头了吧——就是师母力劝老马放弃一切念想,安享余生的。故而老马每每自比躲进桃花源的现代秦人,所以才会有快乐的小猪一说。

由此也可以反证,老马确实由于嘴巴不稳,好冲动,时常会做出出格的事来,须有师母严加管束。某日老马到经济管理学院如厕,见学术报告海报,题目是:你怎样从年初只有××元到年底赚××××××元,报告人是一著名暴发户。老马见左右无人,竟伸手便把海报撕了。结果当晚该院领导即找上门来,起初还想抵赖,后有同学指证,老马只有认错道歉。叹曰:礼崩乐坏哎。

又一日晚老马在选修课上讲反右运动。至课间休息,老马突然冲下讲台,到第三排的一个女同学身边,索其证件查看。课后,老马对别人说,该女生面目成熟,形似公安,似乎还在做录音(其实桌上放着的是随身听)。经大家再三解释,仍不能打消疑虑,一再追问:我没得讲错话吧?我没得讲错话吧?

马同吾老师问,同学们,领袖最重要的性格/气质/精神是什么?同学答"冷酷",老马一笑,说这个词不大好,学历史的要善用春秋笔法,叫坚韧如何?

老马语录:单纯用自然科学的方法研究人类起源(指人类基因组计划)易走入偏激之境地,因为它太精确,太冷酷,而人类社会的发展太复杂了。

老马语录:这个社会是不完美的,永远不完美,要打破完美主义。我们要追求完美的世界,但不是要实现它,实现就没得意思了。而是在实现的过程中保持幻想,有幻想才会有快乐哎。

三

我之所以在这里啰啰嗦嗦地介绍老马,中断了故事,违背了小说法则,是因为我在讲大师兄的故事时不得不把老马介绍清楚,而老马本人又喜欢细节。否则人们很容易看出破绽,为什么老马是那么个人却会这么做。这个问题老实讲我也在思考,我暂时还无法回答。因为我也不知道后来会发生那样的事。

实际上从前老马是非常得意他这个学生的,他不止一次对别人说过,廖星凯是个天生做史学的料。在所有的同学中,也只有大师兄敢于支使老马为他跑图书馆查资料。有一次大师兄把一本书弄丢了,还是老马为他赔上六十块钱罚款。这样你就可以理解,当年大师兄愤然离校,老马是何等失望,气得吐血。当然实际上他也没有吐,他还不至于那么认真。这样你也就可以明白,大师兄这次回校,实际上老马心里是极不舒服的,感慨系之,觉得世道真是变了。

不过大师兄还是会做的,他第二天就去老马家拜见了老师和师母。而老马也不好伸手打笑脸人,何况他手上还拎着两瓶洋酒。

总之开头一切正常,大师兄是帮学校办事的,并不妨碍老马。申博是件好事,对学校对大家都没有坏处,老马即使感慨良多,也就感慨一下而已。

学校为申博成立了领导小组,规格很高,辛校长亲自任组长,各位副校长任副组长,下设若干专业委员会和办公室,总之学校的头面人物一锅端了进来。考虑到如此重大的事件曹书记却没有位置,体现不了党的领导,于是又安排了一个总顾问的头衔。办公室主任是我们院长老爷子,许老爷子考虑到有可能指挥不动校机关的诸位老师,又特意把我们几个研究生拉进来跑腿,答应每天给十八块钱的补助。有十八块钱，还可以不上课，何乐不为？

申博以往是两年评审一次，大体的程序为：各基层申请，学校评审排序，同行通讯评审，学科评议组评审，国务院学位办审批。由于多种原因本应去年进行的第九次博士点评审推至今年，又因为SARS，学科评议组也采取网上评审，故今年的难度更甚于往年。通常的理解，点上的师资力量和面上的学科布局是评审的关键，故大量工作就首先围绕这个展开。而该项工作是惊人的庞杂：

来自全国哲学社会科学规划办公室的，有国家社会科学基金项目，其中又分为重点项目、一般项目、青年项目、一般自选项目、青年自选项目。来自教育部的有211工程、985工程、教育部人文社会科学基金、青年人文社会科学基金、人文社会科学"十五"规划项目、人文社会科学基地重大项目、教育部跨世纪人才项目、教育部重点项目、高校青年教师奖、优秀青年教师奖励计划、高校骨干教师资助计划、高校博士学科点专项科研基金、高等教育国家级教学成果奖、教育部名师等。还有教育部受托管理的霍英东教育基金、曾宪梓教育基金、邵逸夫项目、长江学者奖励计划等。来自科技部的有863计划（国家高新技术研究发展计划）、国家科技攻关计划、基础研究计划，如973计划（国家重点基础研究发展计划）、国家自然科学基金、研究开发条件建设计划，如国家重点实验室建设项目计划、国家工程技术研究中心计划、科技产业化环境建设计划，如星火计划、火炬计划，共五大类，各类又有若干子项。来自人事部的有博士后流动站、留学回国人员各类资助计划、专业人员资助计划，如跨世纪学术和技术带头人、新世纪百千万人才工程、政府特殊津贴共四大类。

体现师资力量强大的标志是什么？就是各种数字，各类报表，各类著作，各类学刊杂志，各个级别和档次的科研项目、基金、工程、计划。这个被大师兄称为硬通货。他说：硬通货上不去，天大的本事也没用。反过来硬通货谁都有的情况下，那就要看谁的家伙事硬了。大师兄并没有故作神秘，他不隐瞒成功的诀窍。问题在于明知扑克变钱是魔术，可他玩得转你就玩不成。他竖起一根手指头对院长说：老爷子，别看你是个教授，在这方面你基本上是个学龄前儿童。这就叫闻道有先后术业有专攻，师不必贤于弟子。院长诺诺。其实他不诺也不行，那些机关各处室抽调来的老师早就头晕目眩，没过几天他们就溜的溜跑的跑了。院长只有转而对我们指示：一切按廖星凯的要求办。

前期工作大师兄基本上是不参加的，每天下午他来转一转，看看哪些数字不符合标准，哪些表述不够规范。而上午则用来睡眠，晚上用来接待女同学。他的这种工作态度显然只能让剩下的几个苦力吃更多的苦。而这正是大师兄要的效果。他说，他们不来不是更好？我让老爷子给你们报加班，你们太辛苦了，这点钱简直是野蛮剥削。这样在他的安排下我们的每天十八块就变成了三十六块。

另外他认为催材料不必一家一家地跑，那样太落后了。他说，你们要打电话，你们现在不是学生，你们是校申博办的工作人员。他当场示范了怎么打电话。他说，这帮人全都属狗的，你越是端架子，他就越怕你——喂，理工学院吗？我是校申博办哪，有个通知，对，不客气，你们××老师的材料还没报来啊，有困难？那就是你们的问题啰。明天下午三点以前必须报来，这是校长说的不是我说的，再见——结果第二天中午，那老头就一头大汗背着一网兜到办公室来了。

有一次是我把表格设计错了，漏了一项，结果报来的东西全部作废。正心里惴惴着，大师兄把我肩膀一拍：怕什么？让他们重新报来。我说，现在学校怨声载道，老师们填表填得头都大了，再重新填还不定怎么骂呢。大师兄笑了，说这个还用我教你吗？你干吗说重新填？你再设计一张，发通知让他们重新下载不就完了吗？

有一个老师，是从美国回来的博士，他把一个基因的序列存储到GenBank数据库，然后就在表格上填"得到GenBank的认证"。这是十分明显的错误，因为那个数据库根本就不对任何数据进行认证，数据的真实性可靠性完全由提交者自己负责。因为我帮一个师兄上网查过，我知道。我把这个发现报告了大师兄，他想想，笑了，说：这孙子。可是一转身却对我发出指令：留着，这是硬通货。大师兄后来解释：管事的那帮人比他还孙子，他们懂什么叫GenBank数据库？他们见了洋文就认。你以为上了SCI目录索引就了不起了？也是狗屎！

还有就是老师发表的文章十分繁杂，涉及三十几个专业上千种书刊杂志，简单地按专业领域分类显然分散了博士点的力量，因为有些老师是跨专业交叉兼课的。还有，你凭什么说明这篇文章就高于另一篇？凭什么认定核心期刊上的文章都是好文章？凭什么证明得过奖的就有学术价值？凭字数？论块头？拿到证书？还是凭老师自己讲？经历了形形色色的学术腐败你今天还能相信谁？可这些复杂的评估标准问题在大师兄那儿已经浓缩成两个字，级别。他伸出两根手指头说：省级的肯定高于市级的，国家级的肯定高于省级的，用洋文的肯定高于用汉语的，研究发达国家的肯定高于研究落后国家的，这点毫无疑问。

我说，这也太那个了吧？大师兄说，你是不是觉得特没意思？错了！这一行就是这个规矩。为什么大王能压小王，为什么A能管住老K？游戏规则如此，没有道理可讲的。你们也得为那帮专家们想想，他就是再有水平，是个天才，他也不可能读完你们这些破文章，何况有些新知识新领域他们听都没听说过。他们凭什么？只能凭级别。级别高就说明质量高，否则这世界就乱了。我说，有的老师皓首穷经一辈子，也许就因为级别二字被挡在了门外，这也太不人道了。他说：这个世界没有人道只有狗道。你把他们当人你自己就变成了狗，你把他们当成了狗你才有人的尊严。一朝权在手，便把令来行，令就是规则。

　　类似的格言他还有很多，总之能让你觉得歪理也是真理。比如，他会突然问：故宫里为什么有那么多台阶？为什么臣子见皇帝要行跪拜礼？古时宫里给太监阉割为什么叫去势？完了他并不回答，只是把眼皮垂着，口中念念有词，像是在跟自己苦辩。那神态确乎是破译了全世界的密码，或者是掌握了打开所有大门的万能钥匙。跟大师兄干，这一点确实过瘾，他真能让你长见识。

　　本来，院长老爷子造的计划里有一系列的学术会议要开。几年前，就是因为老校长舍不得掏钱出来开这些专业会议，才使S大全军覆没的。现在当然要接受教训。什么样的接待规格，请哪些专家学者，其中重点权威人物上什么特殊手段，他全有计划。然而这一切也全让大师兄给搅了。

　　路径依赖，他说，绝对是路径依赖！在辛校长的小会议室里，大师兄对老爷子毫不留情，他敲着桌子，目含凶光，脖子涨得比脸都粗。辛校长也被他震住了。他说，你们的观念太陈旧了，这一套人家早几年就玩烂了。今天是哪一年知道吗？今天别说送一张购物卡，你就是给他一辆车也未必打得倒，何况他还不敢要！

　　路径依赖是经济学上的一个概念，意思是后发现代化国家只能重复发达国家的现代化道路，重复别国的发展历程和全部罪恶。大师兄指责学校的做法是路径依赖还是很贴切的，因为腐败也在与时俱进，我们不能重复其他大学的老办法。他指出关键是钱要到位，不能囊中羞涩到时拉不开栓，至于钱用在哪里用在什么时候，那得到时候看情况。

　　正是傍晚，一抹斜阳从背面投过来，给大师兄本不太伟岸的身躯镀上了一层高光，使他的面部表情更加冷峻生动，他挺胸收腹高瞻远瞩目光深沉一脸的庄重，说：这个问题一定要实事求是啊。

辛校长早就晕了，转脸对老爷子说：老许啊，我看廖星凯，老廖同学说得有道理。我们不能重复别人的弯路，我们申博也要搞出自己的特色来。老爷子说，行，我听校长的。辛校长说，你听我的没用，我也不懂。我看还是能者为师吧，我们大家都听老廖同学的，他有经验，脑子活。

至此，老廖同学已经不仅仅是某公司的业务经理了，也不仅仅是个操盘手了，在S大，他俨然就是一个高参，一个真正摇羽毛扇的人。

四

我这么叙述下来，你肯定认为大师兄不是一好货，其实也不尽然。事实上后来的问题不是出在他身上，而是出在马同吾老师的女儿马潇潇身上。简单地说，是马潇潇击败了研乙楼的所有女生，跟大师兄好上了。如果不是马潇潇坚持要跟大师兄好，或者如果马潇潇不是老马的女儿，那么后面的一切都不存在。

我好像说过大师兄的作息规律，他是上午用来睡眠，下午用来指导工作，晚上用来接见女同学的。他的接待任务很重，开始是三个五个一起来，来了就神聊海侃，一般十二点以前是不会消停的。这时他的歌声苍凉直白，有边塞风格：

我是一条流浪的狗
四处寻找爱情的骨头
我舔不够我叫不休

我终日奔走不管肥瘦
　　野狗也有想家的时候

　　后来情况发生了变化，女生是两个两个地来了，来了也不唱歌，而是傻笑，笑声凄惨尖厉有裂帛感，这声音搞得整座研甲楼都跟吃了摇头丸似的。当然这种情况持续得不久，很快就结束了。再后来女生就一个一个地出现了，来了也唱歌，但歌声比以前婉约得多：

　　等你等了许久
　　等你等到白头
　　眼睛水是咸的
　　把心淹了个透……

　　再再后来，就剩马潇潇一个人来了，来了既不唱歌也不笑，来了就把门一关。进入这种境界以后，大师兄仿佛已换了一副面孔，不苟言笑，神色凝重且匆忙。不久他就提出吃食堂不方便也不习惯，搬到校宾馆去住了。
　　他们在宾馆能干些什么无需妄猜，凤凰卫视台有一个节目专门教人如何嘿咻嘿咻，大战三百回合的。再说如今是网络时代，互联网就是个最大的皮条客，什么事都休想瞒住我们。所以大家谈起来也都基本采取哈哈政策。只不过研乙楼的老三问又有了革新，她们这样问（拧着脖子噘着嘴用卷舌音）——
　　你有哥哥吗？你有老师吗？你有历史吗？
　　马潇潇从小就认识星凯哥哥，这点毫无疑问，大师兄从大二开始就经常在老马家蹭饭了，说老师说历史也都不过分。问题是老马对这位星凯哥哥从前极有兴趣现在极其感冒，见了他就喷嚏不打一处来。

马潇潇（这名字可能来自杜甫的《兵车行》）是那样一种女孩，有点才气所以特别孤傲，有点气质所以特别时尚，有点娇弱所以特别敏感，总之是比小资还资比小布还布比新新人类还新的那种。她是读美学硕士的，在研乙楼有房间，平时并不大来。可自从大师兄在九楼的接见活动日渐频繁以后，她就搬来做了看守女士，而且脸色不大好脾气也见长。其实刚开始她并没有表现出特别的热情，别人在大师兄那儿热闹她还表示过不屑。可后来也不知怎么的，就有点义愤填膺的意思。终于有一天她一脚踹开大师兄的门，然后目光就直了，然后眼圈就红了，然后大师兄就瘫软了，然后那个考古所的女生就像见到诈尸一样抱头鼠窜了。

女儿的行踪自然是母亲最先察觉。而马师母是那样一种弱不禁风的旧式女子，有人说假如你在她身后冷不丁咳嗽一声，她都能吓出病来。据说老马离开北京调来南方，主要就是因为师母的原因。所以师母是处理不了这样重大问题的，师母唯一的选择就是请老马出面镇压。

老马蔑视大师兄是肯定的，老马不同意女儿找这样的货色做朋友也是肯定的。可是老马有什么办法阻止女儿呢？老马自然是不方便同大师兄直接摊牌的，阻止学生同女儿恋爱？这样的话他是说不出口的，违反了他追求现代文化品性的一致性。从某种意义上说，老马的反对只能让马潇潇更加疯狂。他只好找女儿苦口婆心。他们的谈话是这样的：

潇潇，爸爸妈妈是为你好，希望你幸福，这一点你总同意吧？

那你们还啰嗦什么呢？你女儿现在不幸福吗？

你现在是身在局中，不识庐山之真面目，廖星凯是什么人我不比你清楚吗？

这怎么可能？

这怎么不可能？我带了他六年呢。

你怎么可能比我更清楚呢？太可笑了，你们又不是同志（同性恋）。

我们从前是同志，现在不是了，绝对不是了。我带了他整整六年啊，结果招呼都不打就逃跑了。这种人你跟他会有幸福吗？

说你不懂吧你还不承认。少烦啦，幸福不幸福我自己清楚。

我一点都没有看不起／讥笑／批评（视语境而定）你的意思，我的意思是，你跟了他一辈子都要后悔。与其将来后悔，不如现在拿出壮士断腕的勇气来。

我什么时候说要跟他一辈子啦？我说过要跟他结婚吗？

那你天天跟他在一起干什么？人无远虑，必有……

幸福啊，你不是说幸福吗？现在我天天都很幸福。

这怎么可能？

这怎么不可能？

原来你已经……这么形而下了？

马潇潇笑了：行了老爸，我的手机号就在台历上，有事就打电话！

于是老马就像被机枪扫中一样慢慢倒下去。老马说：哦，你都这么先进了。

总之这样的对话有过几个回合，每次都以老马失败告终。老马不能说服小马已成定局，不仅不能说服而且必须忍受新新人类的最新宣言，生怕万一闹翻马潇潇一怒之下离家出走。老马夫妇早年坎坷中年得子，把女儿看得比天都大。所以煲一碗汤还要打电话把马潇潇请回来，马潇潇吃了喝了还要给郎君带一点，结果就变成了老马夫妇为孽障补身子，好像大师兄幸福得还不够。

对这一切师母是毫无办法的，她除了怨声载道以泪洗面就是不停地向老马报告女儿的最新动向，弄得老马如同一头不断遭受猎物戏弄的雄狮。于是老马就把全部愤怒转移到大师兄身上来，以至于与大师兄有关的一切活动他都反感之，声讨之，怒形于色之。对于申博这样的学校大事，他亦公开表示反对。

某一天夜里，十点多了，学校宾馆的保安报告说，这两天总有可疑人士在楼外窗下转悠，于是将其捕获。被捉住的老马声称自己不是可疑人士是马老师，保安不信，便带到了保卫处。老马怒斥道：你们该抓的不抓，不该抓的乱抓。保卫处疑惑，说你认为我们该抓谁？老马想想，让保安去抓廖星凯总是于理不合，便答道：宾馆本来就应该有这样一条规定，本校女生晚间一律不得入内！

那时这样的爆料很流行，把老马的言行当作了新闻，把马潇潇当成反传统的斗士，更有本科同学在校内BBS上贴"老马语录"，十分热闹。后来闹得不像话了，我们也曾劝过大师兄，劝他设法与老马改善关系，毕竟老马是个可爱的老头。

可大师兄居然学老马腔调说，我没得办法哎，吾爱吾师，吾更爱真理。

五

大师兄的真理是，世界潮流浩浩荡荡，顺之者昌逆之者亡，他现在的一切不过是顺应了潮流，无论是做申博生意还是与马潇潇同居，都是潮流的题中应有之义。而老马的真理是，你不但害我女儿，而且还害你的母校，你天良何在？其实在我们看来，两个人的真理都还不够形而上。

老马最初的愤怒是表现在填写各类表格上，他认为制造这么多表格和统计数字完全是为了各级衙门装点门面，毫无用处。什么有多少人使用了多媒体，有多少人使用外语进行课堂教学，完全是脱裤子放屁。他早就对学校机关的衙门作风深恶痛绝了。有一年他要给我们上一堂录像课，一打听，先要系里打报告敲图章，然后由学院教务处同意敲图章，然后再由学校教务处批准敲图章，最后是电教中心回复安排日期敲图章，一圈跑下来老先生气得脸铁青，回到教室说：今后他们要找我说事情，不敲五个以上的图章我都不接见他（因为他敲了四个）。

　　这一次更是这样，各种表格因为涉及不同门类不同部门不同学科不同级别的各种要求，所以复杂无比，相信凭一般人的阅读能力已经无法得出结论，所以上级审批是采用电脑读表的。这就要求我们把不同的信息转换成代码，有点像外语考试题，老马哪里受得了这个？可他又不知变通，别的老师受不了就知道去抓学生的差，让学生替他们受过。老马又不善此道，所以才填错两页就骂起来了。

　　他说：什么叫跨世纪人才？还有什么"百人工程"、"万千百十工程"（一万个科研骨干、一千个国内优秀骨干、一百个国际优秀人才、十个国际顶级骨干）。你们谁知道这些数字是怎么算出来的？是不是像当年抓右派打反革命一样，按照95％和5％的比例再四舍五入？怎么那么巧，就刚好是个十百千万？荒唐！人才是计划出来的吗？是行政部门审出来的吗？

　　一个老师接话说，这有什么奇怪的？听说你的母校经过精密计算后宣布，可以用十七年时间达到世界一流大学的标准，你说这个十七年是怎么算出来的？为什么不是十五年，也不是二十年？

　　老马过去一直是以母校自豪的，常向我们灌输母校传统，很为母校护短。现在他也不管不顾了，说：旧官场积习未除，又添洋商场新症。当年蔡元培从后门赶出去的两大玩意儿，如今大摇大摆，又从前门回来了,而且冠冕堂皇,要超英赶美创一流。这些年大家都忙什么呢?争博士点,建基地,学术带头人,跨世纪人才,长江学者,核心刊物论文排行榜,层出不穷。四海无闲田,农夫皆忙死。可是地里不长庄稼,光长数目字!

当时办公室里还有几个老师,全都哈哈大笑。

老马讲得意了,又摇头晃脑道:宋代的那个薛崇义,头衔是通议大夫国子司业兼太常博士柱国赐紫金鱼袋,我看我们辛校长的名片也可以印上:博士学位博士后出站国务院评定博士研究生导师一流教授资格享受副部级待遇穿紫色校服。

然而这回谁都不笑,老马一回头,辛校长正站在他背后。

辛校长尴尬着,说你们好热闹啊。

老马亦尴尬着,说开玩笑开玩笑。然而脸却慢慢红了,脖子也渐渐粗了,陡而大声说:你那些臭表格,我坚决不填!

辛校长转身就走了。

这件事的影响说大不大,说小也不小。首先辛校长不是那等浅薄之人,当然不会因为有人说了他的怪话就滥施报复,何况他本人就是一个海外归来的跨世纪人才。其次学校也不会因为一些老师有意见而放弃申博,因为这是辛校长上任时在全校大会上的施政纲领(拿不到博士点就辞职),它关系到S大的市场前途。但辛校长也是人,让他对老马没有感觉没有看法也是不可能的。

实际情况是,在不久召开的一次中层干部会议上,辛校长就申博问题谈了几点"忧虑",他使用了"忧虑"这个词,而没有说是自己的意见。他没有点老马的名,实际上连我们这些学生都听出来了。会议最后,是曹书记作总结,他集中表达了这样一种情绪:支持辛校长就是支持我,支持申博就是支持改革。他一再强调了申博与改革的关系,改革与发展的关系,发展与党政一把手的关系。听他的口气,好像反对改革的还不止老马一个人,好像还有一大批人。他说，上面一再要求我们改革，打破大锅饭，实行聘任制，我们一直拖在这里，我看这种情况再也不能继续下去了！有的人想叫板，那就叫吧，不就是个副教授吗？有什么了不起？曹书记厉言剧色，说得眼球突出，很吓人。

本来我们这些学生是没有资格听到这些机密的，可因为跟申博有关，所以也来帮助做些会务工作。这样大师兄就有点眉飞色舞，他说：你们听到了吧？老马这样搞不是跟我过不去，他是跟组织上过不去，是跟S大的前途过不去。我说，听校领导的意思，好像还不止老马一个人跟你过不去呢。大师兄说：那当然了，他一个泥鳅能搅浑一塘水？说着还夹夹眼噘噘嘴，很神秘。

果然，随后校内BBS上就有了公开的反对声音，起初还围绕着某个学科的评估和某个具体问题在争论，但很快就转到办学宗旨、学术标准、大学精神和改革究竟应该改什么这些问题上来，变得有些形而上：

比如根据上SCI目录索引的数量和论文观点引用次数来说明该学科的科研水平是教育部的统一规定，但反对者认为这仅仅适合理工科，对人文社会科学就不适用。因为有些学问没有地域性，理工科就是这样，容易有公认的标准。而人文社会科学的研究却很有地域性，美国出版的学报很少登纯中国的研究，唐诗是中国的瑰宝，美国有多少一流学报登研究唐诗的文章？外国的汉学家就不敢研究杜甫李白，因为古今的评注就难以掌握，这必须由中国人来做。但在哪里发表呢？美国第一流的汉学期刊吗？中国经济的问题是非常大的问题，研究得当可以给许多发展中国家以参考，但国外主流经济学期刊刊登研究中国经济的论文不会有多大市场，而且外国期刊为什么要提供许多篇幅给研究中国的论文？这符合他们的国家利益吗？只有一点是肯定的，不在英文期刊发表的文章再好，都无法上SCI目录索引。

又比如现在以英文进行课堂教学被视为最高水平，反对者说，这是实事求是吗？外语是交流语言，不是工作语言，特别是文科，更不应该提倡外语授课（世界大国都不如此）。学校提出一个在几年内实现用外语上课的口号，简直是胡说八道。据说学校的管理层最近都学了一个英文短语，叫up or out。怎么个up怎么个out呢？答案大概是：今后用英文就up，用中文就out！

再比如衡量一个学科的师资力量是以拥有多少教授多少副教授组成的学术梯队来证明的，然而反对者认为，现在的评审制度谁都清楚是官僚评审制，它是以科学评估的名义和方式，为一大批庸才提供了一个合法的晋升之阶，并由此造成了整个学术界的平庸。平庸不是腐败，甚至连非典型腐败也算不上，也许只能叫做另类非典，却比非典型肺炎还要恐怖，因为它扼杀了整个学术界的生命活力。道理也很简单，一个庸才，并不会因为当上了教授或者博导就不再是庸才，却可以而且一定能当评委。这样的人评出来的，也一定是平庸之作和平庸之才。众所周知，我校的马同吾老师在这样的体制下就评不上教授。结果是学术界只剩下庸才，没有人才，更没有天才。这是一个真正的人才淘汰机制。

还有，就是直接攻击学校这次申报博士点工作的。说校领导深谙功夫在诗外之硬道理，各方面的攻关和争夺早就展开，请客送礼阿谀奉承卑躬屈膝，甚至花大价钱请来中介公司进行市场操作。相信这些做法多非出自领导本意，实属无奈，大家都这样做，你不遵循这类潜规则，可能会遭封杀，或没人和你玩了。况且作为知识人，都有些清高，如此求人，颜面人格已降几等，苦涩不堪。但无论作何辩解，终究丧失了高等学府应有的尊严。另外这次学校花上百万巨资非把一大堆现成的旧书拿来重印，只是为了说明我们的申博资格，有什么意思？据说某人一年之著作竟达一千三百万言，如此歌功颂德、营造气氛，这也太集体无耻了吧？学校有这么多的钱,干点什么不好?

如此等等,不一而足,把曹书记气得在走廊上大叫:要改革,不改革不得了!

但叫归叫,骂归骂,领导怎么想还怎么想,工作该怎么干还怎么干,大师兄对这一套早就见怪不怪了。他以一副沙场老将的口吻对我们阴阴地说:你们知道邓公为什么伟大?不争论哎。

六

问题不在于批评的声音如何激烈,也不在于领导的态度如何坚决,而在于老马本人不识时务。你有意见可以提,发发牢骚也可以理解,甚至你不愿意做违心之事找个学生来帮你做做也都无所谓。可他不该那么干。

这期间,老马的言论自然少不了,见到校内网站的BBS上有人还举他的例子来论证评审制度,他甚至还有点轻狂起来,的确说过一些过头的话。

比如针对曹书记说的改革,他说:我们的老板(是他们把自己当老板),什么都拿外国说事,什么都拿改革说事,这正是最最值得讨论的地方。如果我们真的想把学校改好,真的想把国家改好,就要一切从中国的实际出发,一切从广大人民的利益出发。这个学校究竟是公办的还是私立的?我现在很糊涂哎。

再比如,他在课堂上针对发展是硬道理这个话题说:谁都承认,学校要发展,国家要发展,发展是个很大的潮流,谁都难以抗拒和躲避。但我们不会因此而同意,发展的需要可以高于一切。比如老子讲的天、地、人、道和自然，哪样都比它更大。反对战争，反对污染，抢救和保护自然历史文化，保护一切被侮辱与被损害，遭受歧视和排斥的弱势群体，这是当今最大之道义所在。

还比如，他不止一次地把辛校长重复出版著作的事当作笑话四处传播，说花公家钱如此慷慨，硬把那么多白纸印成了废纸。说一年著作一千三百万字，平均每天要写四五万字，闻所未闻。说什么叫学问？钱钟书有云，学问大抵皆荒江野老屋中二三素心人商量培养之事。如此泡沫学问，真真羞煞人也！还说一个教师在道德品质上不能为人师表，在任何国家的大学里都是不被允许的。陈独秀当年在北大被解聘，并非因为编《新青年》宣传激进思想，而是他私下里去八大胡同逛窑子，闹出丑闻，北大才把他解聘的。说蔡元培也没有办法保护他哎。

当然这些话说了也就说了，学校总不能以言论治他的罪。说实话学校也没拿他当一回事。问题是出在后面的。

这期间，我们申博办日夜兼程排除一切干扰，终于将必要的资料汇编起来，制成光碟。另外实物资料也统统集中起来，装了几大箱子。大师兄经过认真清点，暗暗点头说，炮弹是够了，下一步就该八国联军进北京了。于是又经过一番紧张联系与协商，拟定了进京的日期和人员名单。

鉴于这次申博事关重大，最后决定S大的领导班子集体赴京。这样一个动作除了有壮声威的意思，也确实因为校内有不同意见，此举显示了领导班子的决心和集体负责的精神。另外各位领导在京城都有师生故旧，他们在评委要人之间奔走游说总归会有帮助的。

行前，还专门开了一个中层干部会，曹书记再三申明大义，晓之以理，动之以情。辛校长形销骨立，神情疲惫地说：我对全校老师提出一个请求，只有一个请求啊老师们！请你们在外面参加学术会议时，暂且放弃某些名士风流，偃旗息鼓，千万不要出言不逊，得罪任何一个能够影响评审结果的人……

会场鸦雀无声,全体动容。一个大学校长说出这样的话来,就有一点荆轲过易水霸王听楚歌的意思,确实是令人伤感的。他们为谁辛苦为谁忙?为谁消得人憔悴?衣带渐宽终不悔?还不是为了学校吗?会议结束时,全体起立,默送领导们出来大家才开始走动,我看见院长老爷子眼角都湿了。

说实话我们没经历过这样的场面,也没受到过这样的震撼,现在连我们这些学生也都是这样看的:申博不成天理不容。感到我们学校确实有种可怕的风气,崇尚空谈不做实事不顾大局,太过分了。S大毕竟是全体师生的S大,如果没有S大的光荣也就没有全体师生的光荣,如果没有S大的市场份额也就不会有全体老师的饭碗,这是明摆着的,手段是次要的,目的才是根本,发展才是硬道理。而对于这一过程中的任何事情都认不得真。这世界上的事本来就是做出来的不是谈出来的。有缺点的战士毕竟是战士,完美的苍蝇始终是苍蝇。

这期间,还发生过一件事:大师兄和马潇潇闹掰了。其实这也是意料之中的事,以他们两个张扬的个性,倘若真能长相厮守,无异于取消银河系让牛郎星和织女星靠在一起。这一点研甲楼和研乙楼的全体评花楼主早就有过定论,只不过对时间的长度略有分歧罢了。

其实对于爱情和婚姻,大师兄早就建立了自己的信念,他是经过研究才得出的结论。这方面的素质得益于老马的敲打,使他至今仍保持着一贯严谨的学风,没有研究决不说话。他的理论是,为了DNA的延续结婚是需要的,但必须回老家找个农村女人来结婚,越老实越愚钝越好,这样可以保证DNA的纯正。而爱情则不同,爱情属于精神范畴,一个男人如果仅仅为DNA活着那就太失败了。一个成功男人的成功标志就是在精神上得到最大程度的舒展发挥,这既是DNA最本质的传播要求,也是男人追求幸福生活的方式。所以,要玩就要玩那些新潮的小资的一惊一乍的,因为只有她们才能给你带来这方面的满足。

因此到了申博工作的后半段,一方面确实忙一些,另一方面大师兄也明显有躲避的意思,他不说,但谁都能看出来。他们上午矛盾不大,上午一个要睡觉一个要听课,到了下午就比较困难。最困难的是接电话,大师兄天不怕地不怕,就怕马潇潇来电话。马潇潇有一个毛病,一来电话就没完没了让大师兄认错。

为什么不开机?忘了?你错了没有?

对不起对不起,我真的很忙,你看,大家都忙着呢。

我不管,你错了没有?

对不起啊,我晚上再陪你说吧,啊?

不行,你说,你错了没有?

好好,我错了,行了吧?我错了还不能饶过我吗?

不行,这是敷衍的,虚心假意,不行。

好好,我错了,我真挚地向马潇潇认错,我痛改前非,小生这儿有礼了!

这还差不多。说,你为什么要痛改呀?

为……什么?我不是错了吗?

不对,说,是因为你爱我。说,你爱我。

于是,大师兄差不多都要哭出来了:我——爱——你。然后他放下电话就跟一句,我爱你的×!他摊开两手对我们说:看见没有?痛苦啊,男人真痛苦啊。没有女人,痛苦。有了女人,更痛苦。

大师兄的语言风格素以简洁干脆著称,可是在马潇潇面前他无法简洁,已经完全失去了自己,我们想想都很痛苦。瞧着那种脸色急遽变化,不停点头哈腰的电话秀,我们觉着汉奸队长见日本太君也不过如此。

终于有一天，大师兄搬回研甲楼来了。而且不进客房，直接搬进了我们宿舍睡在我的床上。他不说话，我们也不敢问。当天一夜无话，第二天下午就传来马潇潇割腕自杀的消息。这样研甲楼和研乙楼又免不了一阵慌乱，通宵无眠。不过那天，在医院里我们没让大师兄和老马碰上面，而是巧妙地把他们俩错开了。让双方保持克制与冷静，咱哥们还是讲义气的识大体的，从这一点上也能看出来。

当然，掰了也就掰了，没什么了不起。对大师兄没什么了不起，对马潇潇也没什么了不起。现如今女孩割手腕就跟玩镯子玩手链差不多，只要不死人什么都好说。只是大师兄比以前更阴沉，对工作的要求比以前更凶狠而已。

他们进北京的前一天晚上，S大的学生艺术团特意为领导们安排了一场汇报演出，也可以叫壮行演出。马潇潇还赶来参加了一个集体舞，不知是什么意思，也可能什么意思都没有。在"五星红旗，我为你骄傲，你的名字比我的生命更重要"的歌声中，她扮演的是一个举旗的女战士，把那面旗舞得忽而朝霞满天忽而波光粼粼。马潇潇飒爽英姿，曲线分明，风情万种，美到了极致。

我们看见，有一滴泪始终挂在大师兄的眼角，硬是没有落下来。

七

S大的夏季是沉闷的。低纬度线的日光特点是垂直、暴烈、持续时间长，好像大气层都被撕裂了。尽管有树，可树叶是卷曲的，尽管有风，可风是滚烫的。所以这种情况下，校园里很少有人愿意外出活动。偶尔有一条宠物犬跑过去，那舌头肯定拖得很长，呼呼吐着粗气，显得面目可憎。

临近期末，学生都在备考，教师都在填表（一年一度的考核表，仿照公务员的考核），所以一般不会有什么新闻。可这一年不同，这一年S大的全体领导都在为学校的前途而战，他们每个人都有生死攸关的感觉。我们院长许老爷子更是心中惶惶，他差不多每天下午都要登上研究生院的顶楼，翘首北望，心骛八极，然后再重重地叹上一口气，踽踽回家。许老爷子十月份就该到点退休了，如果能把博士点拿下来，把博士生导师的资格批下来，那么就可以续聘五年，所以此一战役意义非常。而北京千里迢迢，王师捷报未传，因之心潮难平。

这种气温条件下的等待，不仅是焦灼，简直就是折磨。

大约十天以后，副校长们陆续回来了。带回的消息是，该见的都见了，该跑的都跑了，该送的也都送到了。但由于今年是采用网上评审的办法，所以究竟这些学科的评委是哪些人，何方神圣，谁也吃不准。这样一来，大兵团留在北京作战显然靡时费料得不偿失，何况漫天撒网逮不到菩萨乱磕头总是个遗人笑柄的事情。一商量，决定留下校长和书记，改全面进攻为重点进攻。

只有一件事令人欣慰，就是副校长们原先对请中介公司进行操作这件事也是颇有微词的，现在他们一致认为这步棋走得好，这个钱花得值。因为无论是校长还是书记，在校内是个人物，可到了北京这样的地方他们连灰都算不上，两眼一抹黑，没有大师兄根本找不着北。还发生过这样的事：有一天大师兄早上起不来，辛校长和曹书记竟被堵在某机关的大门口，愣站了两个小时，幸亏大师兄一个电话才把他们搭救进去。侯门深似海，不服真不行。

这样的消息叫人兴奋，也叫人担心，万一大师兄把他们涮了怎么办？那学校可就惨了。而这样的事大师兄不是做不出来的，他这个人连老马都敢涮还有什么人不敢涮？

好在又过了些日子，有一天中午，许老爷子突然从楼顶走下来了，而且健步如飞连电梯都不用。见到我们，老爷子面色如春，眼角弯曲，笑意四射，完全换了一张脸。他说，你们这个大师兄，还真有点办法，是个人才，绝对是个人才。我们说，这个人才不就是您亲手栽培的吗？他说，那是，那是啊！

原来，大师兄在北京刺探到一个重要情报：×××九十诞辰期间，学界圈内将举行一个小型庆祝活动。届时该学科的权威泰斗们不仅全部参加，而且将要成立一个以×××名字命名的学术基金会，现在组织者正在为基金会做筹备工作。而该学科正是我校申报博士点的学科之一，×××本人正是这个学科最重要的评委。林妹妹就是这么从天上掉下来的。现在辛校长和曹书记已经决定，以学校名义向这个基金会赠款一百万。

许老爷子说，这才叫山穷水复柳暗花明啊。

我们问，如果基金会不接受公费捐款怎么办？如果接受了捐款人家反而不便投票怎么办？因为据说此类学术基金的运作是相当严格的，凡是有嫌疑的个人都要回避，何况S大还是受益单位，正在申报期间。许老爷子把眼一瞪，哼了一声，甩手就走，再也懒得回答。

于是我们一帮人在那儿瞎猜，这是什么意思呢？可以这样设想，假如人家不接受，就不会把如此核心的机密透露给大师兄。反过来，他透露了就不会不接受。他管你是公费还是私费，只要是人民的币，白给都不要？退一万步说，假如接受了还是通不过，这钱也不会白给，因为一百万呐，怎么着也该震动一下吧？就是砸也把那帮评委砸死了吧？这都什么年代了？送礼者的顾虑是不得其门而入，不是怕人家门上悬着一条鱼，如果门口悬着鱼应该想到他家鱼太多，应该改送肉。可见读书只能让人变傻，人世间的道理恰恰是书本上没有的。总之老爷子这一声哼，内涵极其丰富意味极为深长。

接下来的这段日子，就比较轻松，校内都传开了，知道校长书记在首都捷报频传。基金会不仅成立了，而且S大还是发起人之一。全校这次申报四个点，现在看来起码有一个是板上钉钉了，大家都松了一口气。接着又下了一场雨，天气也凉快多了。

每年的这个时候，暑假将至，法纪废弛，是学生最激动的时刻，种种不切实际的幻想都在这个季节里产生，研究生院更是如此。一般而言，那些有门路的在第二年就已经落实了去向，他们比较踏实。像我这样既无来路亦无去处的，反正死猪不怕，大不了也学北大同学去借一块门板卖肉，也比较踏实。只有那种兜里有两个钱也没什么大钱、背后有点小权但暂时还找不着交换对象的，则像个无头苍蝇满世界乱飞。他们一飞不要紧，把市政府各个局的苍蝇全都引来了，来了就打听博士点的事。学校也烦，但又不能不接待，他们都是得罪不起的人。这样学校就做出了安排，凡是局以上的人大、政协常委以上的归学校接待，局以下的委员以下的非招待不可的，归研究生院。于是隔三岔五就有饭局。我们反正乐得跟着三陪（陪吃陪喝陪吹）。

这天来的是财政局的一个处长，攀谈起来竟然还是我们校友，是读成人业余教育毕业的。可如今人家有了位置，来要文凭的气度就不一样，说：许老师你给我上过课啊，政治经济学，你想想？夜大八八级的？你早把我们忘记了。

老爷子尴尬着，是吗？我真教过你吗？惭愧，惭愧啊。

处长说：罚酒！伸手就把酒瓶抓在手里。

老爷子认了罚，说：该罚该罚，×处长你们那一届确实出了不少精英啊。

处长说：精英不精英不敢讲，可你们这次申博的经费哪来的？

在我手上就批了这个数。他伸出一个巴掌。又说，不够你们再打报告，我另外给你们搞。

老爷子惊呼：是吗？那我替校长再敬你一杯！

喝过了，老爷子紧紧拉着他的手叹道：从前有句话叫名师出高徒，今天我把这个话倒过来讲，叫高徒出名师。我们是因为有你这样的高徒，我们才能扬名，S大才能把博士点拿下来啊。

处长马上跟着说：拿下来以后不能把学生又忘了吧？如今我们也不好混，没有那张纸也不好混啊。

老爷子说：你放心，理工科我不敢说，只要是文科，文史哲政经法，你找我！

老爷子毕竟年事已高，几杯酒下肚竟然大包大揽起来。后来就让我们陪，说一定要让×处长喝好，不喝好你们休想毕业！

这天老爷子确实喝多了，回来时扶着一棵树半天站不起来。我说我来背他，他拍拍我，又摇摇晃晃自顾自走。我刚想搀上他，猛然竟见到一串浊黄的老泪斜斜地挂在腮上。老爷子说：惭愧呀，我都已经堕落成这样了。说我怎么不认识他？他考试作弊就是我把他给抓住的。

我一惊，说：那都是哪辈子的事了，还提它干什么？人家早就忘了。

老爷子说：你们不要看不起老师，廉耻二字我还是知道的。可是这个世道就是这样啊。别人都这样，你不这样，那你还想怎么样？

我说：您这又是何必呢？谁敢看不起老师？他？我？我们？

我真是这样想的。既然时代让我们做一叶浮萍，我们就别无选择。我们必须生存，而生存的方式就是随波逐流。

八

　　写到这儿,我必须说那件难以启齿的事了。我之所以迟迟不说,并非故意绕前捧后,想给读者下个什么叙述圈套,而是我一直找不着一种语言,一种理解老马贴近老马的方式。老实说,我也不愿意结局是这样的。

　　实际情况是,就在全校以为北京方面节节胜利而欢欣鼓舞的时候,北京方面传来一个消息:学界泰斗×××收到了一封信。这封信称我国目前正在进行博士大跃进,说在读博士生用不了几年就会世界第一,请×老放心。信中还列举了某些地方大学围绕着申报博士点出现的种种怪现象,他称之为申博现象,问×老作为重要评委有何感想。最后还挖苦说,如此审批快意可谓登峰而造极,如此九十华诞可谓登峰而造极,君以为过瘾否?不用说,×老气得差点闭过去,立刻把有关方面找来,声明自己这两年一直在医院休息,离开了氧气面罩根本不能出门,从来不想搞什么九十华诞庆祝,要求取消一切与他有关的活动。

　　这一突变我们称为热月事变。关于事变的原因,我们一帮人在宿舍里有过多种猜测的版本,比较可以接受的一种是:所谓的基金会极有可能就是一个精致的商业策划,能搞成当然更好,可以把申博种成一棵常青树,年年都可以摘果子。如果搞不成也不损失什么,反正从哪头收钱不是钱?至于说那封信就是大师兄本人的手笔,这我不相信。他们追逐的是利润,成心害人也没有必要。他还没那么坏。当然这些话也只能躲在宿舍里说说,皇帝的新衣你夸得着吗?咱们是谁呀?

　　自然,辛校长和曹书记很快就回校了。这次申博,除了理工科的一个点还有微弱希望外,其余全军覆没,这是不言自明的。更可怕的是，S大作为×××基金会的发起人之一，是掏了大钱买的白纸黑字，想要赖都没有可能。人们担心S大可能在圈内再也抬不起头，就像那个背负耻辱红字的通奸女人海丝特一样，起码几年内是很难叫人忘记的。

沮丧，愤怒，群情激奋，怎么说都不过分。总之那几天所有的领导都来去匆匆神色凝重庄严无比，似乎都可以用得上老马说的"坚韧"二字。

又过了几天，有人从北京搞来了那封信的复印件，然后这封信就以SARS病毒的疯狂速度在校内传播。老师们就像接头的地下党那样把这张纸夹在书里或者折成飞镖，然后心照不宣地点点头，然后一边读一边苦思冥想。

放暑假的前几天，某个下午，历史系通知全体老师到系里开年终考评会。考评会是一年一度的惯例，由老师自己述职，念考核表，优秀，良好，合格，然后投票选出优秀者。一般而言不合格是没有的，优秀却是有名额限制的，只能选出几个，因此有点想法的老师就要事先做点铺垫，不然总是领导优秀。当然有想法的也不多，所以大多数老师都抱无所谓的态度。这方面老马最为超脱，经常是开着会就跑到教室里去找同学吹牛，等会议快结束时再回去。问起来就哈哈一笑，说：你们是学历史的，这点小伎俩还不懂吗？举贤良，举孝廉，九品中正，二桃杀三士，如此而已。

然而这次不同，这次我们两个研究生也被通知来做会议记录，而且有明确要求：对每个老师的发言都要尽可能记下来。当然，老师们开头并没有注意到。

老马这天穿着一件绿色丝质的短袖衬衫，风度翩翩，还跟人说是印尼的一个朋友送的，于是大家又议论这种服饰是否属于APEC风格。这时有人就把那封信的复印件递给老马看。老马看了看就扔桌子上，说我早知道了，写得好。说尤其是那一句好，如此审批快意登峰而造极,写得好!

系主任立即示意我们做记录。

老马说:我们这个教育体制确实很滑稽哎,要么过于严厉,甚至残酷,要么过于松软,近乎无能。说起来,大家都要脸红的。中国人在最需要呵护的儿童时代少年时代,得到了太多的严厉,而在已经成人懂事的时候,却又太娇生惯养,进了大学这个保险箱,毕业根本不成问题。如果读了硕士和博士,几乎不可能拿不到学位。现在有些地方,认真读书的人,真正想把硕士论文博士论文做好的人,一定会被看成白痴。据说那些三四个月就完成博士论文的人,却被当成天才,你说奇怪不奇怪?

问题不在于老马感叹点什么,问题在于他高谈阔论的时候,校党办的郭主任和许老爷子也进来了,后来又进来几个干部,后来又进来一些老师,几乎所有的老师都意识到这是一次不寻常的会议时,他还意犹未尽。系主任说,你了解的情况不少啊老马。老马这才发觉会场气氛已经空前凝重了,这样才把面部肌肉一点一点收拢起来。

系主任咳嗽一声说,今天很多老师都要求来参加这个会。有些老师还很激动,被我挡回去了。(他转向老马)现在我也想问一句:你为什么要这样做?S大待你不薄啊老马!就算在职称问题上有点委屈,就算在孩子恋爱问题上有点苦恼,你也犯不着这样搞嘛。你这样搞害的是谁?是S大的全体老师啊!你把S大搞臭搞垮对你有什么好处?

老马的脖子眼看着肿起来,渐渐就和脸一般粗细。而脸却由红而白,渐渐地失血,渐渐地由白而青由青而灰。他颤颤地问:我搞什么了?

外系的一个女老师轻声说,他还不承认呢。

老马跳起来:你们要我承认什么?

另一个老师说，你自己干什么自己还不清楚吗？敢做敢当嘛。

老马指着系主任：今天是什么会？批判会？我马同吾犯了什么罪？

系主任说：你不要激动。坐下来说。今天是年终考评会，这没有错。但外系的一些老师要求和你见个面，讨论讨论，我也没有办法。

老马冷笑道：什么外系！讨论！你一开始就定调子了。没有关系嘛，批判会批斗会我都见过的。

一个老师说，就是批判你又怎么样？你不该批判吗？

老马说：好啊，请吧。

院长许老爷子慢慢说：看来马老师不承认写了那封信。这没有关系，这并不影响我们对这件事的看法。我们关心的是为什么马同吾老师会有这样阴暗的心理？它对我校的建设发展会产生什么样的影响？请看事实。他拿出一张纸，一二三四念了几条，大意是某月某日针对某问题老马说过一些什么样的话，然后问：这些话你也不承认是你说的吧？不承认也没有关系。

老马说：这些话是我说的，怎么啦，我说错了吗？

许老爷子说：承认就好。然后扭头对身后一笑：我没有别的话要说了。

然后他身后的那些老师也都笑起来，说：如出一辙嘛。有人还说：他平时讲话就是这个样子的，半文不白，很高深的样儿。

老马冷笑：许老师就揭发我这么几条啊？那你的表现也太差劲了。

许老爷子答：我犯不着揭发你。我是想到了，随手写在这里的。

老马说：你过谦了，辛校长的一千多万巨著里，不是还有许先生的心血吗？

许老爷子马上说：是，你说得不错。你大概想说这是辛校长在剽窃我。可是我告诉你，我愿意！为了S大的申博成功，为了让学科带头人的成果更厚实一些，我愿意。这也是大家的意见。当然了，你这种境界的人是无法理解的。

老马说：我的确无法理解。因为你把一个大活人变成了机器人。

两个人一刀一枪杀得起劲时，校党办的郭主任很小心地问：听说马老师在课堂上讲，陈独秀被北大解聘是因为嫖娼？

系主任脸色立即变了，说：这不大可能，绝对不可能！

然而老马却接过来答：这是历史。我相信历史系的老师们都知道。

冷场了很长时间，大家都觉得这种气氛快要爆炸了。党办郭主任适时地起身告退，说他还有事，下次再来领教。

一部分外系的老师看看气氛不对也跟着退出去了。

又冷了很长时间，然后，由一些系里的女老师带头，一个一个都开始发言，发言的大意都是批评老马，说老马平时说话是不大注意，特别是讲课，不该对学生信口开河，讲一些不该说的话，说自己也从这件事情上受到了教育。个别老师说着说着还哭起来了，说自己也有错误，不能正确对待历史等等。

至此，老马尽管浑身发抖，喝水时牙齿碰在杯子上已经发出了电键的排音，可嘴巴还不肯服软。当系主任要他自己表个态时，他居然说：以前，我对一个问题一直弄不懂，为什么抗日战争时期中国的伪军能达到600万之众？说今天我终于明白了。说我相信，中国完全有条件再发动一次文化大革命。

系主任厉声喝道：老马！越说越不像话了，太不像话了！

而许老爷子也激动起来，说马同吾你真够种，你真是个男子汉。说今天我也告诉你一段历史：是哪个王八蛋最先要求思想改造的？就是你们老马家的那位校长。说你他妈的早就被骟球割蛋了，你还神气个屁！老爷子说罢，抓起桌子上的一个茶杯盖，原地转了一圈，然后莫名其妙地冲了出去。

……这是一次高潮迭起的考评会。一次令人心惊肉跳的记忆。这个会一直开到晚上十点钟。会议的结果是：优秀的教师一个没选出来，倒是老马被一致通过，德、能、勤、绩统统不合格。

会后系主任把会议记录收了上去，又把那些考核表在桌子上顿了半天。

我们抖抖地问，是不是还需要整理一下？

主任想了半天说：不必了吧？又补充道：我就这样交上去，爱是谁是谁。

到今天我也没有闹明白，当初为什么要开这样一个会？这是谁想出来的？

申博这件事，理性一点看，对学校是提升地位；对校长书记是政绩；对许老爷子是续聘是当博导，可对老马意味着什么呢？可以说一点关系也没有，半点关系都没有。不要说历史系没有申报博士点，就是有现成的点老马也不过是个副教授，轮不着他来瞎操心。所以无论从哪个角度想，怀疑老马写了那封信都是不能成立的。老马顶多是受到了冷落，有点吃不着葡萄的反应，顶多是那些表格令他心烦，发发牢骚而已。何况他还自比现代秦人，是个快乐的与世无争者。何况他已年近花甲，是个即将退休的人。他犯不着劳神费事啊。

也许人们是从个人恩怨的角度来理解这件事的。毫无疑问，老马从前的得意门生廖星凯确实伤害了他。廖星凯不仅在申博问题上把学校搞得七荤八素，让他觉得斯文扫地，觉得礼崩乐坏（他自己这样看），更重要的是廖星凯把他的家庭搞得乱七八糟（尽管马潇潇本人并不这样认为）。所以大家都认为只有老马存在犯罪动机，是老马一心要搅黄这件事，是老马写了这封该死的信的吧？然而事情已经出了,申博已经黄了,这样做又能达到什么目的?把他批倒批臭?让他无地自容?把他改革出局?砸掉他的饭碗?似乎都不可能。

　　莫名其妙。

九

　　实际的后果是,老马对自己采取了行动。

　　别看老马在会上舌战群儒,口似悬河,面无惧色,其实他并不是个坚强的人。在期末考试的最后几天,昔日气宇轩昂的老马就像烈日下的一座冰雕,眼见着就萎缩下去,从前那种机锋和潇洒再也看不见了,变得神情恍惚,前言不搭后语,在监考时把教室都走错了。考完试就走回家去,那辆吱吱嘎嘎的自行车就一直停在教学楼外。新学期到来时,已经成了一堆废铁。

　　实际情况是,某一天晚上,老马被师母唠叨得烦了,他把自己关在卫生间里,拿了一把剃刀,大吼一声,把自己的睾丸割了下来。他自己把自己给骟了。

　　那种剃刀是理发师用的,一般人现在刮胡须不用那种东西。所以可以肯定,他是特意上街去买回来的。他当时想些什么谁也不知道,只知道他大吼了一声,就把那两只东西抓在了手里。他捧着它们,对着镜子灯反复地研究(似乎要从那东西里找到什么答案),血就顺着胳臂顺着大腿沥沥啦啦往下淌。

　　后来,学校了解到的情况是这样的:

　　马师母说:我也没说什么呀。我就说他不该这么自私,这么好出风头。我就说要是学校把你解聘了怎么办?我就说你都一大把年纪了，我们将来靠什么生活？他就说，你不就是怕没饭吃吗？你放心，我保证你饿不死。就这样。

马潇潇说：我也不知道啊？那两天就看见他总在洗手间里发呆，从前他不是这样的。我注意到他动过我的化妆品，我也没在意。谁知道他能这样。

这曾经是个笑声很多的家庭。马师母虽然啰嗦一些，可毕竟文弱贤淑；马潇潇虽然新潮一些，可毕竟会说会闹，总像个宠物猫一样缠在老马身上。可是这一刀，把一切都割断了。

后来学校的领导都去老马家慰问了他。辛校长和曹书记也去了，去的时候还买了很多东西。辛校长说：何必呢马老师，您这是何必呢？曹书记则大气磅礴一些，手一挥说：向前看，这一页已经翻过去了！

我不知道老马是否想到了司马迁，但我可以肯定，今后他可以专注于他钟爱的历史细节研究了。

……这一年的年底，元旦的前一天，忽然接到大师兄的一个电话。听声音好像很遥远，也很陌生。大师兄说他在内地的一所大学，正帮他们搞评估，他们也在申博。大师兄说，老马的事我早就听说了，真不知道会有这样一个结果。想想，觉得挺对不起老马的。他说，老马从前是我们最崇拜的人，特别是女生崇拜他。他讲课的样子，他说话的神态，都很帅。他说，那时我们还是新生，下了课就觉得很无聊，老马出现的时候总是在傍晚，对我们说：人约黄昏后啊月上柳梢头啊，同学们，咱们数台阶去呀，咱们读月亮去呀！

然后我就听见遥远的地方传来吸鼻涕声，好像还有荒凉的戈壁风哨。

然后我就说：老马本来就是个诗人，这你还怀疑吗？

原载于《人民文学》2004年第1期

请好人举手

一

　　洪亮猜想大姑是在卸妆的时候接奶奶电话的。因为奶奶在喊，你说什么啊，啊？我听不见啊。应该说是听不清。她那儿当然听不清，化妆室里挤满了电视台和报社记者，当然还少不了各种大款和大官。他们早就在那儿候着了，争着抢着把鲜花和请柬往大姑手上塞，大姑满眼都填满鲜花笑脸满耳朵都塞满掌声。洪亮敢保证大姑根本不记得他们谁是谁，可是大姑肯定会说：记得记得，当然当然，一定一定，我真的好感动……好感动哦。这时候她的经纪人过来了，那个色色的小胡子，把手机从别人头顶上递过来。大姑皱着眉说，不接不接，我不是说过了吗，我不接电话。可是小胡子挤过来趴在她耳朵上说，是你老娘。大姑这才把态度端正了一点，对大家说，不好意思啊，真的……不好意思！
　　奶奶没急事不会在半夜打电话的。平时这时候她早该上床了。可是大城市里夜生活这才刚刚开始。霓虹灯、热气球、模特表演，还有音乐喷泉。大城市是看不见星星的。地上的好东西太多，还看天上干吗呀？总之他们天天都在过年，那儿的人天天都在傻笑。大姑躲进厕所里，应该叫洗手间，对奶奶说，什么事啊妈？这么晚了还不睡？我正在演出呢。奶奶说，我倒是想睡，可我睡得着吗？你们一个一个都这么大了，还不让我省心！说着奶奶就抽泣起来。大姑急得直蹦，说妈你有话快说啊，我还在演出呢，急死我了。奶奶说，这一句话又说不清楚，你还是回来一趟吧……爸爸抢过电话说，姐，你别理她们，完完全全百分之百是胡闹，你放心吧家里没事。然后啪一下就把电话给挂上了。

洪亮猜大姑肯定又在跺脚。当然，如果她看见奶奶抽了爸爸一个大嘴巴，她更要从窗子里跳出来，坐上直升机，然后直接降落在凉台上。

其实这件事一点都不复杂，要叫洪亮来打这个电话，一句话就说清楚了。可惜他们总是无视洪亮的存在，好像他是个玩具熊，一挥手就滚到一边呆着去了。不就是想让大姑回来给小姑父换个单位吗？语言表达能力太差。

当然，如果还要交代背景的话，就要稍微费一点事。

大姑是洪亮家的台柱子。这样说并不因为大姑是个歌星是个名人，在那方面她也是个台柱子。洪亮的意思是，他们家的生活从各方面讲，都离不开大姑。如果没有大姑，就没有家里的一切。也许今天为下岗发愁的就不是小姑父而是爸爸，妈妈的衬衫厂早就破产了，小姑也不可能穿着制服神气活现地去踹人家的菜篮子，他们当然还住在西码头那间墙脚长着白毛的工房里，洪亮更用不上联想天禧5010L。

可以说没有大姑洪亮也没有今天这么聪明，也许至今还跟他们班的王大孬一样，一天只知道流口水，再不然就骑到围墙上盯着女厕所发呆。

问题不在于大姑有没有能力办成这些芝麻破烂事，问题在于大姑有没有必要没完没了地插手地方上的破烂芝麻事。他们的分歧就在这儿。爸爸的看法是，大姑已经不容易了，不能什么事都依赖她。她自己的事还烦不过来呢，再给她增加负担就太没良心了。

奶奶当然也不愿意给大姑找麻烦，可她顶不住亲家母的眼睛水。小姑精得很，她自己不出面，她知道一开口就要挨骂，就让婆婆天天上门来淌眼睛水。一淌眼睛水就要讲到从前守寡的日子，一讲到守寡，奶奶就跟着淌眼睛水，然后就飞流直下三千尺一发不可收拾了。奶奶既答应了她就不能不办到，要是办不到奶奶就会觉得很没面子。面子从前并不重要，从前奶奶拉扯大姑小姑和爸爸，什么苦没吃过什么事没经过什么气没受过？可是现在不一样了，现在是个讲究精神文明的时代，面子就跟身上的衣服一样重要，没有面子还怎么出门？怎么上街？怎么和邻居大声打招呼？怎么跟老熟人叹息北京的复杂？

奶奶坐在地上，捶着柚木地板，拖长了声音哭：我都答应过了，我都答应过了呀。

爸爸急得团团转，一张脸就像干透的抹布，两只眼就跟小兔子一样。这时候绝对不能招惹他，他发起火来一巴掌能拍死你。妈妈垂着手站在门外，走又不敢走劝又不敢劝。她要是敢吭一声就更麻烦，奶奶非把她的事也掀出来。前年舅舅做生意做亏了，是大姑出面帮他承包了一家水泥厂。事情办成了妈妈还瞒着奶奶不讲，后来被戳穿了奶奶就觉得很寒心。不是肥肉不巴皮，不是精肉不巴骨啊，我把心掏给你吃了都不管用！把爸爸骂得屁都不敢放一个。她骂的是爸爸，指的却是妈妈，这样家里的气氛就很奇怪。有一段日子吃饭只听见碗筷响，放下碗只听见电视响。洪亮猜想，为这个他们两个也少不了冷战。

其实小姑赌气也是莫名其妙：她认为家里人都瞧不起她，好像从小她就受着虐待，没文凭没本事都是家里给她造成的。她认为这不是烦不烦的问题，而是一碗水能不能端平的问题。手心是肉手背不是肉？为什么要亲一个疏一个？大姑现在的做法让她在婆家都抬不起头来。她说，你自己亲妹夫饭碗都不保了，却去帮一个八竿子打不着的小老板。

总而言之统而言之，家家都有一本难念的经，复杂得一塌糊涂。他们都是好人，他们对洪亮都不错，所以洪亮也就不好表态了。帮谁不帮谁，这可是个立场问题。他觉得，其实最该同情的还是大姑，做了好事还不讨好。这就叫一斗米交个恩人，一担米交个仇人，好人做不得啊。

唉，当个名人真难，当个名女人更难。

妈妈顺着墙根溜进房间里，关上门，靠在那儿想了一会儿，突然凶起来：洪亮你怎么还不睡觉？你作业做了吗？这么大人了睡觉还要我催？

洪亮不情愿地拉开被子，心想你就只能管我，有本事你到外屋喊一句试试？然而就在他脱裤子的那一刻，突然来了灵感。

他问：妈，小姑父在哪上班？

妈妈帮他拽下毛线衣，说，你问这个干吗？小孩子不要管大人的事。又叹气，说物资局从前是个最吃香的单位，现在也搞得人心惶惶了。

洪亮说，早讲啊。那，这事包在我身上了。

妈妈笑了，打他一巴掌：你能的！

洪亮坐起来说，我真能。我们班王大孬你知道吧？他爷爷什么事办不到？

骗你我都是小狗。

妈妈说，那好啊，你去跟奶奶说吧。你能把奶奶哄睡下我有重奖。

于是洪亮就跑出去哄奶奶了：奶奶奶奶别哭了，哭伤了身子划不来。你一哭我就睡不着。不就是小姑父那点事吗？我能给你解决，你放心吧。

奶奶愣着，不哭了，可是泪还流个不停。

洪亮就趴在地上唱：老鸡带小鸡，走东又到西，老鸡叫个咕咕咕，小鸡唱个唧唧唧；老鸡骂小鸡，你这个坏东西，叫你唱个咯咯咯，为啥偏唱唧唧唧……

其实奶奶好哄得很，一哄就笑了：哎哟小老子唉，你怎么不穿衣服就跑出来了？还是我孙子知道疼人。不管你能不能，奶奶知道你的心了。奶奶听你的！

洪亮躺在被窝里很兴奋，好长时间睡不着。他想应该怎么和王大孬讲他才有劲。又想到了梁菲菲，梁菲菲她爸就是物资局长，要是把梁菲菲拍上了那该多棒。要早知道这样他早就出手了。该出手时就出手哇，风风火火闯九州哇，咳儿呀，依儿呀，咳咳咳咳依儿呀！

二

现在来说说洪亮自己。老说大人的事太没劲。

其实洪亮自己就有许多烦人的事。首先是关于学校的。市一中是省重点，中考时洪亮差了三分没进去。本来洪亮想，二中也不错，二中文艺体育厉害，这很对洪亮的胃口，混几年混出个青春偶像也说不定。他把这想法给大姑透露过，大姑也说好啊好啊，我回去就帮你吊嗓子。可是大姑回来根本没教他唱歌，也没去二中，而是直接去了市委。然后家里连招呼都没跟他打一声，他就坐在一中的教室里了。他们总是这样的，从来没把洪亮的想法当回事。好像洪亮不是一个人，只是一个物件，一只手提包，想往里头塞什么就塞什么，想把它扔哪就扔哪。大姑说，亮亮你要听话，想唱歌以后有的是机会，以后我保证教你。然后他就只好相信那个保证了。然后，他连想都懒得再想了。他的理想破灭得如此简单这么容易，连个肥皂泡的光彩都没见到，洪亮自己都很惊讶。

其实一中有什么好？一中的本事就是死背书的本事，一进学校门就像进了山洞，让人觉得恐怖。整天就看见一群傻孩子瞪着死鱼眼睛，背单词背课文。他们的嘴巴一开一合，就像缺氧的池塘里浮到水面上来的小鱼。而作业，这些倒霉的作业更像老师放出来咬人的疯狗，撵得你撒尿的功夫都没有。

再有，就是让人无法忍受的歧视。洪亮是班上借读同学中的一个，属少数派。由于他们的到来，老师的讲台离黑板只剩一尺宽，如果老师是个胖子，那他写完字必须先退出来才能面对同学。这样同学们看他们这些人就跟看珍奇动物那样：你爸爸是什么官儿？你们家赞助了多少？哇，真厉害！其实人家不是在夸你，人家是在骂你。可怜那个王大孬听不出来，还吹他爷爷怎么样怎么样，结果当场他就得了个外号，叫王主任。王大孬身大力不亏，在班上所有可以排队的项目中都排倒数第一，很快就叫大伙挤到墙犄角旮旯里去了。现在的王主任也就只能跟在洪亮屁股后头，偶尔威风一下而已。他原本是要当蛊惑仔的，结果却当了蛊惑仔的跟屁虫。幸亏洪亮当时留了一个心眼，没有亮出底牌。直到初二，有一天班主任古老师把洪亮叫出去问话，大家才知道著名歌唱家洪梅是他的大姑。就这样，当时班上也恍然大悟似的发出一声惊呼：噢——

还有，就是班主任老古了。老古的眼镜很厚很圆，像个酒瓶底，还是老掉牙的，老远看眼睛就像金鱼一样凸出来。老古从来不笑，一天就把眉头锁起来，好像谁都欠他的。他说，我是教高中语文的，我一直是带毕业班的，动不动就说这是常——识性的问题！总之他当我们班主任是大材小用了。自从他知道洪亮的大姑以后，就时常会有意无意地问洪亮：你大姑又到哪去演出了？你大姑最近回不回来？这点最让人讨厌了，说他是个歌迷吧他连大姑是什么唱法都搞不清，说他不懂吧他又好像比谁都关心歌坛新闻，连李娜出家当尼姑他都知道。

这天学校在大操场开动员大会，校长让教职工和同学们都行动起来，动员老校友回校参加八十周年大庆。这么个破学校居然有八十年历史，比奶奶岁数都大，这倒让洪亮大吃一惊。在他看来这个学校就算操场还开阔一点，其他的一切都是窄窄的挤挤的小气巴巴的，如果它真有那么老也只能是个永远长不高的侏儒。开完会大家正在议论这个不可思议的侏儒，老古过来摸他的头说：洪亮你有什么想法？洪亮说我没有什么想法。老古说，你大姑回不回来？洪亮把头一犟：我怎么知道？心想就你这破学校还想请大姑来呀？你请得起吗？不过他没吭，他懒得吭。这时梁菲菲一惊一乍地跑过来说，哇！洪亮你大姑也是我们校友耶，帅呆了耶。

这让洪亮再次大吃一惊：你听谁说的？

梁菲菲把手一拍，摆一个啪啦啪啦舞姿说：不告诉你。

他抬头看看老古，希望从他那儿得到证实。可老古的眉头又拧起来，眼神已经离开了，从操场上方飞出去，好像追着一群鸽子，而那鸽子早就飞上云端消失得无影无踪，只留下一丝并不好听的哨音。

然后全班都知道大姑是一中的校友了，而且是学校邀请的贵宾。这样一来洪亮也成了班上的明星，大家说，洪亮你无论如何要把你大姑请回来。洪亮学着老古的姿势，把眉头拧得很深刻，拖长了说，我大姑哪有时间啊？她下半年有好几个国家要出访，还要去新疆西藏慰问，你们想要就来啊？学校想要就来啊？学校重要还是国家重要？你以为啊？

其实洪亮心里也希望大姑能回来，洪亮都有半年没见大姑了。大姑一回来，家里就热闹起来。大姑一回来，爸爸妈妈也就不会冷战。大姑一回来，一切一切的问题都将得到解决。真正的蛊惑仔都是这么干的，心里想的永远不要和嘴上说的一样。洪亮就带着这些想法回家去，所有烦人的事都被踩在了脚下。

过了街口，梁菲菲突然拦前面说，洪亮，我跟你说句话。梁菲菲的小胸脯一挺一挺，两只电眼一闪一闪，空气一下就变得黏滑起来。

王大孬说，拿我当电灯泡啊？

梁菲菲说，你本来就是电灯泡，你以为你是谁啊？

王大孬只好一个人先走了，走时还拍拍洪亮肩膀，好像他很会做很慷慨很酷毙，弄得洪亮有点飘飘然。梁菲菲是班上的文艺委员，一直是大姑的崇拜者，模仿大姑《你的深情我不懂》绝对能上模仿秀。另外这妞儿还看得过去，是班上排名第一的电眼小魔女。王大孬总想拍她拍不上，只能大口大口咽唾沫。更重要的是，她爸爸就是物资局长，一级保护动物，洪亮还能不认真对待吗？

小姑父的事洪亮原本是托王大孬的。王大孬的爷爷最疼王大孬了，只要他到爷爷奶奶身上一爬一闹，两把老骨头就化了。可是这回居然没有闹得赢，他爷爷说，小孩子懂什么？你爷爷也要求人办事。他求的人就是梁菲菲的爸爸。

这样洪亮就觉得有点亏：逮不着菩萨乱磕头，磕了半天菩萨就在身边坐着。既然拐弯抹角求的是梁菲菲，那何必把人情送给王大孬？难道洪亮不想拍个婆子玩玩？难道洪亮不喜欢电眼小魔女？从前洪亮懒得理她是因为她老跟着吴小敏跑，现在情况变了难道洪亮不应该实事求是与时俱进？这样下课时洪亮就故意把梁菲菲书包碰翻了。

替她捡书包的时候，洪亮找到了大姑的照片，说，你不是想找我大姑签名吗？怎么后来又不说了？梁菲菲眼球都要跳出来：说了你又不理，骄傲样子。洪亮压低声音说：你的事还不是一句话？只要你肯保密。

他看见梁菲菲点头了，她脸上的红血球像听见下课铃声那样刷地冲了出来，又像做课间操那么整齐地排着队，咔咔咔咔布满全身，连手臂都红了。然后，他们就开始递条子。梁菲菲生日那天，洪亮还特意去买了一只奶嘴送给她，樱花牌的。于是梁菲菲就趴在桌上幸福了整整一天。

　　洪亮瞧着梁菲菲说，你把我的事办得怎么样了？我小姑都急死了。

　　梁菲菲说，跟我爸都磨好几天了，他说要查一查。

　　洪亮说，那就快一点。

　　梁菲菲把嘴一噘，知道了。

　　洪亮说，猴子不上树，多敲……

　　打嘴！

　　洪亮只好打了两下嘴，又笑道：菲菲你要把这事办成了，我大姑回来别说给你签名，就是想和她合影也是一句话。

　　真的？不带耍赖？

　　骗你我都不是人！骗你我把两条前腿放下来在大操场爬三圈！

　　洪亮看见梁菲菲笑的时候是把手背挡在嘴上的，小鼻子揪成了一朵玫瑰花，眼睫毛长长地搭下来，像极了卡通美女小鹿泉子第一次遭遇心上人，好卡哇依哦。于是这情景就一直伴随洪亮入梦。

三

　　喜讯是小姑送回来的。她一进门就给奶奶一个热吻，啪的一响。当时正在吃晚饭，奶奶一抖把稀饭都泼了。小姑说你们办好了也不给我打个招呼，搞得我都觉得不像是真的。

　　奶奶说你发什么神经啊？

　　小姑说，下岗啊？今天名单公布了，没有他。

　　然后一家人都傻掉了，你看我我看他，就好像他们是在看乒乓球比赛，那个球跳来跳去总也落不下来。洪亮再也憋不住，把饭结结实实喷了一桌。

小姑拨拉洪亮的脑袋说，亮亮你有这个本事怎么不早讲？早讲那二斤酒鬼不就孝敬你爸了？害得我们到处找人，托科长求局长，局长再去找局长，谁愿意拍他马屁呀？我一见他那眼神就恶心！

奶奶训小姑说，什么乱七八糟的？你跟小孩子扯这些干吗？

小姑说，哎哟喂对不起对不起，我一高兴都忘了我们亮亮还没长成大人呢。不过话又说回来，咱亮亮不是比大人还管用吗？小姑搂着洪亮摇来摇去又在脸上啪地亲一口，大惊小怪说，亮亮个子都快赶上我了，哎哟都长小胡子了喂！

说得洪亮脸都烫起来。

奶奶笑，我早知道亮亮有出息，比你们几个都有出息。

妈妈在这时候是不说话的，只把手在他脸上摸摸，又把他褂子扯扯。可洪亮看得出来，妈妈的眼神柔和，放着光芒，眉毛是翘上去的，这就叫扬眉吐气。他明白妈妈的心情，她越是不说话越是能体现出她的满足和自尊，越说明她贤惠温柔。是洪亮给妈妈争了口气，让她在家里挺直了腰杆。

只有爸爸不吭声，阴着个脸，想说什么又说不出来，然后咽口唾沫回屋去。洪亮想，爸爸是无话可说。因为这事从一开始他就认为是不可能的，就是大姑回来也是办不到的。现在叫洪亮办成了，他不是很没面子？想到这一点，洪亮觉得自己肚子筋都要笑断了。

可是爸爸又回来了。他垮个脸说，你们不要这么夸他，这有什么可夸的？对小孩子有什么好处？他才多大了？就学会这一套了！这件事到此为止，也不要在外面炫耀。还把洪亮膀子一扯，去去去，写作业去。

洪亮看看爸爸，想笑。不过他没吭，乖乖地回屋去。他觉着，爸爸已经可怜到这种程度了，说什么都没用。在这个世界上，什么都不要说，有本事就去做。还是把说话的机会留给别人吧。

果然，他一离开，爸爸就倒霉了。

奶奶说，你现在怎么弄成这个样子？这一家人个个都对不住你？你自己没本事也就算了，不帮人也就罢了，怎么连自家儿子都要妒忌？没出息样子！

妈妈说，人家现在是干部了，纪委了，了不起。这话要是我讲你们还不信。

小姑说，我都懒得讲了，他这张脸挂办公室里人家都嫌假冒伪劣。也不想想自己是怎么当上干部的。你回西码头还认不认得路哦？

我讲什么了？我怎么得罪你们啦？我是说对小孩子不好，我又没讲什么……

洪亮想象爸爸双手高举招架不住的狼狈样子，一个跟头从床上翻过去，两条腿连连发射万炮齐轰万箭齐发。红毛老怪的胸脯早已被激光连环炮打得烂棉絮一样，正在泥塘里绝望地挣扎，并且缓缓下沉。

洪亮打开电脑，一本正经敲上了刚刚从老古那里听来的一句话：

在这个世界上，想得到别人尊敬的办法只有一个，那就是打败他们，比他们更强。（迈克尔·乔丹）

四

班上掀起了足球热，一到课外活动男的全都上场，疯踢。而且差不多每人带一个球。这情形就好比日本鬼子打到了家门口，人人都在买枪买刀。洪亮没带球，是王大孬负责替他拿着。王大孬就这点好，一见洪亮有些犹豫，立马掏钱买了两个。这样王大孬放学就要背着三个足球回家，还有一个是梁菲菲的。

洪亮不买球也不是小气，主要是爸爸脸色难看，他不想跟爸爸为这点小事闹翻。像他爸爸这种人已经过时了，跟他多说一句都是浪费时间。

不买球也不是因为没钱，其实班上人人都有自己的小金库，是营养午餐的回扣。定十块的回扣是一块，学校得五毛个人得五毛，定五块的能拿两毛五。一般大家都定五块的，在学校要营养干吗？想营养回家营养去。而且没有菜反而吃得快，三下两下饭盒一扔就上球场去。这时梁菲菲就会娇喘吁吁在后头撵，等等我啊，真坏！然后就会引来一串哄笑，然后洪亮就能把球踢得像一发炮弹。

说起来足球热的原因并不是人人都突然迷上了足球，而是省队在甲B联赛中出了问题。为了把我们的老对手红牛队挤出决赛圈，省队故意让一个弱队大比分超出，让他们连进十球。这个消息是高中同学从足球报上看到的，本省的报纸电视都没有讲。消息传来全校震动，一个个都死机了，半天启动不起来。

问题不在于踢了假球，问题在于为什么别人踢假球都没事我们踢假球就要受处罚，明摆着是他们上边有人，可是这样显而易见的道理居然说不通。问题还在于班长吴小敏摆出一副教训人的架势，说什么规则高于一切，那天为这个班上差点打起来。以吴小敏为首的一派仗着人多势众，把洪亮他们说成是一帮痞子，说痞子都不喜欢规则。后来就拉扯起来，好在洪亮有王大孬在身后站着，没吃什么大亏。可是吴小敏还是恶人先告状告到老古那里。

老古把洪亮叫到办公室，说你这个洪亮啊，不就输了一场球吗？至于这么大动干戈吗？洪亮说是他们先动手的。老古笑了，说他们我也要批评的，现在我问你，踢假球的事你怎么看？洪亮说，白猫黑猫逮到老鼠就是好猫，只要为我们省争来奖杯，踢个把假球算个屁。老古又把眉头皱起来：哦？你这样想的？洪亮没吭声，心想我偏这样想你能把我怎么样？

老古磨蹭半天说，要文斗不要武斗嘛，开个辩论会你看怎么样？

洪亮以为开辩论会就可以把真理愈辩愈明的，其实这完全是一个阴谋。

辩论会只有一堂课，双方意见刚摆出来，还没分出胜负老古就出来总结了。他说他只谈个人意见，可他是班主任老师，他的个人意见不就比谁都大？他们实际上是一伙的，只不过要找一个公开机会把洪亮镇压下去。洪亮看看王大孬，王大孬连头都不敢抬。又看看梁菲菲，梁菲菲也不吱声。洪亮就气得发抖，只好把脚别在椅子腿上。洪亮偏不服这口气，为这个辩论会他都想了一晚上了，到了关键时刻他怎么能服输？怎么能让吴小敏得逞？

洪亮跳起来说：如果省队这次是把日本队韩国队挤下去了，你们也这么想？这下吴小敏傻眼了，脖子胀得比脸还粗，说这是两码事。

洪亮突然来了灵感，慢慢地一个字一个字地说，你们爱不爱家乡？爱。你们爱不爱国？爱。骗人！你们连省队都不爱怎么会爱国？你敢说省队不是代表我们省？你敢说他们将来不代表中国？洪亮无比深沉，万分痛心，和这样一些不觉悟的人做同学他觉得自己的脸都丢尽了，他把脸扭成了一条老丝瓜。

而吴小敏他们就像被霜打的烂白菜，一个个都瘪了，然后都看着老古。老古也没想到这是个爱国不爱国的严重问题，把额头深刻了老半天，才结结巴巴说这是偷换概念。还说他担心的就是这个，说你们还小，还不懂什么叫爱国主义。这下把大家搞炸了，吹口哨的拍桌子的把屋顶都掀翻了。

洪亮及时地背起书包说，不辩了，没意思，你们这些人打起仗来个个都是卖国贼。然后他就公鸡一样昂首阔步走出教室。他想，老古这样的人肯定就是个甫志高王连举。

梁菲菲追上了他，说你今天酷毙了。

洪亮说，少来这一套。

梁菲菲说，真的，你把老古都辩得一愣一愣的。

洪亮问，那你究竟是怎么想的？在课堂上为什么不说？

梁菲菲说，我才懒得想呢。想这个干吗呀？没劲。

不知为什么，洪亮忽然觉得很孤单很委屈很无奈，他的这些哥们姐们看起来够威够铁，关键时刻屁用不顶，全是熊包软蛋。他对着牛奶盒狠狠地临门一脚，猛然鼻子就酸了。他觉得自己忽然读懂了一首古诗：前无古人，后无来者，念天地之悠悠，独怆然而涕下。

梁菲菲在身后大声喊：管他谁对谁错，反正我站在你一边。

洪亮想，那你们为什么不站起来大声发言？哪怕能举个手也好啊。

晚上，梁菲菲发来E-mail说：我的心其实你不懂。

后来王大孬也来了一封，写的是：明明白白我的心。

洪亮想，这还差不多。

五

十月末的一个晚上，正吃着饭，大姑突然回来了。叭叭叭叭，把洪亮的脸亲得像个花气球，全是口红。大姑说，哎哟喂想死我了。

大姑穿得很少，一条长裙，一件毛背心还不带袖子，全靠大披肩裹着，看得奶奶好心疼。可大姑怀里很暖和，软软的，香香的，是一种很奇怪的香味。洪亮傻傻地，大姑不撒手，他就一直让她搂着。那种脸上发烧的感觉真是很好。

妈妈在一边说，洪亮你多大了？还老让大姑抱着啊？

大姑说没事没事，你要不在乎，我还要带他睡觉呢。我就喜欢我们洪亮。

妈妈说，那好啊，洪亮你就跟大姑走吧。可话一出口，她就哽住了。

洪亮这才不情愿地挣脱出来。

大姑没有孩子，洪亮从小就被大姑像儿子一样爱着宠着，要说带走大姑真能带他走。洪亮也愿意跟着大姑走，可那样一来妈妈怎么办？奶奶怎么办？想说爱你不容易呀，洪亮被那么多人爱着，伤了谁的心都不好。

大姑是回来参加一中校庆的。到底还是回来了。

爸爸说，你不是讲挤不出时间吗？

大姑说，没法子啊，你们那个市长大老许亲自飞到北京，死乞白赖地磨，说绑也要把我绑回来。

洪亮说，那个破学校有什么可庆的？

大姑笑道，洪亮我两个还是校友呢，好玩儿吧？

洪亮说，校友不校友的倒无所谓。不过你回来一趟也好，我还有好几笔人情债没还呢。他就说了几个必须签名的，还有一个必须合影的。

大姑把眉毛高高地挑起来说，洪亮你多大了？都能玩儿这一套了？

洪亮还没答话呢，爸爸就发狠道：你看看，你们看看，还不让我管！

奶奶慌忙把爸爸一巴掌扇开，说这个事情要怪就怪我，用不着拿小孩子说话！然后又把小姑父下岗的过程讲一遍，说要不是洪亮有这个同学，你不还得回来帮忙？洪杏不是你亲妹子？手心手背都是肉，我这个做娘的不能偏心眼。说着眼泪又哗哗地流下来。

爸爸把脸拉成一条苦瓜，说好好好我错了，我错了还不行吗？

大姑说，那这个事真得感谢人家。这样吧，合影是个小事，找机会我当面谢谢那个局长，妈你看这样行了吧？

奶奶说，那我就放心了。以后，我也不会再给你们找事了。我还能活几天？

大姑叫起来：妈，你这是说到哪去了？一家人亲亲热热的比什么不好？我在外面闯荡这么些年，就明白了这一个理。以后要是能帮我还会帮，真到了帮不上的时候，什么都晚了。说着，眼睛也红了。

奶奶说，梅啊，你是不是碰到什么难处了？

大姑说，没有，没有。我也就是那么随便一说！你看看，气氛这么压抑。

说起来也确实奇怪，刚才大姑进门时那种热烈眨眼就不见了。一说这些事怎么一下子就沉重了？洪亮想想，没说什么了不起的话啊？他想不明白。

在旁边阴沉个脸走来走去的爸爸这时来劲了，问：你说是许市长亲自去请你的？就为一中的校庆？没说还有别的事？

大姑哼一声：当然不是。

爸爸使个眼色，想拉大姑到屋里去谈。可大姑看看奶奶，又犹豫了。

奶奶说，有什么话你们出去讲，用不着假马日鬼地装！

就在这时市长的电话到了，外面也响起了轿车的喇叭声。

大姑抓起电话立马笑了：哎呀大市长，都是乡里乡亲的这么客气干吗？好吧好吧，恭敬不如从命。不过话说清楚：酒全归你代，你答应吗？答应了我就去……不嘛不嘛，不许你耍赖。

大姑匆匆走了，家里又冷清下来。这种冷清因为刚才的热烈就变得特别难熬，就好像从夏季突然跳到了寒冬。一家人谁也没有话要说的样子，妈妈收拾了碗筷，奶奶叹口气转身去睡觉，连电视连续剧都不看了。

然后，就是这一晚，洪亮听到了大姑的一些秘密。秘密是从爸妈的墙缝里飘出来的。他们家的装修都是用木板，做成衣柜又当墙又当橱，只要打开橱门声音就听得清清楚楚。有一回他还听到妈妈哎哟哎哟地叫唤，以为爸爸在打妈妈呢，后来才明白是怎么回事。当然这个秘密他谁也没有说，只跟梁菲菲交流过。梁菲菲说她早就知道了，还说他弱智，连这个都不懂。

但这次可不一样，他们说得含含糊糊断断续续。但洪亮还是听懂了，听懂了洪亮就觉得心里很痛。

在洪亮的记忆中，大姑父很少到家里来，来了也闷声不吭的。大姑父长得什么样他都记不清了，只是他那一脸脏兮兮的胡子给人印象很深，一吃饭酒汁菜汤都挂在那上头，好像不这样就不叫艺术家。大姑父是拉大提琴的，可洪亮看不出他有什么音乐细胞，他那双手已经被麻将磨得没感觉了。就这样一种人，他居然敢打大姑！

妈妈说，这种男人全世界少有，花着老婆的这种钱，还有脸提这提那。

爸爸说，你轻一点，什么这种钱？

妈妈不吭了，爸爸又低声说了老半天。那意思总是让妈妈不要嚼舌头，特别不能让奶奶知道，奶奶犯病了就不得了。

洪亮想，你们怎么就不为大姑想想呢？你们怎么这么自私呢？大姑为全家做了多少事？大姑容易吗？大姑表面上笑着，跳着，叫着，可谁知道她心里有多苦？你们知道吗？

这一晚，洪亮很悲哀。他第一次正视了自己的年龄，他承认自己身高不够，体重不够，力气当然也不够。如果足够洪亮就绝不允许有人欺负大姑。他要对那家伙招招手，来来来，然后一个玉环步鸳鸯腿，然后当胸一脚踏住，然后把他的脏胡子一根一根揪下来。然后叫他离婚，叫他写保证书，滚蛋，休了他！

然而这激动人心的一幕暂时还无法上演，想说爱你真的不容易呀。

六

八十周年校庆，学校说是放假一天。可是放假还必须到校，还要到路边夹道欢迎，有这么不讲理的吗？本来洪亮是大声表示了抗议的，可大姑来了情况就不同了。洪亮一大早就换了校服，八点没到就站在了校门口，对后面的同学说，你是我们班到的第二早。好像他就是这次活动的主持人。

洪亮洪亮，你不是说你不来的吗？谁说我不来的？我就那么随便一说。我是本党最有组织纪律性的党员了，意见归意见，行动上还要保持一致。把他们班同学搞得一愣一愣，一个个都像被大风刮弯的向日葵。

洪亮大声和每一个同学打招呼，就是不理吴小敏。他听到吴小敏在一边说他二赖子样子，他也不理。今天不是吵架的日子。然后他大声发布北京歌坛的最新秘闻，谁谁跟电视台闹翻了，谁谁准备复出了，谁谁最近又有绯闻。这些消息有的是从小报上看来的，有的是听大姑讲的，有的早就在班上传过，但现在不同了，现在从他嘴里说出来无疑就是最权威的，他一点都不怀疑。其实是真是假又有什么关系？他要的是效果，这是个玩眼球的时代。他说，现在北京复杂得不得了，你们哪知道啊？复杂得一塌糊涂，你以为啊？王大孬在他身边深沉地说，就是就是，你们以为啊。于是所有的眼球都拉到了自己一边。梁菲菲几次想拉他到一边问话，他也顾不上理。

老古过来笑着说，洪亮你今天很活跃嘛。

他说，是吗？

老古说，这样就对了，集体活动嘛。

他说，意见归意见，行动归行动。

老古说，好，很好。老古今天也有些特别，脸刮得铁青，新吹了头发，还很难得地打了领带，那两只酒瓶底都显得更亮了。他说，你大姑可惜没回来。然后又把头抬起来去寻找天上的鸽子。今天的鸽子也很特别，老在校门口盘旋，好像也在等待贵宾到来。

梁菲菲在一边说，他大姑没回来他能那么兴吗？兴头瓜脑的样子。

听了这话，洪亮一点都没恼，他对梁菲菲打了个OK的手势，笑了。

同学们噢——地欢呼起来。老古也摇头笑道，你这个小鬼呀。

然后有人就提议去看主席台，看看到底有没有著名歌唱家洪梅。洪亮把嘴撇撇，他不去。他心里有底，时间还早得很呢，大姑这时恐怕才刚刚起床。大姑要来也是坐着市长的轿车来。怎么可能像那些老头老太一样，一大早就赶到学校，在门口登记，领一个校友证套在脖子上？那也太掉价了，那还不如不来。要来就要坐着轿车来，一坐下会议就开始，当然还要穿过这些拿小旗的队伍，耳朵里响着欢迎、欢迎，热烈欢迎——不然这些人练了半天给谁看的？

果然,去看的人很快就回来了,说,洪亮,你大姑的名字在第一排呢。洪流又把嘴撇撇,没吭。大姑不在第一排还能在第几排?

洪亮抽空悄悄跟梁菲菲说了合影的事,他说你千万别透露出去,不然大姑应付不过来你可别怪我。梁菲菲在他膀子上掐了一下,没吱声,眼皮却猛然一抖,慢慢地红了。他嘴上说,别。心里也有种被电了的感觉,酥酥的,从脚麻到头,然后又集中在鼻尖那里。这就叫尖端放电。

这是洪亮最得意的时刻,这得意让洪亮体验到了成功,这成功又让洪亮进一步品尝到了甜蜜。

然而后来的事情却不那么让人太满意。

后来车队就来了,车队在欢迎欢迎声中缓缓开进学校,大姑坐在第几辆见都没见着。然后就整队入场,他们班是排在操场的顶右边,根本看不清大姑的模样,只能见到一个紫红色的披肩,这多少让大家有些失望。大家说,我们班要排在左边就好了。洪亮想,这不是左边右边的问题,关键是把大姑放在了最靠边的位置上。第一排有四五十个座位,为什么把大姑放在最边上?这也太那个了。

然后是校长介绍来宾和老校友。来宾都是这个书记那个市长,这也就算了,可大姑的名字在老校友中间也算靠后的,这就让洪亮愤愤不平,好像受了排挤,受了侮辱。他把脸涨得通红,在同学中来回看,想找个人说说,可谁也没有留心他。他们一个个把嘴张得像癞蛤蟆,听到一个名字就拍一次巴掌。如果有熟悉同学的家人,那更要兴奋一阵,说哇噻,你爸爸也是耶。后来连王大夯的爷爷也念到了,连梁菲菲的爸爸也念到了,大姑的名字还是没念到。洪亮气得差点跳起来,大姑不比他们有名吗?

校长说,八十年里母校为祖国培养了一批又一批栋梁之材,其中有地市厅级领导干部五十四名,有县团级领导干部一百三十名,有局级领导干部两百多名,还有正教授级的专家科学家二十多名,还有著名歌唱家一名……原来校长把大姑放在这介绍了。校长说，现在，我们请著名歌唱家洪梅小姐为全体校友先献一首歌好不好？

不好！不给他们唱。洪亮在心里喊。他们太欺负人了。

然而大姑还是站起来了，大姑抓着披肩，显得很激动，激动得嗓子都有点沙哑。就是因为这沙哑，全场都静了，呼吸都停止了。她唱的是《小草》，人人都熟悉的。没有花香，没有树高，我是一棵无人知道的小草……他不明白大姑为什么会这样。后来，大姑挥动双臂，全场都跟着唱起来，阳光啊，雨露啊，哺育了我……全场都发疯了。

唱完了，校长还哽着，半天都说不了话。校长说，我太激动了。可洪亮觉得校长在撒谎，校长真正得意的就是这些当官的，他把大姑请来就是为这些当官的"献歌"的。洪亮想，大姑真傻，她连这个都看不出来。

还有件事很奇怪：大家都在唱的时候，洪亮发现老古在哭。老古把酒瓶底摘下来一把一把地抹眼睛水。他也跟着唱两句，可嘴巴咧得不知有多难看。

这个情况好多同学都注意到了，所以散会的时候大家就特别留心老古。看得老古有点不好意思，他尴尬地笑笑，又把脸仰起来去数鸽子。

老古说，我给大家布置一篇作文，不是课堂作文，你们什么时候写好什么时候交，不交也可以。作文题就叫《二十年后我回母校》。

大家噢了一声，散了。洪亮觉得好笑，这叫什么狗屁作文？二十年后老鬼知道变成什么样子？二十年后老鬼才回学校来。不过既然不交也可以，那倒也无所谓。这样的作业还是让吴小敏去交吧，这个马屁精就等着表扬呢。

七

晚饭都盛上桌了,大姑还没来。奶奶说算了不等了,大姑却像一朵彩云飘进来了。大姑说对不起对不起,不喝一杯他们不让走,等急了吧?

奶奶说,来了就好,快吃吧,一家人难得凑齐。奶奶说,跟你讲过多少次了,在外面不能露酒,只要一开头你后边就收不住。喝谁的不喝谁的都不好。

爸爸说,场面上应付,一点不喝也难。只要心里有数就行。

奶奶说,她哪有数啊?我养的闺女我还不知道吗?

大姑比小猫都乖,听他们教训一声不吭,只是嘿嘿笑。

小姑突然咯咯笑起来,说你今天被鬼抓了吧?

大姑夹菜的膀子就停在空中缩不回去了。她膀子上有几条红红的手印。她解释说,还不是你们许市长拉的,下手这么狠。

小姑说,趁机吃豆腐是真的。这帮人看着人五人六,其实都一个样。

洪亮想笑,可又有点不好意思,只有把汤喝得呼噜呼噜响。

奶奶把脸沉下来,说你这个嘴怎么这么臭?一家人难得聚一回,非得找点不痛快?吓得小姑把舌头吐出来。奶奶摸摸那膀子,心疼了半天,说你也是的,这么大冷的天,穿件长的也不至于招人眼。做女人难啊。说着又要抹眼泪。

大姑瞪着小姑说,这死丫头就是这样的。有本事你自己出去闯闯试试就知道了,别说吃豆腐,你什么都吃过了。

爸爸连连咳嗽,说好了好了,三个女人一台戏。扯这些干吗?

小姑知道犯错误了,推着小姑父敬酒:赔罪,赶快赔罪!

小姑父是个腼腆的人,站起来嘟囔了半天,一连喝了好几杯才把这事遮过去。事情是过去了，可气氛好像也凉了。其实小姑父吞吞吐吐是想感谢大姑的，可说出来却是别的意思，这一点连洪亮都看出来了。

大姑说，我明白你的意思。我没有照顾好家里，你也感谢不着我。上次是洪亮帮的忙。今天我本来是想当面谢谢你们局长的，他也是校友会的，可是他没有来。这样吧，要不咱们请他吃一次饭？

洪亮叫：好啊好啊，这样合影的事也解决了，省得我另外安排。

大姑笑，哎哟口气真不小，另外安排！说得大家全乐了。

洪亮说，本来就是嘛。

这顿饭吃了两个钟头，总的来说还不坏，该喝的喝了，该笑的笑了。因为大姑过年也回不来了，所以这顿饭就显得很重要。当然要不是洪亮的插话，可能气氛就差远了。

大姑真的很忙，演出任务一直排到了明年，连大姑父也很难见着她。大姑说，见不着还好一点，省得心烦。一句话把大家又说凉了。奶奶还大大地叹了一口气。但这还不是主要的。

奶奶睡下以后，洪亮偷听到了一个惊人的情况：

原来大姑这次回来是市政府想请她帮忙的。大姑从前给市里帮了不少忙，妈妈现在的那家裕安公司就是大姑拉来的。可这次不同，这次不是拉项目，也不是拉贷款，而是要把特区一个劳改犯转到白茅湖农场来，这样好就近照顾他。这个劳改犯从前是个局长，给我们市办了不少好事，家乡人民都没有机会感谢他。现在人家倒霉了，家乡能不管吗？这样的事不管，以后谁还为家乡办事呢？大姑说，这个人我也见过，大大的个子，挺讲义气。他们一说我就答应了，这个忙看来是一定要帮的。

爸爸问，他们要你怎么帮？

大姑说，找点关系呗。反正判也判过了，换个地方劳改也不是什么大了不起的事。

爸爸哼哼说，到了白茅湖，怕就没这么简单了。

大姑说，那又能怎么样？是劳改，是假释，还是保外就医我都不管，我的任务就是把他弄回来。

爸爸叫起来：你怎么这么糊涂呢？

大姑说，我一点不糊涂。人家既然开口了，我就不能不仗义。

爸爸说，这可是个原则性问题！

大姑笑起来：谁定的原则？你？

然后爸爸就噎住了，半天不吭气。洪亮闭着眼就能看到爸爸的那副窘样子：瞪着两只小眼，张着一张大嘴，就像打嚏喷老也打不出来。

停了一会儿，妈妈插话说：他大姑啊，你可要想好啊，这可不是个小事。

大姑说，这么跟你们说吧：如果有一天我倒霉了，你们也跟我讲原则？

妈妈说：那倒也是的。

大姑说：人情大似债，头顶锅儿卖，谁都难保没有倒霉的那一天。

爸爸急了，说，那是两回事！

大姑说，道理是一样的。

洪亮想想，道理确实是一样的。这就好像省队踢了假球，你胳膊向哪拐？自己人当然要帮自己人，1+1=2，1-1=0，不过这种道理跟爸爸这种人是讲不通的，他脑子早就坏了。

果然，大姑说：哥，你现在怎么都迂成这样了？这都什么年代了？早知这样，当初真不该让你到机关去。

爸爸说，好好好，我也不劝你了，随便你吧。有句话叫水满则溢月满则亏，你自己在外头自己要当心，不要上了人家圈套。

大姑问，你是不是听到什么话了？

爸爸说，这还用听吗？像许市长这种搞法是迟早的事。

大姑说，不过老许这个人还是挺有魄力。再说人家又不是为自己，还不是为家乡出力？

说得好听！等他退下来试试？爸爸说，我们市这几个人，哪个不是快退休了才开始整的？他的那一天我看也不远了。

……后来，洪亮的眼皮越来越沉，他们的声音却越说越远，好像在遥远的地方，在空中回响。洪亮觉得自己也飘起来了，像一只大鸟，张开翅膀，慢慢地滑翔。世界离他很近，又好像很远，有些事情他看得很清楚，有些事情却一闪而过。就跟梦境一样，他是努力想记住的，结果却什么也剩不下。

八

大姑这次回来，洪亮给班上八九个同学签了名，还安排梁菲菲和王大孬跟大姑单独合了影。梁菲菲一个人就拍了五六张，有搂着的，有挎着的，还一张是在宾馆前面拍的，前面是月季花，后面是宾馆的飞檐、蓝天、湖水，漂亮得一塌糊涂。取照片时梁菲菲尖叫不停快活死了，差点要在大街上亲洪亮一口。

王大孬说，放学去吃麦当劳好不好？我请客。

梁菲菲说，你就知道吃！

王大孬说，那去打游戏机，新到的《南京大屠杀》，好刺激哦。

梁菲菲说，没劲。

然后王大奀也没劲了，就看着洪亮发呆。洪亮也想不出题目来。大姑要走了，该热闹的热闹过了，一切又要回到从前的老样子。他忽然觉得生活失去了方向，就好像一部电影就那一点高潮好看，可高潮来了电影也该结束了。他觉得电视台那帮搞策划的真是无能，应该每天都有新节目才对，他们都是干什么吃的？洪亮大叫：怎么还不放假啊？

然后到了学校就更没劲了。足球早就不热了，什么甲A甲B，黑哨球迷，全都是炒作，骗人掏钱买报纸才是真的。然后，又是上课下课，听老师训话，还有什么事情可以让人兴奋呢？

老古又表扬吴小敏了。这次课外作文只有几个人交，所以老古有点失望。吴小敏这个马屁精他肯定是要表扬的。什么二十年后我回母校，百分之百是胡说八道。吴小敏从来就没有一句真话。他一会儿说自己是科学家，发明了纳米材料航天器；一会儿又说自己是乡村教师，在贫困山区为祖国培育花朵。既然二十年后都那么发达了，你到哪去找贫困山区？既然你在贫困山区，你又怎么发明航天器？

老古说：吴小敏同学从小立志，心系祖国，很让我感动。不管他将来做什么，我们都应该有这种精神。同学们说对不对呀？

不———对！洪亮脱口叫出来。

班上全都愣了，然后哄堂大笑。

老古的酒瓶底都气滑下来：洪亮，你想什么呢？

洪亮站起来，脸涨得通红，脖子也一点一点粗起来，就像青蛙在鼓气那样。

下课后老古把洪亮叫住，说你这个洪亮啊，你小脑袋瓜子到底在想什么啊？你怎么老是跟吴小敏过不去？

洪亮说，我就是看不惯他，明摆着说鬼话。

老古咽着唾沫说，那你想怎么样呢？

洪亮脱口就说，改选！班干部都是老师指定的，不公平。早就该改选了。

老古笑了，说：那好啊，你敢不敢竞选？

洪亮被问住了，这个问题他倒没有考虑过。

老古说：你们要是都敢参加竞选，我倒是高兴的。我们班也是该改选了。然后老古又把眉头皱起来，目光很深刻地投向远方。可远方什么也没有。

放学后，洪亮有点闷闷不乐，他不明白老古为什么会这样说。难道把吴小敏选下去老古会高兴吗？不对，他明摆着是小看人。他的意思是，你洪亮就是来竞选也选不上。想明白了，洪亮就有种被歧视的感觉，就好像乔丹在黑人街打球，想上场可人家却不带他玩。

他跟王大孬梁菲菲说了这件事，然后骂道：什么了不起的？狗屎！

王大孬听了很兴奋，说哇噻，你要能当班长就太棒了，我保证选你！梁菲菲说了一句你选有屁用，王大孬愣了半天才瘪下去：你讲没用就没用啰。

梁菲菲说，当班干部最没劲了。讨厌。

洪亮忽然觉得梁菲菲很自私，你自己是文娱委员，却完全不考虑洪亮的感受，用得着时就甜言蜜语，用不着时看都不看一眼，还明明白白我的心呢。他瞟一眼说：王国栋同学的选票不是一票？为什么他选我就没用？

梁菲菲傻了：你还真想当啊？

洪亮说，你能当我就不能当啊？早就知道你在利用我！

梁菲菲看着洪亮，慢慢地眼眶里就有了一汪水。

王大孬说，算了算了，她又不是那个意思。她是以为你瞧不起班干部。

洪亮说,本来我是不想当的,可老古那样讲,我就偏要当。

梁菲菲跺着脚喊:想当你当就是了,人家还不是为你好吗?

王大夯也说,就是。

洪亮这才好过了一点,说,算了,我也不是故意的。又说,不过就你们两个才两张选票,有什么用呢?

梁菲菲说,我可以帮你拉几个女同学。

王大夯想想也说,我也可以拉男同学。

梁菲菲说,你?

王大夯说,一张选票十块钱,我就不信他们不干。

这么一说,全都愣住了。可只一会儿,又全都笑了。洪亮说,就这么定了!洪亮打开书包,数数,也有一百多块,全都塞给了王大夯。梁菲菲也想掏钱,被王大夯挡住了。他说,哪有让小姐掏钱的?

然后他们仔细分析了班上哪些人比较可靠哪些人可以团结,哪些人可以利用哪些人是绝对不能沾的,哪些人白给票都不能要。然后他们又做了分工,算算,过半数绝对没问题。这样他们又重新快活起来,王大夯说:真过瘾啊。梁菲菲说,就跟搞政变似的。

政变这个词,让他们刺激得一塌糊涂,说话嗓音都劈叉了。洪亮觉得浑身肌肉都在颤抖,在抽搐,像要从毛孔里弹射出去。而三个人在一起密谋很显然又有点神秘有点庄严有点视死如归。他们把手拍在一起,那种感觉,就好像并肩前进的战友,迎着十二级台风,迎着鞭子一样抽打下来的暴风雨。

洪亮想,要是政变成功了,他首先就要让吴小敏尝尝味道,让他来给自己拍马屁,然后一点一点地修理他,让他知道马王爷几只眼。当然,他也要好好策划几个点子,让班上天天都在过节,让老古的酒瓶底天天都挂不住。那样,就真的很卡哇依了。要是搞不成呢？搞不成也没什么了不起。起码狠狠玩了一把，刺激了一把。啪啦啦啪啦啦，啪啦啪啦啪啦啦，过把瘾就死呗。

洪亮就带着这些想头回家去。天已经很黑了，月光不明，星星却很多。洪亮胸脯挺得高，书包抡得圆，呼吸里都带着热浪。他觉得自己高大了很多，眼睛比天上的星星还要亮。

九

回到家洪亮大吃一惊：老古居然坐在家里！隔着玻璃窗，他看见爸爸正撅着屁股给老古递烟。那种笑，洪亮几百年都见不着一回。

还是上小学的时候，老师才有家访的事。后来也没有了，后来老师有事一般都是打电话，再不然就让同学带条子，叫你家长来一趟！然后家长就屁颠屁颠地跑来听老师训话。

然而现在老古居然来家访了。老古能告什么状呢？说他调皮捣蛋？还是不注意听课？还是刚刚密谋的政变？难道这么快就被老古嗅出气味了？这些念头，还有由这些念头引起来的其他一些念头，闪电一样在脑子里翻腾跳跃，就如同不小心按动了录像机的"快进"，晃得他眼睛都睁不开了。他觉得汗水刷一下就钻出来，好像他穿的不是衣服，而是湿淋淋的海绵。

不过洪亮还是咬着牙推开门，他知道躲是躲不过去的。

有意思的是，老古见他进来，踩着弹簧一样跳起来，说洪亮回来啦。爸爸见老古站起来，也只好不情愿地跟着站起来，弄得大家都不自在，好像他们在欢迎一个重要人物。爸爸说，古老师你坐。

老古这才拉着洪亮一起坐下。

爸爸说，小孩子你跟他客气干什么？

老古笑起来，说现在的小孩子不简单啊，跟我们那时候不能比啊。又扭头对洪亮眨眼，说，你放心，我不是来告状的，我是来会老同学的。

洪亮有些发呆。

这时大姑换衣服出来了，说洪亮你没想到吧？连我也没想到！

原来老古是大姑的同班同学。虚惊一场。

吃饭时，洪亮才搞明白，他两个从小学到初中都是同班，而且好像还有点那个，因为奶奶都很清楚。奶奶说，古老师那时候文文静静的，门门功课都好，不像我们家洪梅，一天到晚疯。大姑说，人家是高才生，我们想追追不上。老古慌忙站起来说，不是那样的，真不是那样的！大姑说怎么不是？你能考上我就考不上。老古涨红了脸说，可是那能说明什么呢？大家都笑起来。

他们讲了很多陈年旧事，还有从前的老邻居老同学。这些洪亮都不感兴趣，洪亮更想知道他两个从前是个什么关系。洪亮猜想大姑说想追他追不上肯定是拿他开心，以老古这副德性给大姑拾鞋他都不够。说老古想追大姑还是可能的，而且十有八九就是这样的。现在回想起来，老古每次问到大姑的那种神态确实有点意思：目光迷离飘忽，远远地投出去，像是追着一群鸽子。而鸽子永远是自由的快乐的可望不可即的，并且一去不再回头。

吃过饭他们要谈事情，就撵洪亮回屋去写作业。老古还特意跟他开玩笑说：洪亮你还欠我一篇作文呢。洪亮说，写就写，什么了不起的。

其实洪亮哪有心思写作文啊？他耳朵贴在门缝上，恨不能拉成驴子那么长。听了半天他才听明白，老古吭哧吭哧绕了半天弯子，把脸都憋紫了，原来就是让大姑给他帮帮忙。其实也没什么大忙，也就是新来的校长对老古不大友好，什么把他排挤到初中部啊，什么分房子老是不给他分啊这些破烂事。后来大姑也烦了，说，你不要讲过程了，把你想办的事一二三四写清楚，我负责给你办到不就行了吗？大姑说，你们校长求我办的事多了去了，他敢不办。老古愣了好一会儿才反应过来，说好好好，好好好。

老古千恩万谢地回去了。大姑就来敲洪亮的门，说我来看看你写的什么作文。一看大姑笑死掉了：二十年后我回母校！哎哟喂一晚上你就写这几个字啊？洪亮说，老古在家坐着我头皮都发麻，哪还能写得出来？爸爸在外头吼：我看你是屁股作痒。大姑说，好了好了，我明天就要走了，你就放洪亮一晚上假，让他陪我回宾馆吧。爸爸这才不吭声了。

大姑搂着洪亮顺着湖边慢慢走，洪亮偎在大姑怀里好温暖好感动。月亮弯着，白云游着，湖水又把它们分得重重叠叠，聚了又合合了又聚，一切的一切都好像是在梦中。大姑要走了，一走又是半年一年，不知道什么时候才能再见。大姑每次回来都是这个事那个事，辛苦得不得了，这回连老古都掺和进来。洪亮觉得大姑真是活得好累好累。洪亮说，大姑你下次不要回来了。大姑惊讶地停下来，捧着洪亮的脸看了又看，说洪亮你真是长大了，知道疼人了。洪亮说，要不然你找个地方住下来，我天天陪着你。然后大姑就笑了，那你不上学啦？洪亮说，那个破学有什么上头？连老古都来找你麻烦。然后大姑就笑得直不起腰来，摇着洪亮的肩膀哎哟哎哟地叫：洪亮啊洪亮啊，你是不是吃醋了啊？洪亮说，才不是呢。

后来大姑说，好吧，我跟你说实话吧。你不要看你们古老师现在窝窝囊囊，从前他可是我们班的白马王子。那时候，他成绩又好人又潇洒，他有个甩头发的动作，还有个扶眼镜的动作，把多少女孩儿魂都勾跑了。

洪亮把嘴张着，这太不可思议了。他说，这么说他还真的追过你?

大姑说，是我追他！后来……大姑把头仰起来摇着，人啊，很难讲的。洪亮你还不懂啊。不过等你懂了什么也就晚了。

大姑说，洪亮，你要听古老师的话，起码他是个好人，他不会害你。

大姑说，洪亮你回去吧，听话。好好想想，二十年后你怎么回母校的?

这一晚，洪亮真的是在写作文了。他写道：

二十年后我肯定比现在高大，起码要比我爸爸高大。我肌肉很发达，像施瓦辛格那样，说不定还长着胸毛。我不喜欢穿西服，那太一本正经了，我穿得会比较休闲。当然，我非常重视鞋，鞋的品位上去了人的品位也就上去了，这是小时候养成的习惯。我就穿着这样的品牌回母校去。我肯定不是教师，当然也不会是什么专家科学家，那太烦人了。我也不是什么歌唱家艺术家，这一点现在就可以看得出来。但我肯定是个成功的人，不然我回母校干吗?

写到这里，洪亮已经写不下去了。是啊，二十年后他回母校干吗呢? 这太荒唐了。二十年后，他都三十好几了，差不多就是个小老头，这太滑稽了。

十

老古说话还算算话，元旦放假前，他终于宣布了。他说，班干部也是该改选了。而且他还说，我希望每一个同学都有机会当一次班干部。这话明显是帮洪亮的。起码洪亮是这么分析的。现在他不帮洪亮还能帮谁呢？

然而洪亮的政变还是失败了。而且失败得无声无息，连一点浪花都没有。

是计划不周密吗？不是。事先他们把每个环节都想到了，怎么提名，怎么起哄，怎么推选唱票人。是准备不充分吗？不是。洪亮的口号是天天都像过节，他在演讲的时候就要推出一个新年郊游计划。是经费不到位吗？也不是。他们的竞选经费已经达到了四百多块，而且就在王大孬的书包里揣着，他们随时都可以兑现庄严的承诺。只不过这笔经费在使用上作了一些修改，不是直接发给个人的，发给个人不好，有点贿选的意思。他们是要把它用于新年郊游计划，说是赞助也行说是庆祝也行。这个话都已经透露出去了，总之万事俱备，只待东风了。可是就在这个节骨眼上出了岔子。

王大孬没来，梁菲菲也没来。上午不来，下午也不来！

眼看班会就开始了，洪亮把脖子都扭酸了，眼珠子都要掉下来了，他们就是不出现！什么叫愤怒？愤怒和气愤有什么差别？这就是。

后来，老古都有点奇怪了。他问：洪亮，你不是要报名竞选的吗？你怎么不发言？勇敢点嘛。你上来说几句，选上选不上都没有关系。

洪亮站起来了，他看见全班都在注意他，好像都在吃吃地发笑。他用力拉出书包，甩到肩上，他说：我才不想当班干部呢，没意思。然后他就出来了。来到外面，冷风一吹，这才觉得鼻子酸了，热泪往外一喷！

晚上，吃过饭，洪亮就把自己关在屋里打电脑，是新版的《魔戒》。正杀得天昏地暗，妈妈敲门喊：洪亮电话，好像是梁菲菲。洪亮早就和梁菲菲讲过的，不要往家里打电话，有事就发E-mail。

所以他说，我不在家。妈妈笑起来，不在家是哪个在说话？梁菲菲的电话你也不接吗？你也学会这一套了？

洪亮想，不在家就是不接，这还不懂吗？梁菲菲的就更加不接了，这个小魔女，她毁了我的一生。

爸爸正在吃饭，随口说，这个梁菲菲的爸爸今天也进去了，还有那个什么王大孬的爷爷，都进去了。他交的朋友，都是这号人。

洪亮一愣，跳了起来。难怪他们今天没来！

妈妈说，是这样啊？这样就更应该接了。妈妈砰砰地拍门。

洪亮站在门口，犹豫了半天才拉开门去听电话。可电话里只剩下嗡嗡的电流声。他撂下电话又一声不吭往回走。

妈妈在一边说，洪亮，你主动给人家打一个嘛，随便说两句也好。

爸爸说，不打也好，小孩子掺和这些事干吗？

妈妈说，小孩子才要打呢，人家小孩子有什么错？不管怎么讲人家都帮过我们，这时候可别让人看扁了，说你狗眼。

妈妈不讲这话还好，一讲这话洪亮突然就火了：狗眼怎么啦？我就是狗眼！她爸进去了，她就没用了，没用的人我还交她干吗？她有本事叫小姑父下岗啊？说完洪亮把门轰隆一下摔上了。

妈妈在外头傻掉了，说，这孩子，这孩子，怎么……这么可怕？

十一

一直到放假，梁菲菲都没来上学，连期末考试都没参加。王大孬倒是来了，可他来不来，也就是那样，他反正是要挂红灯的。他跟洪亮说，他不想念书了，后来他又说他要转学了。洪亮说，你没事吧？王大孬说，他能把老子怎么样？洪亮说，那我就放心了。

其实让洪亮放心不下的是梁菲菲。那天不接电话是因为在火头上，洪亮事后想想，也觉得不大妥当，毕竟竞选是个小事。所以他也给梁菲菲回过电话，可电话总是占线。后来他又发过E-mail，E-mail也发不出去。他这才有点懊悔了。毕竟，他跟梁菲菲好过一场，也那个过，就是分手，也要有个说拜拜的机会啊。每天放学，身边总是空的，再也没有欢蹦乱跳，再也没有莺歌燕语，于是洪亮心里也就空了。就像那首歌里唱的：你的空虚，总是因为失去；你的失去，总是因为空虚。

北风紧了，下过一点小雪，学校大操场那一圈老梧桐就秃完了，就像一只只伸出水面呼救的手掌。连最后的枯叶都扫进垃圾箱的时候，学校也就放假了。

放假了也没见到梁菲菲。

从洪亮家到学校，要经过一个地方，高高的围墙只有一个小门，小门还是铁的，围墙上拉着铁丝网。这是市看守所。洪亮想，梁菲菲的爸爸是不是就关在这里头呢？她爸爸没有判刑，就应该关在这里头。所以放假以后他天天都到这一带来转悠。每天十点，都有一些人在看守所门口排队，手里拿着筐子，胳膊上夹着包裹。他想，梁菲菲也应该在这些人中间，她不会不来看她爸爸。

这样，洪亮就能看见梁菲菲了。他要对她说，对不起啊，那天真的是个误会，我真的不知道啊。一开始梁菲菲肯定不理他，泪光一闪就把头扭过去。可是不要紧的，只要他肯坚持，梁菲菲就肯定会回心转意。洪亮觉得，那一刻肯定会十分动人。他说，请你听我解释！她说，我不听我不听！然后洪亮就去拉她，只轻轻一拉，她就哇的一声扑在他怀里，捶他，咬他，骂他。而洪亮呢？只能坚强地挺住，面孔岩石一样坚硬，顶多流一点点泪。他会说：啪啦啦，啪啦啦，有我呢，放心吧。

然而，这一刻并没有出现。梁菲菲从这座城市里消失了。就像美丽的小人鱼变成了一个气泡。这个气泡再也不会回到人间。

然后，春节的前两天，家里突然接到一个电话。这个电话一下子就让洪亮理解了梁菲菲，让他明白梁菲菲再也不会回心转意。

这个电话把全家都击倒了，奶奶当天就住进了医院。

十二

大姑真的倒霉了。

其实大姑过完元旦就回到了省城，是从电视台的晚会现场直接被带回来的，一点面子都没给她留。尽管她早就离开了省歌舞团，可是整她还是要从省里整起。因为一直支持大姑的那个人已经退休了，也倒霉了。

大姑住在郊区的一个宾馆里，比梁菲菲她爸待遇好多了，取的名字也好听，叫"双规"。电话就是从那里打出来的。打电话的人说，洪梅想见她的侄子，经过研究，同意了。冷得像块冰。

然后这块冰就像掉进油锅里，把家里炸翻了。爸爸在屋里打着圈子说，早讲过嘛，不听嘛，我讲的都等于放屁！奶奶只叫了一句梅啊——身子就矮下去，眼睛也翻白了。小姑从单位里跑回来，还没等发牢骚，一见这架势就傻了。比较起来，还是妈妈冷静一些，她说，现在什么都不要讲了，讲了也没用。然后就打了120，把奶奶送进医院。

他们是坐火车去的，早知道在郊区坐长途汽车还近一些。一路上妈妈就在叮嘱：见了大姑不要乱打听，不要乱叫乱喊，也不要哭。洪亮说，知道，知道，烦不烦啊？他们是去慰问大姑的，当然不能让大姑伤心。可是洪亮注意到，一路上妈妈的眼角都是湿的。

大姑进来了，他们都站起来。大姑一把抱住洪亮就亲，眼睛，鼻子，耳朵，脖子，一点一点亲过去，亲得洪亮身上全是泪水，亲得洪亮心都碎了。洪亮答应过不哭的，可是这样一来再坚强的洪亮也忍不住了，他把哭声憋成一根游丝，一圈一圈地把大姑缠绕起来。

哭够了，大姑说，不哭了，洪亮你还好吧。

洪亮说，我还好，我好得很。可是话一出口，他立刻想到这学期的许多不够好的地方，许多的不顺利许多的不愉快。就是和大姑，前不久才说再见，还以为不知要多久才能见面，谁知这么快就见到了，而且是在这种鬼地方。

大姑说，你们古老师还好吧？

洪亮说，还好。

大姑眯起眼睛说，他会对你好的。又问：他现在还养不养鸽子？

洪亮说，不养。可是洪亮立马明白了，难怪老古的目光总是追着鸽子。

大姑说，他小时候最喜欢养鸽子，我们两个一起养，偷偷地养，那时候奶奶不让，可我们还是偷偷地养。那时候，在他家的阁楼上，看着鸽子飞得那么自由，心里不知道有多美，总想着也能像鸽子一样飞出去，飞得比鸽子还要高。

洪亮心想，你是飞出去了，可老古没有。

大姑说得很慢，一句一句的，好像每一句都有一个故事，每一句都是一首歌。后来大姑就笑了起来，眼角堆满了皱纹，这让洪亮吃了一惊，大姑从前可不是这样的。

洪亮摸着那些皱纹说，大姑，你有鱼尾纹了。

大姑笑着说，像不像五线谱？又说，大姑都三十六了，老了，飞不动了，也该歇歇了。

洪亮想，大姑从前不是这样的啊？在洪亮的印象里大姑好像永远是青春的活泼的，只有二十几岁样子。他又想，大姑三十六了，是本命年，难怪背时倒霉。要是早知道，他就会让大姑扎一条红腰带，可惜早不知道。

大姑对妈妈说，好了，你们回吧，能见上一面，我就满足了。

洪亮说，不，他抱紧大姑说，我不。可他的声音是破碎的软弱的。

大姑说，听话。要不，我给你唱首歌吧？听好，这可能是最后一支歌了。

十三

大姑唱的是什么歌，洪亮完全没听见。他听不进去，他也不想听。他的心已经完全被抓破了，歌声就像一把刀子，慢慢地割慢慢地绞，心里的血也就像紫葡萄那样一颗一颗地一嘟噜一嘟噜地流出来。

洪亮想，大姑这次倒霉肯定是有原因的，大姑是被冤枉的，大姑今年背时。洪亮脸色铁青，心潮起伏。他仔细回想大姑说的每一句话，他觉得这里总会有一点什么线索。可是大姑并没有说什么，她只是问到了老古，还有，就是养鸽子。她说了她小时候的事，她小时候就想飞。老古也想飞，可是老古飞来飞去又飞回来了。这时，他好像明白了一点什么道理：

如果让洪亮来选择，洪亮是选择做大姑呢？还是要做老古？答案是再明显不过了。哪怕大姑最后就是坐牢了，死了，也是值得的。

于是，洪亮的头脑开了天窗，大脑就像一锅沸腾的开水，有许多许多话要讲。他觉得他是可以完成老古布置的作文的——《二十年后我回母校》。二十年后洪亮是什么样子呢？二十年后他还没有大姑年纪大，他该怎么回母校呢？

洪亮那时不仅强壮有力，英俊潇洒，最主要的，他必须是一个大官，起码是省一级的。至少他很有钱，非常非常有钱，这个钱多到了足以让省长点头哈腰。这时候洪亮回母校就值得一回了。他会说，我们学校怎么还这么破烂啊？给你一个亿够不够啊？校长出来了，校长就是老古，老古说，多了用不了。他会说，把教师宿舍也改善一下嘛。这时一个教师出来表示感谢，仔细一看这个教师就是吴小敏，戴着一副望远镜那么厚的眼镜，他就笑起来，笑得吴小敏的腰一点一点弯下去。他就问老古：你看我和吴小敏比，哪个更有远见呢？老古的脸立马黄了，皱得像核桃仁，说这个这个这个……当然他还会问到他的铁哥们王大孬梁菲菲。王大孬那时是个的士司机，连校友会都参加不上，只能远远看着，不提也罢。而梁菲菲却也成了一个铅华褪尽的老妓女，谁都不好意思让她来。后来他就发火：她是我的老朋友旧情人，你们谁敢小看她？这时谁都不敢跟他顶嘴，只见满操场尘土飞扬，底下嗡嗡嗡地响成一片。原来是一地的人都在磕头，求他放弃这个念头。他叫道，尔等这是要陷我于不忠不义啊？而他们却说：天子圣明，臣罪当诛，天子圣明啊……

他们坐的是长途汽车，这种颠簸摇晃很适合于想象。现在这种车招手就停，他们就懒得赶火车了。洪亮正在文如泉涌想得带劲的时候，猛然看见了一个小偷。这个小偷正好把手伸到前面一个旅客胳肢窝里，洪亮伸手一指：小偷！

　　一车人都在打瞌睡，听洪亮一叫，都醒过来。那个被偷的人摸摸口袋，掏出一个手机放进手提包里，没吱声。洪亮说，偷的就是你。妈妈拉住洪亮，叫他不要乱讲，说小孩子搞不清楚。那个小偷扭过头看了洪亮一眼，那种目光让洪亮打了个冷战，洪亮就不吭了。

　　车到了一个小镇，那小偷起身下车，又回头看了洪亮一眼。洪亮也瞪着他，心想你凶什么凶。

　　可是不知怎么搞的，车快开的时候，那个小偷又上来了。等车再次发动上了路，那小偷从怀里抽出一把西瓜刀，在护栏上一拍，啪！吓得售票员一声尖叫，钱掉了一地。

　　小偷说，妈的，这条线老子三年没跑了啊是啊？都不认得老子了啊是啊？

　　一车人都不吭，司机把车开得飞快。空气于是开始稀薄起来。

　　小偷看看地上的散钱，古怪地笑一下，然后把售票员扒拉开，踩着那些钱晃晃悠悠就过来了。小偷对洪亮说，你看见老子偷的？

　　洪亮站起来：我……我确实看见的。不信你问他们！

　　小偷问那个被偷的人：我偷你了？偷了没有？

　　那个人抖抖地站起来说：没有，没有。

　　小偷说，那我偷谁了？说！西瓜刀啪一下剁在椅子背上，声音就像老树劈开那样。然后小偷把刀咬在嘴里，封住洪亮的衣领，甩起来一个大嘴巴。紧跟着又一个，又是一个……

　　洪亮颤抖着，眼前金星乱跳还想说他确实看见的，可是妈妈已经扑上来了。妈妈一把护住洪亮的脑袋。妈妈说，大爷大爷，小孩子不懂事，你饶了他吧。

　　小偷松了手，说我饶了他，谁饶我呢？

　　妈妈说，我包里有钱，你都拿去吧。他还是个孩子，他还是个孩子啊。

洪亮想说不，不。可他的声音是那么的渺小，在妈妈怀里是那么的无能。

小偷把妈妈的提包翻了翻，又扔下了，手却伸到妈妈的裤腰里，在妈妈身上乱摸起来。妈妈浑身颤抖放声大哭，两手却死死搂住洪亮脑袋不放。

洪亮想，拼了，我跟你拼了。可不管洪亮怎么挣扎妈妈都不放。妈妈边哭边喊：他还是个孩子！他还是个孩子啊……

不知什么时候，小偷已经下去了。又不知什么时候，车已经进了市区。人们开始说话了，妈妈却一直在哭。有人唉地叹了一口气。

那个被偷的人，掏出一张钞票，对妈妈说，对不起呀。

又有人说，是啊，是啊，让你们受罪了！

连售票员都过来说，对不起啊，我刚才，真的是……吓傻掉了！

这时，洪亮却再也控制不住，哇地大声哭将起来。他不知道为什么刚才不哭，刚才他还显得像个男子汉，而这会儿却是这么没用。他一把屏掉了那个人的钱，眼泪不争气地喷了一脸一身，他想说，谁要你的臭钱啊？

大家都在摇头叹气，这孩子，这孩子……

那个人捡起钞票，把两手一摊说，好人做不得啊。

洪亮哭着，愤怒前所未有地从脑门上炸裂开来：你们究竟谁是好人？谁是好人请你把手举起来！

没有人举手。

原载于《上海文学》2002年第6期

击缶

一

　　您别介呀，生那么大气干吗？都是我们不好，让您费心上火了。您是老板，您说怎么着就怎么着。一百多口子还不全是指望您赏饭吃呢吗？您坐着先，消消气儿。

　　其实也没什么大事，说是要审查审查，要开个会论证论证。审查呗论证呗，上面一点头他们还能放什么屁呀？这个体制就是这个德行，还能怎么着？过场呗，不开会不论证咱们反而不踏实。佛也罢僧也罢，还不都得照着经文念？经是谁写的？您啊。

　　再说了，谁知道缶长什么样儿？谁见过谁击过缶？谁说了算？您啊。当今中国谁懂艺术？谁是顶级大腕儿？您啊。你说缶长什么样，它就得长什么样。您说怎么击他就得怎么击，您说要调多少人他就得给多少人。这就叫体制，这就叫领导。

　　您也不知道？您都不知道就更没人知道了。说句傻逼话，您要知道它干吗？那么多设计公司吃屎的？都他妈给老板画去！您看着哪个顺眼就给哪个，完啦。

　　您没生气？得，就算我放屁。您瞧现在天多好，转眼就瓦蓝瓦蓝的，北京多少日子没见过这么样的蓝了。您瞧这场地多顺溜多舒坦，咱们什么时候有这么宽顺？这就叫要风得风要雨得雨，这就叫面子！人家给谁面子？给您啊。

　　您气的不是这个？得，得嘞。那就是气我们办事不力，您该骂就骂该打就打，您说怎么着吧。您说这狗屎像烤白薯，我立马吞了它！您还别不信，这就是我们团队全体的信仰。

　　笑了，这才是您的正常表情。说句拍马屁的话，您的笑有种特别的味儿。您知道您有多少粉丝吗？您知道粉丝们迷您什么吗？我打听过，就是您的笑！这帮女孩不是冲您的片子来的，是冲着您本人的笑！您还别不信，真是这样的。怎么说呢，您的笑里有一种妩媚，不对，不准确。您对女人的理解肯定比谁都透彻，您的笑里透着女人特别喜欢的妩媚，还是不对，不准确。这么说吧，这种笑是欢喜佛的那种，慈悲体贴外加抚摸，带着一种穿透力腐蚀力，一下子就让女人身心俱化立马跟您裸奔裸跳裸喊裸叫的那种。真的，不然不会这样的。您的笑，让全天下的男人没法活，没脸活，活着也就是一僵尸。

　　去您妈了个巴子吧，还真把自己当头蒜呢。骂人没这么骂法的，发火也不带这么发的，您不是爹妈养的？您不是操出来的？德行。

　　不就是要来审查论证吗？审查有什么了不起？您从前没审过吗？您上杆子追着撵着让人审呢，您恨不得扒光了让人审呢，不审您吃四片安定还睡不着呢，全忘了？

　　这才几年工夫啊，牛逼成这样了。人家说得很客气，要组一个专家团集体看望您，这不就给足面子了？还要怎么着？国家拿钱请您烧，请您随便烧着玩儿，买炮仗还要听个响呢。牛逼成这样。

　　不放心怎么了？人家有理由不放心。还跟上回似的，让几个小旗袍大屁股的娘们到吧台上去扭？卖大腿也得卖得艺术点儿，卖国也得卖得曲线点儿，人家老外也有懂行的。人家李安就比您聪明，知道汉奸也有感情，他是为情而奸，奸得就比较有理。就那样奥斯卡也没让他进，着什么急呀。

　　没发火？不是为这个发火？没发火您冲雨地里去干吗去？下那

么大雨是享受激情吗？浑身浇透是为亮肌肉块吗？不瞒您说，您的肌肉还真不好看，猪大肠似的耷拉着。别以为大家伙儿男人男人地哄着您，那是逗您玩儿。知道背地里那帮娘们叫您什么吗？叫您粉条儿！粉丝爱粉条儿，般配着呢。

对了，您手上还抓着一把伞呢，那是我着急忙慌塞给您的，您抓上它就冲锋，可是您没撑开它呀。您还以为那是一杆枪呢。您还要跟大雨搏斗一番？《挑滑车》？那可是长靠武生，真练家。翻腿，劈叉，凌空倒转……就您这身子骨……靠谱吗？

操性！哎哟喂……啧啧啧……我的脚喂，我踢它干吗呀？我跟您置什么气呀，您就是这棵树，一棵大树，大到遮天蔽日的树。我们跟您过不去能得着好吗？我们都在底下等着您下果子呢，我们比牛顿还钝，比窦娥还讹，比色戒还贱。啧啧啧，哎哟喂，我找死啊我？

来电话了？瞧瞧，我怎么说来着？通个气儿？人家怎么不找我通个气啊？您是腕儿爷，您是艺术皇上！您甭跟我传达了，您说怎么着吧？

得嘞，我这就布置下去，群发。不就是设计一个缶吗？让他们设计去，谁中标谁得钱，谁跟钱过不去？让他们连夜画，明天出图，下午开会。到时候您瞧着谁顺眼就给谁，完了。

大点儿？当然得大点儿，场面大家伙事儿就得大，这得看谁有悟性了。您放心，《渑池会》还有这出戏呢，中国老百姓谁不知道，赵王鼓瑟秦王击缶呀，我估摸他们也能猜出您的意图来。您不说鼓瑟，让几千人在大操场上弹琴，动静太小不好看，您说击缶他们就明白了。他们也不可能让几千人敲酒缸子瓦钵子，猪脑子也不会那么想。他们一定知道这是集体舞，跳集体舞的家伙事儿该什么样，想去呗。至于集体舞怎么跳，还有演出公司等着招标呢，他们不想挣钱？集体舞就那么回事儿，人多场面大，动作齐了声势到了怎么着都好看，要不动物迁徙怎么成了一景儿？

得嘞，请好吧您。

二

你蒙谁呢你。你蒙得了别人蒙不了我。我是谁？我就是干这个的，吃这碗饭的。

你导的也是一出戏。你让史官记下的是什么？是秦王击缶吗？狗屁。全天下谁人记住了秦王是哪个？赵王叫什么名儿？全天下都记住了你这个导演蔺相如！这才是本质，这才是历史的结论。看不透这个，能吃这碗饭？

说你也是导演一点儿不冤你，更不是贬你。那是个波诡云谲的年代，凶险无比的君王之间，你能游刃有余，导出这台大戏，本身就证明了你。你是个人物，这不假。可是一个弱国凭口舌机智就能挫败强敌？把渑池会盟的功劳记在自己头上？还装模作样折腾点儿动静出来？让廉颇那老家伙都觉着不好意思，那就过啦，把戏做过啦。

我是谁？我是歪着拿书斜着看书从字缝里抠书的主儿，只有我才理解你明白你，知道你也不易。可你想蒙我，把表演当真事儿，那就太小看人了。我明白着呢，那是司马迁写书的体例需要，把你单独拎出来说一段，让全天下人都误会了，以为挽狂澜于既倒的是你蔺相如。这司马迁也有点儿傻逼，身上没精神气儿笔下夺得回来吗？误导世人两千年。

公元前279年秋天，都发生了什么事儿，其实掰指头一数就清楚了。

早在头5年，公元前284年，战国七雄的座次就重新排过了：原先的东方霸主是齐国，在六国的联合围攻下一败涂地，这时候的西方强秦，自然就成了老大。齐国的衰落，使强秦忽然失去了对手，日子过得很乏味，有点不太过瘾的意思。韩魏两国已经是他砧板上的肉，想割就割一块玩玩儿。在韩魏的东边，秦还占了以陶为中心的一大块地盘儿。秦怎么办呢，开疆拓土的事功儿子总得胜过老子吧，否则史书该怎么写？养着那么多军队呢。于是郑重其事开了个会，要"断山东纵亲之腰"。是啥意思？摆明了就是当老大也不过瘾，赢家还要通吃独吃。决定趁着大好形势长驱东下，侵河略地，既把本土跟富庶的陶连接起来，又将燕赵与楚魏韩隔开。

而此时在北方的赵，作为后起的强国，经过赵武灵王改革开放胡服骑射，早在齐秦抗衡时代，就已经有赶超世界一流的势头，通过联合破齐，肌肉块儿也练得差不离了，在东方取得富庶的河间，经济实力大增。赵军中除了勇悍的北地骑兵外，又包容了不少昔日的中山猛士和强齐劲兵，以廉颇为代表的赵国将领，更是战国后期公认的一代名将。赵惠文王虽然年轻，却能继承武灵王的大政方略，其弟平原君也很帮忙，知人善任揽揽天下英雄。赵国背后的燕国，一面严酷镇压齐人的反抗，一面与赵维持着巩固的同盟。所以，地广兵劲又无后顾之忧的赵国，这时已经成为东方六国中最为强大的力量，把赵惠文王说成懦弱无能胆小怕事，这不是胡扯吗？他在过边境的时候，廉颇提议，如果30天不回，就要立他儿子为王，以断秦之妄想，惠文王一口就答应了。其果决与胆略，这个小细节再活灵活现不过了，那是一张充满自信甚至是自负的脸。天下人都看清楚了，你蔺相如看不见？你离他比谁都近。

此时的大秦，盘算着乘势主宰天下，而赵却想着取代齐国称霸中原，两强之斗本是在所难免的事儿。而国与国的争斗，从来都是背后国力资源的较量，凭你们几个外交官口似悬河舌如利刃就能改变方向？事实上两国争斗在前几年就开始了。公元前283年，秦向魏国发动猛攻，一直打到魏都大梁。此时的赵惠文王一刻也没犹豫，立即发兵10万，大举南下救魏，燕昭王也派兵8万配合赵军，秦军闻讯被迫退兵。这一事件标志着，赵已成为秦国东进的最大障碍，秦赵对立从那时就拉开了帷幕。秦不能满足当个名义上的老大，更不能容忍老二挑战老大。你蔺相如比鬼都精明，能从一个宦官的"舍人"爬到宫廷来参政议政，还不明白这点道理？

秦之东进大略是什么？就是他又回来了呗。秦为赵所挫后要集中全力与赵较量，是有通盘考虑的。秦昭王先与楚国相约和好，以稳定攻赵的侧翼，楚国的怀王还被人家扣着呢，敢不答应吗？接着又拉拢韩魏连横，以孤立赵国，使赵之盟邦仅剩下一个背后的燕国。这是一个标准的月牙形包围圈。

而赵呢，在外交策略上的失败，加上它对摇摆不定的一会儿逆秦一会儿附秦的魏国十分恼火，决意讨伐开战。一系列国策的错误，才使秦有机会派大将白起三次攻入赵国西境，击败赵国守军，攻拔石城和光狼等地，损兵两万，给了赵惠文王劈头俩大嘴巴。这样，赵国被迫停止了对魏的讨伐，以集中兵力对付强秦。此时表面似乎大战将临，气氛陡然紧张起来，实际上谁都吃不了谁，大家心知肚明才有你蔺相如的表演舞台。

在四年的对抗里，秦军虽然占尽了上风，但赵的基本国力尚在，想吃掉赵还没那副好牙口。而赵需要做的就是避其锋芒，韬光养晦，装出一副永远不想当头儿的样子来。所以秦昭王想借"和氏璧"来敲打赵的时候，惠文王立马同意蔺相如的意见，生怕"曲在赵"，惹恼了秦。一国的君王难道不清楚一块玉与十五座城孰轻孰重吗？那是个争夺土地粮食和人口的时代，他不懂这是秦昭王在试探自己的态度吗？真实历史中的惠文王根本不可能指望什么"完璧归赵"，他能在乎一块玉吗？那块玉本来就是他从楚国得来的，又不是他家的遗产。他是在装孙子！甚至于你蔺相如回不回来他都不会在乎。你怎么表现，那是另一码子事儿。

就在此时，周边形势发生了戏剧性的逆转。

首先是在东方，齐国人经过5年苦战，奇迹般地扭转了战局。即墨之守将田单以火牛阵打垮了燕军主力，齐国各地军民闻讯，蜂起响应。各地燕军纷纷北窜。田单所率齐军迅速壮大，一直把燕国残军驱回黄河以北，齐国本土70余城尽皆收复，并夺回麦丘等赵军占地。齐国君臣皆视燕赵为仇敌，继续挥军北进，一举克复黄河以西的昌城等地，企图把燕赵所占河北、河间之地尽数夺回。面对齐军的席卷之势，燕人几失招架之力，赵人也惊骇万分，着急忙慌要放下秦国这一头，以回身对付复兴的齐国，这才是赵惠文王的真实心态。

事情巧就巧在这儿，无独有偶。饱受秦军重压30多年的南方大国——楚，乘秦赵胶着之际，在这同一年春，公元前279年，大将庄蹻率军向秦反攻，很快夺回黔中郡，并乘胜追入秦之巴郡，攻取了旧巴国的都城枳。此后，庄蹻因兵力不足而转兵南下，企图从南翼包抄秦军，秦的后方粮草基地巴蜀地区面临着丧失的危险。在后院起火的形势下，秦再也无心与赵国鹬蚌相争，于是共同的战略利益出现了，才使双方坐到了一起。于是才有了秦昭王约赵惠文王在渑池相会，也才有了你蔺相如的一场大戏。司马迁其实是说明白了的，只是他没搁一块儿说，后人不会读书，误把你当成一个扭转乾坤的人物。

明摆着，公元前279年的秋天，河南那片当年还算富庶的丘陵地，那个旌旗蔽日鼓乐齐鸣的场合，不是一场鸿门宴，而是一次休战言和的国家仪式。既然要谈和，就要通过一个形式，就要郑重庄严表明诚意，一把手亲自到场签字剪彩合影留念。既然是形式，就要欢快喜庆不能剑拔弩张，不能恶言相向。那两边的文臣武将不服气怎么办呢？谁都不能战胜谁那就和平竞赛吧，文的比嘴巴比文采，武的比体力比耐力，最初的奥林匹克运动会不就是这么办起来的吗？这世上的道理全都一样。

你蔺相如的天才其实在这儿，你比别人更早地意识到，这是个出人头地的机会。有没有你的存在，该休战还是休战，该言和还是言和，你只不过是抓住了这个机会。这么分析不委屈你。

击缶，是的。是你需要击缶，不是什么秦王赵王。你需要导一出戏，进入历史，让世人都记住你。

你很清楚，那时的各国史官地位极高，简直说一不二。200多年前齐国太史秉笔直书前仆后继的故事，震慑的不仅仅是国君，更是那个时代所有的士人。你不知道后来还有个司马迁，可你很清楚地知道站在秦王赵王身后的还有一声不吭的御史官。那是个面相冷酷目光锐利形同侏儒的老头，他那只手只剩下三根筋，捏着一把利刃，在竹简上刻出无法修改的历史真相。你需要调动他，激发他的正义冲动，让他进入角色，不带一丝一毫色彩地完成你的脚本。2000多年以后，人们无须按照你的思路再讲述这个故事，而是按司马迁的意图改写历史。那时的你，所有的屈辱所有的折磨所有的泪水都不复存在，时光已经将这些全部淹没，都不重要了。重要的是，你已经神化了，你不再是一个舍人，不再是一个外交官，甚至也不再是一个官僚，仅仅站在那个老廉颇的右边还觉着挺光彩。不，2000年后你是一个英雄，一个掐住历史脖子的大人物，什么秦王赵王，他们不过是你的陪衬，统统被你踩到了脚下。人们在谈论你时，是仰慕，是叹息，是小学生课本里都记载着的辉煌。大义凛然，智慧果决，以弱胜强，你被当作中国人的精神遗产世世代代流淌在这个民族愚蠢的血液里。

你更清楚，你导演的不过是一出戏，一个剧本改变不了什么。发生，发展，转折，波澜起伏，高潮迭起，都改变不了什么。烘托，铺垫，造势，渲染，都改变不了什么，那不过是些手段，该怎么结束还怎么结束。敌国还是敌国，战争还是战争，和平不过是小老百姓的一厢情愿，该怎么流血还怎么流血，该怎么痛苦还怎么痛苦。但是你自己改变了，成了精英中的精英，领导阶级中的领导，这才是你真正需要的。从此你将不再是从前的你了，你可以继续生，也可以瞬间死，你无所谓了，够了。你还活着干吗？你还跟廉颇那老家伙演戏，那就过了，过了就容易露出了破绽。

当然你无法预知，仅仅过去6年，秦赵重新开战。又过了50年，赵国灭亡，白白被秦军坑杀了40万将士。坏就坏在赵王野心太大，跟强秦较什么劲？但凡有一点悲悯就该归顺了拉倒，喜欢弹琴就建一座宫殿让他弹琴去。40万亡灵啊，死得有什么价值？值当吗？有人问过一句吗？

但这一切跟你有什么狗屁关系啊，那时你的名声震天，事迹远播，你的灵魂早就飞升了，变成一只精卫之鸟，超脱而且快乐。当你盘旋在华夏大地上空时，当你偶然注意到人间时，你心里想着什么？是同情，是悲悯，还是嘲讽？也许你什么都不愿知道，只是盘算自己的那点事儿。这是对的，你想那么多干吗？

当然你更不可能知道，差不多跟你同时期的欧洲，也发生过相同的故事：新崛起的雅典总是让原来的老大斯巴达心里不痛快，后来两家打了30年仗，最终双方都被战争毁灭。这就是著名的"修昔底德陷阱"。国际关系就跟他妈的动物界一样，一个新来的年轻公鹿必然要挑战原来的鹿王，原来的老大也必然要教训新来的小子，怎么办？打呗。这已经被视为国际关系的铁律。他们告诉我，近1500年来，一个新崛起的大国挑战现存大国秩序的案例一共有15例，其中发生战争的就有11例，结果没一个落下好儿。你是对的，你简直就是一天才，那时的你就已经完全超越了历史，那时候你就对自己说，做自己的事，随他们打去。

是啊，你的后人是何等愚蠢，他们全都长着脑袋，但他们脑袋里全是糨糊，半点纹理没有。只有你，在那个时代，在那个关口，做出了那种惊天动地的选择。历史没亏待你，长着三根筋的老头也对得住你，某年某月某日某事……那些个早就灰飞烟灭了，只有你蔺相如还活着。什么国啊，什么民啊，将来的世界就是——地球村。谁当村长，实行什么规则，跟你有关系吗？受人欺负怎么办？老虎来了怎么办？逃跑呗。跑不快怎么办？你也不必是跑得最快的那个，你跑那么快干吗？你只要胜过老弱病残就可以啦。

所以你要击缶。所以我也要击缶。

击缶，一定要击缶。这是整场戏的眼，所有的绕前捧后铺衬点染都是为了这个眼。

万一通不过怎么办？不可能。他们不是傻瓜，他们也需要击缶。当然，也可能装模作样提几两意见，那就改呗，改完了还是击缶。他们什么都懂，什么都知道，不过是想借助我的手，不挑明而已。我有啊，我给你啊，形式有的是，唯美有的是，符号有的是，要多少给多少，你要什么我都能给你。

现在就是。

三

您刚说什么来着？他们今天开会？他们开什么会都没用，最后归齐了都等着您御览。

别不信啊，您如今就是这范儿。皇上不急太监着什么急呀，他们着急也没用啊，他们的家伙事儿不硬气啊。您还别乐，别摁我的大拇哥儿，只要您在，它就永远冲您翘着。还真是这么回事，上回您不是担心方案通不过吗？人家拍案叫绝！人家要的就是您的绝顶聪明！人家心里有话不便明说，说出来还落一把柄，人家才需要您的艺术。您给了一顶级形式，击缶，2008个中国人给他们击缶！人家能不叫绝吗？人家五体投地啦，没得说。

这玩意就是这样，世界通行的玩儿法，大家心知肚明，点到为止。说白了那还叫艺术吗？大鼻子也不是吃干饭的。在您，不过随便那么一玩儿，可在人家看来，这也太纯粹啦，太抽象啦，太绝对啦，超想象的美。

说这话您不爱听，那就不说了。有一件事必须得说，您得心里有个底儿。

您瞧这天儿，天色不好，很不好。云层看着好像不厚，但这是一块巨大的海绵，吸足了水，而且呆在北京上空不走，小风一吹就能给你点儿颜色，没完没了。瞧瞧，几场大雨，场地浇成什么样儿了？还排什么练呀，几千人干等着，雨停了就比划两下。照这个速度，彩排得到什么时候？得到明年去。

不对呀，北京的七月，不是这样的。说是50年不遇，500年不遇也不能让您遇上，不应该呀。

什么意思？我哪儿能有什么意思啊？我不过就是这么一说，您心里得有底。再说下去，我的意思就没意思啦，这得您有意思才行。您出意思，咱出力气，谁让老天爷不公平呢，人和人分档次，否则不就乱套了？

您蹦了，您是该蹦了。您瞧您那两条腿，都细成什么样儿了？也难怪那帮粉丝不满足啊，就您那号的家伙事儿，捅肚脐眼儿也塞不满啊。

您蹦吧，使劲蹦。铁定一条，您够不着天花板。我得沏壶茶去，歇歇嘴巴润润喉，太费唾沫。您是谁？皇上啊。我是谁？太监啊。皇上不急太监是不能急，太监急了皇上当得还有什么劲儿？要不那金銮殿前怎么有那么多的台阶啊，那就是给大臣们磕头预备的，一步一叩首，见到皇上没开口呢人就屁啦。

不就是那点分成吗？您都到这份儿上了，您在乎那俩银子吗？您得大头没得说，可您也别让大家伙儿白忙活不是？百十口子人呢，怎么也得有点分量才说得过去。就算我们比牛顿还钝，比窦娥还讹，比色戒还贱，那也是人性不是？您不是最爱谈人性吗？您不是人性大师吗？这点人性都揣摩不出来？

蹦吧，使劲蹦。人作孽犹可活，天下雨皇上也管不着。您上天坛蹦去吧，天坛管下雨。

就为这事儿啊？您早说啊。我这就传下话去，该干活干活，该跑腿跑腿。大家伙儿跟着您，不是为钱，是为艺术。谁不是为艺术来献身的？艺术，那是比生命还重要的。生命诚可贵，爱情价更高，若为艺术故，什么都敢抛啊。

要让我说呢，您是得有点大动作。看这云层，啧啧，三天五天，十天八天都说不准。到时候，荒腔走板事儿小，误了老佛爷听戏事儿大。所以呢，得有点大动作。

什么动作？打电话啊，惊动天庭啊。让他们调军队，调飞机，调高射炮。不是说能保证奥运会期间北京空气质量一流吗？听说有种高科技，能把云层打散喽撑走喽，能让万里蓝天空气清新，所以才这么牛逼。那就赶早啊，迟了就误大鼻子事儿啦。您得跟孙猴子一样，金箍棒一指，雷公电母，全他妈统统滚蛋。谁是孙猴子，您啊。金箍棒在谁手里？您啊。

花钱，当然得花钱，不花钱办什么奥运啊。多快好省，那得看是跟谁说，办大事就得下大本钱。您别老想着给他们省钱，舍不得孩子套不住狼，国家是谁的？您的啊。艺术是谁的？您的啊。谁能名留青史？您自己啊。您为自己个儿办事儿，就得风光，体面！

　　其实我也就是这么一说，您高抬我了。我这号人，也就是嘴臭，扯鸡巴蛋行，真拿主意掏家伙还得看您的。

四

　　舍人是干什么的？就是一奴仆啊，就是一马仔，那时候叫舍人，顶多也就是一门客一秘书。估计你最初进都城没什么门路，那时候的邯郸已经挺繁华的了，差不多也算挥汗如雨联袂成云吧，凭什么让你一个乡巴佬出人头地？而且你最初投靠的既不是文臣也不是武将，更不是王公贵族，不知道你是怎么考虑的。投靠文臣得有一手好文章，至少口才不错，估计你拿不出来。投靠武将得有一身好功夫，至少得有一身好肌肉，估计你也没有。你是没什么路子可走，才去投靠一个宦官令的吧？可你有一个好使的脑袋瓜子，爱琢磨事儿。还有就是你够胆儿，反正你本来什么也不是，你失去的只是锁链。这么一想，你当初也就是一个京漂儿，跟北影大门口外那帮找活儿的人差不离。

　　可也不一定，宦官好啊，宦官才能接近君王啊。宦官令相当于中办主任吧？那你就是主任的马仔啦。这就看出你的精明之处，你等于一步就跨越了宫墙。混好了，你就一步登天啦。如果从文臣武将那儿走，那得攀上多少朵云彩才能达到这个高度？当然也有风险，干大事的谁不冒风险？最大的风险就是那个宦官令缪贤把你也给骗了，还没等爬上去呢，就成了阉货。那你就是登了天又能怎么样？半个神仙的快活，挺着个肚子缺两个蛋，见着美女装不乱，有意思吗？不过你运气还不错。

你的出现，正是老赵国宦官令缪贤忧心忡忡的时刻。老赵武灵王死了，新惠文王刚刚掌权，缪贤跟新主子没什么旧情，天天担心失宠。估计你看准的就是这一点。换季了就得换衣服，裁缝都知道生意来了，你没长心眼儿？

规定情境一定是这样的：某个深夜，月明星稀，万籁俱寂，只有秋虫交欢的声响，令人惴惴不安，带点儿恐怖的那种。缪贤一个人独坐厅前，面对着门口一个方形的惨白月光。他已经接连几夜睡不着了，这天又看见惠文王冲自己皱眉了，而且直直打了一个喷嚏，说倒是没说什么，可这比骂他还厉害的喷嚏直奔脸面而来。当年先王也没这么待过他呀，他琢磨着，先王打喷嚏也是长袖掩面的呀，新王居然连手都不抬？他慨然一声长叹，令灯捻发出哔哔啵啵的哀嚎，那微光覆倾又复燃，复燃又哔啵。而早就在等待这一刻的你，蔺相如，适时地出现在门口，你已经窥探多日并且熬过多夜了。你也是个裁缝。你的影子被一束方形的追光长长地投在地上，又被油灯的微光鬼魅一般地摇曳着，陡然直立起来。缪贤大骇，扑通一下就跪了下去，口中叫着先王啊先王啊，我不想背赵而去啊，只是这日子没法儿混呀。

你自然是就势跪倒，纳头便拜：主子呀主子，舍人相如无以相报，愿为主子解忧！

惊魂甫定的缪贤只好将心事和盘托出，新王年轻气盛，视己如无物，奈何？

你自然劝慰几句，什么慢慢来呀，急不得呀，只是不直说一个阉人他不靠着君王他能靠谁？

缪贤说，燕王待己不薄，有一次如厕，还跟自己私下拉手"愿结友"。你看我去投靠燕国如何？

你立马磕头如捣蒜，主子啊主子啊，你这是昏招儿啊。彼时赵强燕弱，而你又是赵王的心腹，所以他愿意跟你交朋友。如今形势变了吗？没变，还是燕畏赵依附赵。你背赵去燕，于情于理必不敢留君。他非但不敢留你，反而会将你捆缚送回赵国，讨好赵王。主子啊，你这是自取灭亡啊。

缪贤吸鼻落泪道，如此下去，将奈何？一个阉人不得宠幸就三魂五魄没着落儿啊，你不懂我的苦哇。

你这才献上一计。明摆着呀，新王掌权不久，内政外交大事儿都顾不过来，怎么会像先王一样在意你呢？打个喷嚏算什么呀，这正说明他没把你当外人，顶多是不重视你而已。你如果真想吸引大王的注意力就裸奔呀，就把衣服扒光了把自己绑起来，背上插一把斧头向大王请罪，请大王砍死自己，就说有这样念头就该死就有罪。大王肯定不会给你定罪的，不过他以后会多看你几眼多问你几句，一定会的。这造型多炫呐多酷啊。

缪贤吸一口凉气道，这也太夸张了吧？我找时间认个错吧。不过经你这样一分析，我心里倒是宽慰了不少。你这孩子看上去不哼不哈的，倒也不缺心眼儿，踏踏实实干吧。

自此，你算是站住了脚跟，你的识见开始显示，但你还需要积蓄能量等待机会，直到公元前283年。

这一年，有楚国人因内乱来投奔赵国，献上的竟是举国共传之宝"和氏璧"。楚国几代君王家传的宝贝，为这块玉砍掉了雕刻大师卞和的两只脚，现在玉竟然到了赵王手里。

消息传到秦国，让秦昭王愤愤不平，心想我联合韩魏齐攻楚，费好大的劲儿才把楚怀王扣住，怎么竟让你小子拣了便宜？但秦昭王毕竟不是声色犬马之徒，往深处一想就明白，在天下曾经"非秦即楚，非楚即秦"的时代，突然冒出一个赵国，本来就够麻烦了，这块玉的出现不是很蹊跷吗？难道这块玉会无缘无故落到你赵惠文王手里？找几个智囊来一研究，很明显嘛是楚人的阳谋嘛，这是要转移大秦的视线嘛。但众人一致认为，应该就汤下面，趁机敲打敲打赵惠文王，看看这小子宣布韬光养晦永远不当头儿是不是真的。于是就画了一张八竿子挨不着的地图送给惠文王，说是愿意用这十五座城来换这块玉。

这块玉后来成为了一个象征，据说先是被秦始皇刻成了印章吊在裤腰里，成为了权把子，实际上是祸根子。又经历无数杀伐争夺，又经过好几百年，好几个朝代，直到唐朝才销声匿迹，这已是后话了。

当然那赵惠文王也不是傻子，知道这块玉是块烫手的山芋。面对秦国使臣送来的地图和信件，老臣宿将们也争作一团。老廉颇们认为应当实行三不政策：不换，不理，不睬。他以为老了还能顿饭斗米，吃一只猪胯子，谁都不敢把他怎么样。而老谋深算的老臣们知道，傲慢态度并不是强大的表现，也不符合外交惯例，赵国真正需要的是软实力，既要落着好又不得罪人，人家跟你装笑脸你总伸胳膊亮肌肉块儿，不够礼貌不够文明啊。

你，正是在这种条件下被隆重推出的，赵国需要一个真正的外交家。

宦官令缪贤推荐了你。推荐的理由正是当年你建议主子不必"亡赵走燕"，只需"肉袒质斧"。果然惠文王召见了你，至少他认为你还有点儿见识，跟那班老臣宿将不一样。果然，一上来你就说"秦强赵弱，不可不予"。其实你心里早就有数了，惠文王愿意召见就说明了一切。你是宦官令的舍人，怎么可能不清楚惠文王的心事？只不过你能把这其中利弊分析得更加透彻，"曲在赵"的事儿不能干，"曲在秦"的事儿可以一试。两策相较，"曲在赵"，免不了要挨揍挨打，"曲在秦"则有可能既保面子又保里子。当然你还得吹一把，城给了赵国，就把璧留在秦国；城池不给赵国，我保证把和氏璧带回来。惠文王怎么决定你不需要知道，你先露一脸儿再说。

那时候你需要的是惠文王的信任，没有这一条你怎么出场？没有舞台你怎么表演？其实惠文王也并不指望完璧归赵，甚至不考虑你还能不能回来。他首先考虑的是怎么才能推迟战争，他还没准备好开战呢，国都保不住，要一块玉有什么用？他需要一个胆儿大而且有头脑的人。你成功了，你获得了舞台。

认真论起来，你真正的大赌就是赌这块玉。跟今天云南那帮子赌石头的浑小子差不多。

那个时候你不可能知道秦王不杀你，就是秦王不吭声，他身边的侍从美女也得把你撕巴喽。凭什么呀，拿一块玉换人家十五座城？那时候大秦气焰正盛，根本没拿正眼瞧你，否则不会在章台接见你。而你也清楚，赵王也不会把你看得太重，他只是要拖延时间推迟战争，否则也不会派你出使，更不会相信你的拍胸脯，人家得了玉就是不给城，你能怎么着？赵王不派你完全可以派别人，反正他是看准了一条，不能"曲在赵"，更不能草率开战，能保面子更好，不能保面子就保里子。可对你就不同了，你是拿这块玉来赌自己的命运，你已经苦苦等了十多年，你连赵王的面都见不着，你差不多都急疯了。你也三十多岁了，该成家立业了。

你是把一辈子的精气神儿都押上去了。

章台，估计不是什么正规场合，大概是一个观鱼赏花的亭子。否则司马迁不会刻意强调这个地方，否则不会有那么多美女侍从传看这块玉，也不会兴高采烈三呼万岁视你如无物。司马迁是在说，秦王根本没把你放在眼里，有故意羞辱赵国的意思，换城的事儿提都懒得提了。而这，正是你期待已久的机会。

你不可能期待秦王信守承诺，这样的好事轮不到你做，王公贵胄多的是。让一个舍人出使大秦，本身就说明了风险，弄不好连小命都搭进去。反过来说，你要的不正是秦王的蛮横无理吗？是他的傲慢成就了你蔺相如,也是他的理智清醒帮了你的大忙。

这应该是个长镜头,至少三分钟。你的脸慢慢红起来,像一只青涩的辣椒先从尖头泛红,脖子,下巴,鼻翼,红血球像排着队往脑门上挤。你的心狂跳不已,你提醒自己深呼吸,深呼吸……然后你慢慢地做诚惶诚恐状,声音是那样沙哑如蝇虫般冒出来。你说:其实和氏璧也有瑕疵呢,请让我指给大王看看。

啪,镜头一转,秦王随手把玉还给了你。啪,镜头再一转,你就跟青蛙似的回身一跳,靠在柱子上。接着镜头猛推上去,一个特大的特写:怒发冲冠啊。你的发根弹簧似的直立起来,生生地把纱帽顶得乱晃……摇,接着摇……直到把人们的眼睛摇昏。大王啊,你说,当初赵国君臣都知道秦之贪婪,都认为换城是打白条子说空话,只有我认为平头老百姓做买卖尚且讲信用,何况大国之间的交往呢?而且为一块玉惹得伟大的秦国不高兴,不应该呀。于是我们赵王斋戒了五日,在朝堂之上行过叩拜礼,亲自拜送国书,这是为什么?这是对大秦表示敬意呀。而现在呢,大王在这么个亭子里接见我,太不规范了吧?又把和氏璧让嫔妃们传来传去,太不尊重了吧?既然这样捉弄我,看来大王是没有诚意补偿赵国的,我也没脸再回去复命了。我现在就把头和璧一起撞碎在这根柱子上!

镜头拉回,平移,缓推。秦王尴尬,沉思,好言相劝,制止美女和侍从,又招呼人拿地图,说这儿那儿全都划归赵国了。而你呢,一只眼观察秦王表情,另只眼斜视柱子,始终摆出这么个姿势。这个动作难度很大,要折腾。至此,你的赌注已经下完,接下来就是怎么全身而退了。

之前你当然设想过这样那样的各种可能性,你最担心的就是还没等见到秦王就被干掉,玉也没了命也丢了,等于没亮相呢没叫板呢就落幕了。这当然是最糟糕的情况,真出现了你也就认了,这只能怨自己时运不济,生在这个万恶的奴隶制时代。然而没有,事情正在向比较文明的方向发展,这就有了你腾挪的空间。有一点你坚信不疑,此时的大秦并没有强大到可以完全不管不顾的程度,对小国多少还得装模作样摆摆外交姿态。

你说,和氏璧是天下公认的宝物,赵王敬畏大王,不敢不献,送璧的时候还斋戒了5日。大王若有诚意也应斋戒5日,朝堂之上迎以九宾之礼,我才敢正式献上。于是镜头一路平移,把你送进广成宾馆。

接下来的故事天下共知,可以略过。5日后,秦王设九宾礼,和氏璧已经归赵,你慨然请受汤镬之刑。秦国君臣面面相觑,恨得牙根痒痒。而秦昭王却由怒转喜,哈哈大笑。秦王毕竟是秦王,不会跟人一般见识。

你赌赢了,秦王不但不杀还礼送出境,为赵国挣足了面子,你还当上了上大夫。你赢就赢在对天下大势有个准确判断,对秦王的心思揣摩得透辟入里。

试想,秦王如果真的想要那块玉,怎么着也都得着了,那是个冷兵器的时代,怎么可能让你的随从"褐衣径道"轻松逃走?早就完璧归秦啦,你丢了还没地方说理去。再一说,秦王若一翻脸,就拿这个理由开战不是最好?你一个下国小臣竟敢戏弄本大王?甚至可以推测,是秦王下令暗中保护你都不一定,秦国缺拍马屁的人吗?他们不想弄到玉献秦王吗?历史真相是,秦王并不想此时开战,只不过借一块玉敲打赵王罢了。赵王老老实实送来了,秦王目的就达到了。赵王挣了面子又得了里子,目的也达到了。你借机充分表演出了大名,从此翻身得解放,更是目的达到了。皆大欢喜呀。

这么分析不冤枉你吧。

五

　　这事儿啊,您还真不能赖我。中标的这三家公司都是您点着名儿让我关照的。我能说给谁不给谁?我敢吗?三一三十一,平均分配呗。到现在还我还让那帮公司操着呢,他们以为我是操盘手,我有生杀大权,我吃了多少多少回扣,我罪名多了去了。我他妈的猪八戒照镜子,里外不是人我。

　　这么跟您说吧,我跟您也跟了多年,得了您不少好,您好歹也算了解我这个臭脾气。做完这一单,我就决定退休。真退休了,干不动了,真干不动了。我呢,鞍前马后的,也跟您学到了不少,长了见识,也算没白来世上走一回,我谢谢您,放我一马!

　　我不是跟您怞蹶子发牢骚,真不是。我是干不动了,有心无力啊。就说这事儿吧,竞标的时候个个都说自己世界一流,中标以后个个都想低进高出,想多挣两个呗。他们是高富帅啊,时间就是金钱啊,效率就是生命啊,人家这么做也是天经地义,一点都不奇怪。奇怪的是,LED灯它能坏,一坏就能坏了三分之一,这么高的科技它也不顶事儿。幸亏发现得早,要是再迟点儿,误了老佛爷听戏,那我不得封个斩监侯?

　　怎么办?增加预算呗,反正里外里都得加,不缺仨瓜俩枣儿。这帮高富帅一肚子坏水,比我坏多了。得嘞,我这就找他们去。是得算算账,好好算算。我还就不信了,一坏就坏一片?这么齐整?

　　扯鸡巴蛋呢吧?你让上千人在大操场上敲瓦钵?敲酒缸也不行,酒缸倘卖无?少来这一套,跟我玩儿里格龙格龙?不就几张购物卡吗?我全部退给你,我还真把你们当成什么大公司了。当初你们那张图纸还不错,描龙画凤的,还真跟事儿似的,体量也够大,如今你就拿一木头框子来糊弄，里头装一瓦钵子就叫缶了？缶就长这德行样儿？搁从前这就叫欺君之罪，早把你咔嚓了，谁跟你费口舌，没那些唾沫。缶什么人敲的？皇上，大王！大——王——呀，缶就这等样子么——？扯鸡巴蛋！

不知道？不知道你来竞标？文化设计？一看你就没文化。还博士呢，我看你够烈士级别了。

对头罗，这就对——头啰。你得懂事儿，这是什么级别的事儿？国家办的，敲给人老外看的，世纪全球级！怎么着也得够吨位吧，办完了还得拍卖呢，这叫节约办奥运。你总不能让那些富豪大佬花钱收藏一破木头框子吧？我琢磨这里头它怎么着也该装着一面大鼓，看着够气派听着够洪亮。方的？方的就不能叫鼓啊？

鼓好啊，你想想，几千号人马且鼓且舞呢，那是多大的声势？那叫战鼓雷动鼓舞人心！谁规定鼓是圆的？如今我们称它为缶，它就是方的。打今儿起，方的叫缶，圆的叫鼓，你的明白？

办去吧，一色儿的硬牛皮，绷扎实实的，又好看又管用。甭跟我这儿哭穷，谁还不清楚谁？我是又要面子又要里子，你要不给我面子我就不给你里子！时间一到，开铡问斩，你甭怨我没帮衬过你。

是啊，这帮坏小子是叫我大太监李莲英，他们挖苦我不为别的，也就是心疼我担心我罢了，那帮公司老板还管叫我盛宣怀呢。李莲英也好盛宣怀也罢，还不都是为老佛爷当差吗？他们俩可都是得着好儿的，李莲英富甲天下，盛宣怀也得着一个钓鱼岛，我得着什么了，老佛爷？也不过就是心脏里多了三个支架！

赏我俩大嘴巴？嚓！小李子谢过老佛爷了！

您还真别说，眼瞅着日子一天天逼近，心里还真有那么一乐，这就叫成就感。这一路走来虽说磕磕绊绊，倒也算是大不离谱，小不离调。想想人一辈子，能办成这么大事儿的人能有几个？您也甭赏了，我知足了。我不是跟您这儿玩高境界，我就是一低级趣味的人，我还真是觉着自己幸运。

LED灯您放心，全部换过一遍。我让他们百分之百，万分之万，天天给我试着，临到彩排再全部合成一遍。有钱能使鬼推磨啊，什么时候自己个儿花钱也能这么爽就好了。大把银子满地一扔，甭找了，不够就哼一声，过瘾，确实过瘾。

到这时候，您后退是来不及了，您就是想死，阎王爷他也不敢收啊。一场豪赌？我看不像。到这时候您已经胜券在握啦，跟掷骰子没关系啦。就是局部出点儿问题，那也无碍大局，该吃吃，该喝喝，该睡睡。就是击缶真击出了差错，演砸了，他们也得大声叫好，好得不得了。这哪儿是您在击缶啊？这是中国在击缶。人家懂着呢，人家养一堆中国问题专家呢。

六

公元前279年是什么形势？天下大乱呐。强者趋弱，弱者趋强，强也强不到哪儿去，弱也弱不到哪儿去，一锅乱炖。乱炖好哇，乱炖才有机会。否则你一个上大夫也很难有多大作为。

上大夫是个什么官儿？估计也就是一个能参加讨论发言的专家教授什么的，没什么实权。第一你没学历，第二你没血统，第三你背后也没什么财团撑着，能在朝堂上混已经不错了。你跟那些有来历的有战功的人比，差距不是一两个档次。凭一张嘴巴打天下，总让人看似矮一截。所以你总给别人让道儿，所以老廉颇敢骂你"素贱人"。说你素贱也不冤,你本来就是从宦官堆里爬出来的。估计缪贤那时也帮不上你什么了,老了死了也不一定,反正司马迁再也没提。就是他活着你也得避开他,晦气呀。

但你还得好好表现,要不你永远洗刷不干净。你要给自己个儿正名。所以你拼命鼓动赵王去渑池相会,你为什么对秦王特别有兴趣?秦王是你的福星呀,是秦王给你正了名。没有秦王帮衬着,哪儿有你蔺相如?所以你翻来覆去琢磨的,是秦王。你真正应该感谢的,是秦王。

司马迁为什么五次三番要给你蔺相如正名?这里面有什么疙瘩没解开?难道跟自己受了腐刑有关?……是的,接受了那样的奇耻大辱,他忍气吞声披肝沥胆,就为着能活下来混一碗饭吃吗?这么一想就豁然开朗了,一定是这样的!司马迁是想说,被割了蛋的人依然还是男子汉!你被骗过没有?司马迁没说,但你是宦官令缪贤门下的舍人,他是再三强调的。

这就对了,合逻辑了。烘云托月呀,山之精神不出以云雾衬之。司马迁是千方百计让你和众多大人物作对比的,他就是用这种手法把你捧上云端。先让你和缪贤比,比出了你的虑事周全,目光远大;再让你和众大臣比,比出了你在二难命题中的决策果断,毫不含糊;三让你和赵王比,比出了你的胆大心细,高瞻远瞩;四让你和秦王比,比出了你的勇气逼人,灵活应变;五让你和老廉颇比,比出了你的谦和儒雅,顾全大局;六让你和自己的舍人比,又比出了你的深谋远虑,先公后私。你他妈的简直就是一个完人一个神人!司马迁这么干不是为自己鸣不平是什么?他是把全部精气神让你一个人得了。

这么说来,发明"三突出"的人是司马迁?他妈的那会儿他就敢搞"三突出"了?什么叫历史啊,历史就是被司马迁这种人捏估出来的?历史还说汉高祖登基看见五星联珠呢,其实第二年才出现金木水火土五颗星连成一线，这是科学计算出来的，这种天象不可能和什么皇帝登基有关系。可见司马迁也撒谎，他没法不撒谎，他得把史官当下去。

然而司马迁这叫文学吗？这叫艺术吗？搁今天肯定什么都不是。至少不纯粹，至少让人不舒服。让人觉得那种宏大的建构，那么直来直去的叙事，还时不时来点儿太史公曰，忒他妈粗糙了。什么叫真实？请受汤镬之刑不叫真实，让人看见你发齿尽裂一步一步走近汤镬，烈焰舔着锅底，热浪令空气稀薄，烤焦的树叶慢慢卷曲，一只飞鸟从空中坠落，落入镬底时嗤啦一声巨响，腾起的青烟被拉长了扭曲了泛白了……这才叫真实。

可这样的真实人家也不认，奥斯卡的那帮混蛋评委，究竟想要什么？给他森严的宫廷，不容挑战的秩序，至高无上的君王，他说太宏大太合目的了，不行。给他轻盈穿梭于竹梢之间的肉体，缓慢流淌于剑刃之上的血滴，他说太细腻了太唯美了，也不行。合逻辑的不行，非理性的也不行，小清新不行，太深刻还是不行。反正怎么着都是不行，他们那张嘴连屁眼儿都不如。

只有你是幸运的，你活在司马迁的艺术里。司马迁是幸运的，他活在那个简单的世界里。

可是公元前279年秋天，渑池那片丘陵地里，究竟是个什么情景？是延绵的军帐蔽日的军旗，还是森严的刀枪暗伏的杀机？或许什么都不是，那只是一场简单晚宴，只不过为了缓和气氛，才假装哥们儿义气，玩一个鼓瑟击缶游戏？但不管怎么说，这是君王寡人之间的游戏，雍容的，大气的，雅正的，高贵的，微笑的，含蓄的。所以，绝不是热闹的，杂耍的，民间的，粗俗的，张牙舞爪的。服装上就要体现这一点，一定要贯彻下去。鹅冠博带，宽袍大袖，是屈原发明的时装。舞蹈动作怎么考虑另说，内在精神应该是这个。

公元前279年秋天，秦王又来信啦，你的买卖又来啦。

司马迁说赵王"畏秦"不敢去，其实不成立。真正的状况是，秦国当时无力灭赵或者不宜灭赵，两国都必须面对复兴的楚国和齐国，否则长期对抗对谁都没好处。秦王和赵王都不是傻子，他们脑袋进水还有一帮大臣呢。所以这次连老廉颇都主张赵王去，他们都看明白秦王真的想和解，当年武关会盟扣留楚怀王的故事不可能重复。而结束交战状态，是国与国的事，不是单方面的事情，一国单方面结束另一国不答应，那它显然会吃亏。两国一起结束交战状态，自然需要一个仪式。赵王因在石城吃了大亏，大概一心想和，唯恐秦昭王不想真和而另有异动，所以在渑池会前和会中对秦王有疑虑也属正常反应。

唯一不正常的是你，你立刻想到应该干点什么。你的兴奋已经溢于言表，你迫不及待进入角色。赵王善鼓瑟，是不是你提示的？是不是你暗示的？完全有可能。只有赵王显得尴尬狼狈，众人失措，你的挺身而出才会有价值。反过来也一样，只有秦王愤怒，左右欲刃，你的张目叱之才能有功效。这个脚本你已经烂熟，或许你不止一套方案，但你绝对设想过各种可能。因为你心里有一条底线，秦王不会杀你。上次不杀，这次更不会杀。

这一个判断已经在上次献璧的经历中得到了验证。这次是会盟，双方都只能更加谨慎，谁都不愿看到和谈破裂。对秦王而言，或许还有更深的考虑：杀你只会导致赵王更加倚重鹰派人物廉颇，赵多了一个烈士而秦却少了一枚棋子，如果和谈失败则是严重违背初衷的。所以，你尽可以抡圆了玩儿一把大的。

还可以进一步替秦昭王推测：会盟也好讲和也罢并非永远结束战争状态，今天结束明天完全可以根据局势变化，重新进入战争状态。但率先进入战争状态的最好在秦而不在赵,也就是说,战与不战的主动权要操之在秦。赵国这次已经被严重修理,对秦国惧怕有加,以后破坏和约主动挑战的可能性不大。不过借此机会,当面敲打赵王,让他怕上加怕不敢妄动,还是有必要的。所以借酒发威,令赵王鼓瑟,貌似侮辱赵王,其实另含深意。

进一步推测赵王,被迫为秦王鼓瑟,真的是害怕吗?真怕他就不会来了。如果恐惧秦国的国力军力,这种惧怕由来已久,主客观原因都有。这与实力相关,自然不是能够简单消除的。而赵之畏秦,更多在于韬光养晦,这已经是长远国策,能和则和能拖则拖,体现在公元前283年以来的方方面面,这种怕头一扭就变脸啦。所以可以断定,赵王是装孙子,甚至也是借机表演,装出一副畏畏缩缩的样子来。

这样一分析,各自的角色其实早已确定,大家心知肚明,就等着你这个导演发令了。

你来了,机会永远是给你这样准备充分的人预备下的。把他们玩儿死也是他们心甘情愿的。事实上,两国的君王寡头,左右大臣,还有那手跟三根筋似的史官,都进入你的指挥棒下。他们算什么呀,狗屁不是。

七

还审什么呀,审一万遍也还是个零。都跟那儿装呢。

您沉住气,千万沉住气。不论他们说什么,都是来给您舔腚眼子的。别瞧他们一个个人五人六周吴郑王,都是来干这个的。绕着弯儿舔呗，什么天圆地方，什么宇宙洪荒，什么什么，从远古到扁鼓。哎哟喂，全都一样。

所以您呢，一律听着，绷着，微笑。也别真笑，真笑就有点过。您得露点齿，也别露大了。您不是女的，您不是带着把儿呢吗？您的家伙事儿还挺强大，我知道，我当然知道，圈内坊间不都赶着攥着排着队呢吗？所以给点笑意就完啦，这就透着您虚怀若谷啦。

这流水席得过，有那么些衙门呢。三十六拜都拜完啦，就差这一哆嗦。

现如今您还有什么不踏实的？该亮的亮着，该黑的黑着，就这么着啦。谁也不能改变什么，要改就彻底翻盘，只当2008年地球没公转。要说有什么不得劲儿，就该查查自个儿啦。追求完美没错，完美主义就错啦，什么事儿一主义准完。要不今晚我陪您出去散散心？找个地方放松放松？我知道您地方多，可也有灯下黑的不是？

不是这个？不是这个就好。我是怕您绷得太紧，文武之道，一张一弛，至理名言啊。越是钟点儿近了，越是容易绷断，什么都一样，排练也一样，这世上的道理全都一样。那些个当兵的，我也这么跟他们说，该吃吃，该睡睡，甭太闹心，闹心才会出错。

得嘞，放宽心，走着！

首长？我不是什么首长，我就是一管事儿的。你们让我说两句，我就瞎咧咧，说得不对你们只当听个响儿。我琢磨着，什么叫集体舞？集体舞不光是动作齐了姿态美了，不全是那个意思，那个叫正步走集体操。那个容易做到，拿一根绳子拉着，手抬多高腿踢多远，一拉就齐了。在旁边看，2008个动作就跟一个人似的，那个容易做到。我说的是，舞蹈有个精神气儿在里头。什么精神气儿？那你就得回答谁在击缶？击给谁看？谁在击？皇上、君王。击给谁看？还是皇上、君王。他们是贵胄是上等人，这是两国求和休战的意思。所以这里头有个分寸问题，不能太威猛了，太威猛就有点杀气戾气。也不能太柔弱，太柔弱就有点媚气俗气，就不叫贵族。怎么办呢？关键是体会什么叫贵族。一举手一投足，一蹙眉一瞪眼儿，都透着雍容华贵，心里想着我就是上等人，就是要含着胸耷拉着眼皮瞧人。

对喽对喽，你，你，就是你。你把你的神态给大家伙儿演示演示，就照这个练。

这个东西叫缶。它敲着能听响，可为什么不叫鼓呢？一叫鼓它就成老百姓的玩意儿了，那还跟什么安塞大鼓、潮州锣鼓、凤阳花鼓有什么差别？那都是些什么玩意儿？那都是泥腿子叫花子的玩意儿，满天黄土满地牛屎，才那么瞎蹦乱跳地发泄，整一个儿下里巴人。咱们这是阳春白雪，是宫里的玩意儿，根本的差别在这儿！

你说的那个，是一具体问题。人多，进场慢，你们三点就得进场。是啊，天儿又热，蹲地下要蹲五六个钟头呢，这没办法。一不怕苦二不怕死吧。这问题也是个问题，不吃不喝可以忍着，可不撒尿怎么行？

对呀对呀，带尿不湿！这主意好，这是尿不湿一代的伟大贡献。解决，立马给你们解决。

这就叫相信群众依靠群众，充分尊重群众的首创精神。

什么叫汉奸？放他妈的屁！这号人，根本就不该让他看。通知有关部门，下回开什么会都别让他参加，憋他十年，看他老实不老实？什么叫半部画轴？整部历史奥运会别开了。这种搅屎棍子我见多了去了，扯闲篇儿行，干实事门儿都摸不着。对这种人，找根铁丝把那两片屁股嘴一穿，拧上，完啦。

什么叫汉奸？国没亡呢，都骂别人是汉奸，就他一个爱国。国一亡了，都争着抢着往朝廷里挤，当宰相当尚书当翰林，这号人多了去了。中国几千年，不都这号的专家吗？蒙古人来了他说蒙语，满族人来了他说满语，日本人来了他说日语，俄国人来了说俄语，美国人来了说美语……英语，他那叫爱国？他那叫爱国贼，贼着呢！

　　这世界就是强人的世界，别不服气。你不强权不霸权，说明你没能耐，你活该你。强奸你怎么啦，强奸你是规矩，你反抗不了你就接受。接受也是享受，闭上两眼，叉开两腿，滋润着呢，这也是一活儿法。

　　我见这号人就他妈来气，真想拿大嘴巴抽他。我不是动粗，我文明着呢，我理性着呢。咱们在这儿击缶，他跟那儿添乱！说理，我当然是说理，地球村村民，按规则办事，大国风范，开放心态，新词儿多着呢。老词儿也有，接受万方来朝，有朋自远方来不亦乐乎。找乐儿难，想添堵还不容易？操他妈，就堵上了。

　　老百姓算个屁呀？就他那号人代表老百姓？老百姓从来都是崇拜强人的，谁强就跟谁走，谁弱就啐谁。就他那号的，欠啐。当今世界谁强？谁的拳头硬？谁的嘴巴大？明摆着。

八

　　那场景应该这样的，一定是这样的：

　　云舒云卷，霞光万道，苍山如海，激流喷溅。苍山下是羊群似的军帐，军帐间是五色彩旗，彩旗背后是宫殿般的主帐。旗杆上挑着一面织锦：秦。弓弩手列队，巨大的排弩发射，响箭朝天射去，鼓乐齐鸣，鸽群呼啸着冲上蓝天。营帐大门缓缓打开，秦昭王领着众大臣慢步来到门前。昭王鹰眼虎势，手捋短须，面含微笑，看着赵惠文王从马车上下来。

惠文王站定，正衣冠，斜视着一旁恭候的你。你们迅速交换眼色，然后肯定地一点头。于是惠文王大步向营门走去，你紧随其后，大将赵牧与一群战将疾步跟上。

历史画轴就是这样展开的。没有寒暄，没有对话，也没有握手拥抱。有没有交换文书？也许有也许根本没有，那时候的国君说话算话，后头有史官做记录呢。他们真正需要的，是昭告天下，这哥儿俩一言归于好啦，在渑池喝上酒啦，让齐国跟楚国都看见啦。只有你，俩眼球车轱辘乱转，在画轴中寻找位置。那时，你也不能确定，你位置究竟在哪儿。你需要一个契机，一根足以让两家主子绷紧的琴弦，然后你就可以给他们音符。

开始还都矜持着，微笑笑到了腮帮子僵硬，举樽举到了胳膊酸疼。当烟熏中的沉香已经发出钟磬般的碎裂声，当钟鼎丝竹之乐已经沉闷到似有似无，你终于有些不耐烦，以至于五个手指在案头不住地轮番点击，看似沉浸于节奏，实则无可奈何。那历史性的惊心一问，就是这样被你无意间弹拨开来。

秦王说，寡人听闻赵王好音，是个琴瑟高手，不知可否鼓瑟一曲，以助酒兴？秦王酒酣而面无表情，只是眼角微微抽动，看似随便的提议，却令大帐众音皆止，坟墓一般的寂静。

赵王怔着，不知所措。显然应也不是，不应亦不是。若应，合身份否？若不应，合礼数否？

那时还没有技术官僚，两国和谈全凭君主高兴，并无今日的细节安排。君主怎么见面怎么拍照怎么签字怎么上洗手间，都不在考虑之列，更不要说亲自表演了。赵王的目光自然就转到你的脸上，而在赵国坐席上也只有你和秦王打过交道。于是历史的钥匙就这样交到你的手上，战争与和平其实不归你管，但保面子与保里子却全在于你的呼吸之间。

秦王示意臣下奉瑟。那琴瑟的长弦从你面前掠过，你就势拨了一下，听到了裂帛般的呼喊。你接过琴瑟，跪交赵王，点头示意。刹那间你感受到了琴弦上的音符，正是你找了许久等待许久的东西。是的，就像一束烟花，自胸中腾起。

赵王抚琴，是一曲"声声疾"。曲调明亮激越，略含忧伤悲悯。

而你并不归位，也随曲边舞且唱：

> 虢有三门兮引黄汤，
> 猛士亡命兮走四方，
> 举头环视兮皆茫然，
> 有酒有肉兮管他娘！

众皆抚掌大笑。

昭王捋须道，好，好！回首看御史，那手细如爪的御史尖声唱道：某年月日，秦王与赵王会饮，令赵王鼓瑟——

刹那间，帐内再次回到死寂的坟墓，唯有粗重的喘息犹如战鼓。那赵王脸色灰白，推开琴瑟，眼看着就要倒地，被大将赵牧一把托住。随即众将亦跳将起来，怒目相向。

秦王这边，早有将士摩拳擦掌，只待秦王拂袖捋须或者鼻孔稍稍哼那么一声。

而你呢，你血管膨胀了吗？膨了，却没有胀。你渴望的，不正是这样一种状态吗？琴弦绷紧，紧而不断，音符频出，出而不乱，乱而有序，序在你算。你要把所有的视线都抓在手里，所有大人物都抓在手里，所有的命门焦点都掐在手里，让他们一点一点一步一步把你垫上去捧上去。

你回身一步，将装肘子的瓦钵倒扣，举着那瓦钵来到秦王座前。你大声吆喝：赵王听闻秦王善为秦声，请秦王击缶，以相娱乐——

那秦王一愣向后仰去，差点跌倒。稍顷，便嘴角抽动起来，胡须抖动起来，目光凶残起来，扭头不理。

效果出来了，琴弦绷紧了，你该给音符了，你再向前大跪一步喊，请秦王击缶！

此刻，过往的煎熬和委屈，潮涌般漫过脑际，岩浆般直冲发髻。那些寒夜在缪贤门下的等待，那些王公大臣讥诮的眼神，那些战将功臣扑面的唾沫，全都化作一声呐喊，请秦王击缶！

这是一个超长镜头，营帐内空气黏稠至凝固，时间尖利如兵器的寒光。左右见状唰地拔刀欲刃，两边的战将也都跃起，剑在鞘中戛然有声。你的发根再次直立，一股血腥气自你眼底喷出，大声叱责道，你们这是想造反吗？两国大王会饮共商大计，你们想破坏吗？大王今天如不击缶，相如的颈血五步之内必溅大王！

左右武士看看秦王，并无动手的表示，便先委顿下去。此时秦王已回过神来，呼出一口长气，想了又想，就势拿起筷子敲了瓦钵两记。

你转身退回，对赵国御史厉声道，你怎么说？

某年月日，秦王为赵王击缶——三根筋的御史尖声唱道。

等到钟鼎丝竹之乐再次响起，秦王赵王再次举樽，请！各位请！一切都像什么也没发生。

席间，还有秦臣戏言，赵国不如献十五座城，为秦王祝寿，两国便是友好国家了。你也开心一笑：哪儿要那么多？送一座咸阳城为赵王祝寿，两国便是永久战略伙伴关系了。

谁赢了？秦王赢了吗？赵王赢了吗？他们都没赢。只有你蔺相如赢了。真的，只有你赢了。

击缶啊，击啊，缶啊，咚咚叭，咚咚叭，你汪洋恣肆，精骛八极，海阔天空，尽情挥洒……

这一幅画轴徐徐展开，又徐徐合拢，只有你，在那一刻永远地定格啦……

九

通过啦，听说都画过圈儿啦。没听说？反正板上钉钉啦。

得嘞，领导批评得对，不能得意忘形，要谦虚谨慎，戒骄戒躁，要夹紧尾巴做人……我这么跟您说吧，您的教导咱牢记心尖儿。

对对对是是是，咱不就这点出息吗？扯鸡巴蛋行，上不得台面。要不然这心脏里不还得来六个支架？

嘿……哎哟喂，这歌好听。

> 我家大门常打开，开放怀抱等你，
> 拥抱过就有了默契，你会爱上这里，
> 北京欢迎你，为你开天辟地——
> 北京欢迎你，在太阳下分享呼吸——

哎哟喂，这歌儿真好。好就好在这儿，妙就妙在这儿。从今往后不用遮着掩着啦，不用半开门儿啦，全打开啦。让他们找几个大奶子的娘儿们唱，那多惹火儿啊。

原载于《人间》2013年第1期

最后一课

一

雨急，一波一波砸在铁皮屋顶上，像开场的梆子锣。

门被悄悄推开一条缝，挤进叶子的半张脸来，眼白飞快地轮了一转，然后长长地咦了一声，一肩头就把门拱开了。叶子两手拎着好几个塑料袋，全部是早点，是特意到对面街上买回来的，谁知就落起了雨，一路小跑回来身上还是湿完了。她使劲在门口跳了几下，又把脑袋甩了几甩，才正式进家。

你爸爸呢？她喊。

被窝动了一下，不回答。

起床了小姐！叶子一边擦头毛一边哼哼，死懒。

被窝又动了一下，还是不回答。

叶子正要去掀被窝，齐晓鸣也一路小跑冲进门来，跺脚，甩头。

叶子说，不是讲好了早上多睡一下吗？……也好，你就吃过了再睡。

齐晓鸣把头点点，在床头坐下。他的脸色暗晦，青的。

此时床上的被窝突然竖立起来，他们的蓓蕾大叫：妈妈妈妈，爸爸刚才打了一个好响好响的大响屁！

叶子愣了一下，嘎嘎笑。

齐晓鸣的嘴角斜了一下，想笑，没笑出来。

这让齐蓓蕾很是失望。她精心设计了爸爸要来报复的场面：

爸爸要来抓她咯吱她，要用胡子扎她痒痒她，她尖叫着，躲闪着，在床上跳来跳去，然后累得实在不行，就被爸爸抓住了，抱在怀里了，她笑啊叫啊气都透不出了，只好给他随便痒一下，然后快乐的一天才正式开始……

然而没有，什么都没有，齐蓓蕾只好噘着嘴巴自己坐在枕头上穿袜子。

这间屋子是楼房顶层多加的一间铁皮房，不下雨的时候有很开阔的活动空间，不出太阳的时候温度也不算太高，缺点就是没有洗手间，要到楼下去上厕所。房东是当地的农民，听说齐晓鸣是鸿昌中学的老师，就把那张脸挤成了核桃，用着几乎谄媚的口气说，不用另外加钱了，一分钱也不要加！也许在房东看来，老师来租农民房已经够委屈了，怎么能跟那些打工的混在一起住呢？要住也要住在他们头上。这一点让叶子很满意，齐蓓蕾也很开心，只是铁皮房实在太小了一点，主要面积都给床占住了。但话又说回来，难道一个家的主要内容不就是床吗？

齐晓鸣勉强吃了几口肠粉，就坐在那里发呆，不想吃，也说不上是哪里不好，就是不想吃。他不想吃，这一家人就都吃不好，气氛不好，只看见嘴巴动，听见吧唧声，却是少了活气。

叶子看看他，轻轻叹了一口气。你去躺躺吧，她劝道。

齐晓鸣点点头，眼看就要躺下去了，手却伸到了枕头底下。然后，又坐了起来，继续发呆。

你找什么？叶子问。

领带。平时，他的领带都是折好了压在枕头底下的。

找领带做什么？叶子有些奇怪。

不做什么。

你是不是还想去啊？搞错啊。叶子差点哭出来。我跟你说了一晚上都是白说，舌头磨短了都是白磨，我神经我！

齐晓鸣说，你说得都对，我以后都听你的好不好？就要考试了，今天是最后一个早读，还有几件事情要交待一下，我不交待，新来的老师不晓得。

叶子气哼哼地找出一条领带，扔到他怀里。

这回轮到齐晓鸣软了，讨好似的，死皮赖脸冲着叶子做着笑。说还是我老婆理解我啊，说我也不是真的想去，说以后就打死我也不跨那个门。

想去就去吧。不见棺材不落泪。叶子气哼哼地答。

直到齐晓鸣冲进大雨里，消失在楼道里，齐蓓蕾才放下杯子，冷冷地发表评论说：真没劲。

是没劲。叶子说。炒鱿鱼就炒呗，怕他啊？我们又不是养不活自己。就他那两个工钱，他不炒你你也炒他，什么了不起的？

在叶子的经验里，炒鱿鱼太家常便饭了，她来广东起码换过十家公司，有一家她只做了四个钟头还不到就被炒掉了。所以在她看来齐晓鸣生那么大气，发那么大的火，根本就是表错情。要想把身翻，自己当老板。她盘算好了，要把现在的档口扩大一倍，要不然干脆就把那家门面全部租下来。你齐晓鸣愿意做就帮一把手，不愿意就在家写写大字，享享清福，快活还来不赢。实在手痒了，你就办个什么语文补习班，书法训练班，随便搞搞钱就来了。你有真本事你怕他炒呀，搞——错！

齐蓓蕾沉思着问，什么叫炒鱿鱼呀？

就是辞退了，老板不要你爸爸做了，就把他炒掉了。

为什么不要爸爸了？

因为爸爸太厉害了，已经做了九年了。这个学校没有人能做到九年。

为什么没有人能做到九年？

因为做到十年就要签长期合同。这个你不懂。叶子补充说，我也不懂。

齐蓓蕾很严肃地抬头道，我懂。

叶子扭扭她的小脸蛋，笑了。你懂什么？

爸爸生气了，肚子都气大了，我懂。爸爸早上打了一个好响好响的大响屁！

叶子又嘎嘎地笑。她说，男人真的是比女的会放屁。

为什么啊？

为什么我也不晓得。

男人和女人不一样啊？

等你长大了，嫁人了，也许你就晓得了。

齐蓓蕾说，还要等长大。你真笨。

但说这话时叶子的脸已经扭向门外了，并且长长地呼出一口气。她心里忽然敞亮了，他厉害就厉害在有点迂，迂人才能专心，专心才能成事。其实迂也是一种可爱，遇上这样的老公其实是自己有福。于是修窄的眉毛慢慢弯下来，目光细细地穿过湿气，射出去的温柔又筋道又绵长。

二

齐晓鸣举着伞穿过老街，其实大雨来得快去得也快，只是他还不晓得，还把伞高高举起像一杆旗。他一晚上没睡着觉，脑子很亢奋反应却迟钝了。

街上没有几个人，下了一场急雨，就更加看不见人了。只是路面上汪着一摊一摊的积水，让他走几步还要跳一下，这个样子看上去一定很滑稽。幸亏没有人看见,他可不希望自己给别人留下一种滑稽的印象。他并不是那种老朽的人,他每天去学校都穿白衬衫打领带。学校有这个要求,他自己也觉得很好,有现代感有庄重感,广东话说,威水。

此地人都讲究夜生活,晚上不愿睡早上不愿起。只有两家卖早点的开张了,腾腾地喷着热气。还有就是网吧,却是正在把卷闸门放下来,要关门了。尽管如此,往常他穿过这条老街时起码还有几声问候,这么早啊齐老师!齐先生早上好!他也会一律地答过去,早晨!早晨!他是这一带的名人,也是这一带的忙人,这么早早地穿过老街,是因为他要去关照他们的孩子,或者是将来有可能关照到他们的孩子。谁家没有孩子?谁家的孩子不上学?因此他已经习惯了这种问候,就好像他已经习惯了保持某种尊严。既要和蔼可亲,又要知进识退。可是这一天奇怪得很,没有人跟他招呼,鬼都不答理一声。难道他们也知道了?知道了也不至于这么势利吧?

这条街他太熟悉了,可以清楚地报出哪一段是哪家的店面,他甚至可以说出老板娘的名字,这里有好几个孩子就是他带出来的,有的已经进了大学,还有好多匾牌和对楹联就出自他的手笔。这条街简直就是他齐晓鸣的红地毯。

他写牌匾都爱写那种有时代特色的名,比如"互联"、"爱意浓"之类。写楹联也写那种新对联,绝无酸腐之气,比如"当好顾客参谋,温暖千万人心";"两厢锦绣藏百货,三尺柜台传美意"等等。他的字老实不客气说还是可以的,那些来求字的家长,大多是家长,也有一般的商家,他们都会包一个红包,道声不好意思。其实他们并不真懂,只是他们知道齐晓鸣的书法得过区里的大奖,有名头。相对而言,倒是自己不很识做了,红包拒收,还摆出一副拒人千里的架势。久而久之求字的人自然也少了,只是他自己还把脖子僵着,生怕不慎坏了口碑。他对叶子说,一个教师的口碑就是一个学校的形象，别人泼脏水不怕，自己不珍惜就完蛋了，连麻雀都梳理自己的羽毛呢。

他像是在穿过一条时光隧道，曾经的日子又恍惚来过一遍，那种感觉就像电视机的信号有问题，耳朵里一直是嗡嗡地轰鸣，而眼前的物体都在晃动，有好几条重影。他以为自己走得太快，其实并不快，于是他就站住使劲摇了摇脑袋。仅仅是睡得不好，也不至于这样，以前也有失眠的时候，熬一熬也就过去了。这一天确实有点异样，周遭的一切都在刷刷后退。

这条街他已经走了整整九年，每天都是早晨去晚上回，比闹钟还要准确，比大地还要稳定。平时不觉得，现在就有了白驹过隙的感慨，一晃九年过去了！他并不算老，前些天才过了四十五岁生日，可现在，经过这几天这些事，忽然就有了异样的感觉。这感觉很微妙，前天夜里他爬起来吃药，本来药瓶上的字随便就能看见，可是突然地就模糊了，然后他把手臂端直了，那些字才慢慢清晰起来。当时他也不觉得什么，渐渐地才有了阴影，阴影也渐渐地有了重量。眼睛老花了，也不敢告诉叶子，叶子是那种一惊一乍的女人，自己心里明白罢了。九年，生命的密码程序居然已经启动了。

他的程序，校长的程序，都在启动，都是向下。

他们的鸿昌中学在镇子的另一头，要过两条马路，在靠山脚的地方。那个地方风水好，旺生，听说当初选址是花了大钱的。前青龙后白虎，左朱雀右玄武，反正是有点讲头。原本他也不信这一套的，他是受过现代大学教育的人。可是校长信，甚至在招生推介会上，还要专门强调一下。入乡随俗，随得久了就成了规则，总是这样的。那时，他多年轻啊，拥抱新体制！实现新价值！年轻人都喜欢新鲜。当初的一切，他都觉着新鲜。

他好像看见年轻的自己从鸿昌中学走过来，穿过两条马路，走进这条老街。他又好像看见年轻的叶子从老街的另一头走过来，东张西望,拖着箱子一家一家地找工。后来有一天,两个年轻人就心动了,有点意思了,两个南腔北调的人就不管不顾合到一起了,就结出鲜艳的蓓蕾。叶子,你为什么叫叶子?因为叶子低贱,配上花能活,配不上也能活。胡说八道,没有叶子,就没有叶绿素,花骨朵就不能开放……这一切的一切都在眼前上演,又在眼前退去。

这确实是个奇妙的隧道,时间被分成一个格子一个格子,像橱窗,像货架。那些橱窗和货架就是生命的一个一个单元,每过一年生命就少了一格。一格又一格,那些被贴上不同标签的物件在市场里进进出出,在变大在增值。

然后就是看见自己也变成了一个物件,贴上标签,也飞上了货架,招摇过市。那些物件探出了人的脑袋互相对话:是你吗?是我。骄傲的齐晓鸣怎么也进了盒子?要实现价值呀,不包装怎么行?你的身体已经挤成长方形了,你不憋闷吗?没有办法,要跟人家交易呀。啊哈,灵魂终于披上燕尾服了,学成文武艺货与帝王家呀,感觉比从前好点了吗?好是好了一点,可是可是……再后来,主人终于来下货了,这些物件被扔到了一边,原来货架是主人的,主人需要新的商品。

假如人生可以重新来过的话,你肯定比现在聪明。九年以后你终于搞清楚,你不过就是一件商品,而且永远别想着长期占据货架,想都别想,不管开头跟你承诺过什么。你唯一的教训是,在这九年里居然没把自己卖个好价钱。那些聪明人早就这么卖了,利用家长,利用需求,利用各种可能的和不可能的社会资源。而你,连写字的润笔都不敢收,谁还敢和你扯上关系?

现在他已经穿出这个隧道了,他觉得头脑已经清醒了很多。现在要做的事情简单明了,一点都不复杂。他要去班上最后交待一下,他不能拿这些孩子撒气,要对得起未来。是啊,他居然还想到了未来。

他和叶子的分歧就在这里：他不是为校长打工，要打工也是为这些学生打工。把手上的活计做完，把最后一课讲完，该说的说过了，该做的做过了，也就没有遗憾了。即便是谢幕，他也应该有个华丽的转身。

　　现在的孩子难带啊，都是哈里·波特的一代。那个陈静一点都不安静，好容易才从网恋里拉回来。那个刘星已然流失了好几次了，连个轨迹都没留下。还有那个杨娟娟，简直太不像话。她居然在黑板报上写：一怕写作文，二怕文言文，三怕周树人。什么话嘛！要知道这三样恰恰是他的强项，靠着这三样鸿昌中学才能在区里拿名次。这一点校长也是承认的。但校长也是老板，老板就要按老板的规则出牌。杨娟娟的文笔不错，其实他们这一代个个都是有灵气的，好好引导，都是很有前途的。这些，都是要强调的。另外，今天的早读是背诵课文，文言文，他要求统统会背，害怕也要背，一定要背，不背不行！

三

　　然而在学校的不锈钢栅栏前，他被拦住了，这让他一时反应不过来。

　　齐老师齐老师！不好意思不好意思！你真的不能进去！

　　这个陈有才还是他介绍给学校做保安的，那时他才十六七岁，一说话就吸鼻涕。现在居然不放他进门。而且，还跟他拿架子。

　　你搞错啊，阿才？

　　我没搞错，老板就是这么交待的。你，还有胡老师、徐老师，都不能进去。

这是什么意思？我们是坏人吗？来搞破坏吗？

不是那个意思。真的，什么意思你是知道的啦。

我不知道。

阿才凑过来轻声问，该给你的钱给了没有？

给了。

你自己的东西拿走没有？

我没有东西要拿。

那就行啦。老板不想见到你啦，总是这样的啦。

阿才说的老板就是校长。他是保安，他当然要听校长的。但难道齐晓鸣是来见校长的吗？多看一眼他都要呕的。他是来上最后一课的。

可是齐晓鸣气糊涂了，他叫起来，我是来给学生最后交待一下的，眼看就要考试了，这是最后一课！

阿才把鼻子歪歪，不吭。那意思分明是懒得再跟他讲了，老板都不要你了，你还要最后，还一课。一课上了也白上，白上还不如不上。

在齐晓鸣想来，最后一课是何等的神圣不可侵犯，热爱法兰西的韩麦尔先生之所以那么庄重，还穿绿色礼服，打着皱边的领结，戴着那顶绣边的小黑丝帽，是因为以后只能上德语课了。普鲁士士兵的刺刀底下尚且可以讲最后一次法语课，而且允许众多的村民来旁听，可是这个阿才，居然不放他进校门！而且，他居然没办法跟他说明白。

他颤抖着逼近了阿才说，狗！

阿才吓傻了，眼睛不停眨，面皮也慢慢红起来。阿才说，齐老师，你想要我磕一个头，我现在就给你跪下。我求求你啦，我不想现在炒鱿鱼，我刚刚认识一个女孩，我真的不骗你……要不然，你亲自给老板打个电话?

刺痛是从头皮开始的,排针扎的一样,一点一点深入进去。他终于明白,他面对着一个白痴。这个人非但不知道最后一课,而且不明白他的心思根本与老板无关。现在老板放礼炮请他进去,他也不会有情绪了。

衰老是从小腿开始的,那些肌肉好像突然一下萎缩了,那样软弱,无力。他摇晃着,扶着那些雪亮的栅栏,顺着围墙一步步向教学楼方向挪过去。

那边,书声琅琅。他的学生们也许正在背诵课文。

可是阿才又追了上来,阿才跟在他身后说,齐老师你千万别生气,气坏了身体划不来。你大人大量,别跟我一般见识,你那么大学问,还怕没人请你吗?胡老师徐老师她们都去上访了,要不然你也去试试?

他摇了摇头,继续往教学楼方向挪。他张张嘴,想说一句,不该骂人的,对不起。他想说这不是你阿才的错,可居然没有声音。能吐出的,只有冷气。

前几天,数学部的胡老师和徐老师又哭又闹,还掀了写字台,还来跟他商量去上访,被他一口回绝了。你去访什么?不合理?不合情?可人家合法呀。十年期限是法律规定的,人家不超十年,人家依法行事,你上门找啐?你不是要实现个人价值吗?你不是喜欢自由吗?人家统统给你了。

他曾经是个高傲的人,甚至是个有洁癖的人,他不想求任何人。只是他没有想到过,九年时间是个最大公约数。而九年时间足够把一个校长变成老板。

在教学楼后面,在围墙外面,齐晓鸣听见了熟悉的读书声。这声音是那样稚嫩,那样杂乱,还夹着恶作剧般的尖叫。然而在他的耳朵里这声音却是生命的一部分,他就是伴随着这些声音,头发由黑到灰，眼睛由明亮到暗晦，遍尝人生百味。于是这稚嫩杂乱的声响此刻竟成了天籁之音，成了安魂曲一样的鸣唱。他忽然有些心慌，不知道离开以后自己还能不能吃得下饭？睡得着觉？

他的班在三楼，他踮起脚尖还是看不见窗户。围墙，把他和这些孩子隔绝开来，他想喊一嗓子，可立刻又意识到这是徒劳，他只好向后面的山坡爬去。过去，他总是觉得教学楼离山上公园太近，游人可以清清楚楚看见教室里的活动，让他很不自在。可现在，又觉得实在太远了，因为无论怎样大声，也不会有一个同学注意到他，这让他有一点失落。可反过来想，此刻有同学看到他难道就满足了吗？不对，此时他们的心思应该在课文里。

他看见他的学生了，陈静、刘星、杨娟娟、张卉、高明亮……他们在背课文。有一丝丝红亮，伴随着晨曦，伴随着急速地大口喘气，慢慢回到了他的脸上。他感到舒服多了，不再那么憋闷，太阳出来了，雨过天晴，一切都……很好。

下课铃响了，这些同学如水库泄洪那样从大楼里喷射而出，阳光在他们的头上脸上跳跃，有一个同学绊倒了，打个滚又爬起来，然后很多同学都指着他笑。他们都穿着同样的校服，可是在这些相同的衣服里面，却有着千姿百态的个性，生长着百媚千娇的灵魂。而他，正是这样和大千世界亲密地融合在一起。

四

然后他就听见了那一片狂野的大笑。那笑声很怪，一阵紧似一阵，像是胸腔里直接蹦出的响动，没有经过喉咙，甚至没有通过口腔，音量宏大而且恐怖。他愣了半天，确信这的确是人的笑声，然后就寻到山顶上来。

在一片空地里，有几十个人在开怀大笑，摆出各种姿态和造型，向上的向下的，弯腰的挺腹的，还有在草地上打滚的。这让他很好奇，也跟着笑了一下。这时便有个女人过来拿着一张纸让他填表。

填什么表？他问。

你不是参加俱乐部的吗？

什么俱乐部？

大笑运动俱乐部啊。你是新来的吧？

我给你介绍一下。另一个男人过来指着一条横幅说：看见没有？笑是人类追求快乐最经济、最环保、最及时、最简单的途径。我们的口号是：高高兴兴一百岁，快快乐乐一辈子！

齐晓鸣迷糊了，说，我很愿意笑，可我笑不出来啊。

这儿的人一开始都说笑不出来，可你看，他们现在笑得多痛快。那人说，微笑是我们这座城市的表情，而大笑，将来会成为我们这座城市的品牌。人每大笑一分钟可使全身细胞完全放松四十七分钟，欢笑是治疗和预防一切疾病的最佳良药。临床中已有证据，一些身患癌症的人由于调整心态、乐观应世，结果癌症自行康愈。还有资料显示，神经性疾病近十年来全球增长了十倍，全球约有十五亿人患有不同程度和形式的心理疾病，但多数没有得到有效干预。所以放松神经，乐观生活，在高压力生存时代显得非常重要。这是真正的现代有氧运动。

齐晓鸣说，你们还挺专业的。

那当然！那人伸出手来：不好意思，本人是大笑运动的创始人，独创了二十四式笑疗动作，八套笑疗疗程，江湖上人称笑长！

齐晓鸣本来已经把手伸出去了，可一听说是校长，手又缩回来。他盯着那人的脸说，我现在最不想听到的就是这两个字，对不起。然后掉头就走。

那人愣怔一下，不依不饶地硬塞给他一本小册子说，你拿去看看，不参加也没关系，你看看别人怎么快乐的你也不少一块肉。

他边走边翻了那小册子，才知道是误会人家了。人家是笑长，不是校长。小册子编得也很有意思，有图有文，他就躲在一个玻璃花房的后面偷偷试了一下，他是真的想笑出来。他太需要笑了。可拍拍脸，肌肉梆硬如铁。

第一式，小鬼出洞式，他接连做了几个鬼脸，笑意全无。

第二式，醉仙指路式，他摇晃着踉跄着，进入不了。

然后是暴走强飞式，他竭尽全部想象力，哈哈哈，还是不行。

然后就是不管三七二十一式，哈哈哈哈，哈哈哈哈，他抖动全身，希望来点灵感，声音是有了，可他确信那不是笑。那是嚎。

奇迹是在他决定放弃的最后一刻出现的，就在扭头下山的那一瞬间，他看见了花房里的一只肥大的绿头苍蝇。那苍蝇在他膝盖不远的落地窗上爬行，是垂直地向上爬。令他惊异的是，苍蝇不是四只爪子爬，而是两只后爪直立行走！

齐晓鸣当然认识苍蝇，可是苍蝇直立行走确实没听说过，而且是垂直地向上！似乎玻璃不再光滑，似乎地心引力对它无效。更加奇特的是，这只苍蝇像一个真正的绅士，身穿燕尾服，走几步停一下，然后晃晃脑袋，然后居然拍起了巴掌！

齐晓鸣终于忍不住笑出声来，这太有意思了，太神奇。这回是真笑，笑得热泪汹涌了。哈哈哈。

那苍蝇也很配合，它似乎听到了什么，愣了一下，摇了摇绿脑袋，两只前爪在项下挠了一会儿，然后继续。不过这次不再向上，而是横走，边走边拍前爪，还撅撅屁股扇扇翅膀。横行一段，然后继续向上，一边走一边拍巴掌。

齐晓鸣努力了很多次都不成功的开怀大笑声终于喷薄而出。哈哈哈。

这位绅士简直绝妙啊，简直声情并茂啊，那种神态，那种做派，那种味道，那种故作高深，那种夸张闪烁，那种文过饰非，那种自鸣得意，那种抠领结拉燕尾服的别扭，那种一边鼓掌一边踱步的做作，这世上的表演技艺竟如此相通。已入化境了呀，太神似了呀！

哈哈哈哈哈哈——

齐晓鸣已经无法控制自己，眼泪鼻涕全都出来了，笑声已经上气不接下气，肚子筋已经开始收缩，两头已经勾到一头，可还是止不住要笑。

山顶上，大笑俱乐部的会员们已经收工了，他们纷纷路过齐晓鸣身边，没有人觉得好奇，因为他们刚刚结束功课。只是有一个人指出，这个人笑得不太规范，不像二十四式里的。另一个说，这种笑也太粗糙了，太不雅观了，一点都不纯粹。这种丢失本质的笑，还能叫做笑吗？

哈哈哈哈哈哈……齐晓鸣没有解释。他没有工夫解释。

五

叶子煲了老火汤，生熟地炖猪尾，等到十二点，见齐晓鸣还不回，就先舀一碗给齐蓓蕾喝。她说，你那个小肚鸡肠的，就不要等爸爸了。

齐蓓蕾把小眉头一拧说，汤怎么这么难看啊？

哎哟将就点吧小姐，生熟地汤就是这酱油色。

为什么啊？

生熟地是清火解毒的，你爸爸上火几天了。

为什么啊？

哪有那么多为什么？上火就是上火了，你不也说他放屁响？

齐蓓蕾想想又说，那是气，不是火。

气就是上火了，上火就要作气，广东人都懂这。我不懂。

齐蓓蕾说，真笨。

叶子憨憨地笑了，等你爸爸回来问他吧。

娘俩拉着话，等着齐晓鸣回家来喝汤。可是两点过了，不见人来家。三点也过了，还是不见个人影，叶子就有些急。不会出什么事吧？可是能出什么事呢？

四点，来了一帮学生，叽叽喳喳说，齐老师没到学校来。这一下把叶子搞懵了，说得好好的，是去上最后一课的呀。

学生们也说，齐老师是讲要上最后一课的呀，我们大家都准备好了呀，我们每个同学都叠了纸鹤要送给老师的呀。那些纸鹤堆了满满一盒子，五颜六色，可是这些鹤却没有地方飞了。

于是又一起找到学校来。一问，方知齐老师根本没进校门。然后，才知道往后山去了。上了山，这才一切明了。

齐晓鸣被一群人围观着，指指点点。山头上悬着一个横幅：高高兴兴一百岁，快快乐乐一辈子！那些人说，原来大笑运动是这个样子的，太恐怖了。还有些人生怕沾上晦气的模样，摇摇头赶紧离开。

齐晓鸣头发上衣服上沾着黄泥和草屑，正在草地上转着圈子走。他躬着背，撅着屁股，拍着巴掌，脑袋向前一冲一冲，发出嘶哑的怪笑。走不动了，就倒在草地上打滚，身子蜷曲起来，通了电一样。脸已歪斜了，仍是在笑，只是那笑已然失去声音，嘴角上堆起浊黄的泡沫,有一片草叶在泡沫尖上一跳一跳。

叶子先是愣着,跟那些学生一样,全都痴了。过了一小会儿,才扒开众人,咦的一声扑了上去,她抱起他的脑袋想把他拉起来,可怎么也拉不动。

齐晓鸣齐晓鸣,你不认识我了?我是叶子啊齐晓鸣?

可齐晓鸣一抬手就把她弹开了,他瞪着眼说,哈——,哈——

叶子哭喊,我是叶子啊,我是你老婆啊,出了什么事啊老天爷?

齐晓鸣仍两眼茫然,一骨碌爬起来,又躬背,撅屁股,拍巴掌,转圈子。

叶子转身给众人磕头,谁能帮帮我啊,他是我老公啊,早上出去还好好地啊,他这是怎么了啊?谁能帮帮我啊?号啕大哭。

众人分析说,这肯定是受到过什么刺激。有人说打120吧,又有人说120先问你得什么病,你要说不清他也来不了。

有个脸上长紫癜的老头问叶子,他平常怕不怕你?

叶子想想便摇头,说他怎么会怕我?

他是不是知识分子?

叶子想想便点点头。

老头说,那就对了。

什么对了?

知识分子面子大心眼小,屁大的一点事都能脑袋短路,他这是被憋糊涂了!你要找个他平常最怕的人狠狠捆他一巴掌,痰吐出来就能醒。当年范进中举就得过这毛病,就是被他老丈人打醒的。

叶子想想,就喊齐蓓蕾说,你不是说爸爸怕你吗?你去打他,把他打醒了我给你买全套的太空宝宝。

可齐蓓蕾早就吓傻了,哪里还想要太空宝宝?叶子好说歹说抱起齐蓓蕾来到他身后,才伸出小手捆了一掌,待齐晓鸣转过脸来,齐蓓蕾立刻哇哇地开哭。

齐晓鸣倒是愣了一会儿，说，哈——，哈哈——，接着又开始痉挛，慢慢地两头勾到一起，蜷曲，翻滚。

他的几个学生这时不知怎么商量的，齐齐站到了他身后。一个女孩大声喊，滕王阁序，唐，王勃，预备起——

学生们高声背诵：豫章故郡，洪都新府。星分翼轸，地接衡庐。

齐晓鸣似乎是抽搐一下，身子陡然绷直，慢慢变软，随后便抻开摊平。

时维九月，序属三秋。潦水尽而寒潭清，烟光凝而暮山紫……

也是奇了，只见齐晓鸣腹部涨起，双目环睁，胸腔起伏似有波涛滚过，然后脸一斜，喷出一堆泡沫。

学生们都怕了起来，不再出声。

可齐晓鸣喉咙里却发出了奇怪的嗤嗤声，细听，却是在说，嗟乎，嗟乎。

那女孩聪明，胸一挺，便接着背书，其他学生也都跟了上来——

嗟乎！时运不齐，命途多舛。冯唐易老，李广难封。屈贾谊于长沙，非无圣主；窜梁鸿于海曲，岂乏明时？所赖君子见几，达人知命。老当益壮，宁移白首之心？穷且益坚，不坠青云之志，酌贪泉而觉爽，处涸辙以犹欢。北海虽赊，扶摇可接；东隅已逝，桑榆非晚。孟尝高洁，空怀报国之情；阮籍猖狂，岂效穷途之哭？

……

这一天，一家人折腾到天黑才下山。学生们都回去了，道了再见。游人们都散尽了,没了兴致。齐晓鸣方把孩子驮到背上,一根领带拦胸系住,像是屁兜一样托住了他们的蓓蕾。

月不圆,倒也光亮。早晨一场雨,已是将天际冲刷了一遍,一丝云彩也没剩下。纹风没有,点星不见,于是一切也都澄明起来。

齐蓓蕾在背上说,爸爸,下次我再也不打你了。

齐晓鸣说,好。

齐蓓蕾又说,爸爸,下次我再也不笑话你放屁了。

齐晓鸣说,好。

只有叶子,跟在他们身后,悄悄抹泪。

原载于《天涯》2011年第1期

虎皮鹦鹉

我退休生活的第一站是小区棋牌室。有事没事过去转转，观战时多操刀时少，偶尔也玩上一局，倒也结识了几个新朋友。不动怒，不伤神，小赌怡情，皆大欢喜。棋牌室也是个新闻集散地，贪腐奇观，诈骗怪招，高层秘闻，蜚短流长，一点不比单位里少，也挺吸引人。

　　老赵是最初拉我入伙的人，这里把他的名字隐去，只写雷人的事。此公面善，脸圆眉稀，人一发福连五官也撑开了，好似那笑口常开的现世弥勒。他有意无意地总爱透露"我们几个厅级干部"如何如何，好像生怕别人小瞧了他。他现在住的复式豪宅是儿子孝敬的，不是自己的，他的房子比这高级多了，等等。总之，他是个有身份的人，不同凡俗的人，同时也瞧不起摆架子的人。

　　他冲我招手说，你装什么斯文啊，想打牌就坐下。我说我只是想看看。他说，装。

　　他说，人都到这份上了，还有什么架子放不下的？他说你们的祖师爷鲁迅都说，国事管他娘打打麻将！

　　本想解释一句我没有什么放不下的架子，见他说得有趣，便不再废话直接坐下。然后他便摇头晃脑一字不差地背出了曾今可的《画楼春》："一年开始日初长，客来慰我凄凉；偶然消遣本无妨，打打麻将。都喝干杯中酒，国事管他娘；樽前犹幸有红妆，但不能狂。"奇怪的是他认定这是鲁迅写的，更奇怪的是他认定我就是鲁迅的徒子徒孙。

　　从棋牌室里出来，他才道出真相。原来他们早就认为我是个可发展的牌友，了解过我的情况，只等我申请入伙呢。他还教我打牌的秘笈：广东麻将和内地的打法不同，讲究一个熬字，谁熬得住谁赢。窍门就是：跟着赢家出牌，等着输家点炮。这听上去有点残酷的麻将哲学，在实战中却屡屡奏效。既然打牌，都是想赢，没有人想输，而他对我毫无保留，所以我认定这是一个可交的朋友。

老赵的出奇之处，并不在麻将。老实说他的麻将水平还不如我，学会打麻将还是来深圳以后的事。他真正的绝活体现在养鸟上，他养的鸟，堪称世界一流。

这是一只鹦鹉，比一般家庭的宠物鸟体形稍大，鸟笼更是超大。老赵体宽肢短，这么说吧，胳膊横着鸟笼就离不了地，胳膊竖着鸟笼又横了。老赵每天都要出去遛一趟，确实是难为他了。他的办法是，在小三轮车后厢上焊一个铁架子，鸟笼直接挂上去，感觉是香榭里榭大街上一架袖珍的华丽马车。如果外加一个铜铃铛，便可以玛格丽特式地招摇了。

鸟儿是个好鸟。与一般鹦鹉相比，头没那么大，喙没那么沉，冠也没那么夸张，所以显得特别灵活、精神。两只眼睛是蓝的，一动不动，好像很专注的样子，偶尔一激灵，也有异样的光束。这神态是高贵的娴静的，那种用尖喙慢慢梳理羽毛的姿态，让你一下子就记起爱丽舍宫的某一幅油画。而它的毛羽更是当得起华丽二字，以明黄、暗红、灰黑组成了极有规律的条纹，一圈一圈裹绕全身，直至尾巴，胸前的那一片白绒更是让你回忆起初冬那种雪花的温柔。老赵说，这叫虎皮，是鹦鹉中的极品，像它这么样的纯粹，没有一根杂毛，更是极品中的尊品。更奇的还不是它的长相。

那——只是个表面，老赵说，它有特异功能。我们都不信，让它表演表演。老赵不置可否，只把嘴角微微一翘。那意思分明是爱信不信，真人不露相。表演是很伤神的，如此高贵的虎皮鹦鹉绝对无心跟你们计较。

以前我也见过特别训练的小鸟。小时候见过有挑担子吹糖人的卖麦芽糖的，也有兼做画眉算命的。让人对着鸟笼说出生辰八字，然后拉开抽屉，放一只画眉鸟出来叼出一幅折叠字画。那画上配着诗，便是顾客渴望听到的命运了。这样的算命一般要5毛钱，在那时就是很多钱了。算完了主人就掰一点鸡蛋黄给画眉吃，因为画眉已经伤了元气，需要补充。所以他说伤神，我也信。

一次，牌友老吴的孙子来操蛋，那意思是想要钱买零食，老吴想给又怕媳妇埋怨，不给那孩子就没完没了，很是折磨。大家就逗那孩子讲个故事来听，故事好听立马给钱。那孩子就说了星期天去公园看鹦鹉表演的事。说鹦鹉好聪明哦，3＋5，它都能把8挑出来。老赵马上掏10块钱把孩子打发走了，完了半天沉思不语，稀疏的眉毛骤然集聚，黑了许多。众人不解，都盯着他看。直至散场，也没得出个子丑寅卯。

又一次，是老赵输钱了。三吃一，把他兜里的钱全部轧干，还欠着一屁股债。众人起哄让他掏钱，老赵窘了半天开口说，这么办吧，我让虎皮鹦鹉给你们表演一回特异功能，一来算是你们买票观赏，银货两讫；二来算是让你们开开眼，知道做人不能太猖狂，知道山外有山天外有天。大家牌友一场，天南地北地凑在一起不容易。说得众人一个劲点头称是，反倒觉得自己矮了下去。

来到一片空场地，老赵匆匆回家去推车。老吴忽然冲我小声嘀咕说，不对呀，老赵这话怎么凉飕飕的？我琢磨着也是，老赵从来都是乐呵呵的，没见过他这么悲情。但转念一想也有道理，说大家牌友一场不容易也可以理解为：老是吹他的虎皮鹦鹉，没见过实在内容，现在破例满足大家一回，不正是天南地北人生黄昏中的一景么？

表演开始，老赵让虎皮站在他的短胳膊上，让我们大家站到10米开外，人人手上举着一张钞票。老赵说，你们不用怕，它不咬人。但是它会识人，你们谁大方它就爱谁。

老赵对虎皮说，现在你去看看谁大方？

那鸟儿呼啦一下飞过来，在我们头上盘了一圈，拍拍翅膀，噗地拉下一摊屎，又回到老赵胳膊上。老赵说，怎么啦？没见着大方的人？不会吧？这儿可都是有头有脸的人，大款没有，中款小款还是有的。还有一个所谓的作家，他也那么小气吗？不会吧？那鸟儿再次扑拉翅膀起飞，飞到一半掉头又回去了。

老赵说，你们都拿一块钱糊弄谁啊？人家看不上啊！

愣了一会儿，都笑了。换钱换钱，一个破鹦鹉还这么势利眼！这回，有五块的，有十块的，还有二十的。

只见一道黑影掠过，老吴举着的二十元转眼到了老赵手上。又一道黑影，我手上的十元也叫它叼走了。然后，它拍拍翅膀站在老赵的胳膊上再也不动。老赵掏出一粒药片样的东西喂了它，它也不动。二十元也不动。

老赵说行情看涨啊，我们虎皮如今眼界高了，见不得你们这种抠抠搜搜的老家伙。

这样，又掏出了五十的，一百的。这只会飞的老虎一次次起飞，专冲大面值而去。飞了几趟，它又不动了。喂吃喂喝也没用，峃峃然，傲傲然，只把脖子向后拧去。

老赵说，什么？你说什么？你爱美元？你看看，你们看看，这叫什么话！

于是立马就有小孩子吵闹要拿美元，没有美元欧元也凑合，一百的，五百的，都行，都能激起这只老虎想飞的冲动。我心想，难怪老赵以前不愿意让它表演，这种特异功能多少让人心里有点不舒服，而且还是不断加码的，只有压抑着它，偶尔露一次峥嵘，不然还得了？

动静大了，吸引了不少人。小孩们欢呼就引来了妇女，售楼小姐们惊叫又引来了保安。后来管理处的人也到了，围成一个大圈，汽车堵了一片，说是我们已经影响了交通。

老赵说不玩了不玩了，再玩要出事了。可事已至此，老赵已经控制不住。有一个靓女，一手拿着钱包，一手举着一千元的港币，脚下还垫着跳着。那虎皮嗖一家伙就叼了回来，那靓女又抽出一张，虎皮又出去了，然后再抽再叼，如是来回七八趟。

哇！富婆哇！众人惊呼尖叫。虎皮每飞一趟，伴随着这惊呼这尖叫，掌声都盖住了汽车喇叭。这刺激已经不属于惊魂猎艳一类，也不属于特异功能，人们究竟得到了什么满足，鬼都说不清，反正激动无比。在深圳这种地方，富婆多得是，但像这么炫富的还真是没见过。这女人到后来也被自己激动起来，每回拿钱还摆出不同的造型，两根纤指夹着千元港币，叉腰的屈膝的兰花指的S味儿的，就差没脱衣服了。

而虎皮显然已经透支了体力，速度明显慢下来。慢下来反而更好看，每飞一趟都能看清那种优美的滑翔，和通体华丽的外衣。最后一趟，它差不多是跌落在三轮车里的，老赵赶紧把它塞进笼子。可就是这样，它还是想飞，看见了那富婆又在远处挑逗，几次撞击笼子，它也被激怒了。

我说到这儿，读者可能以为我要讲的是老赵与鹦鹉的故事，一段悲惨的经历，或者凄美的穿越。没有，没有那些。但我要说的事情，这才刚刚开始。

就在这次表演后的一个晚上，第三天，或许是第四天，老赵来敲门。

我当然很惊讶，深圳这种地方，很少有串门子的。家里来客人或者朋友聚会，一般都是电话预约，某某酒店某某房间某某茶馆某某牌室，邻居也是这样。尊重隐私，特别文明。

当然老赵也不是不文明，他是真的着急了。

他站在门口，露着谦卑的笑：我能进来说吗？

当然，干吗不进来？请进，欢迎，热、烈、欢迎！

然而老赵想想还是没进来，他的鸟笼还在门外。我家住六楼，提溜这么大的笼子上楼，真够锻炼他的。正是五月，深圳最湿热的季节，他喘着，那张笑脸上挂着豆大的油汗，好一似暴雨前返潮的咸肉皮，弥勒佛艳遇了琵琶精。

他说，我能让虎皮鹦鹉在你家寄养一段吗？两个月，最多三个月？原来，他在美国的女儿突然生病动手术，他必须赶过去。他说，我观察过，你家没猫没狗的，多一只鸟也多一个乐子，耽误不了你多少时间。

我琢磨着，这么神奇的一只鸟，这么美丽的虎皮，这么高贵的鹦鹉，我……我没经验啊。

他说，就这么定了，你有时间就带它遛遛，没时间就挂晒台上晃晃。我们虎皮可乖巧了，包你喜欢！

然而我的小孙子是真的喜欢，好啊好啊好啊。虎皮立即答：哈啰。孙子拍手大叫，哈啰哈啰哈哈啰。

老赵说，怎么样？我说的嘛。然后交待注意事项，喂食、饮水、遛弯、三轮车钥匙，等等。然后他便匆匆离去，丝毫没有不放心的意思。

我嘀咕着，小区里善养宠物的人家不少，养鸟的也有，这老赵怎么就相中了我呢？

老伴哼哼说，东北话叫得瑟，你就得瑟吧。

到了喂食时间，我打开那一大袋药片，一种褐黄色的像胶囊一样的东西，大概是各种营养素的配合物。一天喂几次，一次喂几粒，老赵都有交待，写在一张纸上。袋子上印的是洋文，反正是我看不懂的。这笼子里的设备也很齐全，食罐，水罐，笼子底铺的是吸水纸，一天换一张。总之能想到的老赵都安排妥了。虎皮鹦鹉是贵族是皇族，如果它需要嫔妃，老赵大约也会满足它的，三个月说短不短，说长也就眨巴眼儿工夫。我是这么想的。

然而意想不到的事情还是发生了。我刚要放药片，虎皮突然抖抖翅膀叫道：我要吃肯德鸡！

一家人全都愣了。难道这鸟儿也会点菜吗？老赵也没说过啊，注意事项上也没有。挑食是一切动物的本能，可指名要肯德鸡还真没听说过。人家是第一次来我们家，给不给？

我们家小孙子平常也不回来，这会儿也叫起来，我也要吃肯德鸡。我说肯德鸡不好吃，那是垃圾食品，你爸爸肯定不高兴。可小孙子立马就噘嘴了。

虎皮再次叫道：我要吃肯德鸡！这回脖颈上的翎毛都炸开来，有点发怒的意思。

我心想应该给老赵打个电话问问，它是不是有点菜的习惯。可老伴开口了，说小祖宗难得回来一次，想吃就吃吧。其实她就为孙子这一顿饭，忙乎一天了，她都开口了我还能怎么着？再说吃一次肯德鸡有什么了不起的？老赵会怎么想？让人笑话。于是就到处找小广告，打电话叫外卖。

这顿饭吃得挺开心，丰盛，而且各得其乐。小孙子拿着肯德鸡咬一口，必定要给虎皮喂一口。那虎皮吃了肯德鸡，就不停扇翅膀，表示很满意，连翎毛都鲜亮了许多。

问题出在第二天，到了喂食时间，它又要吃肯德鸡。我要吃肯德鸡！它叫道。我说你今天就不要吃了，天天吃对胃口也不好。我要吃肯德鸡！它愤怒地踱着步，尾巴拖下来像是一件长长的燕尾服，在笼子里来回扫。而胸前的那片白绒此刻收紧了，变成绅士就餐必定插进脖颈的一块餐巾。

你怎么能这样呢我说，这是老赵给你留的食物，还是洋品牌。你瞧，全是洋文，我都不认识，说不定比肯德鸡还贵呢。再说肯德鸡，那不是什么好东西。

我要吃肯德鸡！它说。

也许虎皮鹦鹉并没有意识到它在别人家作客，它对自己的身份还不清楚，所以才这么没完没了地提出要求吧。但无论如何，你就是再高贵再聪明再了不起，也应该尊重主人才是。这么想想，便有点懊悔不该答应老赵，平白无故找了麻烦不说，你天天这样点菜我也受不了啊。我们自己平时吃饭也就随便对付一下，哪能稍不如意就发脾气呢？

于是决定不再理它，你不就是一只披着老虎皮的鸟儿吗？有什么了不起的？于是就丢了几粒那种药片，加满水就走，带上门就走，看你能怎么着？

当天没事，到周末就出问题了。儿子、媳妇和孙子都回来过周末了，回来就回来吧，回来手上还捧着一盒肯德鸡！平常老伴一到星期五就要打电话，回不回来啊？回来吧，给你们做什么什么吃。儿子总是懒洋洋，不是加班就是会朋友，好像回一趟家是多大的负担。如果不回来呢，老伴就要对我发火，是我做错了什么得罪了他们。都在一个城市里住着，有事就打电话，没事各自平安，不是挺好？想不开。其实他们哪是来看我们？他们是来看虎皮鹦鹉的。看过了，乐过了，笑过了，一个节目就结束了。

结果就是，当天晚上虎皮就拉稀。

鸟儿拉稀是不是和人感受一样，里急外重，搅肠刮肚？原先不清楚，现在我相信是一样的。它再也不想站在吊杆上了，再也不想梳理它的华丽外衣了，它甚至再也不进食了，只是把水罐啄得当当响。它蹲在笼底，身子紧缩，有时还有点抽搐。那一身虎皮燕尾服紧裹着，而雪白的餐巾上也沾满了粪便。仔细看，眼神也黯淡了不少，像是在呻吟在乞求。

鸟儿的粪便本来不太臭，灰白色的粪便很快就被吸水纸吸干，挂在阳台上对家里影响不大,可现在就觉着腥臭难当。这是那种带着酸腐和腥臊的气味,像是家里搁着一坛子霉变冒泡的咸菜。噗哧噗哧地,一摊一摊地,一阵一阵地向屋里发散。正是深圳最难受的湿热天气,衣服挂在外面几天都干不了,墙壁上镜子上都挂着水珠,加上这恶臭,感觉就是生活在下水道里。老伴说,我一回家就想吐!

　　没办法,只好关上阳台的门,家里开空调,吹电风扇。当初买下这房子的时候,小区里很多人家都对阳台进行了改造,为此我们家还有过一番斗争。因为把阳台外面包上玻璃窗,客厅面积就扩大好几平米,无形中就好像占了开发商的便宜。可我总是认为,阳台是人类住进楼房以后的一大发明,是我们在钢筋水泥包围中保留的最后一条与自然界相连的通道,如果连这个都堵上了我们就一点地气都接不上了。我这个想法跟好多人谈过,还跟管理处宣传过,但收效甚微。他们对我一律微笑,对外星人是很讲文明礼貌的。人们更愿意相信,扩大几平米比什么通道重要多了。现在,老伴终于表扬我说,你保留阳台有功,真有远见!

　　然而拉稀的问题还是解决不了。我给老赵家打过几十回电话都没人接,我想他家总归是有人要回来看看的,或许知道一个治疗的办法?可总是碰不上。我还去管理处查问过,心想这豪宅既然是他儿子孝敬的,也许会有他儿子的电话?结果自然又是碰壁。为富豪们保密,正是物业公司一致通行的游戏规则。

　　牌友老吴,给我支了一招儿:送去宠物医院什么问题都解决了。他说,老赵家有的是钞票,什么颜色的都有,你替他省钱呀?完了发票留着,报销还给你加利息!我心想这也是个办法,赶紧叫辆的士送医院,可送到那儿一问,傻眼了。人家一小时留医费收40元,一个观察期最少10天,而且治疗费另算。算下来没有两三万过不去。

我说，这是朋友寄养在我这儿的，我出不起这么多钱，能不能便宜点儿？那店主是个女的，笑眯眯说，老伯伯真会开玩笑，我们是动物保护协会的核心会员，我们提供的都是国际一流的服务，三几万也算是钱吗？再说我们都是明码标价的，大陆工商部门监管的，还能骗你吗？一看这鸟笼就知道它身家过亿了，啧啧啧，好可怜噢。

我说，它真的是好可怜好可怜，你就发发善心，救救它吧。要不然，你教我一个办法，我自己带回家去治行不行？那店主笑眯眯，老伯伯，我们是商人呀。

我咬咬牙，也实在没招儿了，三万就三万吧，反正老赵有的是钱。我就问，放在你这儿真的能治好吗？店主忽然严肃起来，老伯伯你怎么可以这样说话呢？你可以进来参观一下，就知道我们的服务了。你说狗是不是世界上最好动的动物？我说狗嘛，的确是。她推开一扇门，说你自己看看好了。于是我看到这样一副奇观：七八只狗，黑的黄的胖的瘦的，一律坐在地上，而它们的爪子搭在一个架子上打点滴。奇怪的是，我印象中一刻也不能消停的狗，此刻居然都伸着一只爪子一动不动，那爪子上都插着针头！你能相信这是狗吗？你能相信这是那种活蹦乱跳的牲灵吗？你就是抱着小孩子去打点滴都不可能这么老实啊。

不服气不行，赶紧掏电话让儿子带卡过来。可是儿子冷了半天才问：是你生病了还是鸟儿生病了？糊涂成这样了？我说我是亲眼看见的，我说我是借你的钱！儿子说，你亲眼看见的就是真的吗？再说一只破鹦鹉能值三万吗？我看是你自己生病了。我说受人之托就要忠人之事……打小我是怎么教你的？小兔崽子你要不拿钱来看我回家不捶扁了你！儿子说，好好好，你现在就打个车回家，我负责治好它拉稀，我治不好你再捶不迟。我说你有什么能耐？这虎皮眼看就不行啦，你把它耽误了怎么办？儿子说，简单得很，你往它月辛辛苦苦不说，遭了罪也受了气，你能得着什么好？这究竟是老赵神经病了还是我神经病了？这话还不能跟老婆说，只能悄悄跟儿子讨教。

小兔崽子一听就乐了，说你早就奥特啦，这有什么奇怪的？这叫人间蒸发，富豪们一般都这么玩儿，他们讲究体面。我叫道，体面个屁呀，连他妈的大肠头都掉下来了还体面！他要懂得体面，就不该拖着一条尾巴。

儿子却认为不能这么骂人家，他出什么事了？是他本人还是他儿子？你清楚吗？你不清楚。人嘛，总有犯难的时候。他说，这就好比遗弃儿女，扔孩子总有迫不得已的理由，心里舍不得，只有替孩子找个好人家，还写上一封遗书什么的。我想，道理是这么个道理，但一块抹布似的硬塞在胸口里，扯又扯不掉理又理不顺，不是个事啊。

我问，那你说这虎皮鹦鹉怎么处理？儿子眨巴眼半天，笑了，说干脆找一家野味餐馆卖掉，送给他们也行，说这笼子还值两个钱。又说，至于这只鸟儿嘛，它肯定比乳鸽好吃多啦。

瞧着小兔崽子一脸坏笑，我真想抽他。

我提着虎皮上山了，是水库后面的一片山林，我得为它找一个归宿。以后怎么办，那得看它自己的造化。

我找了一片空地，把虎皮放出来。我得歇口气，让虎皮独自在这一片落叶地上蹒跚。这是个好地方，有山有水，我想。这也是深圳仅存的几块好地方啦，要不是因为水库，早就成开发商的金库啦。我又想。

太阳快下去了，余光在水面上小鱼似的跳跃，树林里开始弥漫一种气息。一阵微风刮进来，满耳朵都是树叶的歌唱，间或还有隐隐鸟啼。是时候了。

我拿出最后的几粒鸟食，我说，哈啰。

嗓子里塞两片黄连素，看它还拉不拉？

这一说我才激灵过来，是啊，人拉稀吃黄连素都管用，鸟儿为什么不行？看来我真是老了，脑子不管用了，被它的高贵奇特美丽傲慢整糊涂了。

回到家，儿子已经先到了，脸黑着，说你也不用给它吃两片，吃半片就够了。我说这我还能不懂？用药量跟体重有关系。小兔崽子闷闷地瞧着我，什么话也不说。我明白，这是怕伤着我。从前，我也是这么看父亲的。

果然，虎皮不拉稀了，只是精神头不如以往了。见着生人还说哈啰，只是嗓门不那么干脆了。到喂食时间还说要吃肯德鸡，只是不敢那么张狂了，也许它也知道理亏了吧。

有一天，老吴把我拉到一边，神神秘秘问，老赵跟你有联系吗？我说没有啊，他说顶多三个月就回来，现在鸟食都快没了，正发愁呢。老吴说，前一阵子就看见他那个豪宅贴着封条，现在好像是卖出去了，昨天看见有人在搬家。这一惊可不小，难道老赵出事了？怎么把房都卖了？可他要是不回来，这么昂贵的虎皮，我怎么供养得起啊？

赶紧拨他家的电话，手机里说，对不起您拨打的是空号。赶紧到他家去看，摁了半天铃，出来一个女的。我问老赵是不是把房子卖给你们了？我说老赵还把它的虎皮托养在我这儿呢，怎么才能联系上他？那女的把眼皮翻着，你说什么啊我怎么听不懂啊？我赶紧解释，是这么回事这么回事这么回事。她说，这关我们什么事啊？我说，当然不关你什么事，可是你买房子总有卖房的呀，难道你们没见过面？电话号码总是有的呀？那女的说一声气性，就把门摔上了。

气性，是广东话神经病的意思，这我懂。可我不懂的是，你老赵既然打算卖房了跑路了，把虎皮带走就得了，坑我干吗？这三个虎皮蹦了两下，也说，哈啰。

我说，吃吧。

它说，我要吃肯德鸡。

我说，这就是肯德鸡。

我手一指前方，看看谁最大方？

它扇动翅膀，侧着身子优美地转了一圈，又回来了。

然后我一粒一粒把它的肯德鸡塞进它嘴里。本来，我还计划把钞票挂在树上，让它最后为我做一次表演。可我放弃了，它还行，能飞它就能行。

现在我已经完全清楚，虎皮只会讲三句话。

它说哈啰，其实就是发个声，并不明白这是啥意思。它说我要吃肯德鸡，其实就是要进食了，并不知道啥叫肯德鸡。它说我爱美元，其实就是条件反射，并不清楚本是印刷品的美元。只不过它经过训练，能够识别颜色而已，我以前竟把这当作了神奇。弄懂了这一点，就弄懂了它的可怜。

三个月了，怎么着也有点不落忍。现在，就要分手了，忽然体会到当初老赵的心情。扛着笼子，爬上六楼，气喘吁吁，脸上笑着，心里哭着，遗弃了自己的宠爱。真是难受啊。这么想想，觉得老赵也挺可怜。

老赵，如今你在哪里？不管你在地球的哪个角落，不管是宫殿还是山洞，不管你过着什么日子，我都觉着你可怜。真的，可怜！

然后，我把鸟笼踩得稀巴烂，头也不回下山去。

原载于《上海文学》2013年第3期